Ro. 22 ++
BA 4 X
L.L. 22 gut!

W0394112

J. D. Davies, geboren 1957 in Llanelli, Carmarthenshire, ist einer der führenden Experten für die Marinegeschichte des siebzehnten Jahrhunderts. Er hat dazu zahllose Bücher und Aufsätze veröffentlicht. Mit «Kapitän Seiner Majestät» (rororo 24992) begann er eine Serie historischer Romane um den fiktiven Kapitän Matthew Quinton. Dies ist der zweite Band der Reihe.

Gütiger Gott, was für eine Zeit ist das und was für eine Welt ist das, wenn ein Mann nicht leben kann, ohne den Schurken zu spielen und sich zu verstellen.

Das Tagebuch des Samuel Pepys,
1. September 1661

Es geschah auf mein Geheiß und für das Wohl des Staates, dass der Überbringer dieser Nachricht getan hat, was er getan hat.

Kardinal Richelieu in Alexandre Dumas'
Die drei Musketiere

ERSTER TEIL

Auf dem Königlichen Kriegsschiff *Wessex*

Westliches Mittelmeer und Tanger
Juni 1663

ERSTES KAPITEL

Die Posaunen des Jüngsten Gerichts dröhnten und rissen die Toten aus dem Schlaf.

Sie holten auch mich weg von meinen anregenden nächtlichen Aktivitäten mit der Königin von Spanien und mit meiner Frau im schummrigen Luxus des Schlafgemachs des Khans von Samarkand. Ein Schlafgemach mit hölzernen Wänden. Wänden, die eine nach der anderen verschwanden, als eine Schar heruntergekommener Zimmermänner sie einriss. Parfümdüfte, die vom durchdringenden Geruch von Teer, Tabak, Pisse und Schweiß überdeckt wurden. Die aufreizende Nacktheit der Königin wich blitzschnell dem ewig besorgt dreinblickenden Antlitz von Phineas Musk, meinem Diener, der einen Schild in der einen und mein Schwert in der anderen Hand hielt.

Endlich fanden meine Ohren Anschluss an das, was meine Augen sahen. Auf dem Deck über meinem Kopf rannten Männer zu den Kanonen, und unser Trommler und Trompeter rief zum Gefecht, was ich, ihr Kapitän, für die Vorboten des *Dies Irae* gehalten hatte. Jetzt spürte ich wieder, wie heiß es war, spürte die nie nachlassende, unerbittliche Hitze, die mich wach gehalten hatte, bis ich in einen kurzen Tagtraum von meiner Frau und der Königin von Spanien gefallen war …

«Der Nebel hat sich gelichtet», sagte Musk mit seiner rauen Stimme. «Wir sind ganz dicht an einer Korsarengaleere dran. Und es ist eine weitere in Sicht. Beide sind halb zerstört und sinken, so, wie's ausschaut, haben die die ganze Nacht über gegeneinander gekämpft wie die Wilden. Wahrscheinlich sind sie wegen irgendeinem Handelsschiff aneinandergeraten. Mister Castle spricht davon, dass dies die einfachste Beute wäre, die wir je bekommen werden, wenn's nicht gleich zwei auf einen Schlag sind. Der liebe Gott ist Euch wieder einmal wohlgesonnen, Captain Quinton!»

Ich schnallte mir das Schwert um, verzichtete aber auf den Schild und bahnte mir meinen Weg zum Quarterdeck, wo mich die grelle Morgensonne mit voller Wucht traf. Mein Hemd war bis zum Bauchnabel geöffnet. Meine Brust, glatt und von zartestem Lilienweiß, als wir unsere Reise begannen, war inzwischen so rotbraun und struppig wie die eines alten Seebären.

William Castle, Leutnant der *Wessex*, zog den federgeschmückten Hut zum Gruß. Er wirkte noch aufgeräumter als sonst, dieser rundliche, rotgesichtige Vierzigjährige, dessen Hand vor ein paar Jahren die Spanier weggeschossen hatten, als Myngs Santiago de Cuba einnahm. «Ich wünsche Euch einen guten Tag, Captain. Und ein guter Tag ist es tatsächlich, weiß Gott. Wir verlassen den düsteren Nebel – und da liegt sie, direkt vor uns. Wenn es je eines Beweises für die göttliche Vorsehung bedurft hätte – hier ist er.»

Ich drehte mich um und spähte auf die See. Dort, nicht einmal eine halbe Meile weit weg, lag die Galeere. Keine sehr große – vielleicht dreißig Ruder auf jeder Seite –, aber in einem beklagenswerten Zustand. Alle ihre Masten waren weggerissen und dazu backbords das meiste ihres Achterdecks. Etwa die Hälfte der Ruder auf dieser Seite waren zersplittert oder fehlten ganz. Ihr Rumpf war von dunklen Flecken, die meisten von deutlich roter Farbe, gezeichnet: das Blut der gottesfürchtigen Sklaven, die an die Ruder gekettet waren, aber auch das der Heiden, die sie in die Schlacht gepeitscht hatten. Im Tod waren sie alle gleich. Eine zerrissene Fahne flatterte noch herausfordernd am Flaggstock, ich hörte die wilden Rufe einiger Mitglieder der Mannschaft, die offenbar versuchten, bedrohlich zu klingen, was ein Kaufmannsschiff mit Sicherheit auch beeindruckt hätte. Zweifellos hatten die Männer lange und hart gekämpft, und sie hätten sicherlich ihren Weg zurück nach Algier oder Tunis gefunden, wären da nicht jene klaffenden Lecks gewesen. Und wäre da nicht plötzlich wie ein Gespenst aus dem Nebel die *Wessex* aufgetaucht, unsere prächtige Fregatte mit sechsundvierzig Kanonen, und Matthew Quinton, ihr Kapitän, trotz seiner zarten dreiundzwanzig Jahre schon Kriegsveteran, bereits verletzt und schiffbrüchig, und dazu ein immer besserer Seemann. Zumindest, wenn man ihn selbst fragte.

Ich nahm Musk das Fernrohr aus der Hand und richtete es auf die zweite Galeere, die gut zwei Meilen entfernt war. Das Schiff, um einiges größer als die andere, war ebenfalls in schlechtem Zustand, hatte aber zumindest noch einen Notmast für das Lateinersegel und lag etwas höher im Wasser. Auch ihre Flagge wehte noch vom Flaggstock, aber sie unterschied sich sehr von dem schwarzen Korsarenbanner direkt vor uns. Auf einer roten Fläche, die von lauter Einschusslöchern durchsiebt war, prangte ein weißes oder silbernes Kreuz, dessen Enden spitz zuliefen.

Ich ließ das Fernrohr sinken und sagte: «Eine Galeere aus Malta, Gentlemen. Sie fährt unter der Flagge des Ordens.»

Es gab ein enttäuschtes Murren an Deck, als die Männer erkennen mussten, dass dies keine Siegestrophäe für ein christliches Kriegsschiff war – ganz im Gegenteil. Sogar in Bedfordshire – dem Landstrich, in dem ich groß geworden bin und der so weit von der See entfernt liegt wie nur irgendein Ort in England – waren die Ritter des Malteserordens und ihre Galeeren legendär. Ihr Wappen und ihre Geschichte waren mir vertraut, seit ich als kleiner Junge um meinen Vater trauerte, einen Märtyrer und Helden, auch er ein Ritter. Ich suchte Trost in den Büchern in seiner Bibliothek. Hundert Jahre zuvor hatte die Ordensfestung auf der winzigen kargen Insel der größten Belagerung standgehalten, die es je gegeben hatte, nämlich die der riesigen, bis dahin unbesiegten Armee des Sultans Suleiman des Prächtigen. Viele Jahrhunderte lang hatten die Galeeren und Ritter des Ordens, die aus allen Ländern der Christenheit zusammengekommen waren, einen endlosen Krieg gegen die unter dem Halbmond kämpfenden Heiden geführt. Daher kannte ich die Legende der Malteserritter, und ich respektierte diejenigen, die ihre Ideale hochhielten; erst eine Woche vorher hatten wir zwei Schiffe des Ordens mit überschwänglichem Salut gegrüßt, als wir ihnen vor Sizilien begegneten. Aber hier und jetzt war die Maltekische Galeere viel weiter entfernt von ihrer Beute – dem beinahe völlig zerstörten Korsarenschiff – als wir. Sie war selbst derart in Mitleidenschaft gezogen, dass sie wohl eine Stunde brauchen würde, bis sie die unterlegene Galeere erreicht hätte, sofern sie es überhaupt je schaffte – denn die konnte untergehen oder sich selbst in die Luft jagen, anstatt in die Hände der Ungläubigen zu fallen. So etwas hatte ich schon gehört.

Dann lag es also an uns, die Prise einzustreichen.

Lieutenant Castle, Phineas Musk, ein halbes Dutzend weiterer Männer auf dem Quarterdeck und etliche an den Kanonen auf dem Oberdeck blickten mich durchdringend an. Martin Lanherne war darunter, der Bootsführer des Schiffes, und hinter ihm seine Landsleute aus Cornwall, der affenähnliche John Treninnick, der hünenhafte George Polzeath und der winzige, aber vortreffliche John Tremar. Dann waren da Julian Carvell aus Virginia und der junge Schotte Macferran. Sie starrten mich mit unverhohlener Habgier an. Die Männer hatten auf meinem vorigen Schiff gedient, der Fregatte *Jupiter*, und sich freiwillig gemeldet, wieder unter meinem Kommando zu segeln, obwohl die letzte Fahrt uns mehr als einmal um ein Haar ins Jenseits befördert hätte. Nur mein junger Freund und Mentor Kit Farrell fehlte, denn er segelte auf einem großen Londoner Frachtschiff als Steuermannsmaat nach Barbados, um eine Ladung Tabak sicher nach Hause zu geleiten – und erhielt damit zugleich einen wesentlich höheren Lohn, als er ihn in gleicher Funktion bei mir bekommen hätte.

Schließlich lächelte ich und sagte: «Nun, Mister Castle, die gehört wohl uns. Ein Schuss vor den Bug, bitte, mit der Aufforderung, sich zu ergeben.»

Wohl nur selten in der Geschichte wurde ein Befehl mit derartiger Schnelligkeit und unverhohlener Freude ausgeführt.

◇◇◇◇◇◇

Die Korsaren der Barbarenküste waren der Schrecken der Meere, insbesondere ihres eigenen, des Mittelmeers, das sich von den Säulen des Herakles bis zum Heiligen Land erstreckt. Sie machten Jagd auf die Schiffe aus christlichen Ländern und wagten sich inzwischen sogar bis nach England und noch weiter vor, um ihnen aufzulauern. Tausende armer Unschuldiger wurden in ihren entsetzlichen Städten als Sklaven gehalten, vor allem in Algier, einem üblen Piratennest, mit dem sich mein König Charles offiziell im Krieg befand. Dies war schließlich auch der Grund, weshalb wir hier waren: Die *Wessex* gab sechs Frachtschiffen Geleit, die von Smyrna in der Levante nach London zurückkehrten – denn die Kaufleute verlangten zu Recht Schutz vor den überall lauernden Korsaren und bekamen ihn auch. Wir fuhren augenblicklich nur deshalb unabhängig übers Meer, weil Sir John Lawson, der Oberbefehlshaber unserer Flotte in diesen Gewässern, der schwerfälligen *Paragon* unsere Aufgabe übertragen hatte, damit meine *Wessex* – ein besseres Segelschiff, rasch und wendig – die Auslöschung der Barbaren vorantreiben konnte.

Nur wenige Tage zuvor hatten wir ein Korsarenschiff vor der Küste Menorcas verfolgt und es beschossen, als der Wind sich legte und es seine Ruder ausfuhr. Der Kapitän lachte aus vollem Hals, während sein Gefährt sich mit jedem Ruderschlag weiter entfernte, um andere ahnungslose Seeleute zu überfallen. Doch selbst ein Korsar muss zuweilen erfahren, dass Pragmatismus in einer ausweglosen Situation angebracht war, vor allem, wenn seine halbe Mannschaft tot ist und sein Schiff im Sinken begriffen, und ganz besonders dann, wenn eine Breitseite von über zwanzig Kanonen auf jeder Seite ihn innerhalb von Minuten in Allahs Reich befördern konnte. Der Kapitän der in Not geratenen Galeere, ein braungebrannter, schätzungsweise vierzig- bis fünfzigjähriger Mann mit Turban – glattrasiert, was unter seinen Landsleuten ungewöhnlich war –, hob sogar den Säbel und salutierte zu mir herüber, während seine Männer die schwarze Flagge einholten.

Lieutenant Castle stellte eine Mannschaft zusammen, die das Schiff entern und hauptsächlich die armen Seelen befreien sollte, die viele Jahre lang von ihren heidnischen Herren an die Ruder gekettet worden waren. Ich sah und hörte sie, als sie an Deck kamen, bleiche Wesen, einige splitternackt, andere nur mit einem Lumpen um die Lenden; alle hatten von den eisernen Fesseln blutige Hand- und Fußgelenke. Einige blickten sich verständnislos um, andere aber stießen Freudenschreie aus, etliche brachen in Tränen aus, und wieder andere deuteten auf die *Wessex* und ihren Kapitän und verbeugten sich erleichtert und zutiefst dankbar ... Selbst heute noch nach all den Jahren, da ich älter bin als irgendjemand, den ich kenne, sehe ich diesen Anblick vor mir, höre die Rufe und rieche den beißenden Gestank, als wäre es erst gestern gewesen. In meinem langen Leben habe ich vieles gesehen, was einem den Magen umdreht oder das Herz erfreut, aber nur ein einziges Mal habe ich einer derartigen Szene beigewohnt, die beide Empfindungen vereint hätte. So viele Jahre später – mehr als sechzig – sehe ich noch immer die Tränen jenes hageren graubärtigen Mannes vor mir, der die gefalteten Hände zum Gebet erhoben hatte, um für seine Rettung zu danken. Im nächsten Augenblick sackte er zusammen. Obwohl ich etliche Meter entfernt an Deck eines anderen Schiffes stand, wäre ich auch ohne das Kopfschütteln meines Besatzungsmitglieds neben ihm gewahr geworden, dass der Mann tot war. Zwar war er als freier Mann gestorben, doch seit jenem

Tag hat mich der Gedanke nicht mehr losgelassen, dass es genau diese Erkenntnis, nun frei zu sein, gewesen ist, die ihn umgebracht hat.

Nun wurden der Kapitän der Galeere und seine überlebenden Offiziere zur Befragung herübergeschafft. Ich sah zu, wie sie an Bord gebracht wurden, drei dunkelhäutige Männer in langen weißen Gewändern. Verächtlich blickten sie sich an Deck um, als hätte nur eine List des allerungnädigsten Schicksals sie ihrer Macht beraubt – was ja auch zutraf. Bootsführer Lanherne führte den Kapitän in meine Kajüte hinab. Er war hochgewachsen und stolz, dieser Berber, sein Betragen war das eines Edelmanns. Er grüßte mich mit einer eleganten Arabeske seiner Hand, so, wie es bei ihm Brauch war, und murmelte etwas, das vielleicht eine Beschwörung von Allahs Wohlwollen mir gegenüber war, vielleicht aber auch nicht. Ich fragte ihn nach dem Namen seines Heimathafens, denn ich nahm an, dass er wie so viele Männer an der afrikanischen Küste zumindest Bruchstücke der Sprachen beherrschte, die auf den von ihm unablässig überfallenen Schiffen gesprochen wurden.

Er blickte mich verständnislos an.

Ich versuchte es auf Französisch, was ich fließend beherrschte, und Holländisch, was ich ziemlich gut sprach, schließlich hatte ich ja in dem Land vor der glücklichen Wiedereinsetzung Charles II. eine ganze Weile gelebt und im Zuge dessen eine lebhafte holländische Gattin und einen schrecklich langweiligen Schwager hinzugewonnen.

Das bräunliche Gesicht verzog keine Miene, auch nicht, als Lieutenant Castle es auf Spanisch versuchte und Phineas Musk seine paar Brocken Griechisch ausprobierte, die er vor einigen Wochen von einer bemerkenswert lotterhaften Nonne auf Rhodos gelernt hatte.

Ich sprach kurz mit Musk. Gleich darauf kam er mit einem Mann zurück, der ebenso dunkelhäutig, wenn auch einen Kopf kleiner war als mein Gefangener. Es war Ali Reis, ein algerischer Überläufer, der bereits auf der *Jupiter* in meinen Diensten gestanden hatte. Auch er hatte die apokalyptische Schlacht überlebt, die wir in einem winzigen schottischen Hafen gegen einen Kapitän des Königs geschlagen hatten. Dieser war ein heimlicher Anhänger des republikanischen Commonwealth geblieben und hatte einen großartigen und feigen Plan ausgeheckt, um unseren unumschränkten Herrscher König Charles vom Thron zu stoßen. Ein Plan, der von meiner Wenigkeit, damals einer der jüngsten und inkompetentesten Kapitäne in König Charles' Kriegsflotte, mittels einiger glücklicher Zufälle vereitelt werden konnte.

Ich stellte meine Fragen erneut durch Ali Reis' Vermittlung, und endlich brach der Korsarenkapitän in einen unverständlichen Wortschwall aus, rollte die Augen zum Himmel (oder zumindest an das ein paar Zentimeter über ihm liegende Deck) und begann, wild zu gestikulieren. Endlich holte er wieder Luft, und Ali Reis sagte: «Er behauptet, er sei aus Oran, Captain, und heiße Omar Ibrahim. Seine Galeere war zwanzig Tagesreisen von Algier entfernt, als sie auf die Malteser traf. Doch da ist noch etwas, Captain.»

Ali Reis trat auf mich zu und flüsterte mir etwas ins Ohr. Ich runzelte die Stirn und fragte: «Bist du sicher?»

Der Berberkapitän nickte heftig und legte die Hände auf Kopf und Brust. Ich blickte den Korsaren durchdringend an und sagte: «Omar Ibrahim aus Oran, sieh an. Zu dumm für dich, Omar Ibrahim, dass Ali Reis hier über ein besseres Ohr für Sprachen verfügt als alle Diplomaten des Papstes, des Königs von Frankreich und des Sultans zusammen, die ihr freilich seit hundert Jahren im Turm von Babel eingeschlossen habt. Mein algerischer Freund sagt, er sei vielen Männern aus Oran begegnet, doch niemals einem, der Arabisch mit dem Zungenschlag der Grafschaft Cork spricht.»

Bei diesen Worten streckte Musk die Hand aus und riss dem Mann den Turban herunter. Sonnengebleichte rötliche Locken quollen darunter hervor. Der Korsar nickte langsam, als müsse er ein inneres Spiel zu Ende bringen, sah mich dann an und sagte in rollendem, gälisch gefärbtem Englisch: «Nun gut, Captain. Gott segne alle miteinander.»

Lieutenant Castle zog die Augenbrauen in die Höhe und nickte heftig. «Ein Renegat also, und, was noch viel schlimmer ist, ein verdammter irischer Renegat! Mein Gott, ein Untertan des Königs, der zum Mauren wurde. Dafür gibt es nur eine Lösung, Captain. Hängt den Bastard. Schickt ihn hinauf zu Petrus und dann hinab zu Luzifer, so rasch Ihr mögt.»

Castles Rede hatte wie immer humorvolle Untertöne, bei ihm klang eine öffentliche Hinrichtung wie ein ausgelassenes Spiel in einer Schänke, und Musk (der in meinem langgedienten Leutnant den perfekten Zechkumpanen gefunden hatte) nickte begeistert. Ich bin bestimmt kein Weichling in diesen Dingen – je älter ich werde, desto länger wird die Liste derjenigen, denen, wenn es nach mir ginge, kurzer Prozess gemacht werden sollte. Erst kürzlich habe ich dieser Liste neben den üblichen Verdächtigen – zu denen ich alle Anwälte, die meisten Geistlichen und die Brut des erlauchten Hauses Hannover, das jetzt auf dem Thron Britanniens sitzt, zähle – meinen Koch hinzugefügt. Dennoch spürte mein weit toleranteres jüngeres Ich, dass vielleicht mehr dabei gewonnen sei, den irischen Mauren auszufragen, als ihm stante pede einen Strick um den Hals zu legen und ihn ins Jenseits zu befördern.

Ich versuchte, mich drohend vor ihm aufzubauen, und sagte: «Nun, mein Freund, Lieutenant Castle hat ganz recht. Der König selbst gab mir die Anweisung, jeden Abtrünnigen zu exekutieren.» Das war insofern korrekt, als es tatsächlich eine derartige Anweisung gab, aber mein Versuch, den Eindruck zu vermitteln, ich stünde mit König Charles II. auf derart vertrautem Fuß, war natürlich pure Angeberei. «Doch wir Quintons überantworten Männer nicht dem Himmlischen Gericht, ohne ihnen Gelegenheit zu geben, ihre Geschichte zu erzählen.»

Castle schüttelte den Kopf, ganz offensichtlich war er der Ansicht, dass dies zu nichts führte und das Vergnügen, das eine ordentliche Hinrichtung bot, nur unnötig hinauszögerte. Er entschuldigte sich grummelnd und zog sich aufs Achterdeck zurück. Ali Reis begleitete ihn, da ich ja nun ganz offensichtlich keinen Übersetzer mehr brauchte, und sowohl Musk als auch der lediglich des Kornischen mächtige John Treninnick, der die Tür bewachte, trugen genügend Waffen, um ein kleines Regiment abzuschrecken, und erst recht einen unbewaffneten, zum Berber gemauserten Iren.

Der Korsarenkapitän grinste und sagte: «Na, Euch nenne ich einen guten Mann, Captain Quinton. Was für ein ruhmreicher Name, wenn ich nicht irre, kenne ich ihn aus meinem früheren Leben. Kann das sein? Ich war in Kinsale, ein Junge von sieben oder acht Jahren, als Lord Bucking hams Flotte aus Cadiz zurückkehrte. Ein Schiff fiel besonders auf, ein alter Kapitän stand an Deck, und mein Vater deutete auf ihn und sagte: ‹Brian, mein Sohn› – denn bevor ich als Omar Ibrahim aus dem Ei schlüpfte, war ich Brian Doyle O'Dwyer –, ‹Brian, dieser Captain hier, das ist der legendäre Quinton, der mit Drake segelte und die Armada besiegte, stell dir das vor!› Wie war noch sein genauer Titel? Viele Jahre ist das her, Captain, und mein Gedächtnis ist auch nicht mehr das, was es einmal war. Earl von – irgendwas mit einem Vogel, glaube ich. Eagleswing? Hawkscar?»

«Ravensden», erwiderte ich. «Der Mann, den du gesehen hast, war Matthew Quinton, mein Großvater, und ich trage denselben Namen. Mein Bruder ist der jetzige Earl of Ravensden.»

Musk schnaubte und rollte mit den Augen, doch selbst damals war ich nicht ein derart unerfahrener Grünschnabel, dass ich nicht begriff, was dieser O'Dwyer (sofern das sein richtiger Name war) im Schilde führte. Bei der ersten Begegnung mit einem Fremden gleich eine Beziehung herzustellen und den Familiennamen über den grünen Klee zu loben ist eine sichere Methode, um das Herz eines Leichtgläubigen einzuspinnen, vor allem, wenn es in der Macht dieses leichtgläubigen Fremden steht, einem eine Schlinge um den Hals legen zu lassen. Doch es war nun einmal keine Geschichte, die der Ire sich so ohne weiteres aus den Fingern hätte saugen können. Denn woher hätte er sonst den Namen und die Geschichte meines Großvaters kennen sollen? Zudem wusste ich aus den meerwasserbefleckten Aufzeichnungen des Earls Matthew in unserer Bibliothek in Ravensden Abbey, dass sein Schiff tatsächlich im Jahr 1625 einige Wochen lang im Hafen von Kinsale repariert worden war. Kinsale, just jener Hafen, in dem dank meiner völligen seemännischen Unwissenheit mein erstes Schiff zu Schanden gekommen war, weshalb einhundert Mann ihr Leben lassen mussten.

Der Ire sagte: «Der Bruder des Earl of Ravensden, mein Gott! Das muntert mich wieder ein wenig auf, Captain.

Sich geschlagen geben zu müssen, das ist Schmach und Schande genug, und viele meiner Kapitänskollegen, die aus Algerien meine ich, würden so etwas nicht einmal in Betracht ziehen. Sich aber einem Edelmann zu ergeben, noch dazu einem Engländer, anstelle der Malteserknechte dort drüben …»

«Habt Dank, doch es reicht, Sir! Wollen wir uns nun wieder dem widmen, was als Nächstes ansteht – Euer Tod durch Erhängen. Wann und weshalb wurdet Ihr zum Abtrünnigen und Verräter, Ire?»

O'Dwyer seufzte, ein wenig zu theatralisch, um überzeugend zu wirken. «Ihr werdet Baltimore in West Cork nicht kennen, nehme ich an. Ein großartiges Dorf, Captain, einfach großartig. Wir hatten ein gutes Leben dort, dank Fischfang und dergleichen. Ich kann mich noch an das Jahr 1631 erinnern, als würde ich jetzt dort stehen, am grünen Ufer, zusammen mit Seamus O'Sullivan, dem Sohn des Braumeisters, und seiner Schwester Aoife. Wir sahen eine große Galeere von Clear Island herbeifahren, ja, so war es, und betrachteten sie aufgeregt, wie es junge Menschen von vierzehn, fünfzehn Jahren eben tun. Erst als ihre Ruderboote ans Ufer kamen, bemerkten wir, dass es maurische Korsaren waren. Sie verschleppten das gesamte Dorf an jenem Tag, alle Männer, Frauen und Kinder. Mehr als dreihundert Seelen wurden nach Algier geschafft, in die ewige Sklaverei. Aoife kam in den Harem des Deys, der über Algier herrschte, und schenkte ihm vier Söhne, bis die Pest sie schließlich dahinraffte.» Der Blick des Iren verschattete sich, und wie es bei ihnen Brauch ist, kam er auf das Thema Liebe und Tod zu sprechen. «Aoife O'Sullivan.» Dem Seufzen, das diesen Namen begleitete, nach zu schließen, ging es wohl vor allem um die Liebe. «Und das ist doch das Seltsame daran, Captain Quinton. Wir waren allesamt Sklaven, wisst Ihr. Doch Aoife war die wundervollste Herrin am Hof. Sie starb zufrieden im Palast von Algier, in der vollen Schönheit ihrer Jugend anstatt als alte Hexe in der stinkenden Hütte der O'Sullivans in Baltimore. Unablässig hat mich dieser Gedanke in den vergangenen dreißig Jahren beschäftigt, Captain. Denn wann war sie während ihres Lebens tatsächlich eine Sklavin?» Was für ein seltsamer, wankelmütiger Geist, dieser Omar Ibrahim, oder O'Dwyer oder wie er sich im nächsten Augenblick gleich nennen mochte. Im Handumdrehen hellte sich seine Stimmung wieder auf, und er sagte: «Und dann Seamus. Ein großer, fröhlicher Junge war das. Aber auch ein sturer Bock, einer von der Sorte, die nie ihr Schicksal akzeptieren wollen, versteht Ihr? Eines Nachts setzte er alles auf eine Karte und schwamm zu einem französischen Schiff hinaus, das vor Algier lag. Das Wachboot der Mauren nahm ihn gefangen, er wurde aufgespießt. Ich für meinen Teil sah die Dinge etwas anders als der junge Heißsporn. Ich wusste, dass meine Chancen, in mein geliebtes Irland zurückzukehren, ebenso groß waren wie die Möglichkeit, dass eine Frau Papst wurde. Außerdem sah ich, dass die Korsarenschiffe mit reicher Beute beladen heimkehrten. Letztendlich also keine schwierige Entscheidung. Kurz vor meinem sechzehnten Geburtstag konvertierte ich zum Islam, und Omar Ibrahim trat seine erste Reise an.»

Musk brummte: «Und bestiehlt und schlachtet seither arme rechtschaffene Engländer. Wo ist der Strick …»

Martin Lanherne betrat die Kajüte, salutierte und sagte in seinem seltsamen Kornischen Tonfall: «Mit den besten Empfehlungen von Mister Castle, Sir. Der Kapitän des Malteserschiffs setzt gerade zu uns über.»

«Sicherlich, weil er sich von uns nicht die Beute stehlen lassen will», sagte ich, «oder weil er das Recht einklagen möchte, diesen Abtrünnigen selbst aufzuknüpfen, oder wegen beidem. Wie auch immer, Ire, du wirst noch heute hängen. Sprich dein Gebet zu dem Gott, dem du augenblicklich dienst.»

«Ach, Captain, das wär ein großer Fehler, ganz gewiss. Euer König wäre höchst erbost darüber, dass Ihr mich tötet, wüsste er nur, wie nützlich ich ihm sein könnte!» Unsere Trompeter hießen den herannahenden Gast bereits willkommen, und Musk wühlte in meiner Seekiste, um etwas Passendes zum Anziehen zu finden. Der Ire sann nach, womit er sein Leben retten könnte, das war eindeutig, und würde alles sagen, um sein unausweichliches Schicksal abzuwenden.

Während ich das saubere Hemd überwarf, das Musk mir gereicht hatte, sagte ich: «Verzweifelte Lügen werden dich auch nicht vor dem Strang retten, O'Dwyer. Sobald ich mit dem Kapitän der Galeere geredet habe, wirst du hängen!»

«Nein, Captain, keine Lügen. Ganz im Gegenteil! Was ich spreche, ist die reine Wahrheit. Versteht doch, Captain Quinton, es gibt Gold – einen ganzen Berg aus Gold. Dort, in Afrika.» Er deutete auf das weitentfernte Ufer, irgendwo am Horizont. «Oh, er würde Euren König zum reichsten Herrscher der Welt machen, dieser Berg, *und ich bin der einzige weiße Mann, der sagen kann, wo er liegt.*» Er sprach jetzt ganz hastig, denn ihm war bewusst, dass ich in wenigen Sekunden den anderen Kapitän empfangen würde. Nur Sekunden, in denen er sein erbärmliches, wertloses Leben als Abtrünniger noch retten konnte. Er packte mich sogar am Ärmel beim Sprechen. «Einmal, ich war noch ein junger Mann, wurde unsere Korsarenflotte wegen der Pest und der

Blockade durch einen Feind in einem Hafen festgehalten. Ich zog mit einer Karawane durch die Wüste und hoffte, Beute im Süden zu machen. Dort stieß ich auf jenen alten arabischen Kaufmann, der mich dorthin führte, Captain. Zu einem Berg aus Gold. Ich schwöre es bei jedem heiligen Buch jedweder Glaubensrichtung unter der Sonne. Ein Berg, zweimal so hoch wie die alten Hügel von Beara und mindestens so breit. Ein großer steiniger Hügel mit goldenen Adern, die an ihm hinablaufen und die Sonne auf ihrer Bahn einfangen. Mein alter Araber erzählte, dies sei der Schatz, nach dem alle jahrhundertelang gesucht haben. Alexander, die Caesaren aus dem alten Rom, David und auch Salomon, der Priesterkönig Johannes, der Herrscher der Osmanen. Alle suchten sie danach. Nun auch König Ludwig und der Kaiser des Heiligen Römischen Reichs, denn sie wissen, was er seinem Eigentümer bringt. Gold in Hülle und Fülle, Captain Quinton. Unermesslich viel Gold – und damit zugleich unermessliche Macht. Kein anderer weißer Mann hat ihn gesehen – mit Ausnahme Eures allerbescheidensten Dieners hier. Kein anderer weißer Mann vermag zu sagen, wo er liegt, und kann eine Armee genau dorthin führen. Wäre es nicht allzu schade, wenn Ihr den Mann aufknüpfen würdet, der Euren König Charles zum reichsten und gefürchtetsten Herrscher auf der ganzen Welt machen könnte?»

Dies war in der Tat eine inbrünstige, kühne Rede. Selbst damals, im Frühjahr meines Lebens, war mir bereits die Neigung der Iren aufgefallen, eine schlichte Wahrheit zu einem waschechten Roman aufzubauschen. Oft lag auch gar keine Wahrheit zugrunde. Mit meinem unglückseligen ersten Schiff war ich an der irischen Küste angelangt, und erst im Vorjahr hatte ich eine wunderschöne, aber heimtückische irische Gräfin kennengelernt, die mir eine Geschichte auftischte, durch die beinahe sowohl ich als auch der König, dem ich diente, zu Fall gebracht worden wären. Wenn die Menschen dort eine derart rege Phantasie hatten, was mochte dann dieser Ire vorbringen, bei dem es um Tod oder Leben ging? Vor allem, so überlegte ich, warum war dieser Omar, dieser O'Dwyer, nicht selbst der größte Machthaber auf Erden, wenn er doch angeblich der Einzige war, der wusste, wo dieser sagenhafte Goldberg lag? Warum war er nur der Kapitän einer Galeere, und nicht einmal einer besonders großen, anstatt der Dey von Algier oder gar der Großwesir selbst?

Er würde hängen, keine Frage; vielleicht aber noch nicht gleich. Ich setzte meinen breitkrempigen Hut auf und traf folgenden Entschluss: «Hör zu, Ire, du bist einer der größten Lügner, die mir je untergekommen sind. Aber deine Lügen haben einen gewissen Unterhaltungswert, und der Levantehandel ist ein mühseliges Geschäft, da habe ich mir ein wenig Unterhaltung verdient. Nachdem ich mit dem Malteserritter gesprochen habe, wirst du mir noch mehr von deinem Phantasieberg erzählen. Mister Lanherne, legt diesen Mann in Ketten und schafft ihn fort.»

Auf dem Weg zum Achterdeck schimpfte mich Musk einen Narren, aber ich schnitt ihm das Wort ab. «Was für einen Unterschied macht es, ob wir ihn jetzt oder in einer Stunde hängen? Alles ist natürlich nur erfunden!»

Als ich jedoch ins Sonnenlicht hinaustrat, hatten die überzeugenden Worte des Iren bereits in meinem Hirn zu gären begonnen: *Und wenn es doch die Wahrheit war?*

ZWEITES KAPITEL

Musk hatte mir meinen prächtigsten Seidenrock und die ausladendste Perücke zurechtgelegt. Obwohl das Sonnensegel über das Quarterdeck gespannt war, rann mir der Schweiß am Körper hinunter, noch bevor mein Gast an Deck gekommen war, wo er von Bootsmann Fullers Pfiff empfangen wurde. Bemerkte er die Gluthitze um uns her gar nicht? Dabei war er noch viel unpassender als ich gekleidet. Der dicke schwarze Umhang mit dem einzelnen silbernen Malteserkreuz darauf schien ihn gegen die Welt um ihn herum unempfänglich zu machen. Ein glänzender Schwertknauf ragte aus dem Umhang hervor. Der prächtig anzusehende Ritter lüpfte seinen Hut mit dem üppigen Federschmuck, um die *Wessex* und ihren Kapitän zu grüßen, und ich trat vor, zog ebenfalls den Hut und verbeugte mich tief.

Er war mittelgroß und in mittlerem Alter und so dünn, dass er fast wie ein Skelett aussah. Sein schmales, wachsames Gesicht verriet nichts als Verachtung für diesen ketzerischen Kapitän und sein Kriegsschiff, das sich so eitel neben den zerstörten, schlanken Galeeren auftürmte. In seinem Blick lag die selbstsichere Arroganz derjenigen, die sich ihrer eigenen Macht nur zu bewusst sind. Aber da war noch etwas anderes. Herablassung, kein Zweifel, aber er hatte auch den Blick eines Priesters, der zudem Scharfrichter war und bereits ausrechnete, wie lange sein jüngstes Futter für den Scheiterhaufen wohl brennen würde; bis heute bin ich der Meinung, dass dies tatsächlich so war. Der Ritter musterte mich finster von Kopf bis Fuß. Obwohl es einer der heißesten Tage war, an die ich mich erinnern kann, lief es mir kalt den Rücken hinunter.

Er sprach zunächst auf Französisch, was offensichtlich seine Muttersprache war, dann auf Latein und schließlich auf Italienisch, alles fließend. Es folgte ein etwas gebrocheneres Holländisch und zuletzt ein stockendes, zögerliches Englisch. Zu spät wurde mir bewusst, dass dieser Sprachparcours durch die schlichte Tatsache bedingt war, dass ich vergessen hatte, unsere Flagge hissen zu lassen, als ich an Deck gekommen war. «Monsieur», begann er mit schnarrender Stimme, «ich bin Gaspard, Seigneur de Montnoir, Kapitän der Galeere *San Giacomo* im Dienste Seiner allerdurchlauchtigsten Hoheit Rafael Cotoner, Großmeister des Johanniterordens von Jerusalem, Rhodos und Malta. Mit wem habe ich die Ehre?»

Sein Tonfall machte mehr als deutlich, dass von Ehre keine Rede sein konnte, eher von einer unangenehmen, aber notwendigen Pflicht, so als würde man sich Hundekot vom Schuh wischen.

Nun bin ich kein Mann, der sofort den Stab über andere Menschen bricht. Heute, in meinem achtzigsten Lebensjahr, wo ich feststellen muss, dass so gut wie alle Menschen, die ich zeit meines Lebens nicht ausdrücklich hasste, im Grab ruhen, gilt dies zugegebenermaßen nicht mehr so sehr. In jenen Tagen aber besaß ich wohl noch jenen Eifer, in jedem Menschen nur das Beste sehen zu wollen. Wenn ich jetzt darüber nachdenke, war es vielleicht diese erste Begegnung mit Gaspard, Seigneur de Montnoir, die dazu führte, dass ich mich in jenen zutiefst misstrauischen Menschen zu verwandeln begann, der ich inzwischen geworden bin.

Ich versuchte, möglichst selbstbewusst zu wirken, und erwiderte in dem makellosen Französisch, das ich auf den Knien meiner Großmutter gelernt hatte: «Mein Name ist Matthew Quinton, Sir, ich bin der Kapitän dieses Schiffes, der *Wessex*, im Dienste des erlauchten Königs Charles II. von Britannien. Darf ich Euch eine Erfrischung anbieten?» Ich machte eine vage Geste zum Heck hin, obwohl Musk sicherlich gerade einmal Zeit gehabt haben dürfte, eine Flasche sizilianischen Weins und zwei Gläser auf den Tisch in meiner Kajüte zu stellen.

Doch Montnoir gab sich mit derartigen Tändeleien nicht ab und zeigte sich auch nicht erstaunt, dass ich seine Muttersprache so fließend sprach. Er verlegte sich wieder aufs Französische und sagte: «Ich danke Euch, doch lasst gut sein, Kapitän. Was es zu regeln gilt, kann hier und jetzt besprochen werden, und zwar ganz rasch, denke ich. Ich ersuche Euch nur um die Herausgabe unserer Beute und der Männer, die sich an Bord befanden.»

«Eurer Beute, Sir. Bitte, was für eine Beute soll das denn sein?»

Montoirs Gesicht versteinerte. «Der Korsar, Captain Quinton. Die verfluchte heidnische Korsarengaleere, die wir dank der göttlichen Vorsehung dabei überraschten, wie sie ein ehrbares Lastschiff vor der Küste Malagas plünderte. Meine Männer und ich kämpften sechs Stunden lang gegen diese Teufel, viele mussten dabei Glieder oder gar ihr Leben lassen. Wir erbitten die Herausgabe unseres rechtmäßigen Lohns, der mit dem Blut braver Christen erkauft wurde, und der armen Anhänger unseres Glaubens, die von den Muselmanen als Rudersklaven gehalten wurden.»

Ich zuckte mit den Achseln (denn auch französische Angewohnheiten hatte ich auf den Knien meiner Großmutter gelernt). «Bester Herr, ich sehe nicht, welche Beute Euch zusteht. Als wir auf die Galeere stießen, war sie außer Gefecht gesetzt und im Sinken begriffen. Bei allem Respekt: Dies galt auch für Euer Schiff, welches viel weiter entfernt war, und wie ich sehe, habt Ihr noch immer ein gehöriges Stück Weg zurückzulegen, um überhaupt mit dem Korsarenschiff gleichauf zu kommen, geschweige denn, es als das Eure zu beanspruchen. Viel hängt natürlich davon ab, ob die armen Seelen mohammedanischen Glaubens, die *Ihr* als Rudersklaven haltet, dazu angepeitscht werden können, Euer Vorankommen zu gewährleisten.» Ali Reis, der sich an der Hauptwant festhielt, lächelte bei diesen Worten, denn er hatte mir einmal erzählt, dass sein Bruder Sklave auf einer maltekischen Galeere war. «Ihr hattet und habt keinerlei Aussicht, sie zu Eurer Beute zu machen, wir dagegen schon. Und es wird sich erweisen, dass sie uns rechtmäßig zusteht.»

Montnoir, die Art von Mensch, dem niemals etwas verweigert wurde, seit er an der Brust seiner Amme hing, schaute verdutzt drein. «Ihr verweigert mir mein Recht?»

«*Monseigneur*, ich überlasse Euch gern die armen Galeerensklaven, denn ansonsten müssten wir sie füttern und unterbringen, und unsere Kajüten und Vorratsräume können so viele gar nicht aufnehmen. Außerdem sind die meisten von ihnen Franzosen, glaube ich, des Weiteren Italiener, und ein paar Spanier sind auch darunter. Jedenfalls niemand, um den sich ein Engländer zu kümmern brauchte. Die Galeere selbst und all ihre Offiziere sind nun jedoch in der Obhut des Britischen Königs und seines hier anwesenden Vertreters – mit anderen Worten: meiner selbst.»

Trotz meiner Nervosität genoss ich es, Montnoir zu verspotten, einen Mann, der vermutlich ein weit erfahrener Seemann war als ich. Schließlich besaß ich die Trumpfkarte, und er zwang mich, sie auszuspielen.

Der Franzose ging nicht darauf ein, sondern plusterte sich in seiner prächtig kostümierten Selbstgerechtigkeit auf. «Captain Quinton, Ihr seid ein Narr. Wollt Ihr tatsächlich einen Bruch herbeiführen zwischen König Charles und denjenigen, denen ich diene, dem Großmeister von Malta und seiner allerchristlichen Majestät König Ludwig?»

Nun war es heraus. Trotz seines ewig währenden Ruhms reichte der Name Maltas nicht, um den Kapitän und ein Schiff des Königs von England abzuschrecken. Doch der Name des *roi soleil*, des Königs des größten und meistgefürchteten Landes in Europa, war etwas ganz anderes. Ich beschloss, ihm eine dreiste Antwort zu geben, denn ich wusste, dass die Augen und Ohren meiner Mannschaft auf mich gerichtet waren (und etliche von ihnen hatten in den *tavernes du port* genügend Französisch aufgeschnappt, um für diejenigen, die es nicht beherrschten, eine rasche und eindeutige Übersetzung zu liefern). Sowohl sie als auch mein weitentfernter König verlangten eine gewisse Aufschneiderei in einer derartigen Situation. «Ach, dann dient Ihr also zwei Herren, Monseigneur? Das muss doch schrecklich verwirrend sein!»

Einige meiner Männer nickten bestätigend. Julian Carvell, der noch die Spuren eines Faustkampfes mit einem Dutzend Franzosen in Messina ein paar Wochen zuvor trug, grinste von einem Ohr zum anderen, und nicht wenige feixten gemeinsam mit ihm. Doch es war nicht nur ein billiger Seitenhieb gegen Montnoir. Aus den Büchern in der Bibliothek meines altehrwürdigen und nun verfallenden Heims, Ravensden Abbey, wusste ich, dass die Loyalität der sich voll Stolz international gebärdenden Malteserritter ihrem Orden gegenüber nur zu oft durch die starke Bindung an ihr jeweiliges Heimatland beeinträchtigt war, und durch den Herrscher, der es regierte. Nirgends traf dies mehr zu als bei den französischen Malteserrittern, die den gesamten Orden dominierten und dennoch gewissermaßen das Rückgrat für König Ludwigs eigene, stets wachsende Marine darstellten.

Trotz all seines übertriebenen Getues war Montnoir kein Narr. Er sah unsere Batterie ja deutlich genug vor sich – er stand nämlich beinahe zwischen zwei auf Kriegsglanz polierten Feldschlangen mit je einem ordentlichen Haufen von achtzehn Kugeln daneben –, und er konnte sehen, welch große Lust auf eine weitere Beute und die damit verbundene Erhöhung des Preisgelds meinen Männern aus den Augen blitzte. Er musste wissen, dass ein Befehl von mir genügte, und schon machten unsere Kanonen Kleinholz aus seiner stolzen, aber beschädigten Galeere.

Er wandte sich mir zu und sagte: «Nun gut, Captain Quinton. Eure Beute. So sei es denn. Nur um eines bitte ich

Euch, Sir. Übergebt ihren Kapitän, den Heiden namens Omar Ibrahim, der Gerichtsbarkeit des Großmeisters.»

Wie meine Antwort auf diese Bitte lauten musste, wusste ich genau. Hatte bei allem Bisherigen die Entscheidung, was rechtmäßige Kriegsbeute war und was nicht, zuletzt bei den Blutsaugern und unersättlichen Parasiten der obersten Marinebehörde in London gelegen, so bestand hier keinerlei Zweifel. Ein abtrünniger Ire, der sich in einen Türken verwandelt hatte, durch Geburt also ein Untertan meines Königs war und demnach den widerwärtigsten Verrat begangen hatte, unterstand ganz bestimmt nicht der Gerichtsbarkeit der Malteser. Ich sagte: «Der Mann, den Ihr Omar Ibrahim nennt, Ritter, heißt in Wirklichkeit Brian Doyle O'Dwyer. Er stammt aus dem Königreich Irland und ist folglich Untertan *meines* Herrn, König Charles'. Daher bleibt er in meinem Gewahrsam, Sir, und nicht in dem des Großmeisters oder von König Ludwig.»

Montnoir sah mich an, als habe er eine Erscheinung. Dann tat er etwas vollkommen Unerwartetes, das sein leichenblasses Gesicht noch geisterhafter wirken ließ.

Er lächelte.

«Ire. Omar Ibrahim ist *Ire*?»

«Ich kann ihn Euch vorführen lassen, wenn Ihr wollt.»

Der Franzose starrte vor sich hin, als wäre er nicht an Deck der *Wessex*, sondern an einem anderen, weitentfernten Ort. Er runzelte die Stirn. Dann lächelte er erneut, um wieder die Stirn zu runzeln. Mit einem Mal, ziemlich unvermittelt, verfiel er wieder ins Englische und machte eine wegwerfende Geste mit der Hand. «Nein, Captain Quinton, das Wort des Erben von Ravensden genügt mir in dieser Sache. Ich wünsche guten Tag, Sir.»

Mit diesen Worten zog er noch einmal seinen Hut, trat durch die Öffnung unserer Reling und kletterte die Leiter zu seinem Boot hinab. Ich wartete, bis er auf halbem Weg zur Galeere war, dann warf ich meinen Hut aufs Deck, zerrte die Perücke herunter und streifte meinen seidenen Rock und das vor kurzem noch frische Hemd ab – alles war nasser als mein Heimatfluss Ouse zur Frühjahrszeit.

Als ich in meine Kajüte zurückkehrte, sagte ich zu meinem brummelnden Diener: «War das nicht seltsam, Musk? Zunächst einmal die ganze Angelegenheit, vor allem aber die Tatsache, dass er wusste, dass ich der Erbe der Grafschaft bin? Woher wusste er, wer ich bin?»

Phineas Musk, der sowohl über die Weisheit seiner Jahre verfügte (angeblich vierzig, in Wahrheit aber wohl eher sechzig) als auch über die Unverfrorenheit eines Mannes, der sein halbes Leben lang die Herrschaften, denen er diente, heimlich betrogen hatte, antwortete gelassen: «Überhaupt nicht seltsam, Captain. Wir sind seit Monaten in dieser Gegend unterwegs. Neuigkeiten verbreiten sich. Ein englisches Kriegsschiff, dessen Kapitän ein gewisser Matthew Quinton ist – na ja, den Namen kennen sie bestimmt drüben in Cadiz und in ganz Spanien. Wie nannten sie Euren Großvater, damals zur Zeit der Königin? El diablo blanco, oder? Der Weiße Teufel. Die Dummen und Leichtgläubigen werden also annehmen, der Weiße Teufel sei aus dem Grab auferstanden, während die Adeligen und Gebildeten die Stammbäume in ihrer Bibliothek studieren und beim Namen von Charles Quinton, dem zehnten Earl von Ravensden, feststellen werden, dass sein Bruder Kapitän in der Marine des Königs von England ist. *Quis erat demonstratum.*»

Das gelegentliche Aufblitzen von Musks unerwarteter Bildung und Schläue verwirrte mich immer zutiefst. Wir waren in meiner Kajüte angelangt, und ohne um Erlaubnis zu fragen, goss er sich ein großes Glas des vernachlässigten sizilianischen Weins ein. «Doch seltsam schien mir etwas ganz anderes», fuhr er fort.

«Was denn, Musk?»

«Nun, Captain, ich seh das so: Nehmen wir mal an, wir hätten wieder Krieg mit den Holländern und stießen auf eines ihrer Schiffe, das gerade dabei ist, eines unserer Handelsschiffe zu überfallen. Und nehmen wir weiter an, dass unser Feind entkommen kann und wir ihn verfolgen.» Er nahm noch einen tiefen Zug und sagte: «Na, was mich da interessiert, ist doch das: Woher wüsstet Ihr den Namen des Kapitäns, den Ihr verfolgt, bevor Ihr sein Schiff geentert habt?»

◇◇◇◇◇◇

Tanger.

Ich sehe es noch vor mir, so wie damals an jenem Juninachmittag, obwohl seine Mauern schon seit vielen Jahrzehnten verfallen sind. Eine Stadt aus niedrigen weißen Gebäuden, die sich um einen nackten Hügel aus rotem Fels ducken, aus dem auch das ganze umliegende Land besteht. Eine Stadt, wie gebacken in der Glut der unnachgiebigen, unbarmherzigen Sonne. Es gab Stadtmauern, Forts und oben auf dem Hügel eine Festung, über der die Flagge von Charles II. vereinigten zwei Königreichen flatterte (und die erst seit einem Jahr die portugiesische Flagge ersetzte, als Tanger Teil der Morgengabe unserer Königin Catherine gewesen war). Bald, so hieß es damals, würde eine mächtige Mole in die See hinausragen, als Teil eines grandiosen Bauvorhabens, das Tanger zu einem mächtigen Hafen verhelfen sollte, von dem aus die Flotte des Königs alle Weltmeere befahren würde. England, Beherrscherin des Welthandels – was für ein ausgemachter Schwachsinn! Selbst als junger Kapitän, der in vielerlei Hinsicht noch unerfahren war, schwante mir, dass dieser winzige Vorposten unseres Landes an dieser fremden Küste dem Untergang geweiht war. Als wir aus Nordosten in die Bucht von Tanger einbogen, konnte ich die dichtgedrängten Reihen maurischer Reiter deutlich sehen, die vor der Stadt auf und ab paradierten und nach einem Schwachpunkt in der Verteidigung suchten. Natürlich kamen im Lauf der Jahre immer mehr Mauren, die Mole wurde nie vollendet, und zum Schluss verlor selbst König Charles das Interesse an diesem Schmuckstück in seiner Krone. Ich kannte den charismatischen Monarchen gut – zu gut für meine Gesundheit und mein Wohlergehen, wie sich später nur zu oft herausstellen sollte –, doch bis zum heutigen Tag finde ich es erstaunlich, dass ein derart kluger, hellsichtiger und scharfsinniger Mann wie er je der Meinung sein konnte, dass England seine Flagge an einer derart feindseligen Küste aufziehen und einen gottverlassenen Landstrich zu einer jämmerlichen Kopie seiner selbst machen sollte. Mögen unsere derzeitigen schwachen Herrscher, der Blähbauch aus Hannover und sein habgieriger Zuhälter Walpole, so klug sein, unsere Grenzen nicht über die bescheidenen, gemäßigten Lande hinaus auszudehnen, die Gott uns zu regieren aufgetragen hat.

Wir gingen in einer Bucht vor Anker, die Lieutenant Castle als «miesen Tümpel» bezeichnete. Bootsführer Lanherne ließ das große Beiboot klarmachen, um mich an Land rudern zu lassen. Im Hafen lagen übrigens keine weiteren Schiffe, denn die Flotte war auf See, und unser Konvoi (der ursprünglich an dieser Reede hätte eintreffen sollen) war in

Alicante wegen eines Lecks der *Paragon* festgehalten worden. Dies war ein Glück, denn so hatte ich Gelegenheit, den märchenhaften Behauptungen des irischen Berbers auf den Grund zu gehen, der an den Händen gefesselt in meinem Frachtraum gefangen saß.

Ich ging die Straße zur oberen Festung hinauf. Dies war mein zweiter Besuch in Tanger; wir hatten auf der Hinfahrt bereits hier Station gemacht, wenn auch nur kurz, denn der Wind stand günstig für eine Durchquerung der Straße von Gibraltar, und kein Seemann, selbst ein so unerfahrener wie ich, hätte je eine derart günstige Brise ausgelassen. Ich hatte also noch keine Gelegenheit gehabt, dem neuen Gouverneur meinen Respekt zu erweisen, doch dieser hatte sich ohnehin gerade ein Scharmützel mit den Mauren aus dem Hinterland geliefert, und so beschränkte ich mich auf einen kurzen Besuch beim Schankwirt am Kai. Dieses zweite Mal jedoch hatte ich Gelegenheit, den seltsamen Geist dieses Ortes aufzunehmen und die noch seltsamere Ansammlung von Menschen zu studieren, die sich an diesem gottverlassenen Ort eingefunden hatten. Natürlich gab es viele Araber, mit Bärten und in weißen langen Gewändern, die mit den portugiesischen Kaufleuten feilschten, welche hiergeblieben waren, als ihr Land sich aus Tanger zurückgezogen hatte. Es gab eine Menge Soldaten, viele davon offenbar Schotten oder Iren, die in ihren roten Uniformen schwitzten. Auch haufenweise Schreiber sah ich: Tanger war damals ein Paradies für Notare, denn die Landübertragung von einem Herrscher auf den anderen führte zu endlosen Debatten über Rechtsansprüche – und damit zugleich zu unzähligen Gelegenheiten, sich die Taschen zu füllen. Es gab Straßenjungen von unbestimmbarer Herkunft, die sich mir in jeder Straße an die Fersen hefteten und um Bakschisch bettelten (oder in einem Fall um einen Heller, und zwar mit reinstem Norfolker Akzent). Es gab auch Frauen. Einige von ihnen waren vielleicht ehrbar, oder waren es zumindest einmal gewesen. Wie ich jedoch oft im Laufe meines Lebens beobachten konnte, machen Hitze, Wein und die Distanz von mehreren hundert Meilen zu England auch aus den keuschesten Mädchen abgebrühte Dirnen. Zum Glück war ich ein verheirateter Mann, oder vielmehr leider, denn in ledigem Zustand wäre ich wohl kaum von so unstillbarer Begierde erfüllt gewesen.

Als ich am Tor der oberen Festung angekommen war, floss mir der Schweiß in Strömen hinab. Meine Perücke hatte ich schon, kurz nachdem ich das Boot verlassen hatte, abgelegt und war mir mit der Hand über die Haarstoppeln gefahren (ich trug die Haare teils aus Gründen der Bequemlichkeit, teils wegen meiner zunehmenden Kahlheit so kurz). Nur mit einiger Mühe gelang es mir, den Hauptmann am Tor davon zu überzeugen, dass ich der Kapitän eines königlichen Schiffes war und tatsächlich offiziell etwas mit dem Gouverneur zu besprechen hatte. Meine Laune besserte sich nicht gerade, als ich erfuhr, dass der Gouverneur wieder nicht in seiner Residenz weilte, sondern unten an der Stadtmauer, am sogenannten Catherine Port. Ich machte mich also auf den Rückweg und betete im Stillen, es möge plötzlich ein ordentlicher englischer Junitag mit feinem kühlen Regen anbrechen.

Ich traf den Gouverneur inmitten einer Schar Offiziere an, die auf die wilden Berge über der Stadt schauten, hin zu den winzigen isolierten Forts, die die Grenzen dieses winzigen Reichs bewachten, und auf die kleinen Gruppen maurischer Reiter, die über dem dürren Boden hin und her sprengten und dabei Schmährufe in überraschend lebendigem Englisch ausstießen. Die jüngeren Männer in der Gesellschaft des Gouverneurs betrachteten mich mit mehr als gelinder Geringschätzung – sie trugen Uniform, ich nicht; sie waren makellos, ich war schweißnass wie ein Galeerensklave; sie hatten ihre Stellung mit Geld erkauft und verfügten daher über jene unschätzbare Arroganz, die man sich nur durch völliges Fehlen jedweder Verdienste erwerben kann. Mittlerweile konnte ich kaum mehr glauben, dass ich noch vor einem Jahr den brennenden Ehrgeiz besessen hatte, einer der Ihren zu werden, ja eigentlich etwas Besseres als sie, denn sie waren nur Infanterie, und der König von England persönlich hatte mir eine Stellung bei der Königlichen Garde angeboten, was mir bis dahin wie der Gipfel meiner beruflichen Laufbahn erschienen war. Aber ich hatte tatsächlich gewagt, die Stelle auszuschlagen, da ich mein Paradies in den wässrigen und gefährlichen Gefilden des westlichen Schottlands gefunden hatte.

Zum Glück war der Gouverneur aus anderem Holz geschnitzt als seine Untergebenen und gewährte mir sofort eine private Unterredung. General Andrew Rutherford, seit kurzem Earl von Teviot, war ein Schotte in mittlerem Alter, ein hochgewachsener, jovialer Papist mit unkomplizierten Umgangsformen. Er hatte dem König von Frankreich gedient und unterschied sich daher in jeder Beziehung von einem anderen schottischen General, mit dem ich Bekanntschaft gemacht hatte, Colin Campbell von Glenrannoch, einem kleinwüchsigen, stillen Mann, einst ein großer Heerführer in Diensten der niederländischen Armee, der eine entscheidende Rolle bei meiner vorherigen Mission auf der *Jupiter* gespielt hatte. Er unterschied sich völlig von ihm, mit einer Ausnahme: Wie Campbell war auch Lord Teviot ein Mann voller Entschlossenheit und Furchtlosigkeit.

Ich erzählte ihm von der Begegnung mit dem irischen Abtrünnigen auf der Maltekischen Galeere und von seinem Bericht von dem Berg aus Gold. Als er dies hörte, hielt er inne und musterte mich aufmerksam: «Ein Berg aus Gold. Weit im Süden, noch südlich der Großen Wüste? Seid Ihr sicher, Quinton?»

«Ihr könnt ihn diesbezüglich befragen, Mylord. Ich kann ihn gerne an Land bringen lassen. Alles nur eine List, mit der er sich vor dem Strick retten will, versteht sich, aber ich dachte, ich berichte Euch darüber oder dem Admiral, je nachdem, wem ich zuerst begegne.»

Teviot runzelte die Stirn. «Ich glaube nicht, dass eine Befragung meinerseits den Fall erhellen könnte, Captain. Aber ich kann mir vorstellen, dass andere mit diesem Mann reden möchten. Unser allergnädigster Herrscher zum Beispiel.»

Ich schaute ungläubig drein. «Der König? Mylord, dieser Mann ist ein Abtrünniger und ein Lügner. Es ist ganz eindeutig, er will lediglich seinen wertlosen verräterischen Kopf retten. Ich hatte mir gedacht, dass eine öffentliche Hinrichtung auf dem Marktplatz in Tanger einen größeren Abschreckungseffekt erzielen könnte, als ihn auf der *Wessex* zu erhängen …»

«Captain Quinton, ich allein entscheide, wer hier in dieser Stadt gehängt wird.» Auch darin ähnelte er meinem seit langem toten rätselhaften Feind, Captain Campbell von Glenrannoch, und recht besehen auch dem König, dem wir dienten: dieses plötzliche Beharren auf der letzten, eiskalten Autorität, die keinen Widerspruch duldete. Und wie Glenrannoch und Charles Stuart konnte auch Lord Teviot im nächsten Moment wieder in seine übliche Jovialität zurückfallen. «Matthew, ich habe über ein Vierteljahrhundert lang in nahen und fernen Landen gedient. Während einer derart langen Zeitspanne sieht und hört man viel. Vor gerade einmal zehn Jahren lag Frankreich, dem ich damals diente, auf den Knien, entzweit vom Bürgerkrieg, in dem ich mehr Franzosen und Schotten umbrachte, als mir lieb ist. Viele glaubten, Frankreich würde nie wieder auf die Beine kommen, doch Marschall Turenne selbst erzählte mir, der junge König Ludwig – er war damals gerade fünfzehn – habe fest darauf vertraut, dass ein Wunder Frankreich wiederauferstehen ließe, genau wie Johanna von Orleans vor so vielen Jahren. Diesmal würde es jedoch kein Bauernmädchen mit Visionen sein, das sein Volk auf den Wogen des Glaubens zum Sieg führte. Seht Ihr, Captain, der junge König war von einem Aristokraten mit mystischen Neigungen davon überzeugt worden, dass irgendwo in Afrika ein großer Berg aus Gold darauf wartete, gefunden zu werden. Nichts Geringeres als ein neues Potosí, und hundertmal wertvoller.»

«Potosí? Ich glaube, davon habe ich schon gehört, Mylord – mein Onkel hat es wohl einmal erwähnt …»

Teviot deutete auf die kahlen Landstriche hinter den Forts in der Ferne. «Seht Ihr das, Matthew? Den ganzen Sand und die Felsen? Das meiste Land des alten Spanien ist so beschaffen, oder nur wenig besser.» Das stimmte, denn ich konnte mich noch gut an das alte Spanien aus den Tagen meines Exils erinnern, was Teviot jedoch nicht wusste. «Und doch», fuhr er fort, «war Spanien hundert Jahre lang das größte und meistgefürchtete Land dieser Erde. Es regierte über ein Reich, in dem die Sonne niemals unterging. Seine Armeen waren noch zu meinen Zeiten unbesiegbar. Euer eigener Großvater zog gegen die Armada in die Schlacht, die mächtigste Flotte der Welt. Wie Ihr selbst wuchs ich in der Furcht vor der Bedrohung durch das Spanische Reich auf.» Ich nickte, denn in den Albträumen meiner Kindheit war die Inquisition fast so oft wie Cromwells Ironsides vorgekommen. «Und wie konnte es sein, dass dem armen, ausgedörrten Spanien all dies gelang, Captain?», fragte Teviot. «Weil eines Tages, vor über einem Jahrhundert, einige seiner Soldaten in der Wildnis Südamerikas auf einen riesigen Berg aus Silber stießen. Potosí. Mit dem Silber aus Potosí wurden die Armeen finanziert, gegen die ich kämpfte, die große Armada, gegen die Euer Großvater in die Schlacht zog, und ein achtzigjähriger Krieg gegen die Holländer. *Ein achtzigjähriger Krieg!* Könnt Ihr Euch vorstellen, dass England auch nur einen Krieg von achtzig *Monaten* führt, Matthew? Der König wäre innerhalb von zwanzig oder vielleicht schon zehn Monaten bankrott. Daher frage ich Euch, Captain Quinton: Die Chance, selbst die winzigste, allerunwahrscheinlichste Chance, dass irgendwo auf der Welt ein Berg aus Gold existiert, der darauf wartet, von der ersten Nation beansprucht zu werden, die ihn findet … würdet Ihr wirklich der Mann sein wollen, der dafür verantwortlich zu machen ist, dass diese noch so unwahrscheinliche Chance auf dem Marktplatz von Tanger öffentlich hingerichtet wurde?»

Er sah mich so durchdringend an, dass ich nichts erwidern konnte. Doch da stand noch ein anderer Gedanke im Raum, eine Sache, die der Gouverneur erwähnt hatte. Da war noch eine Frage: «Mylord, der französische Aristokrat, der König Ludwig von der Existenz eines goldenen Berges überzeugte, hieß er zufällig Montnoir?»

Teviot zuckte mit den Achseln. «Es ist lange her, Matthew. Ich kann mich nicht mehr daran erinnern, ob Turenne mir den Namen gesagt hatte. Warum fragt Ihr?»

«Nur so, Mylord.» Auch wenn dem Gouverneur der Name nicht einfiel, so kannte ich doch einen Mann, der dieses Rätsel vielleicht beantworten konnte oder der diejenigen, die darauf eine Antwort hatten, ausfindig zu machen imstande war. Sicherlich saß er gerade in seinem riesigen alten Schloss auf dem Kalkplateau über der Seine an der Grenze zur Normandie oder ritt aus, um seine großzügigen und reichgesegneten Besitzungen zu inspizieren: mein lieber Freund Roger, Comte d'Andelys, der unter falschem Namen auf meinem ersten Schiff gedient hatte, ausgerechnet als Segelflicker, der mir dann aber im schottischen Moor das Leben gerettet hatte. Er ging mittlerweile am Hofe des Sonnenkönigs ein und aus, stellte die Eitelkeiten von Fontainebleau aber nie über die kluge Verwaltung seiner Ländereien. Vor allem aber vergaß der Mann, den ich einst Roger Le Blanc genannt hatte, niemals seine alten Freunde vom Unterdeck und aus der Kapitänskajüte der *Jupiter.*

Teviot lehnte an der Brüstung und schaute zu einem besonders kühnen Trupp muslimischer Reiter hinab. «Seht sie Euch an, Matthew. Seht Euch diesen Ort an. Oh, er wird standhalten, denn diese Mohren können brüllen, so viel sie wollen – sie besitzen nicht die Kanone, die diese Mauern zum Einstürzen bringen wird, und sie haben nicht die Schiffe, um uns durch eine Blockade auszuhungern. Aber sie werden uns mürbe machen, werden ab und an ein Fort zerstören, gute Leute töten, erst dutzendweise, dann zu Hunderten, und am Ende wird der König weitere Forts bauen lassen und weitere Männer hierherschicken, und eines Tages wird dieser Ort hier so kostspielig geworden sein, dass unser König ihn nur zu bereitwillig an die Holländer oder an die Spanier verkauft. Oder an die Franzosen, so wie im Falle Dünkirchens. Wir sind Soldaten und können uns hier einrichten, zugleich wissen wir aber auch, dass wir wieder einmal einen aussichtslosen Kampf führen. Doch das tun Soldaten nun einmal, nicht wahr, mein lieber Matthew? Das war es schließlich auch, was Euer Vater tat, oder?»

Mein Vater, der auf dem Feld der Ehre bei Naseby gefallen war, während er für einen König kämpfte, der dazu verurteilt war, diese Schlacht, diesen Krieg, drei Königreiche und sein Leben zu verlieren.

Teviot war Gouverneur von Dünkirchen gewesen, das König Charles im Vorjahr an König Ludwig verkauft hatte, er hatte also wohl allen Grund dazu, verbittert zu sein. In einer Hinsicht täuschte er sich jedoch, was Tanger anging: Es wurde niemals verkauft, lediglich evakuiert und von denselben Männern, die sich jahrelang darum bemüht hatten, es zur mächtigsten Festung Afrikas auszubauen, in die Luft gejagt. *Delenda est Carthago.* In anderer Hinsicht hatte er jedoch vollkommen recht. Im folgenden Sommer brach er auf, um die Mauren anzugreifen. Er geriet in einen Hinterhalt, und der gute Lord Teviot fiel in der Schlacht. Als ich Jahre später wieder nach Tanger kam, deutete sein Nachfolger von den Befestigungswällen aus auf seine verbleichenden Gebeine. Wahrscheinlich liegen sie noch immer dort und zerfallen im roten Staub.

Schließlich fragte ich Teviot: «Sagt, was soll ich nun mit diesem O'Dwyer tun?»

«Ich würde auf Nummer sicher gehen, Matthew, und ihn direkt nach England und zum König bringen.»

«Aber, Mylord, ich habe Anweisungen, auf die *Paragon* und auf den vor Alicante liegenden Konvoi zu warten. Ich könnte erst fahren, wenn der Admiral eingetroffen ist …»

Teviot runzelte die Stirn. «Ich werde die Angelegenheit mit Sir John regeln, wenn er seine Wut an mir ausgelassen hat, weil ich, nichts als ein Soldat, mich über den Befehl eines Admirals hinweggesetzt habe. Macht Euch da keine Sorgen, Matthew. Aber während Ihr auf die Flut wartet, könntet Ihr zusammen mit mir ein paar Erfrischungen zu Euch nehmen, vielleicht in der Festung? Wenn ich mich nicht täusche, sind mit dem letzten Schiff aus England ein paar Briefe für Euch angekommen. Meine Güte, ich glaube, ich verbringe die Hälfte meiner Zeit als Postbote für die feinen Herrn Offiziere in Eurer großartigen Flotte!»

◇◇◇◇◇◇

Das weißgetünchte Haus des Gouverneurs auf der Festung war angenehm kühl, und Lord Teviot erwies sich als großzügiger Gastgeber. Es waren etliche Briefe eingetroffen, und ich ordnete sie nach der leicht erkennbaren Handschrift der Absender. Es waren zehn Briefe von meiner Frau Cornelia dabei – bedeutend weniger als sonst. Dann einer von meiner Mutter – bedeutend mehr als sonst. Außerdem einer von meinem Bruder, dem Earl – ebenfalls eher ungewöhnlich. Es waren die unvermeidlichen Pflichtschreiben des Lord High Admiral darunter, des Bruders des Königs, von James, dem Duke of York also, und von Junker Samuel Pepys, Staatssekretär im britischen Marineamt, der sich manchmal für den Lord High Admiral höchstpersönlich zu halten schien. Es waren etliche Briefe von Freunden dabei, die entweder um Geld baten oder von neuen oder verflossenen Liebschaften erzählten. Dies alles, so beschloss ich, konnte warten, sogar Cornelias Briefe, die mir sonst ein Quell der Ermunterung waren dank ihres unverwüstlichen Humors, ihrer liebenden Worte und des schamlos gegen meine Mutter und die meisten unserer Bekannten – vom König abwärts – verspritzten Gifts. Denn da war ein Brief, der besondere Aufmerksamkeit verdiente. Ihn musste ich zuerst öffnen.

Der Brief war folgendermaßen adressiert:

Für den ehrenwerten Matthew Quinton
Kapitän des Schiffs Seiner Majestät Wessex
In Kopie nach Lissabon, Cádiz, Tanger, Alicante, Malaga, Messina, Livorno, Venedig, Smyrna, Konstantinopel, Aleppo, Alexandria und Antioch.

Ich musste lächeln, als ich die Handschrift meines Onkels und die für ihn typische Gründlichkeit erkannte, die ihn den Brief an jede nur mögliche und etliche absolut unmögliche Stationen unserer Reise schicken ließ. Ich brach das Siegel – die Waffen von Mauleverer College, Oxford, das Tristram Quinton bizarrerweise den Grad eines Masters verliehen hatte – und begann zu lesen. Seit ich ein kleiner vaterloser Junge war, sah ich in den Briefen meines Onkels etwas Besonderes, denn er konnte mich mit wenigen Worten in ein Land jenseits meiner Vorstellungskraft entführen. Und so war es auch diesmal, obwohl das neue Land, das er heraufbeschwor, nur in der Phantasie des Teufels existieren konnte.

Mein lieber guter Neffe,

ich weiß nicht, weshalb ich dir schreibe, denn was kannst Du, der Du so weit weg von hier die Korsaren bekämpfst, schon gegen das Unheil tun, das über das Haus Quinton hereingebrochen ist? Gott weiß, wenn Du diese Zeilen erhältst, wird das Ganze wohl schon in die Tat umgesetzt sein, und ich bin womöglich tot, weil mich der Schmerz oder die Flaschen hier auf meinem Tisch in Oxford ins Grab getrieben haben. Doch ich habe das Bedürfnis, mich auszusprechen, Matt, und mit wem sollte ich das tun, seit Dein verehrter Vater auf dem Feld bei Naseby gefallen ist, wenn nicht mit Dir? An dieser Stelle waren etliche Wörter durchgestrichen, und danach wirkte die Schrift recht zittrig, so als ob die Flaschen, die zweifelsohne in Reichweite standen, ihre eigene Geschichte zu erzählen begönnen.

In Gang gesetzt hat das Ganze diese der Hölle entstammende Harpye, dieses unmenschliche alte Weib, meine Schwägerin. Deine Mutter. Lady Ann, Gräfinwitwe von Ravensden. Nenne sie, wie Du willst. Dies war starker Tobak, selbst für meinen Onkel. Er liebte meine Mutter auf seine Weise, vor allem jedoch in den Stunden zwischen dem Einschlafen und dem Aufwachen. *Es ist nämlich so, lieber Matt* – hier folgte ein Klecks, der auf verschütteten Claret hindeutete –, *dass Deine Mutter Deinen Bruder verheiraten will.*

Die Wände des Hauses des Gouverneurs verschwammen vor meinen Augen, und nur ein Aufschrei von Lord Teviot, der vermutlich gesehen hatte, wie mir das Blut aus den Wangen wich, bewahrte mich vor einem peinlichen Ohnmachtsanfall. *Sie will Deinen Bruder verheiraten.* Charles, Earl von Ravensden, einen der intimsten (und mit Abstand verschwiegensten) der wenigen engen Freunde des Königs. Mein lieber, sensibler Bruder, zwölf Jahre älter als ich, der für diesen König unzählige Wunden auf dem Schlachtfeld von Worcester davongetragen und etliche Männer getötet hatte, die viel größer und stärker waren als er. Earl Charles, dessen halbes Leben die Dragoner Cromwells hinweggeschossen hatten und dessen andere Hälfte er einem ominösen jungen Schauspieler aus Betteridge's Company gewidmet hatte. Kurzum, mein Bruder war ein ebenso wahrscheinlicher Heiratskandidat wie ich Anwärter auf den polnischen Königsthron.

Teviots Diener brachte mir ein Glas Wein, der mich ein wenig beruhigte und es mir ermöglichte, weiterzulesen. *Natürlich hat das Ganze mit den beiden Dingen zu tun, die unser edles Haus seit jeher in Gang gehalten haben: Geld und unser Stammbaum. Lass uns ehrlich sein, mein lieber Neffe. Oder lass zumindest mich ehrlich sein, mit dieser Feder und diesem Blatt Papier.* Imprimis, *Geld. Wir haben keines. Wir haben schon seit Generationen keines. Oh, unsere Ländereien sorgen für ein hübsches Einkommen, doch wir sind mehrfach verpfändet und stehen in der Schuld eines jeden Händlers in Bedfordshire und daneben auch noch von vielen in London. Das Heim Deiner Vorfahren, Ravensden Abbey, ist in jämmerlichem Zustand. An vielen Stellen regnet es zum Dach herein, und das Wasser läuft die Wände hinab und trifft dort auf die Feuchtigkeit von unten. Das weißt Du besser als ich, Matt, denn Du hast die letzten drei Jahre dort gelebt, während ich trocken und doch mit feuchter Kehle in meiner Oxforder Dienstwohnung gehaust habe.* Dies war völlig richtig. Erst letzten Winter war eines der unzähligen Kinder Barcocks, unseres Verwalters, ums Leben gekommen, als die gesamte Wand nach Nordosten einstürzte und zwei Räume unter sich begrub. Die Gräfinwitwe, meine Mutter, hatte lediglich unseren neuen Vikar gerufen, damit dieser ein paar Gebete über den Trümmern murmelte, und den gesamten Flügel dann versiegeln lassen.

Ich zwang meine gequälten Augen, zu Tristrams Text zurückzukehren. *Deine Mutter ist überzeugt, dass nur eine Heirat mit einem großen Vermögen unsere Situation grundlegend ändern kann. Darin hat sie wohl recht; aber ich finde, dass ein Vermögen einen oft allzu viel kosten kann.* Secundo, *unser Stammbaum. Wir müssen hier ganz offen und ehrlich sein, lieber Neffe. Ich habe keine Ehefrau. Viele Kinder, das ja, aber keine Frau, im Gegensatz zu unserem Monarchen, der eine Frau und viele Kinder hat, aber leider keins von ihr. Nun wissen wir, dass ich ohne Schwierigkeiten eine Gemahlin haben könnte.* (Bescheidenheit war nie ein hervorstechender Charakterzug Tristram Quintons gewesen, insbesondere nicht, wenn es um Frauen ging.) *Doch dank der Absurdität der veralteten grotesken Statuten meines Colleges bedeutete dies, dass ich für eine Ehe meinen Posten hier in Oxford aufgeben müsste und damit notwendigerweise auch mein beträchtliches Einkommen und die Nebenverdienste, ganz zu schweigen von meiner Sammlung alter Bordeaux im Keller. Wenn also die glorreiche Familie Quinton nicht aussterben und wie weiland Hotspur und Mortimer verschwinden soll, dann musst entweder Du oder Charles Kinder zeugen, da wir über keine Seitenlinien verfügen, die nicht von den unzähligen Bastarden stammen, welche mein Vater in die Welt gesetzt hat. Du bist nun seit fünf Jahren verheiratet, Matt, und bislang hat Cornelia es noch nicht einmal zu einer Fehlgeburt gebracht, die immerhin Hoffnung schöpfen ließe.* Mein Onkel konnte brutal sein, aber es lag etwas Wahres in dem, was er schrieb. Cornelia, der Inbegriff einer vernünftigen, fortschrittsgläubigen Holländerin, hatte sogar ein Kräuterweib in den Wäldern hinter Baldock aufgesucht, das sie davon überzeugt hatte, dass die Schuld an der ausbleibenden Schwangerschaft ganz und gar bei mir lag. Wie Kräuterweiber das eben oft tun. *Natürlich ist es vorstellbar, dass Cornelia stirbt oder Du eine andere Frau findest und Dich von Cornelia scheiden lässt.* (Mein Onkel konnte sogar sehr brutal sein.) *Doch Deine Mutter ist davon überzeugt, dass Du ihr zu sehr verfallen bist, als dass Du Dich zu Letzterem hinreißen ließest, und dass Gott unserem Haus zu wenig gewogen ist, als dass Ersteres passieren könnte. Daher hat sie Charles davon überzeugt, dass es seine Pflicht ist, zu heiraten und sich zu bemühen, unseren Stammbaum fortzusetzen, ganz egal, was seine eigenen Neigungen betrifft (über die wir uns ja beide im Klaren sind, wie ich denke). Hinzu kommt, und die Gründe dafür sind mir schleierhaft, dass der König diese Partie gutheißt. Wie wir wissen, kann der edle Earl, Dein Bruder, niemals unserem hochgeschätzten Herrscher einen Wunsch versagen.* Auch das stimmte: Ihre Freundschaft rührte aus jenen allzu dunklen Tagen, als der König erstmalig im Exil war und außer dem Titel Prinz of Wales nichts besaß, wenngleich er später zu ungeahnter Größe aufsteigen sollte.

Lord Teviot fragte mich, ob ich noch Wein wünschte, und ich bat darum, mein Glas aufzufüllen, wenn auch nur deshalb, weil mir vor dem graute, was als Nächstes kommen mochte.

Unsere neue Gräfin wird Lady Louise de Vaux. Du hast vielleicht schon von ihr gehört, denn sie hat einen gewissen Namen bei Hofe. Eigentlich sogar etliche Namen, und «Dirne» ist darunter noch einer der unverfänglichsten, also wähle ich ihn für den Fall, dass dieser Brief in die Hände der Heiligen spanischen Inquisition geraten sollte. Doch es heißt, sie verfügt, dank zweier verstorbener Ehemänner, über beträchtlichen Landbesitz. Sicherlich wird es etliche Stimmen geben, Matt, die behaupten, dass der Tod zweier Ehemänner der Wille Gottes sei. Ich habe jedoch in jüngerer Zeit so viel Leid in diesem Land mitbekommen und die unterschiedlichsten Todesfälle gesehen, dass ich mich frage, ob zwei tote Ehemänner tatsächlich der Wille Gottes oder nicht doch eher der Wille von Lady Louise sind. Du wirst mir derartige Gedanken verzeihen, denn sie sind nichts im Vergleich mit denen Deiner lieben Gattin, die erst gestern zu mir nach Oxford geritten kam, um mich ins Bild zu setzen. Das sah Cornelia ähnlich. Ich konnte mir nur zu gut vorstellen, wie sie die ungefähr fünfzig Meilen von Ravensden Abbey bis Oxford in vollem Galopp zurücklegte, ohne sich um die überraschten Blicke und beißenden Kommentare der Gaffer am Wegesrand zu scheren. Wie sie das Ganze sah, konnte ich mir ebenfalls sehr gut vorstellen. Und vorzustellen brauchte ich es mir gar nicht – ich las es in ihren zahlreichen Briefen, die ich mir nach Tristrams schockierender Epistel vornahm. Sogar heute, in diesen unflätigen, liederlichen Zeiten, ist mir kein Briefeschreiber untergekommen, der über ein derart reiches Vokabular an Obszönitäten verfügte wie sie. Wenn Tristrams Befürchtungen, sein Brief könne von der spanischen Inquisition abgefangen werden, berechtigt war und auch nur einer der Briefe meiner Frau in ihre Hände fiel, dann würden Torquemadas Nachfolger ihren Wortschatz in menschlicher Anatomie beträchtlich erweitern können. Dies war Cornelias Kindheit zuzuschreiben, während der sie die Gesellschaft ihrer langweiligen Eltern gemieden hatte und stattdessen lieber mit den ordinär daherredenden Matrosen und Fischweibern auf den Quais von Veere verbrachte in ihrer Geburtsstadt in Zeeland.

Ich wandte mich wieder den Erörterungen meines Onkels zu. *Vergib mir, mein lieber Neffe, dass ich Dich mit dieser Sache belästige. Natürlich kannst Du das nicht beeinflussen, was da kommen mag oder vielleicht sogar schon gekommen ist, wenn Du und Dein Schiff heil an Englands Küste zurückgekehrt seid. Vielleicht ist das ja nur das Gepolter eines verbitterten alten Mannes, und Dein Bruder und Lady Louise werden tatsächlich dem langersehnten Erben von Ravensden das Leben schenken. Gott gebe es, dass sie immerdar glücklich und zufrieden miteinander leben, zum Ruhme unserer altehrwürdigen Familie. Doch ich schreibe Dir dies heute als Sohn Deines Vaters und Träger von meines Vaters Namen in dem Bewusstsein, dass Du mein Vertrauen nicht missbrauchen wirst und wenigstens einige meiner Sorgen um Charles und unser herrliches, aber höchst verletzliches Haus Quinton teilst. Gott sei mit Dir, liebster Neffe.*

Dein Dich liebender Onkel,
T. Quinton.

T. Quinton, niemals Tristram. Ich ließ den Brief sinken und bemerkte, dass Teviots Blick auf mir ruhte. Er fragte mich, ob ich wohlauf sei oder irgendetwas in der Art. Ich weiß es nicht mehr genau, aber woran ich mich noch genau erinnere, ist das, was ich erwiderte: «Der langersehnte Erbe von Ravensden. Aber *ich* bin doch der Erbe von Ravensden. Ich bin der Erbe! Keines ihrer Kinder wird mich enterben. So wahr mir Gott helfe, *sie wird mich nicht enterben*!

ZWEITER TEIL

Ravensden Abbey, Newmarket und London

September bis Dezember 1663

DRITTES KAPITEL

«Eine Hure!», schrie meine Frau. «Eine geizige, schamlose, verlauste Mörderhure! Diese grässliche Fotze! Diese verfluchte Hexe, diese, diese ... pestverseuchte, eitrig stinkende Dirne! *Vuile prostituee* ...»

«Sie hat demnach keine guten Eigenschaften?», fragte ich mit gespielter Unschuld, als die wütend giftende Cornelia ins Holländische, ihre Muttersprache, verfiel. Meine Wut auf Lady Louise de Vaux hatte sich in den langen Wochen, welche die *Wessex* für die Reise nach England brauchte, ein wenig gelegt. Wir hatten einen mächtigen Sturm in der Bucht von Biskaya überstanden, waren von widrigen Winden am Spithead festgehalten worden und erst vor ein paar Tagen in Chatham angekommen. Musk hatte auf der Stelle sein altes Amt als Hausvorsteher unseres

Londoner Heims übernommen und die niedrigen Tätigkeiten dem jugendlichen Barcock überlassen, der ihn vertreten hatte, während er zur See gefahren war. Daher brach ich ganz allein nach Norden auf und kehrte endlich zu dem ehemaligen Kloster und jetzigen Trümmerhaufen zurück, unserem Familiensitz.

Cornelia bedachte mich mit einem Blick, der einem das Blut in den Adern gefrieren ließ. «Sie vereint alle Eigenschaften Salomes, Lucrezia Borgias und Lady Castlemaines in sich und produziert daraus eine noch gefährlichere Mischung! Hältst du es für einen Zufall, dass sich Lady De Vaux auf Hurenpo reimt? Ich glaube nicht, Matthew. Sie ist eine Mörderin, und zwar eine zweifache!»

Wollte man Cornelia aufhalten, wenn sie einmal in voller Fahrt war, hätte man sich ebenso gut darum bemühen können, die Themse mit einem Strohhalm zu stauen, aber ich unternahm trotzdem einen Versuch. «Zwei Coroner waren da anderer Ansicht …»

«Geschworene sind bestechlich oder können von feigen Richtern eingeschüchtert werden. Eine Schwäche eures vielgerühmten englischen Rechtswesens, wie ich festgestellt habe. Wenn die unschuldig ist, dann bin ich der Prinz von Oranien! Und die soll Gräfin werden! Gräfin von Ravensden! Die Herrin dieses Hauses – *unseres Heims*, Matthew, bis du endlich einmal genug hast von dem erbärmlichen Dienst bei der Marine und uns eine anständige Wohnung in London besorgst. Sofern dich nicht vorher irgendein Muselmane umgebracht hat oder du bei einem Sturm ertrunken bist und mich als Witwe zurücklässt, der Gnade deiner Mutter und dieser De-Vaux-Hure anheimgestellt!» Cornelia hatte mir noch immer nicht verziehen, dass ich auf eine Stellung bei den Königlichen Wachen verzichtet hatte –

und damit zugleich auf Ansehen, Privilegien, eine großartige Uniform und vor allem ein regelmäßiges Einkommen. Und mit meiner Entscheidung für eine Laufbahn in der Marine hatte sie sich immer noch nicht anfreunden können, obwohl ihr Bruder doch mehr als zehn Jahre Kapitän eines holländischen Kriegsschiffs gewesen war (und dank göttlicher Vorsehung zur Stelle war, um mir bei meinem vorherigen Abenteuer zur See das Leben zu retten). «Großer Gott, bedenke das doch, Matthew – sie wird die Gräfin sein! Sie wird Macht über uns haben, diese todbringende Teufelin, dieses tollwütige Hurengeschöpf!» Ich ging auf sie zu, mit liebevoll ausgebreiteten Armen – mit der zaghaften Hoffnung, durch diese Geste einer neuerlichen ausufernden Schimpftirade auf Lady De Vaux Einhalt zu gebieten. Ich konnte mir Schöneres vorstellen zwischen uns. Schließlich fand dieser Wortwechsel gerade mal fünf Minuten nach meiner Rückkehr in die verfallenen Mauern meines Familiensitzes statt, und in mir regten sich gewisse fleischliche Gelüste. Doch Cornelia wandte sich ab und stand mit verschränkten Armen trotzig am Fenster unseres fast leeren alten Zimmers. Sie blickte hinaus auf jene Hälfte der ehemaligen Abteikirche, die man nicht wieder aufgebaut und dem eklektischen Heim der Quintons angegliedert hatte und die daher verfallen war. «Hinter alldem steckt natürlich deine Mutter», sagte sie. «Alles nur, damit ein Erbe da ist. Alles nur, weil wir nicht … weil ich nicht …» Die Tränen begannen zu fließen, und ich ging auf sie zu und legte die Arme um sie. Sie wandte sich mir zu und sagte: «Schick mich fort, Matt. Ich werde katholisch, werde Nonne in Brüssel, so, wie deine Mutter es vorgeschlagen hat. Ich willige in die Scheidung ein. Du musst eine andere heiraten, die diesem Haus einen Erben schenkt. Das ist besser, als den armen Charles zu dieser furchtbaren Heirat zu zwingen …»

Ich hob ihr Gesicht an und blickte in ihre lieben, tiefen und tränenglänzenden Augen. «Niemals. Nein, niemals, Cornelia. Wir sind eins. Für immer. Lieber verlasse ich den König und die Marine, als dass ich dich verlasse!»

Sie weinte noch ein wenig, lachte dann ein wenig, und nach kurzer Zeit wurden meine Träume von körperlichen Freuden wahr.

◇◇◇◇◇◇

Unser nachmittägliches Stelldichein war von kurzer Dauer. Nicht meine Mutter bereitete ihm ein Ende, denn sie wusste noch gar nicht, dass ich vorzeitig zurückgekommen war, und hatte sich daher ins nahe gelegene Buckden aufgemacht, zum Palast des Lordbischofs von Lincoln, um den unglückseligen Prälaten darüber aufzuklären, welch üble Folgen die wachsende Zahl abtrünniger Gemeinden in Bedfordshire mit sich brachte. Stattdessen klopfte Barcock, einer der vielen Söhne unseres ehemaligen Verwalters, an die Tür und teilte uns mit, dass der Vikar von Ravensden von meiner Rückkehr gehört habe und seine Aufwartung machen wolle. Cornelia seufzte, etwas, das wie in der vergangenen Stunde recht oft getan hatte, doch in diesem Fall drückte es eher Missfallen als Vergnügen aus. Bis vor sechs Monaten hätte ich vermutlich ebenso erfreut reagiert. Unser vorheriger Pfründeinhaber, Reverend George Jermy, war so alt und senil gewesen, dass seine fortgesetzte Anwesenheit auf Erden allen ein Rätsel war, ebenso wie die Tatsache, dass er immer noch an Sonntagen den Gottesdienst hielt, anstatt die gesamte Dorfbevölkerung in die

Wildnis zu schicken, wo sie sich den ungesitteten Abtrünnigen anschließen konnte, die meine Mutter so in Rage versetzten. Dann aber hatte Jermy eines Tages, im Beisein des Earls, der Gräfinwitwe von Ravensden und meiner selbst, mitten im ersten Vers von Kapitel 23 des Deuteronomiums innegehalten, war auf seiner Kanzel sanft nach vorne gesunken und hatte seinen Geist in die Hände seines Schöpfers befehligt, der vermutlich einige Jahrzehnte vorher vergessen hatte, ihn zu sich zu rufen.

Ich zog mich also an, ging die Treppe hinunter, betrat die große Vorhalle von Ravensden Abbey, in der die Schwerter und Rüstungen meiner Vorfahren aufgereiht waren, und grüßte unseren neuen Pfarrer, einen breitgebauten, kräftigen Mann von vielleicht fünfzig Jahren.

«Captain Quinton», sagte er. «Ich freue mich, dass Ihr wohlbehalten aus Gibraltar zurück seid. Mindestens ebenso sehr reut es mich, Matt, dass ich Euch nicht begleiten und mein Schwert in die Horden der Ungläubigen rammen konnte.»

Danach grinste er, und wir umarmten uns, denn auf mein Geheiß hatte mein Bruder nach Jermys Tod sein Patronatsrecht über die Pfarrei von Ravensden ausgeübt, indem er meinen ehemaligen Bord-Kaplan der *Jupiter* als Nachfolger eingesetzt hatte, Reverend Francis Gale.

Ich führte meinen lieben Freund in die Bibliothek, einen achteckigen Raum, der früher einmal der Kapitelsaal der einstigen Abtei gewesen war. Inzwischen war er einer der wenigen Räume, dessen Zustand es noch erlaubte, Besucher zu empfangen, obwohl von den Büchern ein verdächtig modriger Geruch ausging. Francis Gale war nicht mehr der verbitterte, hoffnungslose Trunkenbold, dem ich erstmals an Bord der *Jupiter* begegnet war, ein Mann, den der schreckliche Tod der geliebten Frau und ihres ungeborenen Kindes inmitten der Schlächtereien Cromwells in Drogheda beinahe zerstört hätte. Zum strikten Abstinenzler war Francis Gale jedoch keineswegs geboren. Er gönnte sich durchaus das ein oder andere Fläschchen, allerdings gern in Gesellschaft und nicht, um seine Dämonen zu verscheuchen. Aus diesem Grund hatte er sich wohl auch rasch mit meinem Onkel angefreundet; sie brachten viele Stunden in seiner Bibliothek zu, wo sie alle möglichen Themen erörterten – vom Wesen der Dreieinigkeit bis hin zu der besonderen Form von Lady Castlemaines Busen. Jedes Gespräch wurde von großen Mengen Sherrys und einigen der alten Weine begossen, die mein Großvater aus Frankreich mitgebracht hatte.

Nun saßen wir zusammen in der Bibliothek, und ein weiterer Barcock-Sohn brachte uns Krüge mit dem guten Ale der hiesigen Gegend. Francis wollte jedes Detail meiner Reise erfahren, alles über mein Zusammentreffen mit dem Malteserritter und dem abtrünnigen Iren O'Dwyer hören, der nun in einer Zelle des Tower einsaß und dem Richtschluss des Königs entgegensah. Auch er war davon überzeugt, dass der Mann ein Betrüger war, einer der vielen Aufschneider und Schlitzohren, die im Zuge der Restauration aus allen Löchern gekrochen kamen und darauf hofften, einen großzügigen König und eine unerfahrene Regierung übervorteilen zu können. Ein Berg aus Gold? Nein, das war grotesk, fand Francis. Ein Mythos, ein Märchen für Kinder.

Wir wandten uns anderen Themen zu, und ich fragte ihn, wie ihm sein neues Leben denn gefalle. «Oh, es gibt viel zu tun, Matt. Wie du besser als ich weißt, ist mein Vorgänger viele Jahre lang nicht unbedingt der fleißigste Diener Gottes gewesen. Jahrzehntelang, um der Wahrheit die

Ehre zu geben. Nicht wenige erwachsene Männer sind noch ungetauft, und nach einem Dorfbewohner, der das Glaubensbekenntnis beherrscht, müsste ich lange suchen. Dann ist da der Zustand der Kirche selbst – anscheinend haben die Chorknaben gewettet, ob die Glocken herabfallen, bevor der Turm einstürzt, oder umgekehrt. Und das Kirchenbuch ist ein einziges Chaos.» Francis seufzte und nahm einen großen Schluck Ale. «Überall fliegen Papiere herum, einige haben bereits die Ratten angenagt, einige Jahrgänge fehlen ganz. Gestern fiel mir ein Blatt mit dem Hochzeitseintrag Eures Urgroßvaters, des 7. Earls, aus dem Jahr 1557 in die Hände. Wir fanden es im Plumpsklo des Pfarrhauses, zusammen mit einer ganzen Mappe voller Abschriften, die schon zu König James' Zeit an den Bischof hätten gesandt werden sollen – zum Glück waren sie alle noch unbenutzt. Ohne den Jungen, Andrewartha, wäre ich aufgeschmissen. Er ist fleißig und hat deutlich mehr Ehrgeiz, Ordnung in ein Aktenchaos zu bringen als ich. Er scheint wirklich dazu berufen zu sein, ich hoffe, ich bringe ihn bald in Emmanuel in Cambridge unter, meinem ehemaligen College. Er wäre der passende Kandidat fürs Kirchenamt!»

Das freute mich; der kleine Andrewartha war Diener eines Offiziers auf der *Jupiter* gewesen und dank Francis Gales Großmut in letzter Sekunde vor einem Kriegsgericht, das ihn mit Sicherheit zum Tod durch den Strang verurteilt hätte, gerettet worden. Doch die Erwähnung der Hochzeit meines Urgroßvaters rief mir meine gegenwärtigen Probleme in Erinnerung, und ich sagte: «Also, Francis – was halten Sie von der geplanten Heirat meines Bruders mit Lady De Vaux?»

Ich hatte Francis Gale schon in den verschiedensten Situationen erlebt. Betrunken zum Beispiel. Oder wie er

Männer mit wilder Gier in den Augen tötete. Doch niemals hatte ich ihn bislang verlegen gesehen. Zögernd sagte er: «Sie ... sie ist eine sehr nette Person, Sir. Ihre Anwesenheit hier wird das Haus Quinton schmücken ...»

Die Tür zur Bibliothek flog mit solcher Wucht auf, dass sie heftig gegen die Wand schlug und ein wenig Gips von der Decke rieseln ließ. «So ein Schwachsinn, Francis!», schrie Cornelia, die endlich angezogen war.

Wir standen auf, doch meine Frau stürzte geradewegs auf den Krug mit Ale zu und nahm einen tiefen Zug. Bekanntlich verlangen holländische Mädchen, wenn sie zur Welt kommen, nicht nach Milch, sondern gleich nach Bier.

«Meine Liebe», sagte ich, «vielleicht hat Francis ja eine andere Meinung von ihr ...»

Gale setzte sich wieder hin, fühlte sich aber sichtlich unwohl. «Genug von der Diplomatie!», rief Cornelia. «Ich werde aussprechen, was Francis nicht zu sagen wagt, was aber dem Mann, der von heute auf morgen Earl von Ravensden sein könnte, bewusst sein sollte. Zumindest noch ein paar Monate lang. Sagt mir: Ist es korrekt, dass ein Vikar in diesem Land von demjenigen eingesetzt wird, der das Kirchenpatronat innehat?» Ich nickte und begriff, worauf sie hinauswollte, konnte sie aber nicht mehr bremsen ... «Das heißt also, Francis bleibt nur dann Vikar, wenn der Earl ihm gewogen ist, obwohl darauf auch die beiden Frauen Einfluss haben, die den Titel Gräfin von Ravensden tragen – die Mutter des Earls und seine neue Frau. Sollte es dabei zu keiner eindeutigen Entscheidung kommen, würde das letztgültige Urteil der Oberste Dienstherr der Kirche fällen, der Francis dient. Mit anderen Worten: der Freund des Earls, König Charles. So, und was haben all diejenigen, die über Francis' Stellung entscheiden, gemeinsam? Richtig: Sie alle haben sich für die Heirat mit dieser unglaublichen Hure, dieser miesen Kupplerin, ausgesprochen ...»

So war es immer mit Cornelia: Um ihren Standpunkt klarzumachen, fuhr sie sofort schweres Geschütz auf. Doch sie hatte recht. Die Stellung des Vikars von Ravensden war besonders heikel. «Oh, Francis», sagte ich, «man hat Euch doch hoffentlich nicht angestiftet, in dieser Komödie mitzuspielen?»

Francis Gale bemühte sich um ein Lächeln der Erleichterung. «Nein, Captain. Gott bringt Menschen in manch eine unangenehme Situation, das ist wahr, doch eine derartige Bestrafung blieb mir zum Glück bislang erspart. Die Hochzeit findet im November statt, in Saint Paul, also weit weg. So viele Hochzeitsgäste, wie da erwartet werden, könnte Ravensden gar nicht fassen. Außerdem möchte der König selbst der Brautführer sein – nicht auszudenken, wenn mitten im Gottesdienst plötzlich das Dach einstürzte! Das könnte man glatt für Hochverrat halten.»

Ach, Francis, mein guter, lang verstorbener Freund; wie sehr er sich täuschen sollte! Denn das Dach, der Turm und die Glocken von Ravensden halten noch immer stand, mehr als sechzig Jahre danach! Wahrscheinlich gibt es sie auch noch am Tag des Jüngsten Gerichts. Saint Paul's dagegen ...

Cornelia schniefte. «Ha, Charles Stuart hat sich nur deshalb für die Saint Paul's Cathedral entschieden, weil keine andere Kirche groß genug ist, um seine unzähligen Mätressen und Bastarde aufzunehmen. Außerdem werden natürlich die fürchterlichen Familienmitglieder und Freunde unserer neuen Gräfin da sein. Die werden bestimmt zu Hunderten kommen!»

«Durchaus nicht, Mistress Quinton», erwiderte Francis. «Anscheinend hat sie gar keine direkten Angehörigen.»

Cornelia und ich beugten uns beinahe gleichzeitig vor. Dies waren interessante Neuigkeiten. Meine Frau rief: «Keine Familie? Was für ein Mensch hat denn keine Angehörigen außer Bettlern, Waisen und Greisen? Die meisten von uns haben zu viele Familienangehörige!» Was ihre eigene Familie, die van der Eides, anging, hatte sie da zweifellos recht: Ihre Eltern, Brüder, Schwestern, Onkel, Tanten bevölkerten große Teile der Niederlande und Flanderns und bereiteten mir viel Verdruss. Für die Quintons galt es nicht so sehr, sie waren beinahe ausgestorben, doch immerhin waren noch meine Mutter, mein Bruder, meine Schwester und ein Onkel am Leben (und darüber hinaus unzählige Cousins von Seiten meiner Mutter und Großmutter, darunter sogar ein paar, die sowohl zurechnungsfähig und keine Franzosen waren).

Francis nickte. «Ganz recht, Mistress. Aber der Master schrieb mir, er würde gerade einige diskrete Untersuchungen über das Vorleben Lady De Vaux' durchführen. Er ist noch zu keinem abschließenden Ergebnis gelangt, aber in einem Brief, den ich erst heute erhielt, schreibt er, dass sie wohl tatsächlich keinen Anhang habe. Es gibt keinen Hinweis auf irgendeinen Zweig ihrer Familiengeschichte, denn es scheint keine Familie zu geben.»

Die gleichzeitige Nennung von Master und Mistress verwirrte mich kurzzeitig. Dann ging mir auf, dass der «Master» nur mein Onkel Tristram, der Master von Mauleverer, sein konnte. Tris stocherte also in der Vergangenheit unserer neuen Gräfin. Und dies bedeutete, dass er … «Er hat vor, sie zur Strecke zu bringen», sagte Cornelia. «Er will beweisen, dass sie eine Mörderin ist oder eine ganz gewöhnliche Hure. Was auch immer wir eben beweisen können.»

Wir.

Ich sah meine Frau an, dann meinen Freund Francis Gale und wusste in dem Augenblick, dass ich auf eine Verschwörung zusteuerte. Mein Herz rief mir zu, ich solle mich ihr gleich anschließen, hier auf der Stelle, doch mein Verstand riet mir zu etwas anderem. *Du hast nicht mit deinem Bruder gesprochen*, sagte mein Verstand, schließlich ist das seine Heirat. Mein Herz protestierte, dass es sicherlich seine Heirat sei, aber dass es hier doch um meine Erbschaft ging, meine Pflicht gegenüber Vergangenheit und Zukunft des Hauses Quinton. Außerdem war mein Bruder weit weg, er inspizierte ein ödes und wohl kaum ertragreiches Landgut in Northumberland, das im Zuge einer verworrenen Erbschaft vor gut einem Jahrhundert an uns gefallen war. *Das mag ja sein, sagte mein Verstand, aber du hast noch nicht mit den beiden Personen gesprochen, die mehr auf diese Heirat drängen als andere.* Das stimmte, aber ich konnte mir schwer vorstellen, zu einer Audienz beim König zu gehen und ihn zu fragen, weshalb er meinen Bruder mit einer Hure verheiraten wollte, die des Mordes verdächtig war. Was aber die andere Person betraf …

Wie von Engeln oder Dämonen herbeigerufen, kam die Karrosse der Earls of Ravensden eben in diesem Moment in den Hof direkt unterhalb des Bibliotheksfensters gedonnert, gezogen von einem übertrieben großen Gespann von sechs Pferden. Zwei junge Barcocks eilten an den Wagenschlag mit unserem Wappen darauf, öffneten ihn und halfen einer großen, aber gebückten alten Frau beim Aussteigen. Auch achtzehn Jahre nach dem Tod ihres Gemahls noch in Schwarz gekleidet, blickte sich Lady Ann, Gräfinwitwe von Ravensden, mit dem zufriedenen Gesichtsausdruck einer Frau um, die gerade einen der angesehensten Geistlichen des Landes in den Zustand demütigster Unterwerfung versetzt hatte. Langsam ging sie auf unser altes Haus zu, fast waagerecht vornübergebeugt. Mit zwei Stöcken stützte sie sich auf dem Pflaster auf und wirkte dadurch unangenehmerweise wie eine riesige alte Spinne, die sich stetig auf ihre nächste Fliege zu bewegt.

Meine Mutter war zurückgekehrt.

◇◇◇◇◇◇

Ihre gekrümmte Hand reckte sich mir entgegen, und ich beugte mich vor, um sie zu küssen. Mutter saß in ihrem Zimmer, das ein Stück weiter unten als das unsrige in dem Korridor im ehemaligen Spitaltrakt des Klosters lag. Somit hatte auch sie einen Blick über die Chorruine der Klosterkirche, doch da die Truppen Heinrichs VIII. bei der Auflösung des Klosters auch die Wände eingerissen hatten, sah sie direkt auf das Grab ihres Gatten hinab. James Quinton, weniger als ein halbes Jahr lang Earl von Ravensden, lag dort für immer in ihrem Blickwinkel: ein Dichter und Krieger, für die Sache der Königstreuen gefallen – und für mich der Vater, der starb, als ich erst fünf Jahre alt war. Der Lehnstuhl meiner Mutter war so positioniert, dass sie nicht auf das danebenliegende Grab meines Großvaters Matthew zu blicken brauchte, dem vorhergehenden Earl, den sie ebenso sehr gehasst, wie sie meinen Vater geliebt hatte. Zumindest glaubte ich das bis zu meinem Gespräch mit einem schottischen General im vorigen Jahr.

«Matthew», sagte sie. «Du hättest Musk oder sonst jemanden vorausschicken sollen, um uns über deine Ankunft zu unterrichten.»

«Es gab so viel zu tun, Mutter. Das ist immer so, wenn ein Schiff abgefertigt wird.» Das war ein wenig geschwindelt, denn das Ende dieser Fahrt mit der *Wessex* war das erste Mal, dass ich ein Schiff auf normale Art verlassen hatte. Mein erstes Schiff war an der Küste vor Kinsale zerschellt, das zweite fast vor den schottischen Inseln in die Luft geflogen. Doch es war auch etwas Wahres dran, denn die Papierflut, die uns bei unserer Rückkehr nach Chatham erwartete, war beinahe so schrecklich gewesen wie eine Breitseite, dazu mit Sicherheit zeitaufwändiger. Ich hatte vorgehabt, meiner Familie zu schreiben, dass ich auf dem Rückweg nach Ravensden sei, doch am Ende eines jeden Tages hatte ich so viele offizielle Briefe geschrieben, so viele Seefahrt- und Soldbücher und Ladelisten durchstudieren müssen, hatte mit so vielen aufdringlichen Opportunisten von der Werft und dem Waffenlager zu tun gehabt, dass ich kaum meine Augen offen halten konnte und nach einem Krug Wein im King's Head in Rochester besinnungslos in den Schlaf sank.

Die Gräfinwitwe runzelte die Stirn. «Wie du meinst, Matthew. Die Marine wird mir immer ein Rätsel bleiben.» (Ein Glück; ihr Hass auf ihren Schwiegervater hatte sich zu einem tiefen Desinteresse an dem Dienst ausgewachsen, dem er angehört hatte und den nun auch ich versah.) «Aber du bist ja so *braun*! Sie werden dich für einen Mohren halten, wenn du das nächste Mal nach Bedford reitest – die Leute haben bestimmt noch nie so ein tiefschwarzes Gesicht gesehen ...»

Konversation lag meiner Mutter nicht besonders. Dies war einer der Hauptgründe, weshalb sie und Cornelia, die auch mit einem Stein geredet hätte, zuweilen ein gespanntes Verhältnis hatten. Daher kam ich ohne Umschweife auf das Entscheidende zu sprechen und sagte: «Mutter, wir müssen über diese geplante Heirat sprechen. Die zwischen Charles und Lady De Vaux.»

Ihre Augen wurden zu schmalen Schlitzen. Um nicht ungerecht zu erscheinen: Misstrauen hatte meine Mutter am Hof König Charles' I. gelernt, als die fieberhaften Gerüchte und die Hysterie des Bürgerkriegs auf dem Höhepunkt waren; wie viele Männer und Frauen ihres Alters trug sie das Misstrauen wie einen riesigen, aber unsichtbaren Geier auf der Schulter. «Was ist mit der Heirat?»

Zeit für Diplomatie, denn der König und sein Bruder, der Lord Admiral, wünschten, dass ihre Kapitäne auch gute Diplomaten waren. «Nun, ich bin davon betroffen, als Erbe. Mutter, alles, was ich verlange, ist eine Erklärung, damit ich weiß, wie ich diesen Sachverhalt einzuordnen habe.»

Sie sah mich voll Trauer an – es war aber noch etwas anderes dabei, das ich nicht genau bestimmen konnte. «Ja, du bist der Erbe. Und nach dir? Wer wird dann Erbe? Als du die Ehe mit Cornelia eingingst, sahen Charles und ich darin die Rettung unseres Stammbaums. Nun sind fünf Jahre vergangen, und ihr habt noch immer keine Kinder. Die Blutlinie muss fortgesetzt werden. Diese Familie muss weiter bestehen.»

«Aber was tust du dem armen Charles an – diese Frau ist doch …»

«Charles ist … na, sagen wir mal, ein *Sanguiniker.* Du kannst selbst mit ihm reden, wenn er aus Alnburgh zurück ist. Die Begeisterung des Königs über diese Heirat lastet schwer auf ihm, vergiss das nicht. Lady De Vaux hat tatsächlich einen gewissen Ruf. Aber ich habe lange gelebt, Matthew, und habe festgestellt, dass der Ruf einer Person nicht selten ungerechtfertigt ist. Besonders wenn dieser Ruf in dem Neid auf die dreißigtausend begründet ist, die man besitzt.»

«*Dreißigtausend?* So viel!»

«Einige Witwen haben Glück mit ihrem Erbe, Matthew.

Andere dagegen nicht», sagte sie und schaute auf das Grab in den Ruinen hinaus. «Ich brauche dir nicht zu sagen, was dreißigtausend für dieses Haus bedeuten. Und vergiss nicht, ich bin dieser Dame mehrere Male begegnet. Ich denke, ich kann einen Charakter beurteilen, und den ihren beurteile ich als – akzeptabel.»

«Aber sie hat keine Familie ...»

Der Greifvogel auf ihrer Schulter putzte sich und ließ dann ganz plötzlich den Schnabel herabsausen. «Woher willst du das wissen? Oh, lüg mich gar nicht erst an. Tristram natürlich.» Kein Zweifel: Sie war wütend, und der Ärger meiner Mutter war stets kalt und kontrolliert, sie hatte nicht das hitzige Naturell der erregt mit den Armen fuchtelnden Cornelia. «Tristram wird sich nie damit abfinden, so, wie er sich auch nicht mit mir abgefunden hat, oder mit seinem König, als dieser ihn brauchte, wenn man ehrlich ist. Würde ihm unsere Familie tatsächlich etwas bedeuten, hätte er sein armseliges kleines College längst verlassen, seinen Wein und seine Mätressen, hätte sich eine Ehefrau gesucht und wäre selbst der Vater des künftigen Erben von Ravensden geworden. Tristram aber wird immer zuerst an sich selbst denken und dann seine kleinen Spielchen spielen. Ganz wie sein Vater, in allem. Gott sei Dank war er der jüngere Sohn, und Gott sei Dank ist es in der nächsten Generation genauso. Die ganze Verantwortung und das Pflichtgefühl gegenüber den Älteren ...»

«Es reicht, Mutter!» Es reichte auch mit der Diplomatie, Zeit für eine Breitseite. «Verantwortung? Pflicht? Du wagst es, von diesen Dingen zu sprechen, und willst Cornelia in ein Kloster schicken? Oh, meine Verantwortung und Pflicht gegenüber meiner Frau wirfst du freudig über Bord, wenn es deinen eigenen Zielen dient. Du beschuldigst meinen

Onkel, er spiele falsch, dabei spielst du mit dem Leben von jedem in unserer Familie! Und zwar schon seit langem!»

«So wirst du nicht mit mir sprechen. Ich sage dir, so sprichst du …»

Jetzt war ich wütend, und die Wut brannte in mir wie ein Lagerschuppen, der in Flammen stand. «Oh doch, Mutter! Du hast es mir schon einmal gesagt. Nämlich als ich dich über die Geheimnisse ausfragte, die du mit Campbell von Glenrannoch teiltest. Was war zwischen ihm und dir vor so vielen Jahren? Als mein Vater fortgezogen war, in den Krieg gegen die Franzosen, und als Glenrannoch degradiert wurde, weil er der Königin den Hof gemacht hatte, der jetzigen Königinmutter. Was ist damals geschehen, Mutter? Was noch?»

Ich sah etwas in ihren Augen …

Eine Sekunde später war es schon wieder erloschen, und die misstrauisch zusammengekniffenen Schlitze kehrten zurück. «Raus!», zischte sie. «Geh wieder zu deiner unfruchtbaren Gattin!»

«Lieber eine vertrocknete Ehefrau als eine Hure als Gräfin», fuhr ich sie an, als ich aus dem Zimmer stürmte.

Erst als ich draußen, auf dem dunklen, feuchten Korridor, stand, wurde mir etwas bewusst. Ich hatte den fatalen Fehler begangen, bei meinem Ausspruch nicht zwischen der einstigen und der künftigen Gräfin von Ravensden zu unterscheiden. Als ich hörte, wie meine Mutter zu schluchzen begann, wusste ich auch, was ich in ihren Augen gesehen hatte, als ich sie danach gefragt hatte, was sie am Hofe des ersten Königs Charles erfahren und getan hatte.

Es war Furcht.

◇◇◇◇◇◇

Ich saß in einem kleinen privaten Nebenraum des alten George Inn, ganz in der Nähe der Brücke in Bedford. Das George stank. Wie in allen Städten floss der allgemeine Unrat mitten über die High Street, doch in Bedford traf er direkt vor der Tür zum George auf den starken Eigengeruch des Flusses. Außerdem waren die Ställe besonders dicht am Hauptraum der Schenke gelegen, und der Gastwirt entschuldigte sich für die Anwesenheit einer Herde unbändiger irischer Pferde mit heftigem Durchfall, die zu den königlichen Rennen in Newmarket unterwegs waren. Doch nach dem zweiten Krug guten Bordeaux' schien das George ein wahres Paradies auf Erden, insbesondere, weil dort weder meine in Tränen aufgelöste Mutter war noch meine Frau, die sich genervt bemühte, ihre Schwiegermutter zu beruhigen.

Meine Gedanken schossen bald in die eine, bald in die andere Richtung, obwohl der Wein sie allmählich verlangsamte und eintrübte. Ich war natürlich unsäglich grob gewesen, keine Frage. Wenn meine Mutter über Staatsgeheimnisse im Bilde war, nun gut. Wir alle haben ein Recht auf unsere Geheimnisse, und ihre lagen ja so lange zurück – was für eine Bedeutung konnten sie da haben, vor allem, wenn es im Augenblick um nichts anderes ging als die wahnwitzige Heirat, die sie meinem Bruder andienen wollte? Aber dennoch …

Ich musste an einen anderen Abend in einem anderen Wirtshaus denken, obschon ich damals in ganz anderer Laune war. Harris, Jennens und ich zechten einen schönen Juliabend durch, im Three Cranes unten in der Thames Street, inmitten des geschäftigen Londoner Treibens. Wie immer schwang Beau Harris große Reden, es sei völliger Irrsinn für adelige Offiziere wie uns, das Seemannshandwerk zu lernen. Will Jennens beklagte sich über die Ungerechtigkeit des Lebens, da Harris und ich – beide jünger als er – bereits Kapitän waren, er dagegen noch nicht. Und so wäre der Abend weitergegangen, seinem rauschhaften Ende entgegen, wäre da nicht ein Soldat, von Phineas Musk zu mir gesandt, mit einer Vorladung gekommen. Es war die Art von Vorladung, die man nicht ablehnen konnte, dies zeigte schon das Wappenschild im Siegelwachs. Ich erhob mich, bat um Entschuldigung und folgte dem Soldaten mit gesenktem Kopf. Er führte mich in den großen düsteren Palast, nach Somerset House, durch leere und kaum beleuchtete Korridore zu einer großartig ausgeschmückten Kapelle, die von zahllosen schlichten Kerzen beleuchtet war. Weihrauch hing in der Luft wie Gewehrdunst nach einer Salve, denn dies war ganz eindeutig ein papistisches Gebäude; Statuen der Jungfrau Maria und der Heiligen standen in den unzähligen Nischen, und über dem üppig dekorierten Altar hing ein opulentes Altargemälde. Ab und zu huschte eine Nonne oder ein Priester lautlos durch die Seitengänge. In all dieser Pracht kniete eine kleine, ganz in Schwarz gekleidete Frau im Gebet vor der Altarbalustrade und ließ den Rosenkranz durch die Finger gleiten. Der Soldat deutete auf sie. Wie sollte ich mich verhalten? Als guter Protestant begehrte ich gegen die Marien- und Heiligenverehrung und das ganze Papistentum auf, doch ich hatte ja auch eine andere Seite an mir; die Seite, die von einer in mich vernarrten und sehr katholischen französischen Großmutter geschult worden war. Ich näherte mich also dem Altar, kniete auf papistische Weise nieder und bekreuzigte mich. Das kleine Wesen neben mir schien mich dazu anzutreiben. Denn so winzig sie auch war, so schien diese kleine, schon weit über fünfzig Jahre alte Person den gesamten Kirchenraum mit ihrer Anwesenheit auszufüllen.

«Nun, Matthew Quinton», sagte sie, mir einen Seitenblick zuwerfend. Sie hatte einen starken französischen Akzent. «Ich glaube, Sie sind eine Handbreit gewachsen, seit wir uns das letzte Mal sahen. Und ich sehe, Ihr habt das Glaubensbekenntnis nicht vergessen, dass Eure Großmutter, meine liebe Freundin, Gräfin Marie-Louise, Euch gelehrt hat.»

Ich verneigte mich tief und erwiderte in dem tadellosen Französisch, das mir just diese Großmutter beigebracht hatte: «Ganz und gar nicht, Euer Majestät.»

Henrietta Maria, Königinmutter von England, Witwe von König Charles, dem Märtyrer, Tante von König Ludwig von Frankreich, nickte und bat mich, zusammen mit ihr eine Weile zu beten. Dies brachte mich in eine peinliche Situation, und ich sah Francis Gales missbilligenden Blick vor meinem geistigen Auge, doch im Grunde konnte ich das Ave Maria genauso gut wie jeder andere Scheinheilige murmeln. Während ich das tat, musste ich daran denken, dass der Vater dieser Dame hier, Henri IV., einmal Protestant gewesen war und sich den Thron mit den Worten «Paris ist immer eine Messe wert» ergattert hatte; ich war also in guter Gesellschaft. Zum Glück zogen sich die restlichen Gebete der Königin nicht allzu lang hin; vermutlich hatte sie, wie bei ihr üblich, bereits geraume Zeit hier im Gebet verbracht. Dies jedoch war der Grund, weshalb ihre Anwesenheit in England die Schrecken des Bürgerkriegs hatte wiederaufleben lassen und weshalb selbst in der wiederhergestellten Monarchie Männer wie mein Schwager Sir Venner Garvey so beunruhigt über die Existenz dieser Kapelle mit ihren die Messe lesenden Priestern waren: Sie war ein veritables Trojanisches Pferd der Papisten, wie er behauptete. Außerdem galt Henrietta Maria als glühende Verfechterin einer Politik äußerster Unnachgiebigkeit gegenüber denjenigen, die in den Diensten der alten Republik gestanden hatten, so auch gegen Venner Garvey. Zum Glück hatte ihr Sohn, der König, schon längst die überaus wichtige männliche Tugend verinnerlicht, seiner Mutter ihren Willen zu lassen und sie dabei vollkommen zu ignorieren. Ich eiferte dem königlichen Vorbild nach.

Schließlich erhob sich die kleine Monarchin und gab mir ein Zeichen, neben ihr herzugehen. Laternen auf Pfählen erleuchteten den Garten des Somerset House; es war ein warmer Abend, in der Luft lag ein starker Lavendelduft, der den übermächtigen Weihrauchgeruch aus meiner Nase vertrieb. Bestimmt gaben wir vor den Höflingen ihrer Majestät, die sich in diskreter Entfernung hielten, ein lächerliches Bild ab: ein hochgeschossener junger Mann, über eins achtzig groß, und daneben eine kleine rundliche Frau von kaum einem Meter fünfzig. Henrietta Maria musste den Kopf in den Nacken legen, um mir ins Gesicht sehen zu können, doch mit dieser Übung war sie wohlvertraut, denn ihr Sohn, der König, war genauso groß wie ich.

Sie erkundigte sich nach meiner Mutter, und ich berichtete ihr über die Gebrechen der Gräfinwitwe. «Wie schade», sagte sie. «Es wäre gut, Anne am Hof meines Sohns zu sehen. Es sind nur noch so wenige von damals übrig!»

Wir dürften zweimal den Garten umrundet haben, während wir so über meine Familie redeten, als sie aufs Wesentliche zu sprechen kam: zu der Frage, die unweigerlich kommen musste, das hatte ich von dem Augenblick an gewusst, als mir der Soldat die Einladung im Three Cranes überbracht hatte. Sie sah mich durchdringend an (zumindest so gut dies kleine Personen bei großen vermögen) und fragte:

«Matthew, hast du gesehen, wie General Campbell gestorben ist?»

Eine lebhafte Erinnerung an ein schottisches Schloss, das bei einer gewaltigen Explosion in die Luft flog …

«Ich war nicht dabei, Euer Hoheit. Das Schloss wurde in die Luft gesprengt, während er drinnen war.» Ich sagte, was sie vermutlich hören wollte: Er muss auf der Stelle tot gewesen sein. Er kann unmöglich lange gelitten haben.

Sie schüttelte den kleinen Kopf. «Ein guter Tod – einerseits», sagte sie. «Andererseits jedoch … hätte Colin auf dem Feld der Ehre fallen sollen, so wie dein edler Vater, und nicht von einem lauernden Mörder und einer langsamen Zündschnur getötet werden sollen.» Sie seufzte. «Hast du ihn eigentlich gekannt, Matthew? Wie wirkte er auf dich?»

Ich erzählte ihr von meiner Begegnung mit dem mysteriösen schottischen General, davon, dass ich ihn anfangs für schwach und unbedeutend gehalten, im Lauf der Zeit aber die tiefe innere Stärke und den Mut dieses Mannes erkannt hatte.

«Aha», sagte die Königinmutter, «wie es scheint, hatte er sich kaum verändert. Das ist gut. Ja, das ist sehr gut. Ich habe viele Messen für sein Seelenheil lesen lassen. Er würde das zu schätzen wissen. Wie du, Matthew, war auch der General ein ziemlich schwer einzuschätzender Ketzer.» Wir gingen ein Stück weiter, Henrietta Maria schien in Gedanken versunken. Dann blickte sie plötzlich auf und fragte: «Hat er dir erzählt, wie ich damals nach England kam, Matthew?»

Dies war gefährliches Terrain – das gefährlichste überhaupt. Er – er versuchte, mir zu erklären, weshalb er vom Hofe verbannt worden war, Majestät. Weil er … weil er … Weil er Euer Liebhaber war, Majestät; aber so etwas kann man zu gekrönten Häuptern von Gottes Gnaden nicht sagen.

Die Königinmutter sah, in welchem Dilemma ich steckte. Sie nahm eine seltsame Haltung ein – erfüllt von einer Art traurigem Stolz, wenn es so etwas gibt. «Ich verstehe, Matthew. Und deine Mutter? Hat er sie damals erwähnt?»

«Nicht … nicht direkt, Majestät.»

Bis heute weiß ich nicht, ob sie mir geglaubt hat. Wahrscheinlich nicht. Aber ich kann mich an ihre nächsten Worte erinnern, als stünde sie gerade neben mir, diese winzige Französin, die Englands jüngere Geschichte so entscheidend mitbeeinflusst hat. «Am besten vergessen wir das, Matthew. Alles. Wir waren alle jung, und die jungen Leute denken immer, sie verstehen von allem so viel, dabei verstehen sie sich nur auf den Wahnwitz. Und dieser Wahnwitz, der kehrt immer wieder zu jenen zurück, die ihn in die Welt gesetzt haben, Jahr für Jahr. Ach, armer Matthew. Ich bete darum, dass du, der du heute jung bist, keinen Grund haben wirst, den Wahnsinn derer büßen zu müssen, die damals jung waren. Ich selbst, deine Mutter, Glenrannoch, die Könige …»

Sie war weit weg in ihren Gedanken, und zuerst dachte ich, sie hätte sich versprochen, so, wie sehr alte Menschen das gerne tun (und dafür hielt ich, der ich heute beinahe neunzig bin, damals die Fünfzigjährigen!), oder Menschen, die eine andere Muttersprache haben. Doch nach all dem, was danach geschah, weiß ich nun, dass Königin Henrietta Maria sich nicht versprochen hatte, damals an jenem Abend in den Gärten von Somerset House, einige Augenblicke, bevor sie mich entließ und ich meinen formellen Abschied nahm und mich unter vielen Verbeugungen rückwärtsgehend entfernte. Sie sprach von dem Wahnwitz von Königen, nicht nur eines einzelnen Königs, und sie sprach von dem Wahnwitz, dessen Auswirkungen auch folgende Generationen zu spüren bekämen. Die verdeckten Anspielungen auf Campbell von Glenrannochs, der sowohl die Königin als auch meine Mutter in ihrer Jugend so gut gekannt hatte, gehörten also nicht der Vergangenheit an und waren keineswegs vergessen, als die 1620er Jahre vorüber waren.

Dies, so dachte ich bei mir, als ich im George Inn in Bedford immer tiefer ins Glas schaute, war der Grund, weshalb ich meine Mutter so angeherrscht hatte, mit der Heirat meines Bruders hatte das gar nichts zu tun. Den Einwand der Königinmutter, dass man an die Geheimnisse, die sie und Colin Campbell mit meiner Mutter geteilt hatten, am besten gar nicht mehr rührte, ignorierte ich einfach; es ist ja die sicherste Methode, um einen einigermaßen neugierigen Mann, der noch dazu voll jugendlichem Tatendrang steckte, dazu anzuhalten, weiterzuforschen, und so sicherzustellen, dass die Geheimnisse nicht der Vergessenheit anheimfallen, sondern vielmehr ans Licht kommen. Dennoch hatten meine ungeschickten Versuche, die Wahrheit aus meiner Mutter herauszukitzeln, zu einem Bruch geführt, der vielleicht nie mehr zu kitten war. Ich leerte den letzten Becher aus dem zweiten Krug und fragte mich erneut, ob ich Königin Henrietta Marias Ratschlag nicht doch beherzigen sollte.

Als ich darüber nachdachte, ob ich mir wohl einen dritten Krug Bordeaux genehmigen könnte, auch wenn ich dann schwankend zurück zur Abtei reiten würde, kam ein weiterer Barcock – Paul, glaube ich, oder war es doch Peter? – zur Tür herein, in meine kleine, stinkende Welt im

George Inn, und reichte mir einen Brief, den ein königlicher Kurier erst eine Stunde zuvor in Ravensden abgegeben hatte. Ich dankte ihm übertrieben freundlich, wie Betrunkene es tun, und öffnete den gefalteten Bogen. Die Schrift kannte ich nur zu gut – säuberlich, gestochen, ein wenig angeberisch –, und auch die Nachricht verriet ihren Autor: etwas zu weitschweifig als notwendig.

Sir,

derzeit befinde ich mich wegen einiger Angelegenheiten, welche den gegenwärtigen Zustand und die künftigen Erfordernisse der Marine betreffen, im Gefolge Seiner Majestät in Newmarket. Seine Majestät hat mich freundlicherweise darüber unterrichtet, dass er Euch augenblicklich zu sehen wünscht, um just über diese Dinge mit Euch zu sprechen.

Wenn Ihr also die Güte haben wolltet, Euch bitte so schnell wie möglich zur Unterredung mit Seiner Majestät und meiner Wenigkeit hier einzufinden.

Euer ergebenster und respektvollster Diener,
S. Pepys

Staatssekretär der Ehrenwerten Principal Officers und Commissioners der Königlichen Marine

Mein immer stärker brummender Kopf bekam also doch noch seinen Willen. Zwar war das Gespräch mit meiner Mutter völlig in die Binsen gegangen. Doch nun würde ich die Gelegenheit haben, den König selbst zu sprechen, den hochmütigen ältesten Sohn der winzigen Henrietta Maria, und ihn zu fragen, weshalb er meinem Bruder diese widersinnige Heirat aufzwängte. Dieser eine Gedanke verdrängte alle anderen, vor allem die eine Frage, die ich hätte stellen sollen, die einzige Frage, die in den Tiefen von Pepys' Brief lauerte:

Was konnte Charles Stuart dazu bringen, sich dem «gegenwärtigen Zustand und den künftigen Erfordernissen» der Marine zu widmen und von seinen Pferderennen und Mätressen loszureißen, dem Einzigen, was ihn in Newmarket interessierte? Und weshalb bestellte er dazu ausgerechnet einen der unwichtigsten Kapitäne ein?

VIERTES KAPITEL

Der nächste Morgen war sonnig, und trotz der Exzesse der vorherigen Nacht stand ich sehr früh auf, küsste meine schnarchende Cornelia und ritt nach Newmarket, zuerst ein wenig benommen und schwankend, dann immer sicherer. Ein rascher, aber leichter Ritt über die flache Landschaft nach Osten. Die Ernte wurde eingebracht, überall auf den Feldern sangen die Dorfbewohner, in den frommeren Gegenden Kirchenlieder, in den rebellischeren derbes Liedgut über grobe Burschen und Mädel. Ich ritt auf Zephyr, meinem Lieblingshengst, der mich einmal ohne Murren innerhalb von zwei Tagen von Ravensden nach Portsmouth getragen hatte, was manch besseres Pferd zur Strecke gebracht hätte. Unser Ritt wurde nur zweimal unterbrochen: Kurz vor Cambridge war ein Fußballspiel zwischen zwei Dörfern in eine veritable Schlacht ausgeartet. Einer der Spieler schien eine Verletzung vorgetäuscht zu haben, um einen Vorteil zu erwirken, und wurde nun von seinen Gegnern richtiggehend bewusstlos geschlagen. Cambridge selbst war ruhig, denn das neue Semester begann erst in einem Monat, doch dahinter füllte sich die Straße allmählich mit immer mehr Menschen der grobschlächtigsten Sorte, sie alle strebten nach Newmarket, um den König und die wichtigsten Mitglieder des Hofstaats zu sehen. Ich gab Zephyr die Sporen und zwängte mich hindurch, denn im Gegensatz zu ihnen hatte ich eine Einladung zur Audienz beim Herrscher höchstselbst.

Der Monarch verfügte über einen abgetrennten Bereich auf einem Hügel mitten in der Heide von Newmarket. Von dort aus hatte er den besten Blick auf das Pferderennen; an den Zäunen hielten Soldaten in grellroten Uniformen Wache, die eine Hälfte mit Piken, die andere mit Musketen. Man hatte auch den besten Blick übers ganze Land, das aus grünen Feldern bestand, aus Windmühlen und Kirchtümen, fern am Horizont erkannte man den großen achteckigen Turm der Kathedrale von Ely. Mehrere große Zelte beschirmten diejenigen, die kein Interesse an dem Blick oder dem Rennen hatten oder die einfach Schatten der Sonne vorzogen. Die Tische darin bogen sich unter dem Gewicht der Delikatessen, die der Hofstaat sonst in Whitehall genoss und nun auch hier einforderte, weil es den Monarchen zum Pferderennen getrieben hatte. Ich stieg am Zaun ab, zeigte einem der Soldaten meinen Einladungsbrief und wurde zum größten Zelt geführt. Dort fand ich einen Haufen Lakaien vor, etliche grellgeschminkte Huren und einen mir vertrauten kleinen rundlichen Mann mit langem Gesicht, wohl um die dreißig Jahre alt, der unter einer turmhohen Perücke schwitzte (damals gerade der letzte Schrei und heute so ziemlich das Einzige, was aus jener Zeit noch in Mode ist, wahrscheinlich wird es das auch bis ans Ende aller Tage bleiben). Der rundliche Mann blickte sich geschäftig um und reagierte zunächst nicht, als ich ihn ansprach.

«Mister Pepys», sagte ich.

«Ah, Captain Quinton!», rief der Staatssekretär der Königlichen Marine. «Wilkommen, Sir, willkommen. Ihr seid der Einladung des Königs ja wirklich auf der Stelle nachgekommen, muss ich sagen. Nehmt Ihr nach dem Ritt eine kleine Erfrischung zu Euch?»

«Danke, Mister Pepys. Gerne, einen Schluck Bier vielleicht.»

Ich kannte Samuel Pepys nunmehr seit zwei Jahren. Alle Kapitäne hatten natürlich persönlich mit ihm zu tun, denn als Staatssekretär war er die Schnittstelle für die gesamte Korrespondenz zwischen uns und dem Navy Board, er war mit der Erledigung sämtlicher Alltagsangelegenheiten unserer Schiffe betraut. Pepys war nur deshalb in dieses Amt berufen worden, weil er weitläufig mit Montagu verwandt war, dem Earl of Sandwich, damals einer der wichtigsten Männer des Königreichs. Montagu, Noll Cromwells Protegé und ein Marinegeneral, war es damals gelungen, die misstrauische Marine von der Restoration zu überzeugen, und an Bord von Montagus Flaggschiff wurde Charles Stuart dann auch sicher nach England zurückgebracht. Natürlich regnete es daraufhin Ehren auf Montagus Haupt mit den Hängebacken, und eine der unwichtigsten war eben die Stelle im Marineamt für Montagus Schützling, Master Samuel Pepys. Ein seltsamer kleiner Mann, dieser Pepys; ich war mir noch nicht ganz im Klaren darüber, was ich von ihm halten sollte. Manchmal konnte er ein schrecklicher Pedant sein und plusterte sich obendrein fürchterlich auf. Außerdem war er sich für meinen Geschmack seines eigenen Wertes ein wenig zu bewusst und tat dies auch allen und jedem kund, insbesondere wenn es sich dabei um Personen handelte, die Einfluss besaßen. Doch er war auch äußerst begeisterungsfähig, überaus aufgeschlossen, aufrichtig interessiert an allem, was andere Menschen taten (vor allem Frauen – das konnte ich daran erkennen, wie er die Damen in der königlichen Entourage musterte). Ein großartiger Trinkkumpan war er auch, was mir sehr gefiel. *Diesen* Samuel Pepys mochte ich, ja liebte ihn beinahe. Den Samuel Pepys jedoch, der mich wegen angeblicher Mängel in meiner Buchführung auf der *Wessex* auf übelste Weise zurechtgewiesen hatte und es auch noch für angebracht hielt, mich vor dem Lord High Admiral abzukanzeln – nun, diesen Samuel Pepys schätzte ich in etwa so sehr wie die Gerüche im George Inn in Bedford.

Während wir unser Bier tranken, fragte ich ihn, was ihn nach Newmarket geführt hatte. Auch er habe eine Einladung vom König erhalten, erklärte er, doch dies sei nicht der einzige Anlass: «Ich stamme aus dieser Gegend, Captain Quinton. Meine Familie kommt aus Huntingdon – von dort stammt ja auch der Earl of Sandwich –, und ich ging dort zur Schule. Ich kann mich also auf ein und derselben Dienstreise um die Belange der Marine und gleichzeitig um meine Familie kümmern. Aber genug geplaudert. Wir sollten allmählich zum König gehen, Sir.»

«Nein, Sir, das sollten wir besser nicht.»

Pepys fiel die Kinnlade herunter; er hasste es, wenn man ihm widersprach. «Aber, Captain, Ihr wurdet doch eilends hierherbestellt ...»

Ich deutete hinter ihn. In der Zeltöffnung am Rande der Rennbahn zeichnete sich unverkennbar die große, dunkle Silhouette Seiner Majestät Charles II., König von England, Schottland, Irland und Frankreich, ab (Letzteres nur nominell, um seine Vorfahren zu ehren, die unzählige Jahre und das Leben unzähliger Untertanen bei dem vergeblichen Versuch vergeudet hatten, das schöne Land zu usurpieren und seine Krone zu erringen). Der Monarch hatte ein rotes Gesicht, stampfte auf den Boden, fuchtelte zu einer Gruppe Pferde in der Ferne hinüber und fuhr jeden in seiner Umgebung zornig an – insbesondere seinen ältesten Freund, den Herzog von Buckingham, und die wunderschöne Ehrendame der Königin, Lady Frances Stuart, die dem Vernehmen nach bald die großartige Gräfin von Castlemaine in ihrer Funktion als erste Mätresse ablösen sollte. Nur gut, dass die Gräfin derzeit dank der jüngsten vom König herbeigeführten Schwangerschaft gezwungen war, in London zu bleiben, denn sonst hätte man ihre heftigen Wutausbrüche vermutlich über mehrere Grafschaften hinweg gehört.

«Bei allem Respekt, Mister Pepys», sagte ich, «ich kenne den König schon viel länger als Ihr. Ihm gegenüberzutreten, wenn sein Pferd gerade verloren hat, ist unserer Angelegenheit hier nicht gerade förderlich, egal, um welche Angelegenheit es sich handelt. Ich schlage vor, wir bleiben vorerst, wo wir sind, trinken noch etwas Bier und passen einen günstigen Moment ab, wenn Seine Majestät gerade gewonnen hat. Denn dann wird er auch ein offenes Ohr für uns haben.»

Pepys' Gesichtsausdruck ging augenblicklich von Ärger zu Erstaunen, dann zu Erleichterung und Freude über. In diesem Moment wurde mir klar, dass uns ein wichtiger Charakterzug einte: Wir beide lernten gerne dazu. Pepys sagte: «Klingt nach einem ausgezeichneten Ratschlag, Captain Quinton. Das werde ich mir merken. Danke, Sir. Also, Ihr meint, wir sollten noch ein Bier trinken?»

◇◇◇◇◇◇

Es dauerte drei Rennen, bis Seine Majestät wieder guter Laune war. Pepys und ich gingen zum König hinüber, als dieser gerade mit dröhnendem Gelächter den Triumph seines siegreichen Hengstes über die Mähre des Herzogs von Buckingham quittierte.

«Mensch, George», rief der Gesalbte des Herrn, «das wird dich lehren, fünfzig Guineen auf einen Haufen verstaubter Knochen zu setzen, der nur noch zum Hundefutter taugt!»

Der Herzog lachte, aber es war das erzwungene, künstliche Lachen der Gedemütigten. George Villiers, zweiter Herzog von Buckingham (Sohn des Favoriten von König Charles I. und König James I., und von dem Lord High Admiral, unter dem mein Großvater zur See gefahren war), hielt sich für einen äußerst geistreichen Mann, doch irgendwie kam diese Eigenschaft nicht recht zum Tragen, wenn der König seinen derben königlichen Humor ins Spiel brachte. Sie waren Busenfreunde von Kindesbeinen an, diese beiden, denn König Charles, der Märtyrer, hatte den verwaisten Erben des ersten Herzogs zusammen mit seinem Sohn aufgezogen. Es heißt, nach Charles' zweiter glücklicher Inthronisierung habe der zweite Buckingham versucht, an diese Freundschaft anzuknüpfen, indem er zum einflussreichsten Nichtadeligen im Lande wurde, ganz wie sein Vater; der König aber, der die Gabe hatte, die meisten Männer zu durchschauen (seltsamerweise gelang ihm dies nicht bei

Frauen, zumeist sah er jedoch zumindest durch ihre Kleider hindurch), begriff sogleich, was Seine Gnaden wirklich waren, nämlich ein charmanter, gelangweilter Stutzer, dem man am besten ebenso viel Verantwortung für das Königreich übertrug wie den Bewohnern von Bedlam. Dies führte zu einigen Missstimmungen zwischen meiner Familie und dem Großherzog, denn Buckingham konnte nie verstehen, weshalb der König die Freundschaft des stillen, ernsten Earls, meines Bruders, der seinen vorzog und Charles Quinton in Staatsangelegenheiten einweihte, die er George Villiers niemals anvertraut hätte. Daher überraschte es mich nicht, als Buckinghams Augen sich misstrauisch und neidisch verengten, als Pepys und ich unter tiefen Verbeugungen auf den König und seine Entourage zugingen, während der König sich erfreut und aufgeschlossen zeigte.

«Matt Quinton! Pepys! Endlich. Jetzt kommt die ernste Angelegenheit des heutigen Tages, weiß Gott!» Ein Hofbeamter kam auf ihn zugelaufen, verbeugte sich und ließ den König wissen, dass die Pferde und Reiter für das Rennen bereit waren. Charles Stuart hob die Hand und verkündete hochmütig, man möge die Rennen einstweilen aussetzen. Dann wandte er sich den Umstehenden zu: «Euer Gnaden. Lady Frances.» (Ein langer Blick auf Lady Frances' üppigen und wie durch Zufall ihm entgegenwallenden Busen.) «Verzeiht uns, aber wir haben etwas ganz Wichtiges zu besprechen. Sicher werden wir nicht lange brauchen. George, unterhalte sie mit einer Stanze oder etwas Ähnlichem!»

Der König gab uns ein Zeichen, ihm zu folgen. Während wir auf eine leere Stelle zwischen dem königlichen Bereich und den ungeduldigen Teilnehmern des Pferderennens zusteuerten, sah ich hastig zu Buckingham hinüber. Sein Gesicht zeigte eine seltsame Mischung aus Arroganz,

Erstaunen und unverhohlener Furcht, die sich stets auf den Mienen derjenigen spiegelt, die nie ganz die Aufmerksamkeit bekommen, die sie ihrer Meinung nach verdienen. Ich sah sie oft auf dem Antlitz unseres Gott sei Dank verstorbenen Monarchen Georg I., eines dummen deutschen Prinzen, der zu glauben schien, die Leute müssten ihn ernst nehmen, obwohl er bloß durch eine Reihe von Schicksalswirren auf den englischen Königsthron gekommen war – ein Amt, das ihn völlig überforderte.

Als er fand, wir seien außer Hörweite, wandte sich König Charles mir zu und sagte: «Matthew Quinton, bei allen Heiligen. Mein Gott, Sir, Ihr seid jetzt ja fast so schwarz wie ich. Ein zweiter Neger, was?!» Die dunkle Hautfarbe des Königs war legendär, ein Erbe des italienischen Zweigs von Seiten seiner Großmutter. «Also, was hat es mit diesem irischen Abtrünnigen auf sich, den Ihr gefangen nahmt? Dieses Gerede von dem Berg aus Gold. Ihr habt Euch sicherlich so Eure Gedanken gemacht, nehme ich an?»

Es hatte wenig Sinn, vor dem größten Heuchler auf Erden zu heucheln. «Euer Majestät, ich halte es für einen Haufen widerwärtiger Lügen, die nur dazu dienen sollten, seine wertlose Haut zu retten.» Ich versuchte, das Thema zu wechseln, obwohl sich das in Gegenwart des Monarchen nicht schickte. «Sire, gestattet, dass ich Euch auf die bevorstehende Heirat meines Bruders anspreche …»

Charles Stuart schien mich nicht gehört zu haben, obwohl er mich natürlich ganz klar und deutlich vernommen hatte (ein göttliches Recht auf Taubheit war eines der wesentlichen Attribute der Monarchie). «Ein dreister Lügner, sagt Ihr. Nun ja, das scheint natürlich die nächstliegende Interpretation zu sein. Und Ihr, Mister Pepys? Habt auch Ihr eine eigene Meinung in dieser Angelegenheit?»

Pepys wirkte verwirrt, denn offenbar war er nicht daran gewöhnt, von Gottes Vertreter auf Erden so vertraulich angesprochen zu werden, zumindest nicht bei einem englischen Pferderennen. «Majestät, ich … also, ich meine … Was ich sagen will, ist, dass meine Gedanken eins sind mit den Euren …»

Die Gesichtszüge des Königs wurden auf einmal starr, und als er sprach, klang seine Stimme anders, distanziert. «Oh nein, Mister Pepys. Niemandes Gedanken sind eins mit den meinen. Niemandes.» Charles blickte in die Ferne, als suche er nach etwas, das noch weit hinter dem Kirchturm von Ely in ganz weiter Ferne lag. Doch gleich darauf hellten sich seine Augen wieder auf – ich glaube, als sein Blick erneut auf die nun weiter entfernte Frances Stuart fiel –, und er sagte: «Schaut Euch um, Gentlemen. All diese Leute, die sich hier auf dieser schrecklichen, unwirtlichen Heide eingefunden haben, meilenweit von jedweder anständigen Unterkunft entfernt. Weshalb nur?»

«Nun», sagte Pepys, «das liegt an der Anwesenheit Eurer Majestät.»

«Natürlich, auf einige trifft das zu, Mister Pepys. Auf meine Höflinge, die stets dort sind, wo ich bin, schlicht und ergreifend deshalb, weil sie zu nichts anderem auf die Welt kamen – Seine Gnaden der Herzog von Buckingham zum Beispiel –, ganz so, wie Scheiße Fliegen anzieht. Dann sind da welche so wie Ihr, Mister Pepys, die deshalb in der Nähe des Königs sein müssen, weil ich ihnen ein unverschämt hohes Gehalt zahle, auch wenn ich etliche Monate im Rückstand bin. Und dann gibt es natürlich noch Männer vom Schlage Captain Quintons, die sich in der Hoffnung auf bevorzugte Behandlung und Ruhm in meiner Nähe aufhalten. Dann sind da aber auch noch viele weitere, die nicht zu Eurer Sorte, ja noch nicht einmal zur Sorte Buckinghams, gehören. Verflucht, ich habe mindestens zwei Dutzend fanatische Cromwell-Anhänger und Commonwealth-Verfechter hier gesehen, die noch immer der alten Republik nachtrauern. Die würden lieber Schwefel fressen als den Mann hofieren, in dem viele den Anwalt des Teufels sehen. Meistens sind das Männer aus Cambridgeshire. Gott schütze mich vor Cambridgeshire. Aber sie haben eine Schwäche, die sie heute hierherbringt, eine Schwäche, die sie mit mir teilen, mit Buckingham und beinahe jedem, der hier auf diese Heide gekommen ist. Ziemlich unvermittelt wandte sich der König um, hob den rechten Arm und ließ ihn wieder sinken. Der Hofbeamte, der zuvor auf ihn zugekommen war, fuchelte wild mit den Armen, und in der Entfernung setzte sich unter dem Jubel der Zuschauer ein Dutzend Pferde in Bewegung, angespornt von Jockeys in Livreen, die alle Schattierungen des Regenbogens zeigten.

Charles sagte: «Das Wettspiel, Gentlemen, das ist das eine. Aber der Sportsgeist ist noch etwas ganz anderes. Seht Ihr, ein Verlust ist und bleibt ein Verlust – es sind viele Pferde im Rennen, daher ist es also recht wahrscheinlich, dass wir verlieren. Wir lernen, mit einem Verlust umzugehen, wir können ihn akzeptieren. Wenn ich ein paar Guineen an den Herzog von Buckingham verliere – na schön. Und die armen Männer dort, dann verlieren sie eben ein paar Pennies, was soll's? Aber das Gefühl, zu gewinnen! Der Kitzel, wenn die Pferde hintereinander herjagen, der Kitzel des Zufalls – die herrliche, unmögliche Chance, dass der Außenseiter entgegen allen Erwartungen gewinnt! Ich kann mit neunundneunzig Niederlagen leben, wenn ich nur dieses Gefühl im hundertsten Rennen habe! Das, Gentlemen, ist es, was die Leute eint, die sich heute hier versammelt haben.»

Ich hatte den König schon in ähnlichen Situationen erlebt: strahlend vor Glück, in einem Zustand höchster Seligkeit. Dies war eigentlich immer auf die Anwesenheit einer freizügigen Frau zurückzuführen, doch diesmal schien Charles Stuart in einer ungewöhnlichen Hochstimmung, die ausnahmsweise einmal nichts mit dem schönen Geschlecht zu tun hatte. Er schwieg eine Weile, doch auch der geschwätzige Pepys kannte die Etikette bei Hof gut genug, um zu wissen, dass man den Gesalbten des Herrn niemals in seinem Sinnieren unterbrechen durfte, und ich wusste, dass ich die Sache mit der Heirat erst besprechen konnte, wenn der Monarch beschloss, mich anzuhören. Schließlich sagte er: «Manchmal, Gentlemen, müssen Könige alles aufs Spiel setzen. Wir führen Kriege und schicken brave Männer in den Tod – Männer wie diese da drüben oder auch Männer wie Euch, Matt. Manchmal aber bietet sich Königen die unerwartete Gelegenheit zu einem Spiel, bei dem sie nicht verlieren können. So ist es mit diesem Berg aus Gold. Wenn Ihr recht habt, Matt, und der Ire ein ausgemachter Lügner ist, der nur versucht, seine armselige Haut zu retten, was verlieren wir dann, wenn wir ihn noch ein wenig am Leben lassen? Nichts, denn ich bin ja kein Risiko eingegangen. Doch wenn wir alle falschliegen und auch nur ein Körnchen Wahrheit in dem liegt, was er sagt … Überlegt doch nur: ein Berg aus Gold. Der größte Schatz auf der ganzen Welt. Was würde ich tun, wenn ich in seinen Besitz käme? Was würde ich dabei empfinden? Ich habe oft darüber nachgedacht. Der reichste Herrscher von allen zu sein, mein Land zum größten Reich aller Zeiten zu machen, alles tun zu können, was ich mir wünsche.»

Er schaute zu dem eingezäunten Bereich hinüber, zu Lady Frances' geschmeidiger Silhouette. Der Gang der Geschichte sollte erweisen, dass die Jagd des Königs auf sie nicht von Erfolg gekrönt war – ehrlich gesagt, war dies sogar einer der wenigen Fälle, in denen er scheiterte. Stattdessen verewigte er sie als Modell der Britannia und ließ ihr Bild auf seine Kupfermünzen prägen. Sie ziert die Münzen noch immer, und so wird es wohl auch bis ans Ende aller Tage bleiben. Erst neulich hörte ich den inkompetenten Sohn meines Polsterers, den alten Arne von Covent Garden, irgendein belangloses neues Liedchen über sie singen.

Der König ließ den Blick wieder zu den Pferden hinüberwandern, die gerade in eine Kurve einbogen. «Treib ihn an, Philipps! Schneller! Nimm die Peitsche, Herrgott nochmal ... Ja, so ist's recht!» Das Rennen und die Jagd nach dem Gold waren, so schien es, ein und dasselbe für Charles Stuart. Er wandte sich wieder zu mir um und sagte: «Dieser O'Dwyer ist übrigens nicht unser einziger Zeuge. Erste Gerüchte über diesen Goldberg hörte ich bei meinem Besuch in Paris, wann war es noch gleich, 1649? Jedenfalls nicht lange nach der Hinrichtung meines Vaters. Auch der verstorbene Kardinal Mazarin setzte sich sehr für den Plan ein, obwohl damals der Bürgerkrieg in Frankreich tobte.» *Wieder mal die Franzosen.* «Auch meinen Cousin Ruprecht trieb diese Vorstellung um. Ständig machte er dezente Anspielungen darauf – wenn man in Ruprechts Fall von Dezenz sprechen kann.» Prinz Ruprecht von der Pfalz, als General in unseren Bürgerkriegen berühmt geworden, galt nicht gerade als Ausbund an Feinsinnigkeit. «Er erfuhr davon, als Holmes und er in Gambia waren, bevor meine kleine Exil-Marine aufgelöst wurde. Natürlich hatte ihre Suche keinen Erfolg, doch selbst wenn die Eroberung einer schönen Frau zunächst scheitert, Gentleman, so wiegt der endgültige Sieg die Mühsal während der Jagd doch stets auf, oder?!» Er lachte, und ich lachte pflichtschuldig mit, Pepys ebenfalls, wenn auch etwas nervöser. Der König legte mir die Hand auf die Schulter und sagte: «So, Matt, nun versteht Ihr, welches Spiel ich hier spiele. Ihr seid meine Rennpferde, weiß Gott. Denn wen sollte ich mit diesem Auftrag betrauen, wenn nicht den Mann, der mir diesen Berg aus Gold erneut in Erinnerung rief?»

In dem Augenblick endete das Rennen. Die Zuschauer brachen in Jubel aus, und es war klar, dass das Pferd in Gelb, der königlichen Farbe, gewonnen hatte. Charles Stuart lächelte voller Genugtuung, winkte triumphierend zu dem niedergeschlagenen Herzog von Buckingham hinüber und sagte: «Wieder ein Spiel, das ich gewonnen habe. Wisst Ihr, Matt, ich glaube, mein Glück hat sich nun doch gewandelt.» Er trat näher auf mich zu und flüsterte mir ins Ohr: «Und das gilt auch für Euer edles Haus, was die Heirat mit Lady De Vaux betrifft. Habt Vertrauen zu mir, mehr darf ich nicht sagen.» Der König wandte sich um und gab Pepys ein Zeichen, worauf dieser ihm einen Beutel reichte. Wortlos nahm Charles ihn entgegen, reichte ihn mir und sagte liebenswürdig: «So, Matt. In diesem Beutel findet Ihr die Ernennungsurkunde meines Bruders, des Lord Admiral, die Euch zum Kapitän der *Seraph* macht. Fregatte fünfter Klasse, zweiunddreißig Kanonen, liegt zurzeit in Deptford vor Anker. Ist zwar nicht so groß wie Eure *Wessex*, weshalb die Bezahlung ihres Kapitäns auch geringer ausfällt. Dafür ist sie neu, kommt geradewegs aus einer vorzüglichen Werft in Blackwall. Der Bootsbauer hat mir versichert, auf all seinen Schiffen liege der Segen von Merlin und seinen Feen. Die sagen ihm genau, wo er die Auflanger ansetzen muss. Er mag so verrückt sein wie der Herzog von Norfolk, aber er baut verdammt gute Fregatten. Sie segelt jedem anderen Schiff davon, Captain, und ich bürge für sie, weil ich selbst in einem scharfen Nordwind das Steuer übernommen und sie vom Hope zur Themsemündung und zurückgefahren habe. Sie lässt sich leichter lenken als jede meiner Yachten, Matt!» Dieser König war ein verhinderter Seemann und nahm immer großen Anteil an den Reisen seiner Kapitäne. «Im Nu seid Ihr in Afrika und findet meinen goldenen Berg. Eure Routenbeschreibung und die vertraulicheren Hinweise sind ebenfalls in diesem Beutel. Ihr seid, wie Ihr sehen werdet, Teil einer großen Expedition mit weitreichenderen Zielen, aber von der werdet Ihr Euch in Gambia trennen. Ich habe Euch auch mit zusätzlichen vertraulichen Informationen über Euren Passagier versehen, die Ihr im Notfall lesen dürft.» Mich überkam eine dunkle Ahnung. «Ich habe keinen Zweifel, dass Ihr mich der allzu großen Nachsichtigkeit bezichtigen werdet, das kenne ich bereits von meinen Ministern. Und vielleicht habt ihr sogar alle recht, doch in diesem Fall sollten die zusätzlichen Anweisungen Euch Richtschnur genug sein. Ich jedenfalls bin der Ansicht, dass wir, wenn wir Schurken vertrauen, wenigstens nicht enttäuscht werden, sollten sie am Ende doch ihr wahres Gesicht zeigen. Anders sieht es mit denjenigen aus, die vorgeben, gute Menschen zu sein und sich dann in umso schlimmere Bösewichter verwandeln.» So war er nun einmal, dieser König: Von einer Sekunde auf die andere konnte er sich vom eingebildeten, unnahbaren Monarchen in einen ausgemachten Zyniker verwandeln – als der er dann auch in die Geschichte eingegangen ist. Damals wusste ich natürlich noch nicht, dass dieser König sogar dem Mann verzeihen würde, der ihm die Kronjuwelen stahl, doch ich glaube nicht, dass ein deratiges

Wissen mich damals schockiert hätte. Als der König seine Schlussworte sprach, kamen sie daher alles andere als überraschend: «Euer Passagier wird der jüngste Oberstleutnant meiner irischen Armee sein. Colonel Brian Doyle O'Dwyer aus Baltimore in der Grafschaft Cork.»

◊◊◊◊◊◊

Ich war rabenschwarzer Laune, als ich zurückritt. Fröhliche Landleute, die von der Ernte heimkehrten, brüllte ich an. Beinahe hätte Zephyr die Braut zertrampelt, als ich mir meinen Weg durch eine Hochzeitsgesellschaft bahnte. Es schien weiterhin die Sonne, aber mein Herz war der dunkelste, schwärzeste Ort auf Erden. Weshalb der König die Heirat meines Bruders forcierte, hatte ich nicht herausfinden können. Richtig, ich hatte einen neuen Auftrag erhalten. Doch eine Reise nach Westafrika, an eine bekanntermaßen abstoßende und malariaverseuchte Küste, die so manchen Kapitän und seine Mannschaft das Leben gekostet hatte? Und angestoßen hatte das Ganze ein hinterhältiger, auf Zeit spielender Abtrünniger, der vermutlich bei erster Gelegenheit von Bord sprang, um sich zu seinen verbrecherischen Korsarenfreunden zu gesellen, sobald wir entsprechende Gewässer erreichten. Das waren nicht gerade rosige Aussichten. Während ich weiterritt, wurden meine Gedanken immer finsterer. Vielleicht konnte ich in französische Dienste übertreten; bestimmt würde mir mein Freund, der Comte d'Andelys, dabei behilflich sein. Oder ich könnte nach Amerika fliehen, in seine weiten, wilden Hügel. Oder mich den Piraten in der Karibik anschließen, den Bukanieren oder wie sie sich nennen. Was blieb mir denn noch in England, wenn ich enterbt und vom König mit diesem Auftrag betraut wurde, der mich zwar nicht deshalb aus dem Weg haben wollte, der jedoch von Gier getrieben war und mit schicksalhafter Entschlossenheit Menschen vertraute, die der Rest der Menschheit zu Recht als absolut unzuverlässig bezeichnet hätte? Cornelia würde bald einen anderen finden, einen, der ihr die Kinder schenkte, wonach sie sich so sehnte …

Ich hatte derart schlechte Laune, dass ich schließlich vom Weg abkam und mich auf einem Feldweg wiederfand. Ich scherte mich nicht darum, als ich den Irrtum bemerkte, sondern ritt einfach weiter auf die Sonne im Westen zu. Dass ich in der Nähe der Grenze zu Bedford war, wusste ich und musste also bloß nach der großen Straße Ausschau halten, die von London aus nach Norden führte. Allzu rasch versank ich wieder in meinen trüben Betrachtungen und Grübeleien über die Ungerechtigkeit meiner Lage, dass ich erst auffuhr, als ich plötzlich einen bedrohlichen Schrei vernahm. *Sieh zu, dass du hier wegkommst, Junge!*, fuhr es mir durch den Kopf, und ohne groß zu überlegen, gab ich meinem Pferd die Sporen und ritt in das Dickicht vor mir, wo der Weg sich zu einem schmalen Pfad verengte. Und siehe da – eine Bande Wegelagerer kam zu beiden Seiten aus den Bäumen gesprungen. Acht oder zehn waren es wohl, obwohl ich sie im Vorbeireiten nur ganz verschwommen sah. Sie hatten Keulen, und einem von ihnen gelang es, mein Pferd damit zu streifen, glücklicherweise, ohne es zu verletzen. Ich trieb es weiter an und galoppierte an den Kerlen vorbei, die einem narbengesichtigen Mann irgendetwas zuriefen, das ich nur halb verstand. Dann war ich schon weit fort, wieder auf offenem Feld.

Ich ritt zügig weiter, bis ich fast schon in Sichtweite von Ravensden war. Erst dann ließ ich die Zügel locker, entspannte mich und begann über das Geschehene nachzudenken. Natürlich wimmelte es überall von gescheiterten Existenzen und brutalem Gesindel, die im Dickicht unachtsamen Reisenden auflauerten, welche törichterweise von den Hauptstraßen abgekommen waren. So war das nun einmal, und ich war selbst schuld, mich in ihre Nähe gewagt zu haben.

Doch je mehr ich darüber nachdachte, desto mehr fragte ich mich, ob es sich hier tatsächlich nur um eine Bande Wegelagerer gehandelt hatte, deren zufälliges Opfer ich geworden war. Ich sah den letzten Mann der Räuberbande vor mir. Ich sah die große Narbe, die quer über sein Gesicht lief, und das linke Auge, das nicht mehr an seinem Platz war. Außerdem trug er ein Schwert, eine ungewöhnliche Waffe für einen Strauchdieb. Und jetzt sortierten sich auch die Worte in meinem Gedächtnis, die sie sich zugerufen hatten:

«Quinton ist uns entwischt, Sergeant!»

«Aye, aber er kann nicht ewig vor uns davonlaufen, Jungs!»

FÜNFTES KAPITEL

Meine Mutter war ein zänkischer alter Drache. Sie hasste die Menschheit mit einem Furor, den ich damals lediglich für Rechtsanwälte und Waliser übrig hatte. Manchmal war sie launisch und unberechenbar, dann wieder prinzipienversessen und unnachgiebig. So zum Beispiel auch – und das spricht in meinen Augen für sie –, wenn es um Traditionen ging, vor allem Traditionen der Quinton-Familie. Und nun hatte sie beschlossen, dass die neue Gräfin einem größeren Verwandtenkreis vorgestellt werden sollte, unseren Nachbarn und Pächtern auf dem gesamten Grundbesitz, der zu Ravensden Abbey gehörte – denn so hatten es die Quintons gehalten, seit ihre Vorfahren in Kettenhemden innerhalb ihrer Holzwände auf dem Hügel über dem Tal saßen. Es hieß, zur Verlobung des ersten Earls seien fünftausend

Gäste gekommen, darunter auch sein guter Freund König Heinrich V., Gott hab ihn selig, mit dem er in der Schlacht von Azincourt gekämpft hatte. Nicht ganz so viele Gäste waren anwesend, als meine Mutter vierzig Jahre zuvor in unsere Familie eingeführt worden war, doch zumindest hielt sie die Familientradition lebendig. Eines der Dinge, die sie meinem längst verstorbenen Großvater hartnäckig nachtrug, war übrigens, dass er der einzige Quinton war, der sich nichts um einen derart netten Brauch geschert hatte und stattdessen lieber seine wesentlich jüngere französische Braut in einer hastigen Zeremonie auf seinem Besitz an der Loire (längst verkauft) geheiratet hatte und sie erst dann in Ravensden vorstellte, als sie ihm drei Kinder geboren hatte (ein Totgeborenes, eine Tochter und einen Sohn, nämlich meinen Vater; Onkel Tristram folgte etwas später). Die Tatsache, dass besagte Hochzeit bereits lange vor ihrer eigenen Geburt stattgefunden hatte und ihr das Ganze demnach herzlich egal hätte sein können, hinderte meine Mutter keineswegs daran, sie auf ihre Liste der ewigen Vorhaltungen zu setzen.

Obwohl ich etwas gegen Feste in großem Stil hatte, schätzte ich insgeheim die Fortführung dieser alten Traditionen. Meine Billigung behielt ich jedoch für mich, nicht, weil meine Mutter und ich seit meinem Ausrutscher auf Kriegsfuß gestanden hätten – wir sprachen miteinander, wenn auch sehr förmlich –, sondern weil Cornelia nach wie vor eine erbitterte Gegnerin der Heirat war und ich meine Ruhe haben wollte. Ich hingegen hatte mich beinahe damit abgefunden, nachdem ich einige Wochen über die Worte des Königs bei unserem Treffen in Newmarket nachgedacht hatte. Sogar mit meiner bevorstehenden Reise in Gesellschaft des irischen Abtrünnigen hatte ich mich abgefunden, dessen Gesellschaft ich während meiner jüngsten Kurzbesuche in der Marinebehörde tunlichst gemieden hatte. Nein, meine Einwände gegen die große Verlobungsfeier der Quintons waren unmittelbarer und praktischerer Natur. Zunächst einmal konnten wir sie uns schlichtweg nicht leisten. Ich wusste zwar nicht genau, wie es um unsere Finanzen stand, aber man muss sich nicht einer Kloake nähern, um zu wissen, dass sie stinkt. Zweitens plante meine Mutter, das große Ereignis im Freien abzuhalten, um mehr Leute einladen zu können. Im Oktober. In Bedfordshire. Zu den wenigen Freuden meiner vaterlosen Kindheit hatte das Blättern in Atlanten gehört; es hatte mir damals mehr Spaß gemacht, an ferne Länder zu denken als an mein eigenes, das noch immer vom Bürgerkrieg verwüstet war. Ich glaube, es war an einem Dezembertag, vielleicht in jenem Winter, in dem sie den König umbrachten und der Schnee fast eineinhalb Meter hoch auf den Feldern von Ravensden lag, als ich auf eine Landkarte von Europa blickte und feststellte, dass kein Gebirgszug oder eine sonstige Trennwand zwischen uns und den Ebenen um Moskau lag. Wenn also der Wind aus Osten blies, und das tat er oft im Oktober, brachte er häufig Schnee aus Russland mit.

So geschah es auch dieses Jahr, unerwartet früh und heftig.

Diese schlichte Tatsache hätte manch gestandenen Mann entmutigt, nicht jedoch meine Mutter. Stattdessen mietete sie jedes verfügbare Kohlenbecken in der Grafschaft an, ließ auf unserem gesamten Besitz hochzüngelnde Fackeln aufstellen, bestellte ganze Bottiche mit Glühwein, in denen man eine kleine Ketsch hätte schwimmen lassen können, und erwartete den großen Tag. Dieser sollte nicht nur von dem Debüt unserer künftigen Gräfin gekrönt werden, sondern auch durch die langerwartete Rückkehr des Earls von Ravensden selbst. Immer wieder hatte Charles wichtige Gründe angeführt, die ihn davon abhielten, einen längeren Zeitraum auf unseren Ländereien in Alnburgh zu verbringen, und war stattdessen auf das Landgut in Wiltshire gefahren, das Lady De Vaux von ihrem verstorbenen, unbeweinten Ehemann geerbt hatte. Die Briefe, die Charles mir während dieser Zeit sandte, waren kurz, so, wie es seine Art war, enthielten aber endlose Versprechungen, mich bei seiner Rückkehr ins Vertrauen zu ziehen, was wiederum nicht seine Art war. Vielmehr fädelte er es so ein, dass er erst am Tag der Verlobung nach Ravensden käme, und schickte einen Boten voraus, der ausrichten ließ, er und Lady De Vaux wären wegen eines gebrochenen Rades an ihrer Kutsche aufgehalten worden. Also war ich gezwungen, meine neue Schwägerin in aller Öffentlichkeit kennenzulernen, zusammen mit den Legionen unserer Gäste.

Unvergesslich ist mir der erste Eindruck, den ich von diesem großen Fest hatte, auch jetzt noch erinnere ich mich daran, während ich in die schwache Glut meines Lebens vor mir im Kamin starre. Mutter hatte beschlossen, dass der engste Familienkreis und einige Honoratioren formal begrüßt wurden. Zu diesem Zweck war die Treppe, die von der Eingangshalle hinunter in den Garten führte, wieder in Betrieb genommen worden. Dazu mussten zwei Flügeltüren geöffnet werden, die ihren Schlüssel vermutlich seit Mutters eigener Verlobungsfeier nicht mehr gesehen hatten. Die betreffenden Türen fielen prompt aus den Angeln, die zu Rost zerbröselten, weshalb wir gezwungen waren, nach den Zimmerleuten in Bedford schicken zu lassen. Diese weigerten sich erst zu kommen und verwiesen auf einen Stapel unbezahlter Rechnungen, die bei Notreparaturen der

Ravensden Abbey während der vergangenen Jahre fällig geworden waren. Nur die Versicherung, wir würden die obersten sechs auf dem Stapel sofort bar begleichen, konnte sie davon überzeugen, den Auftrag anzunehmen. Die Türen wurden also rechtzeitig repariert, und nun standen zwei Barcocks dort und hielten sie auf, während ich auf die Treppe hinaustrat, in einem prächtigen Umhang und mit einem breiten, federgeschmückten Hut. Ich trug mein Schwert an der Seite und hatte auch meinen Brustpanzer angelegt. Auf Letzterem hatte Cornelia bestanden, weil ich dadurch martialischer aussah und so auch vor einem eventuellen weiteren Angriff von Seiten des Mannes mit der Narbe geschützt wäre, obwohl ich mir mittlerweile nicht mehr so sicher war, was meine Erinnerung an den Überfall betraf.

«Der ehrenwerte Matthew Quinton, Captain des Schiffes Seiner Majestät, der *Seraph*, mutmaßlicher Erbe von Ravensden!», rief der künftige Steward just dieses Schiffes, denn Phineas Musk war für diesen Abend zum Zeremonienmeister gemacht worden. Sehr zum Kummer des alten Barcock, des Verwalters von Ravensden Abbey, doch der raue Ostwind hatte ihm die erste Erkältung des Winters beschert und ihn seiner Stimme beraubt. Außerdem wurde er in der Küche gebraucht, wo er das Chaos zu überwachen hatte, das seine prächtige Frau veranstaltete, wenngleich diese es dennoch schaffte, die in der Kälte zitternde Menschenmenge da draußen in regelmäßigen Abständen mit Nachschub zu versorgen.

Wir zitterten in der Tat. Es war so kalt wie mitten im Januar: Der große Schneesturm vom Morgen hatte nachgelassen, doch noch immer fielen einzelne Flocken, und die Hunderte von Gästen scharten sich in kleinen Grüppchen um Kohlenbecken oder Fackeln. Alle Männer trugen

Umhänge oder dicke Mäntel (einige sogar mehrere übereinander), die empfindlicheren Naturen zudem Handschuhe. Drei Earls – unsere Nachbarn Bedford, Kent und Manchester – standen beieinander, vielleicht in weiser Voraussicht, denn bald würde unweigerlich meine Mutter auf sie zugehen und sie wieder einmal dafür schelten, dass sie im Bürgerkrieg auf Seiten des Parlaments gekämpft hatten. Die Frauen standen verloren herum, betrübt und beleidigt darüber, dass sie ihre prächtigen Kleider unter den dicksten Mänteln verbergen mussten, die sie besaßen, und dass ihre üppigen Dekolletés wegen möglicher Frostbeulen versteckt blieben. Der kostbar verzierte Saum ihrer Kleider saugte sich immer mehr mit Schlamm voll, während Hunderte von Füßen den Schnee in Matsch und unseren Rasen in einen Sumpf verwandelten. Cornelia hätte auch unter ihnen sein sollen – es war geplant, dass sie an meiner Seite nach draußen schritt –, doch dann hatte sie laut verkündet, sie sei krank und müsse das Bett hüten. Mutter ließ das natürlich nicht gelten, und es entspann sich eine fürchterliche Szene zwischen den beiden, oder vielmehr der Beginn einer fürchterlichen Szene, die augenblicklich endete, als Cornelia zu verstehen gab, es könne sich um eine morgendliche Übelkeit handeln. Mutter verwandelte sich augenblicklich von einem kreischenden Geier in eine Glucke und bestand darauf, dass Cornelia das Bett nicht verließ; sie schickte ihr Tellerchen mit Köstlichkeiten aufs Zimmer und bestellte nicht weniger als drei Ärzte ein. In manchen Angelegenheiten ließ Mutter Machiavelli wie einen Weichling erscheinen, in anderen jedoch konnte sie so naiv sein wie ein Neugeborenes. Als wir das Zimmer verließen, zwinkerte Cornelia mir heftig zu.

Ich schritt zu den Gästen hinab und war froh, als ich Francis Gale am Fuß der Treppe entdeckte.

«Matthew!», rief er. «Was für ein prächtiges Fest. Guter Punch. Und ein noch besserer Glühwein! Sagt mal – werdet Ihr einen Kaplan auf Eurer anstehenden Reise gebrauchen können?»

Reverend Gale hatte schon einiges intus, dennoch war diese Direktheit selbst für ihn ungewöhnlich. «Meine Güte, Francis, Ihr seid Ravensden doch wohl hoffentlich nicht schon leid? Hat Jermys Erbe Euch so verschreckt?»

«Ganz im Gegenteil, mein lieber Matthew! Das haut einen Francis Gale nicht um!» Der Vikar von Ravensden rülpste vernehmlich. «Doch hat Eure Mutter den Lord Bishop bei ihrem letzten Besuch davon überzeugt, wie schwierig ich sei und so weiter. Sie hat das alles so eindringlich geschildert, dass unser Reverend mir soeben einen jungen Hilfsgeistlichen gesandt hat, einen außerordentlich ernsthaften und fleißigen Mann aus Oxford, der darauf besteht, alles zu erledigen, was nur irgend mit der Pfarrei zu tun hat, egal, wie belanglos die Arbeit ist. Ihr werdet ihn am Sonntag in der Kirche sehen, er übernimmt die Predigt. Ich glaube, er will einmal Erzbischof werden!» *Wie der junge Francis Gale*, dachte ich bei mir. «Doch ich sagte mir auf einmal, dass diese Reise uns beiden nützen könnte. Wir können sehen, ob mein Hilfsgeistlicher schwimmen kann oder untergeht, und ich bestehe noch ein letztes Abenteuer, bevor ich mich niederlasse, um die Gemeinde der Abtei von Ravensden mit meinen Predigten zu langweilen.»

«Herzlich gern, Francis», sagte ich, «wenn der Erzbischof Euch beurlaubt …»

«Der ehrenwerte Sir Venner Garvey, Mitglied des Parlaments für die Marktgemeinde von Rievaulx, und Lady Garvey!», bellte Musk.

Meine geliebte Schwester Elizabeth stand oben an der Treppe, in einen herrlichen grünen Umhang gewandet. Fast so groß wie ich, überragte sie ihren winzigen (und um vieles älteren) Gemahl. Lady Elizabeth Garvey war eine der elegantesten und schönsten Frauen, auf die ein Mann sein Auge werfen konnte – zumindest, solange sie reglos dastand. Denn sobald sie sich in Bewegung setzte, erinnerte sie eher an einen Elefanten. Im Gegensatz dazu bewegte sich Sir Venner Garvey, der pockennarbige, verschlagene Opportunist, der ein glühender Anhänger unseres Lord Protectors selig gewesen war, so anmutig, dass man hätte schwören können, er wäre an unsichtbaren Schnüren aufgehängt.

Ich hatte Elizabeth gesehen, als sie kurz zuvor eingetroffen war, doch sie war wie immer spät dran und hatte gleich gerufen, sie müsse sich erst einmal drei Stunden lang zurechtmachen, worauf sie in ihrem ehemaligen Kinderzimmer verschwand. Nun aber kamen die Garveys sofort auf mich zu. Elizabeth küsste mich auf ihre übliche überschwängliche Art, Venner gratulierte mir zu meinem neuen Auftrag, und ich stellte sie beide Francis vor.

Elizabeth sagte: «Cornelia fühlt sich also nicht wohl? Möglicherweise die Anzeichen einer Schwangerschaft, wie Mutter sagt?»

«Ähm … das kann schon sein, hoffentlich …»

«Nun hör schon auf, Matt! Es mag ihr ja gelingen, Mutter an der Nase herumzuführen, nicht aber mich! Hätte Venner mich nicht hergeschleift, ich hätte mich wahrscheinlich genauso verhalten!»

Es kam nicht oft vor, dass ich einen Blick des Einverständnisses mit meinem Schwager Sir Venner tauschte, doch diesmal war es so. Ich hatte nichts für den Mann übrig – mir missfielen seine Vergangenheit als Anhänger Cromwells, der scheinheilige Spott, mit dem er heute die *Cavaliers* bedachte, vor allem aber die Tatsache, dass sein Anwesen in Yorkshire so prächtig gedieh, was unsere Mutter dazu gebracht hatte, ihm unbedingt meine ältere Schwester zur Frau geben zu müssen. Doch zuweilen war Venner eine angenehme Gesellschaft. Ich wollte ihn gerade fragen, wie es seinen Kindern ging – Venner und Oliver, meinen Neffen –, als die Türen der Abtei erneut aufflogen und Musk verkündete: *«Die höchst ehrenwerte Lady Ann, Gräfinwitwe von Ravensden!»*

Meine Mutter hatte ihr übliches Schwarz vorübergehend aufgegeben und war, wie immer bei ihr, zum Gegenteil übergeschwenkt. Sie war von Kopf bis Fuß in Weiß gekleidet. Es war unmöglich herauszufinden, welche Farbe das Kleid darunter hatte (ein wenig später fand ich heraus, dass es – welche Überraschung! – denselben Farbton besaß), aber sie trug einen großen weißen Umhang mit Kapuze aus reinstem Weiß, und ich fragte mich, wie viele Pachtgebühren unserer Ländereien dafür wohl draufgegangen waren. Kurzum, sie sah aus wie ein unnatürlich großes und altes weißes Kaninchen.

Langsam schritt Mutter die Stufen hinab. Sie hatte auf ihre Krücken verzichtet – das tat sie fast immer, wenn sie öffentlich in Erscheinung trat – und hielt ihren Rücken so weit wie möglich durchgestreckt, obwohl ich wusste, dass sie dann schreckliche Schmerzen litt, was sie aber nie zeigte. Hunderte von Augenpaaren ruhten auf ihr, und sie wusste es. In Momenten wie diesen war sie wieder die junge Lady Anne Longhurst, eine der Schönheiten am Hof des ersten Königs Charles, und Lady Caldecote, die furchtlose Cavalier-Xanthippe im großen Bürgerkrieg. Das war sie heute noch, ihrer Meinung nach.

Sie blieb am Fuß der Treppe stehen, blickte sich um, und wie ich vorhergesagt hatte, stach sie direkt auf die drei Earls zu, die sich verbeugten, als sie sich näherte.

Es blieb keine Zeit, um mein Gespräch mit Venner und Elizabeth fortzusetzen. Musk stand bereits wieder in Positur und verkündete besonders stolz und laut: *«Mylords! Ladies, Gentlemen, Junker und alle anderen! Hier kommt der erlauchte Charles Quinton, zehnter Earl von Ravensden, Baron Caldecote, Geheimer Rat des Königreichs von England!»*

Mein Bruder wirkte erbärmlich klein und verloren vor den großen grauen Mauern der Abtei. Seine Blässe erinnerte an den Schnee, der überall herumlag, und dennoch hatte er sich gegen einen Umhang und für einen Gehrock entschieden. Charles hasste Zurschaustellung jedweder Art, und so dazustehen, oben an der Treppe, während hundert Blicke auf ihm ruhten, musste ihm äußerst unangenehm sein. Er stieg langsam herab und schob dabei die rechte Seite vor, in der linken steckten nämlich drei Musketenkugeln aus der Schlacht von Worcester, die er nur knapp überlebt hatte.

Er kam auf unsere kleine Gruppe zu. Elizabeth stieß Venner Garvey demonstrativ mit dem Ellbogen an, worauf dieser sagte: «Ach ja. Vergebt mir, Matthew, aber ich muss ein paar parlamentarische Angelegenheiten mit Sir Samuel Luke besprechen, den ich gerade hinter einem Kohlenbecken entdeckt zu haben glaube.» Er schickte sich an, auf Luke zuzugehen, und raunte mir im Vorübergehen zu: «Wir beide müssen uns unterhalten. Allein, wenn du das nächste Mal in London bist. Es geht um die Sache mit dem Berg aus Gold.» Ich erstarrte bis zu den Zehenspitzen, denn wer außer einem kleinen Zirkel im Umkreis des Königs wusste von meiner Mission? Doch es blieb keine Zeit für eine Vertiefung dieser Frage, denn kaum hatte Venner unseren Kreis verlassen, als auch Francis Gale sich aus dem Staub machte. Er hatte gerade den Dekan gesehen, der den Gemeinden der Gegend vorstand, und da er ihn hasste, versuchte er ihm aus dem Weg zu gehen, wo er nur konnte.

Damit waren die drei noch lebenden Quinton-Kinder unter sich. Elizabeth küsste Charles voller Herzlichkeit, und ich gratulierte ihm zu seiner Hochzeit. Diese Geste schien meinem Bruder peinlich zu sein, und er sagte: «Matt – ja, vielen Dank natürlich … Es tut mir leid, dass wir keine Gelegenheit hatten, uns vorab zu unterhalten, oder dass ihr Lady De Vaux bei einer informellen Gelegenheit hättet kennenlernen können …»

Elizabeth sagte: «Lady De Vaux? Nicht Louise? Es gehört sich doch für Verlobte, sich gegenseitig mit Vornamen zu nennen, Bruder!»

Charles errötete. Er wirkte niedergeschlagen und verloren, und in dem Augenblick wusste ich, dass er zutiefst aufgewühlt war, denn der Earl war sonst stets Herr seiner Gefühlsregungen. «Es ist zu unserem Besten», flüsterte er. «Ganz gewiss.»

Musk schien einen weiteren Gast ankündigen zu wollen, seinen wichtigsten Gast sogar. Doch der Mann, der den Namen von uns Übrigen mit Donnerhall verkündet hatte, murmelte so leise, dass nur diejenigen, die in der Nähe der Treppe standen, ihn hören konnten: *«Lords, Ladies etcetera, etcetera … Lady Louise de Vaux.»*

Diejenigen, die ihn nicht hören konnten, fuhren mit dem allgemeinen lauten Geplauder fort, doch dies verebbte nach und nach, als immer mehr Leute der eindrucksvollen Erscheinung oben an der Treppe gewahr wurden. Sogar ich, der ich doch wild entschlossen war, mich von dieser gemeinen Schlange nicht beeindrucken zu lassen, starrte sie mit unverhohlenem Erstaunen an. Elizabeth war die Kinnlade heruntergeklappt. Und meine Mutter bei den drei Earls dort drüben lächelte.

Auf einen Wintermantel oder etwas Ähnliches hatte Lady Louise verzichtet. Ohne sich um den bitterkalten Ostwind zu scheren, stand sie in einem ausladenden und sich bauschenden grellroten Seidengewand da, das so tief ausgeschnitten war, dass sie bei jedem Atemzug Gefahr lief, den Anstand zu verletzen. Ein großer steifer Kragen im Nacken, der an die unmöglichen Halskrausen aus Königin Elisabeths Zeiten erinnerte, rahmte ihr rabenschwarzes Haar ein, das sich hoch über ihrem Kopf auftürmte. Es war nicht das schönste Gesicht, das ich je gesehen hatte, dies Kompliment bleibt bis heute einem anderen Geschöpf vorbehalten, das ich im Vorjahr in der Halle eines schottischen Schlosses erspäht hatte. Doch Lady Louises Gesicht war unvergesslich. Selbst aus der Entfernung sah ich die ausgeprägten Gesichtszüge, den sinnlichen Mund und die Augen, die bis in den hintersten Winkel dieser großen Versammlung zu dringen schienen. Einzeln betrachtet, war keiner ihrer Züge wirklich bemerkenswert, doch insgesamt betrachtet, verliehen sie ihr eine Aura der Gelassenheit und Falschheit, Arroganz und Macht, die ich nur an zwei anderen Menschen habe beobachten können, und beides waren Könige.

Langsam schritt Lady de Vaux die Stufen hinab, doch selbst dies tat sie nicht so, wie wir anderen es getan hatten, nämlich indem wir vorsichtig auf unsere Füße schauten, um nicht auf den eisigen, matschigen Stufen auszugleiten. Sie blickte gebieterisch geradeaus. Alle Augen ruhten auf ihr, und sie wusste es. Ein Augenpaar blickte sogar von meinem eigenen Schlafzimmerfenster herab, es war Cornelia. Ihr Gesicht sprach Bände und wirkte so beredt wie ein Gemälde. Als ich in den Niederlanden im Exil lebte, sah ich viele Gemälde von einem alten flämischen Künstler namens Brueghel. Häufig stellte er Schreckens- und Todesszenen dar und porträtierte Männer und Frauen, die mit verzerrtem Gesicht ihren Todesschmerz herausschrien. An jenem Nachmittag hätte Cornelia für ihn Modell sitzen können.

Lady De Vaux wusste um ihren Wert, so viel war sicher. Während ihr Bräutigam sich mit seinen unbedeutenden Verwandten unterhielt, schritt die künftige Gräfin zielstrebig auf ihre Vorgängerin und die drei Earls zu. Der Earl of Bedford, ein glücklich verheirateter Mann, der nicht weniger als elf Kinder hatte, von denen die meisten nicht als Verräter hingerichtet wurden (offenbar eine der Tatsachen, die ihm sein Herzogtum beschert hatten, denn viel zu bieten hatte er ansonsten nicht) – dieser noble, verehrungswürdige Earl begann in ihrer Gegenwart zu sabbern wie ein alter Satyr.

Ganz ruhig und offenbar weder zu Elizabeth noch zu mir sagte Charles: «Sie wird sich einfügen. Sie wird sich einfügen, so Gott will.»

Eine vertraute Stimme war zu vernehmen, diesmal wieder in voller Lautstärke. Niemand hatte erwartet, dass Phineas Musk das Kommen einer weiteren Person ankündigen würde, daher wandten sich alle der Treppe und dem erstaunlichen Spektakel dort oben zu. Und dass die Person auch noch auf Latein angekündigt wurde, hatten sie am allerwenigsten erwartet: «O domini honoratissimi dominaeque honoratissimae, nec vos omitto, o qui honorem minorem meretis!», rief Musk, der die Sprache Ciceros, Tacitus' und der Caesaren überraschend fließend beherrschte.

«Gütiger Gott!», zischte Elizabeth. «Dass er das gewagt hat! Was für ein Affront für die neue Gräfin, ausgerechnet heute …»

Musk ließ sich nicht bremsen: «Vobis praesento doctorem illum sapientissimum et illustrissimum, Tristram Quintonem magistrum collegii Mauleverensis in Universitate Oxoniensi!»

Zwei Pagen trugen die Schöße von Onkel Tristrams schwarzgoldenem Mantel, während er langsam und erhaben die Treppe hinabschritt, sich nach rechts und links verbeugte, als wäre er ein König, und ständig nach allen Seiten seinen breiten Doktorhut lüpfte. Ich erhaschte den hasserfüllten Blick meiner Mutter – Medusa wirkte im Vergleich mit ihr wie ein unschuldiges Waisenmädchen.

Doktor Tristram Quinton blieb vor uns stehen, strich seinen grellgrün-goldenen Rock glatt, den er unter seinem Talar trug, und sagte hämisch: «Tut mir leid, dass ich spät dran bin, Kinder. Na, war das nicht ein gelungener Auftritt?»

Er ähnelte seinem Bruder, meinem verstorbenen Vater, ganz und gar nicht – zumindest bezeugten dies das Porträt von Letzterem in der Eingangshalle und meine schwachen Kindheitserinnerungen. Stattdessen zeigte er eine bemerkenswerte Ähnlichkeit mit Holbeins Gemälde des sechsten Earls, der (so hieß es) einen Pakt mit dem Teufel geschlossen hatte und des Nachts über die Landstraßen der Gegend ritt und nach Jungfrauen Ausschau hielt, die er schänden konnte. Der Master von Mauleverer, damals knapp fünfzig, war ein hässlicher, knochiger Mann mit zottigem grauen Haar; er weigerte sich, Perücken zu tragen, weil er sie hasste. Sein gerötetes Gesicht, die große Nase und seine überdimensionalen Ohren verliehen ihm das Aussehen eines

Kobolds. Sein Interesse an den Naturwissenschaften, insbesondere der Alchemie, war wohlbekannt und trug zu seinem fragwürdigen Ruf bei. Ich hatte bereits einige unserer älteren Gäste gesehen, die sich bekreuzigten, als er vorüberging, ein volles Jahrhundert, nachdem England aufgehört hatte, papistisch zu sein!

«Ich dachte, du würdest heute gar nicht kommen, Onkel», sagte ich. «Wir alle dachten das.»

Tristram warf einen Blick zu Lady de Vaux hinüber, die mit einer seltsamen Mischung aus Neugier und Feindseligkeit zurückstarrte. Er sagte: «Musste mir die blutrünstige Harpyie doch mal ansehen. Erkenne deine Feinde und so weiter. Verdammt nochmal, gut gebaut ist sie ja!»

«Onkel!», zischte Elizabeth.

«Ach du liebe Güte, Lizzie, ich bin Master von Mauleverer und dank der Statuten des Colleges, die schon gelten, seit Kardinal Pole noch in Windeln lag, dem Zölibat verpflichtet.» Er grinste. «Nun ja, zumindest habe ich mich verpflichtet, nicht zu heiraten – was nicht ganz dasselbe ist, und so können meine Augen wandern, wohin sie wollen. Andere Organe übrigens auch. Aber sag mal, Matt, mein Junge, wo ist denn dein kühnes Eheweib? Ich will mich mal wieder ein wenig ordentlich unterhalten, nachdem ich eine Stunde mit diesen blassen Pfeifen zubringen durfte.» Ich erklärte es ihm, und er grinste erneut. «Braves Mädchen. Das ist Cornelia, wie wir sie kennen und lieben. Ich sehe spater nach ihr, schließlich bin ich ja Doktor. Philosophie, Medizin, ist doch letztlich alles ein und dasselbe. Hol mich der Teufel, da ist ja auch Montagu von Manchester, diese Schnarchnase. Und Kent. Und ist das etwa Bedford hinter deiner Mutter da? Himmel hilf, er ist es. Die ganze heilige Dreifaltigkeit scheinheiliger Langweiler. Gegürtete Earls –

auspeitschen lassen würde ich sie mit ihren Gürteln!» Tristram warf den Kopf herum, und sein Blick fiel auf weitere Anwesende. Diese blickten feindselig, drohend oder mitleidig zurück, je nachdem, wie gut sie meinen Onkel kannten. Schließlich zeichnete sich Erleichterung auf der diabolischen Miene des Masters von Mauleverer ab: «Ach, wie gut, da ist ja Franny Gale! Endlich mal jemand Anständiges. Ein Mann Gottes, mit dem man sich himmlisch betrinken kann. Ich werde … oh, verdammt, da kommt deine Mutter mit der Teufelsbraut …»

Elizabeth und ich küssten unsere Mutter pflichtbewusst auf beide Wangen. Sogar Tristram und sie begrüßten sich höflich, obwohl ihre Küsse so vergiftet waren wie der, den Judas unserem Herrn gab. Elizabeth war dann die Erste, die Lady Louise küsste, ich folgte ihrem Beispiel.

Sie sagte: «Liebe Schwester und lieber Bruder! Oh, wie schön! Ich freue mich so, dass meine Verlobung mit eurem lieben Bruder, dem Earl, uns bald zu einer glücklichen Familie zusammenschweißen wird!» Ihre klaren, kalten Augen sprachen eine andere Sprache.

Onkel Tris schwankte ein wenig, und ich dachte schon, ihm wäre nicht wohl. Doch er sammelte sich und küsste ihr formvollendet die Hand, sagte sogar artig: «Meine liebe Lady de Vaux.» Ich sah, dass selbst Tristrams entschiedene Feindseligkeit unserer neuen Gräfin gegenüber etwas gemildert wurde, als er sich ihrem großartig geformten Dekolleté näherte.

Pflichtschuldig erkundigte sich die künftige Gräfin nach dem Befinden von Elizabeths zwei Söhnen, die wie alle Jungen «sich ständig die Knie aufschlugen und den Rotz in der Nase hatten», wie Lizzie es ausdrückte, die sich wenig Illusionen über das Dasein einer Mutter machte. Unsere Mutter, die haufenweise Illusionen besessen hatte (und noch immer besaß), rollte mit den Augen, hielt aber den Mund.

Dann war der Zeitpunkt gekommen, an dem der beunruhigende Blick Lady De Vaux' zu mir herüberwanderte. «Ihr habt einen neuen Auftrag, wie ich höre? Eine Fregatte fünfter Klasse mit sechsunddreißig Kanonen, die erst kürzlich in Blackwall fertiggestellt wurde?» Das war in der Tat beunruhigend. Eine Frau kennenzulernen, die sich so gut mit Kriegsschiffen auskannte, war in etwa so, als begegnete man einem Schellfisch, der auf einem Pferd reitet. Ich murmelte etwas, und sie sagte: «Liebster Bruder, und nun müsst Ihr mir unbedingt alles über Eure letzte Reise erzählen, als Ihr Kapitän der *Jupiter* wart. Man hört ja so viel am Hof, was da alles dort oben in Schottland passiert sein soll. Leeres Gerede wahrscheinlich, aber es ist so beruhigend, die Wahrheit hinter den dunklen Verschwörungstheorien zu erfahren, die törichte Geister sich zusammenspinnen, nicht wahr?» Bei diesen Worten verschluckte sich Onkel Tris und bekam einen Hustenanfall. Ich klopfte ihm auf den Rücken, und Lady de Vaux rief aus: «Oh, armer Onkel Tristram! Ich werde zurückkommen, wenn Ihr Euch wieder gefangen habt, Sir. Und nun, liebe Elizabeth, müsst Ihr mich unbedingt Eurem teuren Gatten, Sir Venner, vorstellen …»

Als Lady Louise sich bei der zögernden Elizabeth unterhakte, trat Mutter zu Tristram heran und zischte: «Hoffentlich erstickst du, du heimtückischer, rebellischer, lächerlicher alter Teufel!»

Obwohl er puterrot im Gesicht war, stieß Tris hervor: «Oh, du sollst in deinem eigenen Saft sieden, du grässlicher Drache! Und denk dran, du alte Hexe: Ich bin jünger als du!» Wir waren wirklich eine unglaublich harmonische Familie!

In diesem Augenblick durchschnitt ein Schrei oben von der Treppe vor der Abtei die eisige Luft. Dort stand eine Frau in einem dünnen Nachthemd und schwenkte ein riesiges Schwert. Dummerweise war es meine Frau.

«Mörder!», schrie Cornelia und rannte barfuß die Stufen hinab. Hinter ihr erschien – eine ebenso surreale Erscheinung – Phineas Musk, der eine Halbpike trug, die er wohl noch auf der *Jupiter* entwendet hatte, und diverse junge Barcock-Söhne, die sich mit verschiedenen Küchenmessern und Knüppeln bewaffnet hatten. Einen flüchtigen Moment lang dachte ich, dass meine Frau eine kleine Armee rekrutiert hatte, um Lady De Vaux in Stücke zu hacken, bevor sie meiner Stellung als Erbe von Ravensden gefährlich werden konnte. Tristram schien denselben Gedanken zu haben, denn er lächelte selig. Doch Cornelia und ihre Fußsoldaten rannten an uns vorüber, bis zu dem kleinen Tor in der Mauer, die unsere Gärten von dem Park dahinter trennte. Sie blieb am Tor stehen, schaute zum Wald am Rand des Parks hinüber und rief etwas auf Holländisch. Ich rannte auf sie zu, sie warf sich in meine Arme, und wir schmiegten uns eng einander.

Musk kam auf mich zugelaufen und rief: «Er war hier, Captain. Mistress Cornelia hat recht!»

Cornelia blickte auf. «Der Kerl, den du beschrieben hast, Matthew. Der dich vor ein paar Wochen auf der Landstraße umbringen wollte. Der einäugige Mann mit der Narbe. Er war hier! Ich habe ihn vom Fenster aus gesehen. Wahrscheinlich ist er durch den Park geflohen. Sieh nur, dort sind Fußspuren im Schnee, sie führen auf die Bäume zu.»

Eine Frauenstimme hinter mir sagte: «Oh, liebe Cornelia! Das sind ja seltsame Umstände für unsere erste Begegnung!»

Cornelia löste sich aus meiner Umarmung und sah sich zum ersten Mal ihrer neuen Schwägerin gegenüber. Lady De Vaux wäre, wie ich geschildert habe, selbst bei Krönungsfeierlichkeiten durch ihre Robe aufgefallen. Cornelia Quinton stand in einem verschlissenen, schlammbespritzten Nachthemd da, ihre Haare erinnerten an ein verwüstetes Krähennest, ihre blanken Füße steckten im Schlamm und Matsch. Sie sah Lady Louise an, dann an sich selbst hinunter und begann zu weinen.

Meine Mutter kam auf sie zu und sagte mit geheucheltem Gleichmut: «Ach, Cornelia. Ist irgendetwas mit dem Baby?»

SECHSTES KAPITEL

Innerhalb einer Woche war der Schnee geschmolzen und hinterließ riesige Schlammflächen, welche die Straßen von Bedfordshire bis London und dann wiederum von London nach Deptford erstickten. Musk und ich verließen Ravensden House, das heruntergekommene Stadthaus unserer Familie an der Themse, kämpften uns zu Pferd durch die Viehherden und die Menschenmassen auf der London Bridge und ritten nach Osten, bis wir am Rande von Southwark wieder offenes Gelände erreichten. Mein neues Schiff sollte bald einsatzbereit sein, und ich hatte beschlossen, es nun einmal zu inspizieren. Ich bin vielen Menschen begegnet, die der Ansicht sind, ein Schiff für eine Seereise auszurüsten sei eine mit Links zu bewerkstelligende Sache. Sie glauben, es wird ein Befehl erteilt – etwa von einem König, vielleicht bei einem Pferderennen in Newmarket –, und siehe da, am nächsten Tag sticht das Schiff Seiner Majestät, die *Utopia*, in See, unterwegs in fremde Gefilde und zu unerhörtem Ruhm! Die meisten, die das glauben, sind arme unschuldige Seelen, die es eben nicht besser wissen, Frauen zum Beispiel oder Fußsoldaten. Es wirkt sich leider sehr ungünstig auf diejenigen aus, die in diesem Land der permanent unterbezahlten und unterbesetzten Marine dienen, dass diese Meinung auch von vielen geteilt wird, die eigentlich Bescheid wissen sollten, denn unter ihnen sind auch Leute, die Entscheidungen darüber fällen, wann und wo die Marine eingesetzt werden und wo ihre Offiziere und Männer sterben sollen. Ich denke dabei an verschiedene Könige niederländischer oder deutscher Provenienz, die in den Ozeanen nichts als ein unerklärliches und höchst unangenehmes Hindernis sehen, das sich Armeen in den Weg stellt (und hier denke ich insbesondere an den wandelnden Scheißhaufen Robert Walpole, unseren sogenannten erneuerungssüchtigen «Premierminister»), an dickschädelige Abgeordnete mit Provinzmentalität (sprich: alle), diejenigen, die jene schrecklichen Romane vom Schlage eines Defoe, dieses grässlichen Lügenboldes, lesen (und das sind die meisten angeblich Gebildeten Englands, eine Schande!).

Ich muss innehalten, ich darf mich nicht so aufregen. Zumindest sagen das meine Ärzte, obwohl sie den penibelsten von ihnen erst kürzlich zu Grabe getragen haben, und er war gerade einmal halb so alt wie ich!

Was ich sagen will, ist dies: Wenn man ein Schiff auf eine Reise schicken möchte, insbesondere auf eine Expedition an ferne Küsten, dann hat es sich weiß Gott nicht damit, dass gutgelaunte Seeleute fröhliche Lieder singen, während sie die Segel setzen und darauf warten, dass ihr Kapitän an

Bord kommt. Wäre es doch bloß so einfach! Das Schiff muss gerüstet werden, und das bedeutet endlose Bestellungen bei und von der Marinedirektion, dem Schiffsbauer, dem Kalfaterer, dem Assistenten des Kalfaterers und seinem Handlanger und so weiter, gefolgt von mehreren Wochen, während deren die Arbeiten erst ausgeführt werden, dann missraten und schließlich wieder ausgebessert werden. Anschließend muss das Schiff bewaffnet werden, was im Falle der *Seraph* bedeutete, dass erst einmal sechsunddreißig brandneue Kanonen aus dem Lager seiner Majestät im Tower herbeigeschafft werden mussten. Der Zeugmeister wusste nichts davon, behauptete, er habe keine Feldschlangen auf Lager, und meinte, man müsse erst neue in den Öfen im Weald of Kent gießen lassen. Das Schiff muss mit Proviant ausgestattet werden, doch die Lebensmittelhändler statten ein Schiff normalerweise nur im Sommer mit ihren Waren aus; eine plötzliche, unerwartete Entscheidung, ein Schiff im Winter auszusenden, lässt die Angestellten im Lebensmittelkontor erbleichen und in wütenden Protest ausbrechen, dies sei mit dem menschlichen Verstand nicht zu begreifen. Dann gilt es die nicht unbeträchtliche Tatsache zu bedenken, ob auch andere Schiffe zusammen mit dem eigenen ausfahren sollen. In unserem Fall waren das die *Jersey*, eine von Englands besten und stärksten Fregatten vierter Klasse, und ein dazugechartertes Handelsschiff, das sechzig Soldaten trug, was für die Sicherheit des an Land stattfindenden Teils unserer Expedition unabdingbar war, schließlich begaben wir uns auf die Suche nach einem Berg aus Gold.

Und wenn all diese Hindernisse überwunden sind, muss das Schiff noch bemannt werden. Das Jahr 36 war ein langweiliges Friedensjahr, es gab also keine Möglichkeit, einfach so ein paar Soldaten zwangszurekrutieren – der König genoss damals, in der Frühphase seiner Regierung, noch große Popularität, und ein entsprechender Appell hätte zu Aufständen in allen Häfen Englands geführt. Daher hing mein Wohl und Wehe also von Freiwilligen ab, doch wer außer einem Verrückten würde wohl freiwillig nach Gambia reisen? Diese Küste war wegen ihrer tödlichen Krankheiten noch berüchtigter als die Karibik, wo vor noch nicht langer Zeit das Fieber den armen Fran Hosier dahingerafft hatte, einen guten Admiral und den Sohn eines alten Freundes von mir, die beiden Admiräle, die seine Nachfolge angetreten hatten, und nicht weniger als viertausend Männer – alle innerhalb von sechs Monaten.

Ich ritt also in einem Zustand größter Besorgnis nach Deptford. Mein Reisegefährte Musk konnte das nicht begreifen, vielmehr drängelte er für seine Verhältnisse ungemein. Wahrscheinlich wollte er unser Schiff inspizieren, um genau festzulegen, wo er große Mengen Schmuggelware aus Westafrika verstauen konnte, ohne dass die Zollbehörden darauf stießen. Dass der mysteriöse Mann mit der Narbe zweimal aufgetaucht war, führte allerdings dazu, dass Phineas Musk nun als mein persönlicher Begleitschutz fungierte; diese Rolle hatte ihm Cornelia auferlegt, und obwohl er für sie alles getan hätte (manchmal vermutete ich, er wünschte, ich wäre tot, damit er mit ihr durchbrennen konnte), unterstützten wir seine Gutwilligkeit noch einmal extra mit vierzig Guineen. Musk, der sich selbst treu blieb, beklagte sich natürlich fürchterlich über die Verantwortung, erfüllte seine Pflicht aber mit geradezu fanatischer Gründlichkeit. Einem Geistlichen, der mir in Horsleydown auf seinem Pferd etwas zu nahe kam, zog er mit der Peitsche eins über («dachte, ich hätte eine Narbe gesehen»), und nur mit großer Mühe ließ er sich von mir davon abbringen, einen verdächtig aussehenden Bettler zu erschießen. Alles in allem war es eine unangenehme Reise, die durch den bitterkalten Ostwind und die Straßen, die an ein Moor erinnerten, noch scheußlicher wurde. Wir kamen an mindestens einem Dutzend Karren vorbei, die im Morast eingesunken waren, und widerstanden den Hilferufen ihrer Passagiere. Kurz und gut, ich war doppelt erleichtert, als endlich die Werft in Deptford in Sicht kam, und dahinter der verfallene alte Palast von Greenwich, in dem Heinrich VIII. geboren worden war, vor so vielen Jahren. Die bröckelnden Gebäude zwängten sich zwischen den blanken Fels des Black Heath und den Fluss, auf dem sich Schiffe, Lastkähne und alle möglichen Boote auf dem Weg von oder nach London drängten.

Wir ritten an der Mauer der Werft bis zum Tor, an dem ein Wärter uns mitteilte, dass der Schiffsbaumeister bereits an Bord der *Seraph* sei, die auf dem Schleusendock zu unserer Linken vor Anker lag. Zu unserer Rechten befand sich ein großes Lagerhaus und überragte das Trockendock direkt vor uns, das von zwei hölzernen Toren gegen die Fluten der Themse gesichert war. Überall herrschte rege Betriebsamkeit, oder zumindest das, was in einer königlichen Werft dafür gelten durfte, denn sie waren ein Hort der Faulheit. Schiffbauer machten sich an einer alten Fregatte dritter Klasse zu schaffen, andere nahmen verrottete Planken aus einem alten Kahn, wieder andere hämmerten im Abstand von fünf Minuten einen Nagel in irgendwelche Balken. Ein paar Kalfaterer und Arbeiter standen an der Spitze des Docks und lauschten der Standpauke ihrer Vorarbeiter, die sie wegen ihrer Untätigkeit rügten. Zwei Männer strichen ein Boot und lehnten sich nach jedem Pinselstrich zurück wie ein Tizian, der eine Madonna in Augenschein nimmt. Überall lag Holz herum: riesige, ihrer Äste beraubte Baumstämme, die bald zu Masten wurden; seltsam gekrümmte Holzstücke, die als Auflanger – die Rundung im Schiffsrumpf – gedacht waren, und jede Menge Planken. Ein paar Männer sägten geschickt einige dieser Stämme in drei Fuß lange Teile.

«Holzabfälle», sagte ich zu Musk. «Pepys hat mir einmal erzählt, dass Männer sich etwas von den Holzstücken nehmen, die in der Werft übrig bleiben, die können bis zu einem Meter lang sein. Die verkaufen sie dann oder verwenden sie bei sich zu Hause.»

Musk runzelte die Stirn. «Einen Meter lange Holzstücke? Ganz schön lang, würde ich sagen. Und die sehen auch gar nicht so aus wie übrig gebliebene Teile. Eher so, als hätten sie sie ganz bewusst so zugeschnitten.» Ein Mann ging an uns vorüber, ganz gebeugt von der Last eines großen Eichenholzstücks. Musk schnaubte verächtlich. «Holzabfälle, die so groß sind, dass sie sie auf ihrer Schulter tragen müssen!»

Ich lachte. «Versündige dich nicht in ihrer Gegenwart an dem guten Namen der Werft von Deptford, Musk. Wir wollen lebendig hier wieder heraus!»

Die *Seraph* lag ganz außen am Ostkai des Schleusendocks vor Anker. Um zu ihr zu gelangen, mussten wir die Decks einer Fregatte vierter und einer fünfter Klasse überqueren. Der König hatte recht, was meinen neuen Auftrag betraf: Allmählich kannte ich mich mit Schiffen gut genug aus, um ein Rennpferd von einer schlingernden Ente zu unterscheiden. Die *Seraph* war schlank, sie lag hoch im Wasser, weil die Kanonen noch nicht an Bord waren. Sie wirkte schlanker als meine alte *Jupiter*, die ungefähr genauso groß gewesen war; ihre Masten waren ein Stück weiter zurückgesetzt und ein wenig geneigt. Der alte Shish, der Schiffsbaumeister von Deptford, stand auf dem Quarterdeck und war mit einem Problem an der Reling steuerbords beschäftigt. Wir kannten uns seit langem, denn mein erstes Schiff, die unglückselige *Happy Restoration* (war jemals der Name eines Schiffes unpassender?), war hier in dieser Werft gebaut worden. Er verbeugte sich, als ich näher kam, aber ich hatte vergessen, dass es immer ein Fehler war, sich ihm gegen den Wind zu nähern, denn er stank ganz fürchterlich. Ich stellte ihm Musk vor, den künftigen Steward des Schiffes, und sie nickten einander kurz zu.

«Schön, Captain Quinton», sagte Shish. «Freue mich, dass man sie Euch gegeben hat, Sir. Es ist ein gutes Schiff. Fast so gut wie ein von mir selbst gebautes, möchte ich meinen. Beliebt Ihr nun, Eure Kajüte zu sehen?»

«Alles zu seiner Zeit, Master Shish. Erst möchte ich die Offiziere meines Schiffs kennenlernen.»

Der derbe, beißend riechende Shish schien überrascht. «Habt Ihr denn noch nicht von dem Begräbnis gehört, Sir?»

«Von dem Begräbnis?»

«Oh ja, Captain. Der alte Graves, der Bootsmann. Ein passender Name, was? Zumindest wenn man tot ist. Jedenfalls bestatten sie ihn heute drüben in Erith, und alle anderen sind hingegangen. Lindman, der Kanonier, Harrington, der Purser, Bradbury, der Koch, und Shish, der Zimmermann.»

«Shish? Ein Verwandter von Euch, Master Shish?»

«Liebe Güte, nein. Na ja, wahrscheinlich ein entfernter Verwandter, denn es gibt so viele von uns hier in der

Gegend. Jeder zweite Mann von hier bis runter zur Themsemündung heißt Shish oder Pett.» Während Shish Musk und mich auf dem Oberdeck herumführte, dachte ich über den Tod dieses Bootsmanns nach. Meine letzte Reise hatte mit dem unerwarteten Tod eines Schiffsoffiziers begonnen – genaugenommen des Kapitäns des Schiffes –, und diese Parallele machte mich stutzig, vor allem, wenn ich sie in Bezug setzte zu der Begegnung mit dem Mann mit der Narbe. So belanglos wie möglich fragte ich Shish, wie der Mann ums Leben gekommen sei. «Oh, Graves hatte die Pocken, Sir. Und eine Darmkolik. Und das Rasseln in seiner Lunge hättet Ihr mal hören sollen! Aber daran starb er gar nicht. Er geriet mit ein paar Hamburgern in einer Kaschemme in Gravesend aneinander – angeblich wegen einer schamlosen Hure. Er machte zwei von ihnen nieder, bevor ihm der dritte ein Messer in die Rippen rammte. Und trotzdem hielt er noch fünf Tage durch.» Shish seufzte. «Daran können wir uns alle ein Beispiel nehmen – er war schließlich achtundsiebzig!»

Das beruhigte mich, und schon drängte sich mir ein berechnender Gedanke auf. Die Stelle des Bootsmanns war unbesetzt. Zweifellos bevölkerten bereits etliche Anwärter darauf den Palast von Whitehall, in der Hoffnung, den Lord High Admiral, den Herzog von York, von ihren Vorzügen überzeugen zu können. Doch der Kapitän der *Seraph* hatte bereits einen würdigen Kandidaten in petto, und alles, was mit dieser Reise zu tun hatte, war Sache des Königs, der in solchen Dingen durchaus auf besagten Kapitän hörte. Ergo: Da in Kartenspielen der König alle anderen Karten schlägt, musste der königliche Trumpf alle gewöhnlichen Sterblichen ausstechen, selbst wenn zu diesen der eigene Bruder zählte.

Wir hatten die Decks gesehen, Musk hatte die Lagerräume begutachtet und dabei geheime Berechnungen angestellt, als wir endlich in die große Kajüte kamen – *meine* Kajüte. Drei Monate an Land hatten mir genügt, um eine der Grundbedingungen für Matthew Quintons Wohlbefinden an Bord zu vergessen: Ich schritt durch die Tür und stieß mir augenblicklich …

«Vorsicht, Balken!», sagte Musk freundlicherweise, wenn auch zu spät.

«Aha», sagte Shish. «Wir werden die Decke ein wenig höher machen, Captain. Sechs Zoll dürften genügen, was meint Ihr? Ich werde Bagwell und ein paar seiner Männer von der *Merhonour* abziehen. Ihr brecht ja erst gegen Jahresende auf, nicht wahr? Da ist ja noch reichlich Zeit.» Ich spürte, wie es hinter meiner Stirn zu pochen begann – ein Gefühl, das allen großgewachsenen Männern, die mit kleinen Räumen konfrontiert werden, nur zu bekannt ist. «Nun sprecht, Captain Quinton», fuhr Shish fort. «Was für eine Innenausstattung schwebt Euch denn so vor?»

Ich hatte Gelegenheit zu antworten, denn an Deck hörte man hastige Schritte, und kurz darauf kam der ungehobelte Wächter der Werftpforten, dem ich schon vorhin begegnet war – ein gedrungener, schielender Mann –, ohne anzuklopfen, herein, deutete mir gegenüber eine Verbeugung an und flüsterte Shish etwas zu. Der Schiffbaumeister schien von den Nachrichten beunruhigt. «Sir, es scheint eine Invasion zu geben.»

Eine Invasion? Großer Gott, hatten Ludwig XIV. oder die Holländer beschlossen, England ausgerechnet jetzt, in diesem Moment der Schwäche, anzugreifen? Ich tastete nach meinem Schwertgriff. «Eine Horde gottloser Fremder hat in der Stadt eine Schlägerei angezettelt, berichtet der Wächter hier», sagte

Shish. «Sie haben sich auf meine Männer gestürzt, Captain Quinton! Die Frauen sagen, es sind Türken oder sonst irgendwelche unzivilisierten Heiden – Russen vielleicht, oder noch Schlimmeres. Sie haben versucht, ihre Frauen zu verführen, und das dulden meine Männer nicht! Nein, das lassen sie nicht zu! Doch da ist es etwas Seltsames, Sir. Etwas sehr Seltsames. Sie scheinen Euren Namen zu rufen!»

Ich zuckte innerlich zusammen. Ziemlich gelassen erwiderte Musk: «Nun, Mister Shish, in einem habt Ihr recht: schlimmer als Türken oder Russen.»

Wir sprengten so rasch wie möglich davon – so gut dies in einer überfüllten Stadt machbar ist, ohne dabei ein oder zwei umherirrende Kinder zu töten. Vor uns lag die altehrwürdige Gun Tavern, in der mein Großvater seinerzeit mit dem guten Howard von Effingham, dem Lord High Admiral von England, schrecklich tief ins Glas geschaut hatte, bevor die beiden gegen die spanische Armada in See gestochen waren. Nun war die Taverne Schauplatz einer großen Schlacht. Ein blutiger Werftarbeiter lag stöhnend auf der Schwelle, ein weiterer sprang gerade durchs Fenster, als wir näher kamen. Ich brachte das Pferd zum Stehen und seufzte. Mit aller Strenge, zu der ich fähig war, brüllte ich: «Ihr Männer von Cornwall! Im Namen Eures Königs und Eures Kapitäns Matthew Quinton befehle ich Euch aufzuhören! Lanherne, wo zum Teufel steckst du, Mann?!»

Der ehemalige Steuermann der *Jupiter* und der *Wessex* tauchte in der Tür auf, er hielt einen Werftarbeiter im Schwitzkasten. Zögernd ließ er den Mann los und salutierte. «Capt'n.»

John Tremar, ein Ausbund an Kraft und brutaler Gewalt und dabei doch ganz winzig, trat neben ihn und lächelte zufrieden. «Capt'n!», echote er.

«Was hat dieser Aufruhr zu bedeuten, Mister Lanherne, im Namen aller Heiligen!?»

Lanherne, der lange als Soldat im Bürgerkrieg gedient hatte, schaute betrübt drein und sagte: «Sie waren unhöflich, Sir. Wir wollten nur mit ihnen anstoßen.»

«Die waren ziemlich dreist», sagte Tremar. Ein durchdringender Schrei kam aus dem Inneren der Gun Tavern, dann flehte jemand um Gnade, in unverkennbarem Akzent aus Kent.

«Und worauf hätten sie mit euch anstoßen sollen?»

Lanhernes Miene hellte sich auf. «Nun, Sir, dieser Ort hier, Deptford – na ja, das ist ein heiliger Ort für alle Leute aus Cornwall, versteht Ihr. Genau dort haben unsere Ahnen gekämpft und ihr Leben gelassen, im Jahr 97.»

Natürlich kannte ich die Geschichte aus der Zeit von Königin Elisabeth, mein Großvater hatte ja viel dafür getan, dieser Epoche seinen Stempel aufzudrücken. Aber ... «Ich kann mich nicht daran erinnern, dass hier im Jahre 1597 etwas mit Männern aus Cornwall stattgefunden hätte, Lanherne. Außerdem ist Cornwall ja ziemlich weit weg!» Bei diesen Worten flog ein weiteres Mitglied meiner ehemaligen Mannschaft durch die Tür, rieb sich übers Kinn, wo ihn ein Faustschlag getroffen hatte, salutierte, stieß einen Wutschrei aus und stürzte sich wieder ins Getümmel.

Lanherne ließ sich von der Unterbrechung nicht im Mindesten beirren. «Oh nein, nicht 1597, Sir. 1497. Als unsere tapferen Jungs unter Führung von An Gof, dem Hufschmied, und Flamank, dem Anwalt, den ganzen Weg durch England und durch London hindurch zurücklegten. Zwanzigtausend waren es, Sir. Den ganzen Weg bis zur Deptford Bridge, und dort stießen sie auf die Truppen des Königs. War eine ziemlich knappe Sache, Captain, aber die

Tudor-Leute fochten da auch einen recht ungleichen Kampf aus – die hatten Kanonen und Kavallerie, und unsere tapferen Ahnen hatten nur ihre Mistgabeln und die blanken Hände.»

Ich spürte, dass Shish neben mir ungeduldig wurde, denn wir hätten der Schlägerei ein Ende machen sollen, doch diese Geschichte kannte ich gar nicht, und so gewann meine Neugier die Oberhand. «Das war also eine der größten Schlachten der Männer Cornwalls? Heinrich VII. vom Thron zu stoßen und die Yorks wieder einzusetzen, wie?»

Lanherne und Tremar blickten einander an. «Aye, Sir, das war die größte Schlacht von allen», sagte Tremar bedeutungsvoll. «Die wollten in dem Jahr ihre Steuern nicht bezahlen.»

«Na ja, und da haben wir eben die Werftarbeiter aufgefordert, mit uns anzustoßen, ganz höflich natürlich. Ein Toast auf An Gof, *des' Name ewig wird erinnert, des' Ruhm und Ehr' unsterblich sind*, so, wie er das vor seinem Tod so schön gesagt hat, bevor sie ihn hängten und anschließend vierteilten. Ist doch nicht zu viel verlangt, Captain, oder?»

Musk stellte schließlich die naheliegende Frage – eigentlich hätte ich sie gleich zu Beginn stellen sollen, obwohl ich die Antwort schon kannte. «Und was genau habt Ihr hier in Deptford verloren, Mister Lanherne?»

Der Steuermann blickte verwundert drein. «Nun, Mister Musk, die Kunde, dass der Captain ein neues Schiff hat, ist bis nach Cornwall gedrungen. Wir trommelten Leute von Penrhyn bis Bude zusammen, und hier sind wir nun, mehr als sechzig Mann, bereit, wieder auf Captain Quintons Schiff anzuheuern!»

In dem Moment kam ein weiteres Mitglied meiner alten *Jupiter*-Crew zur Tür herausgeschossen, in einem, wie es schien, Kampf auf Leben und Tod mit einem struppigen Werftarbeiter. Ich nickte Shish zu und zog mein Schwert, denn es war Zeit, hier in Deptford wieder für Frieden zu sorgen. Immerhin hatte ich jetzt die Antwort auf die Frage, die mich während der gesamten Besichtigung des Werftgeländes gequält hatte.

Wer war verrückt genug, sich auf eine Reise nach Gambia einzulassen?

Natürlich.

Männer aus Cornwall.

◇◇◇◇◇◇

Meine Schwester Elizabeth und ihr Ehemann bewohnten ein herrschaftliches Haus am neuen Southampton Square, ganz am Rande von Westminster. Im Norden blickte man übers offene Feld, wo die alte Kirche von St. Pankras in der Ferne noch ganz alleine stand, inmitten von Feldern. Es war also möglich, den Nachmittag in Deptford zu verbringen, eine Schlägerei zu schlichten, sich über schlammige Straßen und den irrsinnig dichten Abendverkehr den Weg über die London Bridge zu bahnen und trotzdem noch um sieben Uhr am Wohnsitz der Garveys zu einem bemerkenswert späten Abendessen einzutreffen. Dafür, dass er ein ehemaliger Commonwealth-Anhänger war, hatte Venner Garvey einen ausgeprägten Hang zum Repräsentieren. Sein Haus war der Beweis dafür, denn der Square war erst ein oder zwei Jahre zuvor errichtet worden, hatte die grünen Felder vernichtet und die ahnungslosen Schafe vertrieben. Rasch mauserte er sich zu einer der neuesten und gefragtesten Adressen in der Metropole: Bloomsbury Square heißt er jetzt, ein weiteres Beispiel für die jämmerliche Neigung von uns Engländern, alles, was bereits eine perfekte Bezeichnung trägt, in regelmäßigen Abständen neu zu benennen. Das große Backsteinhaus wies sowohl auf die Produktivität von Sir Venners Kohlegruben in Yorkshire hin als auch auf den reichen Profit, den er dank der Verkäufe von Kunstwerken und anderen Schätzen im Zuge der Rebellion gegen seinen König gemacht hatte, die durch seine Hände gegangen waren, bevor sie gewinnbringend neuen Besitzern übergeben worden waren. Gerechtigkeitshalber sei allerdings auch nicht verschwiegen, dass mein Bruder ebenso wenig mit seiner Gastfreundschaft geizte. Ich bekam also ein üppiges Mahl serviert, der Wein floss in Strömen, und ich wurde von Dienern in Livree bedient. Es war offensichtlich auch ein Lehrbeispiel für den zehnjährigen Venner junior und den achtjährigen Oliver, die mit uns speisten, ohne Zweifel, damit sie ihre Tischmanieren verbessern und die obskure Etikette der Konversation unter Erwachsenen erlernen konnten. Ich muss gestehen, dass sie mir da einiges voraus hatten (ihr Vater war ebenso scheinheilig wie höflich und erzog sie aufs beste), denn nachdem ich in den vergangenen drei Jahren die meiste Zeit in den Diensten der Königlichen Marine zugebracht hatte, ließen meine Manieren nun etwas zu wünschen übrig. Elizabeth stieß mich unter dem Tisch an, als ich mich nach alter Sitte gierig auf die Lammkeule stürzte und sogar auf ein Messer verzichtete (glückliche Tage waren das damals, erst viel später diktierten uns die Franzosen und ähnliche Schurken, dass wir mit dieser verdammten Erfindung zu essen hatten, der Gabel). Sie stieß mich erneut an, als ein wenig zu viel von dem ausgezeichneten Malaga mir bei unserem Gespräch über das ungewöhnlich schlechte Wetter ein völlig überflüssiges «Beschissen» entlockte. Oliver klappte die Kinnlade herunter, und er errötete und kicherte, wie kleine Jungs es tun, wenn sie ein verbotenes Wort hören. Venner junior dagegen zeigte keinerlei Überraschung, was darauf schließen ließ, dass er das Wort bereits recht gut kannte.

Schließlich wurde es Zeit für die Jungen, ins Bett zu gehen; Elizabeth begleitete sie (obwohl die Garveys eine kleine Armee aus Ammen und Gesindefrauen beschäftigten, die bestens für diese Aufgabe geschult waren).

Oliver verabschiedete sich als Erster. Er war ein kleiner hässlicher Kerl, in vielerlei Hinsicht eine Miniaturversion seines Vaters. Er schien sogar die unangenehm hervorstehenden Warzen seines Namensvetters geerbt zu haben, dem verstorbenen Lord Protector – Gott habe ihn nicht selig. Mit ernster Miene sagte er: «Gute Nacht, Captain Quinton. Onkel Matthew, meine ich.»

Ich schüttelte ihm die Hand. «Gute Nacht, Oliver.»

Dann kam Venner junior. Er hatte Elizabeths und meine stolze Haltung geerbt, dazu das gute Aussehen seiner Mutter. Schon bald sollte er eine bemerkenswerte Laufbahn als Herzensbrecher beginnen. Aber auch sonst sollte seine Karriere bemerkenswert werden. Er sah mir direkt in die Augen und sagte: «Ganz schön beschissener Abend, Capt'n!»

Seine Mutter stieß einen Schrei aus und zog ihn zum Stellvertreter des Haushofmeisters, der offenbar sogleich die Rute walten ließ; kaum eine Minute später hörte man schwache Schreie aus dem Kinderzimmer gut drei Stockwerke höher. Ich erging mich in tausend Entschuldigungen, doch Sir Venner zuckte nur mit den Achseln, sagte, dass Jungs nun mal so seien, und bemerkte, dass seine Söhne vermutlich inzwischen weit schlimmere Dinge gelernt hätten, wären sie auf seinen Besitzungen in Yorkshire aufgewachsen. Er rief einen kleinen Diener zu sich, der nur wenig älter als Venner junior war, und ließ mir ein weiteres Glas Wein einschenken. Dann bot er mir eine Pfeife von, wie er mir versicherte, feinstem Virginia-Tabak an, der gerade frisch auf seinen Plantagen dort geerntet worden war. Ich rauchte damals ziemlich wenig, nicht, weil ich, wie viele andere, moralische Einwände gegen diese Gewohnheit gehabt hätte, ganz im Gegensatz zu dem reformistischen Pedanten Evelyn, der ganze Bücher über die vermeintlich schädliche Wirkung des Tabaks geschrieben hat, aber ich fand, dass es schrecklich *umständlich* war, sich erst eine Pfeife zu holen, Tabak, etwas zum Anzünden des Ganzen und auch noch einen Eimer mit Wasser bereitzustellen, um zu verhindern, dass das Zimmer (oder die Kajüte) abbrannte. Aber eine Pfeife mit ausgezeichnetem Tabak, von meinem Schwager gereicht, durfte man sich nicht entgehen lassen, und so saßen wir schließlich rauchend und Wein trinkend einander gegenüber auf Stühlen aus Eichenholz, ein herrliches Kohlenfeuer im Kamin vor uns.

Sir Venner schloss die Augen, als er genießerisch einen langen Zug aus der Pfeife nahm. Ohne weitere Umschweife sagte er: «Also, Matthew. Dieser Berg aus Gold. Du freust dich sicherlich auf diese Mission, oder?»

Seit dem unvergesslichen Tag im Garten von Ravensden Abbey wusste ich, dass diese Frage kommen würde, und hatte genügend Zeit gehabt, mir meine Antwort zurechtzulegen. «Verzeiht, Sir Venner, meine Mission ist streng geheim. Ich darf es bei meiner Ehre niemandem verraten, nicht einmal meinem Schwager.»

«Dem du ohnehin nicht vertraust.» Venner Garvey öffnete die Augen. «Ich aber vertraue dir, Schwager. Und respektiere auch dein Ehr- und Pflichtgefühl, Matthew. Das kannst du mir glauben oder nicht, ganz, wie du willst, aber es ist wahr. Ich habe allerdings so meine Zweifel, ob es überhaupt möglich ist, ein Geheimnis innerhalb des engsten Kreises um den König und den Herzog von York zu wahren. Der gesamte Hof ist leck wie eine Hure mit Blasenschwäche, Matt. Denk mal an dein letztes Schiff, die *Jupiter*. Die ganze Geschichte mit Captain Judge und der Titulargräfin, die den König vom Thron zu stürzen versuchten, an die große Schlacht, bei der du vor Ardverran Castle gegen Judges Schiff gekämpft hast.» Hinter Venner hing ein Spiegel an der Wand, und selbst im schwachen Kerzenschein konnte ich darin den erstarrten Gesichtsausdruck auf meinem Gesicht sehen. Der König selbst hatte mir doch zugesichert, dass dies das bestgehütete Staatsgeheimnis bleiben würde, und dennoch … «Oh, mach dir keine Vorwürfe deswegen, Matthew, ich erwähne das nur im Interesse der Deutlichkeit. Viele von uns, die dem Commonwealth loyal gedient haben, verspüren absolut kein Interesse, den Verrat eines unserer ehemaligen Bundesgenossen hinauszuposaunen. Mein Gott, wie sehr würden sich einige dieser tollwütigen Cavaliers, die mir da im House of Commons gegenübersitzen, freuen, wenn sie dies wüssten, um es mir wieder entgegenschleudern zu können! Nein, was das betrifft, so stimme ich völlig mit der Ansicht Seiner Majestät überein, dass dies geheimgehalten werden muss, sofern dies in diesem Hexenkessel Whitehall überhaupt möglich ist. Aber das mit dem Berg aus Gold ist etwas anderes.» Er füllte mein Glas erneut, das sich irgendwie geleert hatte, ohne dass ich gemerkt hätte, wie und wann. «Sag mal», fuhr er fort. «Du kennst dich doch in Geschichte gut aus, Matt. Du weißt, was es in diesem Land für Unruhen gegeben hat – wie solltest du auch nicht, bist du doch der Sohn eines großen Märtyrers, der unter den Cavaliers gelitten hat! Also,

Schwager, wie ist deine Einstellung zur absoluten Monarchie im Gegensatz zur konstitutionellen?»

Ein abrupter Themenwechsel, in der Tat. Aber ich war an derartige sprunghafte Gespräche gewöhnt, schließlich war ich in Rhetorik und philosophischem Disputieren (und vielen anderen Dingen) von Onkel Tris unterwiesen worden, der einmal jenen vielgerühmten alten Scharlatan und Alchemisten Isaac Newton in einer öffentlichen Debatte scharf zurechtgewiesen hatte – um seinen Triumph allerdings selbst etwas in Frage zu stellen, indem er ihm einen Fausthieb auf die Nase versetzte, ein Vorfall, der seltsamerweise in den vielen Lobpreisungen zu Ehren des kürzlich verschiedenen *Sir* Isaac unerwähnt bleibt. Ich überlegte also einen Augenblick und sagte dann: «Die absolute Monarchie ist eine ausgemachte Ungeheuerlichkeit, die vielleicht für Franzosen oder Russen passen mag, welche sich gern von ihren Herrschern herumkommandieren lassen. Die Geschichte lehrt uns dies zweifelsfrei, wie auch die Gegenwart. England dagegen war stets eine Monarchie, in der Könige, Lords und Commons sich für das Wohl aller einsetzten. Zumindest bis zum Jahr 42.»

«Ach ja. Das Jahr 42. Ich habe es leider als erwachsener Mann erlebt und musste eine Entscheidung treffen, während du, Matthew, gerade mal zwei Jahre zuvor aus dem Schoß gekrochen warst, nicht? Erzähle mir von deinem Jahr 42, und von den Entscheidungen, die dein Vater und ich zu treffen hatten.»

Dies war gefährliches Terrain, aber es hatte keinen Zweck, sich zu verstellen; das konnte ich in Bezug auf meinen Vater sowieso nicht. «So, wie ich die Dinge verstehe, Schwager Venner, habt ihr versucht, den König in die Enge zu treiben und ihm die Macht zu nehmen, damit er zu einer

Art Marionette würde, nur wenig einflussreicher als der Doge von Venedig, nichts weiter als eine Galionsfigur. Wohingegen mein Vater und die Cavaliers die königliche Autorität schützen …»

«… und das Parlament abschaffen wollten?»

«Nein, Sir, das Parlament wollten sie sicherlich nicht abschaffen, aber sie wollten eine bessere Balance zwischen dem Einfluss des Parlaments und dem des Königs erreichen.»

«Wie wahr. Und dafür kämpfte also König Charles I.?»

Ich saß in der Falle. «Ich … ich glaube … mein Onkel erzählte mir …»

«Ach ja, dein Onkel, der hochgeschätzte Doktor Quinton, der das Parlament so edel in seinen Schriften unterstützte, nicht aber durch seine Taten. Was genau hat er dir denn erzählt?»

Ich sog an meiner Pfeife, spürte, wie mir der Rauch in Kehle und Nase drang, und sagte stockend: «Er … nun, er erzählte mir, mein Vater und er wären beide über die wahren Motive des Königs im Unklaren gewesen. Er meinte, es sei das Ziel des Königs gewesen, die absolute Monarchie auch in England einzuführen, und dass ihm der Krieg als das probate Mittel dazu erschienen sei.» Das waren schreckliche Worte, und ich schämte mich, sobald ich sie ausgesprochen hatte.

Venners Gesicht verriet keinerlei Anzeichen für Triumph. «Ganz recht. Mit anderen Worten, dein Vater, dein Onkel und ich waren uns alle einig darüber, wie wir England haben wollten – eine konstitutionelle Monarchie dreier Stände. Einziger Streitpunkt war die genaue Verteilung der Macht zwischen den dreien, und es versuchten keineswegs alle meiner Kollegen im Parlament, die Macht des

Königs, wie du es vorhin ausgeführt hast, zu beschneiden. Der König dagegen hatte anderes im Sinn. In seinem blutigen Bestreben, die Macht an sich zu reißen, führte er eine Menge guter Männer, die auf seiner Seite standen, in die Irre, so auch deinen Vater. Das war die Ursache für viele der jüngeren Auseinandersetzungen, Matt. Beide Seiten kämpften und brachten einander im Namen des Königs und des Parlaments um – alle außer dem König selbst.»

Ich war wieder ruhiger und sagte: «Sir Venner, ich habe ähnliche Gespräche mit meinem Onkel geführt. Doch inwiefern beeinträchtigen jene bereits Geschichte gewordenen Auseinandersetzungen meine bevorstehende Reise?»

Mein Schwager sah mir direkt in die Augen (etwas, das er selten tat) und sagte: «Gestatte mir, dass ich noch ein paar Gedanken vor dir ausbreite, die du vielleicht nicht zu hören wünschst, Matthew. Lass uns zunächst einmal annehmen, dass unser jetziger Monarch zumindest ein wenig von der Gier seines Vaters nach absoluter Macht geerbt hat. Ein derartiges Verlangen könnten ja die langen Jahre im Exil in Frankreich und Spanien verstärkt haben. Es ist ein offenes Geheimnis, dass er insbesondere seinen Cousin König Ludwig XIV. und dessen Machtbefugnisse bewundert. So ist es doch, nicht wahr?» Ich musste nicken, denn ich kannte Charles Stewart gut genug, um zu wissen, wie viel Wahrheit darin lag, ich hatte ja sein unverhohlenes, kindliches Staunen über die Schätze von Fontainebleau und Chambord und seine wissentliche Bewunderung für die Regierung Ludwigs XIV. miterlebt. Außerdem hatte mir dies mein Bruder, der König Charles besser als irgendjemand sonst kannte, nur zu oft bestätigt. «Nehmen wir zweitens einmal an», fuhr Sir Venner fort, «dass als Folge des eben Gesagten der König das Parlament nicht schätzt, sondern lediglich toleriert – schließlich ist er von ihm in finanzieller Hinsicht abhängig und kann es nicht einfach abschaffen, selbst, wenn er das wollte. Dies gilt ganz besonders für den Fall, dass der König Krieg mit den Niederlanden anzetteln möchte und die dafür nötigen Mittel aufzutreiben versucht, wie du sicher besser weißt als ich.» Wie wahr. In der Stadt redete man von nichts anderem als vom Krieg, die Kaufleute verfochten die Meinung, dass man die Holländer ein für alle Mal in ihre Schranken weisen müsse, damit Englands Handel endlich wieder zur Blüte käme und es von allen geachtet und gefürchtet würde. Im Unterschied zu Venner Garvey kannte ich auch den wahren Sinn meiner Mission, denn dieser stand schwarz auf weiß in den detaillierten Anweisungen, die mir der König in Newmarket übergeben hatte: Ganz egal, was bei der Suche nach dem Berg aus Gold herauskam, hatten meine *Seraph* und das sie begleitende große Kriegsschiff den Auftrag, den Holländern in ihren Handelsposten in Westafrika das Leben schwerzumachen, ihre Forts und Schiffe anzugreifen, wenn wir unsererseits angegriffen wurden, und das Banner mit den Sieben Provinzen durch dasjenige Großbritanniens zu ersetzen, wo immer dies möglich war. Kurzum, wir waren das Instrument, das einen neuen – den endgültigen – Krieg mit den Holländern anzetteln sollte. «Nun habe ich natürlich nichts gegen einen neuen Krieg gegen die Holländer», sagte Venner. Keine Frage – schließlich profitierte er ja immens von dem Krieg, den der Commonwealth gegen dieses Reich geführt hatte. Ich dagegen hatte haufenweise Bedenken – schließlich hatte ich eine holländische Frau. «Stellen wir uns nun aber vor», fuhr er fort, und seine Stimme klang immer drängender, «der König stieße – Krieg hin oder her – auf eine Einkommensquelle, die weit größer ist, als das Parlament ihm zu Lebzeiten gewähren könnte. Die ausreicht, um Kriege gegen die Holländer zu finanzieren, gegen die Spanier, den Sultan, gegen wen auch immer er zu kämpfen gesonnen ist. Warum sollte er sich da weiterhin mit einer zänkischen Institution herumplagen, die ihm so viele Probleme bereitet? Warum sollte er nicht lieber das Beispiel seines französischen Cousins nachahmen? Was für einen größeren Triumph könnte es für einen Mann geben, der das Andenken seines Vaters so in Ehren hält, als just das innigste Bestreben dieses Vaters in die Tat umzusetzen?»

Ich rang nach Worten. «Sir Venner ... das kann nicht sein ... Ich vertraue dem König ...» Doch während ich das sagte, musste ich an die Worte von Charles Stuart denken, die er mir in Newmarket Heath gesagt hatte. *Der reichste Monarch von allen zu sein, mein Land zum größten Reich aller Zeiten machen zu können, alles tun zu können, was ich mir wünsche.*

«Denk an die gerechte Sache, für die dein Vater zu sterben glaubte, Matthew», sagte Venner bedächtig, «nicht an die falsche, der er tatsächlich diente. Und dann frage dich, ob auch du der falschen Sache dienen und das unwiederbringliche Ende des Parlaments und unserer englischen Verfassung herbeiführen möchtest. Dieser Berg aus Gold ist wahrscheinlich ein Trugbild, Schwager, nur die tollkühne Phantasie eines verzweifelten Mannes. Aber im Namen des Parlaments, sage ich dir eines: Wenn ein derartiger Berg tatsächlich existiert, darfst du ihn nicht finden.» Er beugte sich zu mir vor, die eine Hälfte des Gesichts rot vom Feuerschein, die andere schwarz vom Schatten. «Diese Mission darf nicht gelingen, Matthew», flüsterte er. «Sie muss scheitern.»

SIEBTES KAPITEL

Mir waren noch etliche ruhige Wochen beschieden, bis ich schließlich auf die Suche nach dem goldenen Berg aufbrach. Wochen, in denen ich versuchen konnte, meinem schrecklichen Passagier Colonel Brian Doyle O'Dwyer aus dem Weg zu gehen. Der Hochzeit meines Bruders in der St. Paul's Cathedral konnte ich allerdings nicht aus dem Weg gehen. Dafür konnte ich lange über die Warnung meines Schwagers Sir Venner nachgrübeln und mir überlegen, wer wohl die anderen waren, die verhindern wollten, dass die *Seraph* in See stach – oder zumindest, dass ihr Kapitän weiterlebte. Der Mann mit der Narbe zum Beispiel, obwohl er seit Cornelias verzweifelter Jagd auf ihn im Garten von Ravensden nicht mehr gesehen worden war. Ich hatte ihn beinahe vergessen, doch dann bekam ich eines

Tages Anfang November einen Brief. Der Wind heulte um die alte Abtei – unser Heim war allerdings so beschaffen, dass die meisten Winde direkt hindurchbliesen –, und ich saß in der Bibliothek und schrieb den meiner Schätzung nach fünfzehnten Brief dieses Tages an irgendeinen Beamten, der mit dafür verantwortlich war, dass meine *Seraph* seetüchtig wurde.

Cornelia war es, die mir den Brief brachte, denn sie nahm immer die Post in Empfang, da sie auch die meiste bekam. (Briefe schreiben schien eine Art Ersatzreligion bei den Holländern zu sein, wahrscheinlich, weil es in ihrem Land sonst wenig anderes zu tun gibt; mit jeder Post kamen endlose Briefe ihrer Eltern und irgendwelcher Cousins ins Gelderland, Friesland und sonstige «Länder» in diesem schlammigen Reich.) Sie hatte schlechte Laune. Selbst für unsere Verhältnisse hatten wir uns eifrig darum bemüht, die bevorstehende Katastrophe in Saint Paul's abzuwenden, indem wir Cornelia schwanger werden ließen. Leider hatte eine spezielle Stellung, die uns eine weise Frau im Baldock Forest empfohlen hatte, nur dazu geführt, dass sie sich den Rücken verrenkte, und sie krümmte sich vor Schmerzen, als sie mir den Brief überreichte. Sie war immer noch zornig wegen einer Bemerkung, die sie in Bedford gehört hatte, wohin sie und meine ebenfalls gebückt gehende Mutter sich zwecks Pferdekauf begeben hatten – ein wohl ziemlich kurzsichtiger Ratsherr hatte sie gefragt, ob sie Schwestern seien.

«Sieht aus, als käme der von Roger», sagte sie. «Er steht König Ludwig zurzeit ziemlich nahe, was? Kannst du ihn nicht dazu überreden, bei uns vor der Hochzeit einzufallen? Das würde Lady de Vaux bloßstellen – ein paar hundert französische Soldaten und ein Kardinal oder zwei, die das Kirchenschiff von Saint Paul's entlangschreiten! *God in hemel*, ich möchte das Gesicht deiner Mutter sehen, wenn König Ludwigs Musketiere auftauchen und die Hochzeitshymne einem durch und durch papistischen Te Deum weichen muss!»

Ich seufzte und nahm den Brief entgegen. Cornelia setzte sich gegenüber von mir hin (sehr, sehr langsam) und nahm ein altes Anatomiebuch von Galen zur Hand, das dem der Alchemie zugetanen 7. Earl gehört hatte. Eine Anleitung zum Aufschlitzen von Körpern schien wunderbar zu den Gedanken zu passen, die ihren Kopf bevölkerten, wenn sie an die Braut meines Bruders dachte. Ich brach das riesige, beeindruckende Siegel der Grafen von Andelys, deren Wappen seit den Zeiten Karls des Großen unverändert war, und begann zu lesen.

«Mon cher ami …» Es wäre Irrsinn, den Brief auf Französisch wiedergeben zu wollen, denn heutzutage herrscht ja das Deutsche an unserem Hof und in unserem Land vor – wer außer den Halbtoten wie mir würde den Brief verstehen, den ich hier in meiner zur Klaue verdorrten Hand halte? Was also stand darin? *«Mein lieber Waffenbruder! Mein hochgeschätzter, edler Freund, Matthew Quinton! Mein Kriegskamerad in Zeiten größter Widrigkeiten …»* So ging es noch eine Weile weiter, denn obwohl Roger-Louis de Gaillard-Herblay, der 17. Graf von Andelys, ein guter Mann und treuer Freund war, blieb er doch Franzose, und leider ist Präzision keine Eigenschaft dieses mächtigen Volkes. Als die endlosen Versicherungen seiner unwandelbaren Freundestreue endlich aufhörten, erging er sich lang und breit über seine Suche nach der richtigen Frau (die bislang noch nicht von Erfolg gekrönt war, obwohl eine ungeheuer plumpe Tochter des ungeheuer reichen Duc de Montreuil eine aussichtsreiche Kandidatin war), dann ausgiebigst über

die Taten von König Ludwig und seinem Hofstaat (die Königin und mindestens eine Mätresse waren schwanger, so hieß es), in aller Ausführlichkeit über die herrliche Ernte, welche fröhliche Bauern von den fruchtbaren Schollen seiner endlosen Felder herbeigebracht hatten und so weiter. Schließlich aber konnte nicht einmal mehr ein Franzose das wahre Anliegen seines Briefes verhehlen.

«Meine Gedanken wenden sich unentwegt dem Meer zu, Matthew, und den guten alten Zeiten auf der Jupiter. *Wie du bereits wissen wirst, bemüht sich mein König darum, Frankreich zu einer großen Seemacht werden zu lassen, und hat in unseren Werften und denjenigen Hollands eine neue Flotte bestellt. Dies stellt natürlich keine Bedrohung Englands und eurer großartigen Marine dar, aber es ist beschämend, dass ein Land von der Größe Frankreichs nicht über mehr als ein paar alte Kähne verfügt, die sein stolzes Lilienbanner über die Ozeane tragen. Der König ernennt wichtige Adelige zu Kapitänen seiner neuen Schiffe – Männer mit weit weniger Erfahrung zur See als ich selbst, wenngleich ich natürlich zugeben muss, dass die meinen, nun sagen wir: unkonventioneller Art sind.»* (Um dem Zorn von Fouquet, dem Minister König Ludwigs, zu entgehen, dessen Frau er verführt hatte, hatte der Comte d'Andelys an Bord der *Jupiter* unter dem Namen Le Blanc angeheuert als Segelmacher.) *«Daher bin ich versucht, mich um das Kommando eines Schiffes zu bewerben. Wer weiß, mein lieber Kriegskamerad, ob wir nicht eines Tages wieder Seite an Seite gegen einen Feind in See stechen?»* Als unverbesserlicher Optimist hatte Roger offensichtlich die Möglichkeit, dass wir beide *gegeneinander* kämpfen könnten, nicht ins Auge gefasst. Doch die Geschichte hat immer das letzte Wort. Gestandene Männer, die von fast einem Vierteljahrhundert Krieg zu Krüppeln gemacht worden

waren und nun betteln gehen mussten, trieben sich noch immer, mehr als fünfzehn Jahre danach, unter meinem Fenster herum.

«Nun aber möchte ich auf den Seigneur de Montnoir zu sprechen kommen. Ich habe ihn nie kennengelernt, aber einige meiner Freunde bei Hof sehr wohl. Er ist ein seltsamer, verschlossener Mensch, halb Krieger, halb Gespenst, wie es scheint. Einige behaupten, er sei ein Nachkomme des alten Propheten Nostradamus, aber unser Hof lebt in beständiger Furcht vor dem Okkulten, daher würde ich auf derartige Berichte nicht allzu viel geben. Er hat große Besitzungen in der Auvergne, die es ihm ermöglicht haben, ganz seinen Neigungen nachzugehen. Diese scheinen Frauen und Wein nicht einzuschließen, wie es doch bei den meisten von uns aus dem Zweiten Stand der Fall ist. Montnoir, so teilte mir mein Freund mit, sei vielmehr ein waschechter Fanatiker. Er scheint davon überzeugt, eine tödliche Sünde begangen zu haben, indem er während der letzten Kriege gegen Spanien kämpfte, da er glaubt, alle katholischen Länder Europas sollten sich gemeinsam gegen die Türken und Mauren, aber auch gegen die berüchtigten, reulosen Ketzer, die Engländer und Holländer, verbünden. Wie wir wissen, mein Freund, gibt es nur eines, was gefährlicher als ein Fanatiker ist, nämlich ein wohlhabender Fanatiker mit guten Beziehungen. Montnoir dient dem Malteserorden, weil dieser ihm gestattet, ganz nach Gutdünken Heiden zu töten, und weil er die Hoffnung hegt, eines Tages Großmeister zu werden, ein europäischer Prinz mit Herrscherbefugnissen und Hüter des angeblichen Geheimwissens der Alten. Er findet aber auch Gehör bei König Ludwig XIV., der den Okkultismus hasst, es sei denn, er bekommt das zu hören, wonach ihm der Sinn steht …»

«Und?», fragte Cornelia und sah von den grässlichen Illustrationen im Galenius auf, just in dem Augenblick, in dem ein besonders heftiger Windstoß einige Zweige gegen das Fenster peitschte.

«Roger spielt mit dem Gedanken, einen Posten auf See anzunehmen», sagte ich und gab damit lediglich die Zusammenfassung einer Zusammenfassung.

«Guter Gott, nicht noch einer!», rief meine Frau aus. «Noch ein Seekapitän. In dreißig Jahren seid ihr so weit. Du und Roger und mein Bruder, die Admiräle von England, Frankreich und *Nederland.*»

Sie kicherte und nahm ein anderes Buch zur Hand, das auf dem Tisch lag: Foxes *Buch der Märtyrer*, eine aufschlussreiche Inspirationsquelle, wenn man Lady de Vaux ein grauenhaftes Ende bereiten wollte; die meisten waren zu Tode geschmort worden. Sofort war sie gefesselt von dem Band.

Ich wandte mich wieder Rogers Brief zu. *«Er ist überzeugt, dass es zwei sichere Möglichkeiten gibt, um auf den Thron eines Großmeisters zu gelangen. Eine ist, eine Quelle unerschöpflichen Reichtums zu finden, entweder den Stein der Weisen oder einen großen Berg aus Gold, den es irgendwo in Afrika geben soll, oder am besten beides.»* Ein Schauder überlief mich, als ich diesen Satz las. *«Die andere ist, die Besitzungen des Ordens in England und Schottland, die während dem, was Ihr Reformation nennt, verlorengingen, wieder zurückzuerobern. Daher interessiert er sich auch so sehr für das, was in Eurem Land geschieht, Matthew; fast so sehr wie du für die dunklen Machenschaften des Seigneur de Montnoir. Es heißt, er habe sogar jetzt Spitzel in England. Hüte dich also vor diesem Mann und denen, die ihm dienen. So, wie ich ihn einschätze, würde es mich nicht wundern, wenn er die gesamte Bevölkerung Englands als Ketzer verbrennen lassen wollte, egal, ob sie der Erreichung seiner Ziele im Weg stehen oder nicht. Doch solange England so ritterliche Edelmänner wie*

Matthew Quinton zu seiner Verteidigung zählt, ist Furcht fehl am Platze … (Es kamen mehrere Absätze dieser Art, bis Roger endlich zu seiner Abschiedsformel ansetzte.) *Mögen sowohl der katholische als auch der protestantische Gott über Euch wachen, mein lieber Freund, und über meiner beständigen Liebe zu Eurer lieben Cornelia.*

D'Andelys. »

Ich faltete den Brief zusammen, und als der Wind erneut mit aller Heftigkeit an den Fenstern rüttelte, sah meine Frau ganz interessiert und erwartungsvoll auf.

«Und?», fragte sie erneut. «Da muss es aber um mehr als nur ein Kommando zur See gegangen sein!»

«Er lässt dich herzlich grüßen», sagte ich.

◇◇◇◇◇◇

Dann wurde ich erstmals um Rechenschaft gebeten. Ein paar Tage nach Rogers Brief bestellte mich ein unscheinbares Schreiben von Pepys in die Marinebehörde, um die weiteren Vorbereitungen meiner Expedition nach Gambia zu besprechen. Bei diesem Treffen sollten mein neuer Offizier und der Mann, dem wir das alles überhaupt zu verdanken hatten, der widerwärtige O'Dwyer, anwesend sein. Daher ritt ein denkbar schlechtgelaunter Captain Matthew Quinton das kurze Stück von Ravensden House am Strand (wohin ich gezogen war, um die Zurüstung meines Schiffes zu beaufsichtigen) zur Marinebehörde, die damals in einer weitläufigen Ansammlung von Gebäuden in der Nähe der Crutched Friars auf dem Tower Hill untergebracht war. Der sintflutartige Regen besserte meine Laune nicht gerade.

Auch nicht die Tatsache, dass wir beinahe eine Stunde nach der für das Treffen angesetzten Uhrzeit noch immer auf die beiden Männer warteten, ohne die ich nicht weitermachen konnte. Ich überbrückte die Zeit, indem ich ein höfliches und belangloses Gespräch mit Pepys führte, warf aber mehr als einmal seinen Kollegen, den anderen Ersten Offizieren Seiner Majestät und den Marinebevollmächtigten, einen verstohlenen Blick zu. Dort am einen Tischende saß der alte Sir John Mennes, der Kostenprüfer der Marine, ein Greis von verehrungswürdigem Alter, der noch unter meinem Großvater zur See gefahren war. Mennes war wohl in seiner Jugend ein ausgesprochen hübscher Kerl gewesen, zumindest behauptete dies meine Mutter, und er hatte noch immer das Gesicht und die Augen eines geistreichen, lebensbejahenden Mannes. Er besaß eine poetische Ader, eine Seltenheit unter unseren Seeoffizieren, von denen die meisten einen Federkiel höchstens zum Ausputzen ihrer Ohren benutzten. Leider hatten das Alter und der Bürgerkrieg Mennes ziemlich zugesetzt, der mittlerweile noch nicht einmal seine eigenen Eingeweide unter Kontrolle hatte, geschweige denn die Königliche Marine. Er unterhielt sich mit dem Mann, der ihn stets an der Nase herumführte, nämlich Sir William Batten, der amtliche Marineinspektor, ein gerissener, vulgärer alter Schurke, der sich während des großen Aufstands im Jahr 48 von den Roundheads abgesetzt hatte. Immer wieder warf Batten Pepys einen feindseligen Blick zu, er hasste ihn (hauptsächlich, weil der rechtschaffene Pepys besonders geschickt darin war, sowohl die Unterschlagungen als auch die Inkompetenz des Inspektors aufzudecken). Pepys, noch relativ unerfahren und voller Ehrfurcht angesichts der Versammelten, setzte als Erwiderung ein nervöses Lächeln auf, vor allem, als die großen Männer auf die grassierende Sodomie unter unseren Edelmännern zu sprechen kamen, die Ausmaße angenommen hatte, dass sich Pagen über ihre Herren zu beschweren begannen.

«Captain Quinton», flüsterte Pepys, «ich höre ständig dieses Wort ‹Sodomie›, weiß aber nicht, was es bedeutet. Könnt Ihr mir weiterhelfen?»

Dass ein Mann, der schätzungsweise sieben Jahre älter war als ich, derart unwissend (und naiv) sein sollte, fand ich bemerkenswert. «Das erkläre ich Euch ein andermal, denke ich, Mister Pepys», sagte ich so nachsichtig ich konnte.

Auf der anderen Seite des Tisches saß Sir George Carteret, der Schatzmeister der Marine. Sir George war in jeder Hinsicht eine auffällige Erscheinung: Er trug noch immer die Kleidung eines jungen Kavaliers, obwohl er weit über fünfzig war, und sowohl sein kurzgeschorenes Bärtchen als auch seine langgelockten Haare verrieten, dass es sich hier um einen Mann handelte, der sich verzweifelt an seine Jugend klammerte. Im Bürgerkrieg hatte er sich nur wenig besser als ein Pirat aufgeführt, so hatte ich gehört, und sich immerhin so sehr bereichert, dass er nun eine Waldparzelle in Amerika zu seinen Besitzungen zählte; es war ihm gelungen, diese dann auf irgendeine Weise in eine königliche Kolonie zu verwandeln. Er nannte sie nach der Insel im Ärmelkanal, wo er zur Welt gekommen war und von der er wahllos alle Gebräuche und Sitten exportiert hatte; wie ich höre, wird es wahrscheinlich nie so recht erblühen, dieses «New Jersey». Neben Carteret saß der ehrwürdigste Mann der Versammlung: kein Geringerer als Sir William Penn, einer von Cromwells legendären Seekapitänen, der nun allzu offensichtlich mit seinem Amt als Marinebevollmächtigtem haderte, das ihn ans Land band. Penn war noch immer ein junger Mann, gerade mal vierzig (wenn mir

Dreiundzwanzigjährigem dies auch als biblisches Alter vorkam), und hatte das ausdruckslose breite Gesicht eines Chorleiters vom Land. Und doch war dies einer der Helden im Krieg des Commonwealth gegen die Holländer vor nunmehr fast zehn Jahren; später stand er an der Spitze einer Expedition in die Karibik, die pflichtschuldig Jamaica vom tyrannischen Joch Spaniens befreite und es stattdessen dem tyrannischen Joch des Commonwealth unterwarf. Er schloss sich rechtzeitig den Königstreuen wieder an und wurde im Zuge der Restauration zu einem der wichtigsten Berater des Königs und des Lord High Admiral. An diesem Tag jedoch machte Sir William Penn ein sorgenvolles Gesicht. Das mochte mit dem schleppenden Fortgang unserer Angelegenheiten zusammenhängen, wahrscheinlicher aber war die Gicht daran schuld. Sein Fuß war bandagiert und ruhte auf einem Stuhl, bei der leisesten Bewegung zuckte er zusammen, als hätte er eine schlimme Verwundung.

Plötzlich waren Geräusche hinter der Tür zu vernehmen. Ich hörte die Stimme eines Amtsdieners, tief und respektvoll, gefolgt von einem eindeutig irisch gefärbten donnernden Zornausbruch: *«Verdammter Hurenbock, soll ich dir den Arsch versohlen, damit du weißt, wer ich bin?»* Die Tür flog auf. Im Türrahmen stand ein peinlich berührter Amtsdiener (der junge Hayter, der bald darauf Sekretär der Admiralität werden sollte), den ein breitschultriger, hakennasiger Mann um die vierzig am Ohr hereinzog. Sein Kinn war von etlichen Narben gezeichnet, und er hatte eine große Perücke auf, doch das Bemerkenswerteste an ihm waren seine Hände, die im Vergleich zu seinem Körper riesig wirkten. Penn sagte gelassen: «Ihr seid spät dran, Major Holmes.»

Der Oberkommandant der Expedition nach Gambia ließ den Jungen los, der seine Kleidung glattstrich und zur

Seite trat. Dann verbeugte sich Holmes und sagte: «Ich bitte um Nachsicht, hochgeschätzte Gentlemen. Eine Frage der Ehre. Ein über die Maßen unverschämter Dragonerhauptmann. Habe ihn gerade in Covent Garden zum Duell gefordert.»

Mister Pepys war der Einzige, den diese Information beunruhigte, und zwar gehörig, denn die Farbe wich gänzlich aus seinen Wangen. Wir andern alle waren schlussendlich nichts als Soldaten, wenn auch die maritime Variante davon, und wir verstanden alle nur zu gut, dass ein Gentleman wie Major Robert Holmes jede Menge Gründe hatte, sich mit einem anderen Offizier zu duellieren (ungeachtet der Tatsache, dass der Monarch, dem wir alle dienten, Duelle für eine verdammungswürdige Unsitte hielt). Holmes' Ruf war legendär unter seinesgleichen, obwohl mein Bruder und ich ihn mit gemischten Gefühlen betrachteten: Er war nämlich stets der loyale Leutnant Prinz Ruprechts von der Pfalz gewesen, des Cousins des Königs, just jenes Mannes also, den meine Mutter bezichtigte, er habe den Tod unseres Vaters auf dem Schlachtfeld von Naseby vor achtzehn Jahren verschuldet. Ich hatte ihn jedoch im vergangenen Sommer, als seine *Reserve* zur gleichen Zeit im Mittelmeer unterwegs war wie meine *Wessex*, genauer kennengelernt. Meine ursprüngliche Vorsicht hatte sich schließlich in Luft aufgelöst, und wir schlossen Freundschaft – ehrlich gesagt, tranken wir in Livorno ordentlich einen über den Durst. Allerdings ist das nichts Ungewöhnliches für englische Kapitäne, denn was ist Italien anderes als eine überdimensionale stiefelförmige Taverne, in der sich Engländer wunderbar betrinken können? Daher wusste ich, im Gegensatz zu Pepys, dass Robert Holmes hinter dieser ganzen dröhnenden Überheblichkeit und übertriebenen Eitelkeit ein Mann war, der bis zum letzten Blutstropfen für seine Freunde, sein Land und seinen König kämpfte. Außerdem besaß er von allen Männern, denen ich je begegnet bin, den deftigsten Humor – und ich habe sie alle kennengelernt: von meinem alten syphilitischen Freund Johnny Rochester bis hin zu Dekan Swift, dem Juvenal unserer heutigen Zeit.

Mennes begrüßte Holmes und bat ihn, Platz zu nehmen. Der Major brummte, verpasste dem Jungen noch eine angedeutete Ohrfeige, sah sich dann irritiert um und brüllte: «O'Dwyer, du pockennarbiger Dreckskerl! Wo zum Teufel steckst du, Mann?»

Mir sank das Herz in die Hose, als mein ehemaliger Gefangener mit einem breiten Grinsen in der Tür auftauchte. Er hatte Omar Ibrahim ganz und gar verbannt, so wie dieser seinerzeit den jungen Brian Doyle O'Dwyer. Nun trug er einen roten Militärmantel mit einem ausladenden schwarzen Wehrgehänge; sein gebräuntes Gesicht wurde nicht mehr von einem Turban überragt, sondern von einer recht modischen Perücke. «Pockennarbiger Dreckskerl von einem *Colonel*, wenn ich bitten darf, *Captain* Holmes!»

Holmes und O'Dwyer waren Freunde geworden. Natürlich. Zwei gottlose irische Schurken, beide auf der Suche nach dem Berg aus Gold; das einzig Seltsame daran war lediglich, dass ich nicht schon früher daran gedacht hatte.

Zum Glück setzte sich Holmes zwischen mich und O'Dwyer, doch dieser musste mich zuvor noch mit seinem unerträglich gutgelaunten Grinsen begrüßen: «Captain Quinton! Mein Retter, ich grüße Euch! Wie sehr es mich freut, Euch zu sehen, Sir, und zu wissen, dass wir bald gemeinsam zu dieser Expedition aufbrechen werden!»

Ich neigte den Kopf (immerhin war er mein höchster Offizier), erwiderte aber nichts; es ist immer ratsam, nichts zu sagen, wenn die Gefahr besteht, dass man den Mund aufmacht und sich ein Schwall giftiger Geifer auf die Anwesenden ergießt.

Und dann begann endlich die Besprechung. In all den Jahren, die seitdem vergangen sind, habe ich vielen weiteren Versammlungen zu den unterschiedlichsten Themen beigewohnt und halte mich daher für berechtigt, festzustellen, dass es nur zwei Arten gibt: die kurzen, die einen Zweck haben, und die endlosen, die nur dazu da sind, den Teilnehmern Gelegenheit zu geben, ihre eigene aufgeblasene Wichtigkeit unter Beweis zu stellen. Leider musste ich erfahren, dass Letztere weit häufiger sind als Erstere, und so war es auch an jenem kalten, feuchten Herbsttag im Jahre 63. Batten bestand darauf, einen langen Bericht über den Zustand von meiner *Seraph* und von Holmes' *Jersey* vorzutragen, obwohl wir alle genau wussten, dass es sich dabei lediglich um die laut vorgelesenen Berichte der Schiffsbauer handelte, was aber, da keines der Schiffe nennenswerte Mängel aufwies, völlig überflüssig war. Doch Batten bestand auf seinem Auftritt, schließlich war er der Amtliche Marineinspektor, und als solcher hatte er doch wohl das Recht, bei einer derartigen Versammlung zu sprechen. Mehr als einmal kreuzten sich Penns und meine Blicke, denn er als der berühmteste und bis gerade eben aktive Seemann der Runde sah die Dinge offensichtlich ebenso wie ich (vielleicht, weil Battens Geleier seine Gicht plagte und ihn auf seinem Stuhl hin und her rutschen ließ). Auch Holmes schien derselben Ansicht zu sein, das merkte man an seinem ständigen Gezappel, Furzen und Läuse-aus-der-Perücke-Pflücken. Dann kam Carteret an die Reihe, zum Glück fasste er sich kürzer. Allerdings war Sir George auch zehnmal so intelligent wie Batten und mindestens hundertmal so reich, daher brauchte er seine Bedeutung auch nicht derart auszustellen. Auch Penn sprach nur kurz und prägnant, denn ihm war lediglich an dem militärischen Aspekt gelegen – wenngleich dies strenggenommen das Vorrecht des Lord High Admiral und des Königs war. Penn hatte eine große Landkarte von Westafrika auf dem Tisch ausgebreitet und beugte sich in einer unbequemen Pose vor, um mit einem Stab auf eine Flussmündung fast auf halber Höhe des Küstenstreifens zu deuten.

«Ich sehe keine Notwendigkeit für Captain Quintons Reise flussaufwärts», sagte er, «wenn Colonel O'Dwyers goldener Berg tatsächlich nur ein paar Wochen Fußmarsch von dessen befahrbaren Mündung entfernt ist, wie er sagt.» Der Blick, den Penn O'Dwyer zuwarf, war voller Skepsis, doch der Ire nickte nur zustimmend. «Stattdessen würde ich mein Augenmerk auf das Fort hier lenken …» Penn deutete auf eine Insel ein paar Meilen flussaufwärts in der Mitte des breiten Stroms. «Was wissen wir über seine augenblickliche Stärke?»

«Ich kenne das Fort, Sir William», sagte Homes. «Bin bereits 52 daran vorbeigesegelt, als der Prinz und ich erstmals Wind davon bekamen, dass es da so etwas wie diesen goldenen Berg gibt. Bis uns schließlich unser irischer Freund hier wieder darauf stieß.» Ich spürte, wie mir die Galle hoch kam. «Es unterstand damals noch dem Herzog von Kurland, der es wiederum an die Holländer verkaufte – obwohl er dem Vernehmen nach nun die Rechtmäßigkeit dieses Kaufs anzweifelt. Jakobsfeste, so nannte er es. Wie ich höre, soll aber die Besatzung kaum, vielleicht auch überhaupt nicht, gewechselt haben. Ein buntes Gemisch aus Holländern,

Kurländern und weiß Gott, was sonst noch. Hat mit uns nichts zu tun. Sollten sie uns angreifen, nun dann …»

Er ließ den Satz unvollendet, denn alle Anwesenden kannten die Fortsetzung genau. Ich hatte darüber ja mit meinem Schwager Sir Venner Garvey gesprochen. Der goldene Berg war nicht das einzige Ziel unserer Expedition. Wenn das Fort uns Ärger machte, würden wir es eben erobern. In der Zwischenzeit würde Holmes an der Küste entlangsegeln, offensichtlich, um den Handel der Company of Royal Adventurers for Africa zu unterstützen. Diese unschuldig anmutende Anweisung beinhaltete ein ganzes Labyrinth diplomatischer Fallstricke. An der Spitze der Company stand nämlich der Bruder des Königs, James, Herzog von York, der Lord High Admiral. Ihre Leiter und Aktionäre waren die maßgeblichen Minister und Höflinge im Lande. Mit anderen Worten, die Royal Adventurers stellten die politische Elite des Staats dar, maskiert als harmloses Privatunternehmen. Auch machte sich keiner der Anwesenden Illusionen darüber, worin die «Unterstützung» bestand, die Holmes der Company anbot. Dieser hatte man die gesamte Küste Afrikas als Besitzung zugesichert, von Marokko bis hinab zum Kap der Guten Hoffnung, und zwar auf tausend Jahre hinaus – unabhängig davon, ob die Küste vielleicht schon jemand anderem gehörte. Konsequenterweise bemächtigte sich Holmes jedes holländischen Forts und Schiffes, dessen er habhaft werden konnte, bis ganz hinunter nach Cape Coast und darüber hinaus. Wenn die Holländer sich wehrten, dann würde das eintreffen, was sich wohl jeder gute Engländer von König Charles bis hinab zum einfachsten Straßenjungen mehr oder weniger offen wünschte: Wir würden die Holländer in einen Krieg verwickeln, und diesmal würden wir sie fertigmachen.

Endlich ergriff O'Dwyer, der während der gesamten Unterhaltung der Seeleute ziemlich schweigsam gewesen war, das Wort. «Das Fort ist unsere geringste Sorge, Sir William. Die Könige dieses Landstrichs und die portugiesischen Kommissionäre, die ihre Sklaven für sie verkaufen, um die geht es. Einige von ihnen verfügen über Armeen von mehreren tausend Mann, und wir fahren nur mit zwei Schiffen dorthin. Ich erwähnte dies dem König gegenüber, er solle zumindest die *Sovereign of the Seas* und eine Flotte von fünfzig ...»

«Ganz recht», sagte Holmes, «doch soweit ich gesehen habe, Colonel, sind die Herrscher dieser Gegend allesamt miteinander verfeindet und hassen die Holländer, welche wiederum die Kurländer hassen, die die Portugiesen nicht ausstehen können, und so weiter. Teile und herrsche, das ist die Methode, Sir. Und darüber hinaus eine ziemlich kostengünstige, wie Seine Majestät *mir* gegenüber zu äußern geruhte.»

«Bei allem Respekt, Colonel O'Dwyer», sagte Pepys, «ich habe einiges über jene Gegend gelesen und mit etlichen Männern, die dort gesegelt sind, gesprochen. Von einem König, der eine fünfzigtausend Mann starke Armee hätte, habe ich da nie etwas zu hören bekommen ...»

Holmes sandte einen vernichtenden Blick in Richtung des Staatssekretärs. «Nun, Mister Pepys, wenn der gute Colonel hier von derart großen Armeen berichtet, dann wird es wohl stimmen. Nicht wahr, Mister Pepys?»

Dieser schaute nervös zu Holmes und O'Dwyer hinüber und senkte den Blick wieder. Da habe er natürlich vollkommen recht, murmelte er und wurde puterrot. Ich hatte Mitleid mit ihm, zum einen, weil ich dieselbe Schlussfolgerung aus O'Dwyers überzeugten Worten gezogen hatte. Außerdem wunderte ich mich, dass diese mächtigen Könige mit ihren vielen Bewaffneten und Sklaven, von denen der Abtrünnige gesprochen hatte, den goldenen Berg nicht längst gefunden und seine Schätze gehoben hatten – vor allem, wenn er so dicht am Gambiafluss lag. Doch dies schien niemandem sonst aufgefallen zu sein, nicht einmal unserem abwesenden, aber allwissenden Monarchen, und so hielt auch ich meinen Mund. Ehrlich gesagt, tat ich dies während der gesamten Besprechung; wie Pepys auch war ich ein wenig erstarrt in Ehrfurcht vor diesen großen Männern mit ihren großen Titeln, schließlich war ich ja nur der zweite Kommandant auf dieser Expedition, vielleicht auch nur der dritte: Die Anweisungen des Königs waren beunruhigend vage, was die Aufteilung der Befehlsgewalt zwischen Brian Doyle O'Dwyer und mir anging.

Penn widmete sich wieder der Überprüfung anhand der Landkarte und deutete mit dem Stab etwas weiter nördlich. «Es handelt sich wirklich um eine komplizierte Gegend, Gentlemen», sagte er. «Holländer und Portugiesen, wie wir gehört haben. Kurländer und dergleichen. Und dann natürlich die Eingeborenenkönige. Aber mir geht es um etwas Wichtigeres. Seht hier. Fort Saint Louis, ein Außenposten des Allerchristlichen Königs. Nicht viele Meilen von der Mündung des Gambiaflusses entfernt. Wir täten gut daran, ähm … *Verwicklungen* mit den Franzosen zu vermeiden, egal, was wir mit den Holländern anstellen.»

O'Dwyer grinste. «Gott segne die Franzosen, Sir William. Aber ihr Fort, nun … das ist nur ein kleiner Stützpunkt, der vor nicht einmal fünf Jahren errichtet wurde. Die Franzosen haben nicht den Mumm, mit den Holländern oder uns in Konkurrenz um die Vorherrschaft in Afrika zu treten, meine Herren.»

Pepys schien etwas entgegnen zu wollen, doch ein Blick hinüber zu dem breit lächelnden Holmes hielt ihn davon ab. Wir kamen auf die Besatzung, die Bewaffnung und den Proviant unserer Schiffe zu sprechen, was im Grunde das Einzige war, wofür ich mich interessierte, wenn ich ehrlich sein darf. Dies ging eindeutig den Finanzinspektor an, doch der alte Mennes legte eine erbärmliche Vorstellung hin. Seine Papiere waren vollkommen durcheinander, er verwechselte ständig *Jersey* und *Seraph*, ja sogar mich und Holmes. Nach ein paar Minuten geriet er ins Stocken, und Pepys, der darauf brannte, etwas einzuwerfen, seit Sir John begonnen hatte, ergriff die Gelegenheit.

«Darf ich dazu etwas sagen, Sir John?», erkundigte er sich hilfsbereit. Batten rollte mit den Augen, Holmes gähnte theatralisch, doch Carteret, der in seiner Funktion als Schatzmeister den Vorsitz innehatte, nickte ermunternd. Pepys setzte zu einer engagierten Erörterung der vorliegenden Fakten an. Vielleicht etwas zu engagiert, denn niemand lässt sich gern von jemandem belehren, der um so vieles jünger ist, und unter den anwesenden Seeleuten (so auch mir und dem früheren Omar Ibrahim) gefiel es keinem, sich die Belange der Seefahrt mit derartiger meisterlicher Klarheit von einer ausgemachten Landratte darlegen zu lassen. Insbesondere Holmes widerstrebten Pepys' Ausführungen, der auf einer Besatzung von zweihundert Mann bestand, während Pepys lediglich hundertfünfzig vorsah. Nach einem kurzen Wortwechsel willigte Pepys ein, die Entscheidung dem Lord High Admiral zu überlassen. Nicht einmal Holmes konnte die Autorität des Bruders des Königs offen anzweifeln, dennoch funkelte er Pepys wütend an, wie ein Kind, dem man sein Lieblingsspielzeug verweigert hat.

«Wenden wir uns nun der Bemannung der *Seraph* zu», sagte Pepys (ohne Holmes in die Augen zu schauen). «Wir haben die zweiundsechzig Mann, die bereits bei Captain Quinton auf der Werft in Deptford angeheuert haben. Wenn ich recht verstehe, gibt es eine Auseinandersetzung mit dem Konstabler der Stadt, weil dazu fünf Männer aus der Haft entlassen werden müssten …»

Es war also an der Zeit, dass ich mich in das Gespräch einbrachte. «Diese Angelegenheit wurde bereits zur allgemeinen Zufriedenheit beigelegt, Mister Pepys», sagte ich. «Durch die Anordnung eines der Friedensrichter für die Grafschaft Kent hat sich das erledigt.» Ich verschwieg, dass diese Anordnung nur durch einen Brief des Ehrenwerten Earl of Ravensden zustanden gekommen war, der als Privy Council des Königreichs seine Macht einseitig eingesetzt hatte, in der (korrekten) Überzeugung, dass sein Freund König Charles ihn nicht überstimmen würde, sollte er davon hören.

Pepys neigte das Haupt in Dankbarkeit. «Habt Dank, Captain Quinton. Das sind äußerst zufriedenstellende Nachrichten. Inzwischen wird der Leutnant der *Seraph*, Mister Castle …» – zu meiner Freude hatte mein alter Leutnant auf der *Wessex* eingewilligt, wieder mit mir in See zu stechen –, «… Männer in seiner Heimatstadt Bristol rekrutieren, wenngleich er schreibt, dass er trotz seines hohen Ansehens dort lediglich erst fünfzehn Männer gewinnen konnte. Der neue Bootsmann der *Seraph* hat sein Berechtigungsschreiben erst heute Morgen hier eingereicht und sich dann sofort nach Wapping begeben, um die Trommel für Captain Quinton zu rühren.»

Das waren überraschende Neuigkeiten!

Der neue Bootsmann der *Seraph* – mit anderen Worten: Kit Farrell, der gedrungene junge Seemann aus der Arbeiterklasse, der mir einst in den Fluten das Leben gerettet hatte und dem es seither mit Geduld und Ausdauer gelungen war, mich in einen waschechten Seebären zu verwandeln! Kit war also von seiner Reise zurückgekehrt und hatte sich sofort an seine neue Aufgabe gemacht, ohne auf die Einwilligung seines Captains zu warten. So kannte ich ihn! Ich schwor mir, gleich nach dieser Versammlung von der Marinebehörde nach Wapping zu reiten.

Zum Glück blieben nur noch wenige Formalitäten zu erledigen, und schon bald standen wir draußen im Tageslicht. Es hatte aufgehört zu regnen, aber die Wolken hinter dem Turm von St. Olav waren noch düster und bedrohlich. Als wir auf unsere Pferde zugingen, fragte ich Holmes, weshalb Pepys so großen Respekt vor ihm zu haben schien, und warum er, Holmes, wiederum so großen Spaß daran hatte, dem Staatssekretär eine Falle zu stellen.

«Ach», sagte der Ire fröhlich, «erst mal, weil er so ein erbärmlicher Paragraphenreiter ist – für wen hält er sich, uns Ehrenmännern und Rittern Vorträge zu halten? Dann aber auch, weil er versucht hat, mir einen inkompetenten Kerl als Master auf meiner *Reserve* im Mittelmeer vor die Nase zu setzen – könnt Ihr Euch erinnern? Ich habe Euch davon erzählt, als wir in Lissabon waren.» Ich nickte unsicher weil Holmes mich bei dieser Gelegenheit ziemlich abgefüllt hatte. «Und dann ist da noch etwas anderes», sagte Holmes, während er aufsaß. «Er glaubt, ich hätte was mit seiner Frau gehabt.»

Das war eine interessante Enthüllung. Ich hatte gar nicht gewusst, dass der so überaus ehrgeizige Pepys verheiratet war. «Und? Entspricht das der Wahrheit?», fragte ich, als auch ich aufsaß.

Holmes zuckte mit den Achseln. «Wisst Ihr, Matt, ich

kann mich wirklich nicht daran erinnern ... Viel Wein – und viele Frauen. Ein Gentleman vergisst nun mal.»

Zum Glück verabschiedeten wir uns von O'Dwyer gleich vor der Marinebehörde. Holmes und ich ritten beide Richtung Osten, an den Crutched Friars vorbei in die Woodruff Lane, dann am nördlichen Graben des Towers entlang nach East Smithfield: Der Major hatte eine Verabredung mit einer Frau aus Bow (er machte eine eindeutige Geste), ich selbst wollte den neuen Bootsmann der *Seraph* aufsuchen. O'Dwyer aber ritt westwärts nach Cheapside hin zu, in Begleitung zweier stämmiger Kerle mit kahlgeschorenen Köpfen. Die habe der Abtrünnige zu seinem Schutz angeheuert, erklärte mir Holmes, damit er nicht zusammengeschlagen oder entführt würde. Holmes machte sich darüber lustig, aber ich musste an jenen glutheißen Tag an Bord der *Wessex* und das Auftauchen des hageren, in einen schwarzen Umhang gekleideten Seigneur de Montnoir denken, der ein so starkes Interesse am Schicksal des Korsarenkapitäns hatte, den wir damals als Omar Ibrahim kennenlernten, und war mir da nicht so sicher.

Wir ritten den Ratcliffe Highway entlang. Es waren viele Fuhrmänner, Seeleute und alle möglichen anderen Menschen auf der Straße unterwegs, und Holmes und ich beschränkten uns darauf, über gemeinsame Freunde und Bekannte zu sprechen. Als wir in die Nähe der Abzweigung nach Wapping kamen, wo sich unsere Wege trennen würden, blickte sich Holmes plötzlich um, ob jemand in Hörweite war. Dann beugte er sich vor und sagte verschwörerisch: «Wisst Ihr, dass ich nun einen wunderbaren Beweis für die Existenz Gottes habe, Matt? Dass der König bestimmt hat, O'Dwyer auf Eurem Schiff mitfahren zu lassen und nicht auf meinem. Verdammich, wenn er seinen

Fuß an Bord der *Jersey* gesetzt hätte – ich hätte ihn wahrhaftig schon nach einem Tag aufgespießt!»

«Aber ich dachte …»

«Ihr dachtet, wir wären Freunde?» Holmes lächelte. «Ach, Matt, mein Junge, lasst Euch nie vom äußeren Schein in die Irre führen, vor allem, wenn nach außen hin Harmonie herrscht. Ich hasse diesen abtrünnigen Blödarsch und jeden Atemzug, den er tut. Aber unser Monarch schätzt ihn seit geraumer Zeit, und ich bin und bleibe nun mal der treue Diener Seiner Majestät.» Während ich diese Äußerung erst einmal verdauen musste, verbeugte sich Holmes vor mir wie vor einer königlichen Ausgabe meiner selbst. «Und wer weiß, vielleicht hat er ja recht mit seiner Geschichte und wird ein steinreicher und mächtiger Mann – und den hätte Robin Holmes dann gern zum Freund.» Holmes lächelte. «Erweist sich seine Geschichte jedoch als wahr, dann könnt Ihr mich den Kalifen von Bagdad nennen. Denn im Unterschied zu den anderen, Matt, vom König bis zu unserem Mister Pepys und auch zu Euch, bin ich bereits am Gambia-Fluss gewesen. Ich war schon früher auf der Jagd nach diesem Berg aus Gold und kenne die grausame Wahrheit, die niemand in der Runde vorhin auszusprechen wagte.» Müde schüttelte Holmes den Kopf. «Es gibt ihn nicht, Matt. Ihr ahnt es. Und ich weiß es besser als irgend jemand sonst. Im Grunde unseres Herzens wissen wir es alle. Doch der König hält daran fest, und da tun wir ihm eben den Gefallen – und wenn daraus ein Krieg mit den Holländern entsteht, nun, dann ist das ja gar kein so geringer Erfolg. Zumindest nicht für Männer wie Euch und mich, Matt. Krieg ist immer unser bester Freund. Die Flagge eines Admirals und einen Titel bekäme ich dann wohl; ich wäre so gern der erste Lord Holmes of Mallow, wisst Ihr. Und Ihr hättet ein schönes Kriegsschiff, Matt Quinton – Earl werdet Ihr ja ohnehin. Es gäbe in jedem Fall Ruhm, Ehre und genügend Schätze, von denen wir beide uns eine Grafschaft oder auch zwei leisten könnten. Ja, der alte Robin liebt den Krieg, wenn es das ist, wonach Seiner Majestät der Sinn steht.» Wir zügelten unsere Pferde, denn nun waren wir an der Kreuzung angekommen, an der ich nach rechts in Richtung Wapping abbiegen musste. «Eines müsst Ihr mir glauben, Matt. In dem Augenblick, in dem O'Dwyers goldener Berg sich als das gigantische Luftschloss entpuppt, das er nun mal ist, werden wir beide ihn uns vorknöpfen, Ihr und der alte Holmes hier, Seite an Seite. Wie gefällt Euch diese Aussicht, Captain Quinton?»

Gegen meinen Willen musste ich grinsen. «Mit dem Gedanken könnte ich mich durchaus anfreunden, Captain Holmes», sagte ich.

ACHTES KAPITEL

Alle Hafenstädte stinken. Über allen liegt der unvermeidliche Geruch der See: Schlick und Meerwasser, Salz und Fisch, ihre natürlichen Düfte und dazu für gewöhnlich der Schweiß der Seeleute. Doch ich konnte feststellen, dass jede auch ihren eigenen, unverwechselbaren Gestank hat, sodass selbst ein blinder Navigator (wenn dies nicht der größte Widerspruch auf Erden wäre) jeden Hafen an seinem Geruch erkennen könnte. Das alte Cadiz zum Beispiel roch nach Pinien. In Port Royal wehte einen ein Hauch von Schießpulver an, als hätte eine Hundertschaft Bukaniere soeben ihre Musketen abgefeuert – was tatsächlich nicht selten der Fall war. Amsterdam roch nach kaum verhohlenem Luxus, seine Luft war mit dem Duft nach Gewürzen des Orients und den Parfüms der Dirnen steinreicher Männer geschwängert. Beim Betreten von Portsmouth fühlte ich mich immer, als würde ich in eine überquellende Latrine kommen, denn der Tidenhub war dort zu gering und die Hafenmündung zu schmal, um die ganzen Exkremente aus der Stadt und von den Schiffen im Hafen zu waschen, vor allem, wenn sich dort eine große Kriegsflotte zum Auslaufen rüstete. Und Wapping – nun, Wappings unverwechselbarer Geruch war der von verrottendem Fleisch. Es spielte dabei keine Rolle, ob Piraten an den Galgen baumelten (obwohl dies, um ehrlich zu sein, meistens so war) oder ob wieder einmal eine Leiche von der Themse angeschwemmt wurde. Wapping schien immer nach einem offenen Grab zu stinken.

All die reichhaltigen Gerüche des Ortes umfingen mich, als ich in eine Straße namens Wapping Wall einbog, die sich in östlicher Richtung an ein- bis zweistöckigen Logierhäusern vorbeizog, an Schänken, Lagerhäusern, Bauhöfen und Seilereien. Der unverwechselbare stechende Geruch feuchter Kohle drang aus Hunderten von Kaminen und war doch nicht in der Lage, den Leichenbrodem zu vertreiben. Weiter unten in den Seitenstraßen, die nach rechts weggingen, konnte ich die Werften an der Themse ausmachen, ab und zu blitzte auch der breite Strom selbst hindurch, obwohl Ebbe war. Es herrschte rege Betriebsamkeit, um diese Zeit kamen die letzten englischen Handelsschiffe aus Ost und West, und die Bargen drängten sich auf dem Fluss, um sich die besten Stücke zu sichern. Auf der Straße zogen Pferde und Esel Karren mit Ballen, unzählige Fuhrwerke kamen mir entgegen, alle wollten sie nach London. Ich erregte viel Aufmerksamkeit, nicht nur, weil ich einer der wenigen Menschen war, der sich auf dieser Straße in die Gegenrichtung bewegte, weg von der City. Adelige verirrten sich für gewöhnlich nicht in diese seltsame kleine Welt am Fluss, und ich durfte mir etliche Kostproben der Schlagfertigkeit dieser Leute anhören: «Zieh Leine, du französischer Arschficker!», war noch eine der höflichsten Beschimpfungen, die mir um die Ohren flogen. Es gibt eine Schicht von Engländern, die der Meinung sind, ein Mann von einigermaßen anständigem Äußeren und ordentlichen Manieren müsse unweigerlich Ausländer sein und damit ein erbitterter Feind oder, bestenfalls, jemand, über den man sich lustig machen konnte. Außerdem war dies der Jahrestag der Thronbesteigung von Königin Elizabeth, der unvergessenen, glorreichen Monarchin, der zweite der großen nationalen Feiertage im Monat November. Damit war es zugleich ein Tag, an dem das englische Nationalgefühl und der Stolz, Protestant zu sein, unter unseren unwissenden Massen besonders ausgeprägt waren, und es schien, als hätten zumindest einige der Bewohner der Ufer von Wapping seit dem Gedenktag der Schießpulververschwörung vor zwölf Tagen durchgefeiert. Da wir hier in Wapping waren, wurden auch andere Bewohner des hoch aufgeschossenen, gutgekleideten und versierten Reiters gewärtig, kamen aber zu einer ganz anderen Schlussfolgerung. Und so machte mir ein gutes Dutzend Huren Avancen, sie wetteiferten lautstark miteinander und machten immer lüsternere Angebote (die auf mich durchaus Eindruck machten, wenn auch nur einen flüchtigen).

Lachend bahnte ich mir meinen Weg, und das Schwert an meiner Seite genügte, mir die frecheren Burschen vom Leib zu halten. Mein Ziel war der äußere Rand von Wapping, wo der Ort selbst schon vor so vielen Jahren unmerklich in Shadwell überging. Dort, so wusste ich, würde ich Kit Farrell finden, der mir auf meinem ersten Schiff das Leben gerettet hatte, mein Lehrer in der Seemannskunst auf dem zweiten Schiff und nun Bootsmann auf der *Seraph*.

Seine Mutter führte eine Schänke in einer Straße in der Nähe der Pelican Stairs.

Ich hörte Kits unverwechselbare Stimme lange, bevor die Straße einen Bogen machte und ich das Haus der Farrells – die Schänke *Zum Geschlachteten Lamm* – erblickte. Seine Rufe wurden begleitet vom Schlagen einer Trommel, dem traditionellen Mittel, um Freiwillige als Matrosen anzuwerben. «… oh ja, der Sohn und Enkel wahrer Helden, Jungs! Was für eine bessere Gelegenheit könnte es geben, auf der *Seraph* anzuheuern, als heute – am Festtag von Queen Elizabeth, der Matthew Quinton der Erste so wunderbar diente? Was für ein besseres Omen könntet ihr euch wünschen, Freunde? Wem sonst außer Matthew Quinton dem Zweiten könntet ihr dienen wollen? Der Bruder des engsten Freundes des Königs, ihr tapferen Jungs! Also, nehmt die Prämie des Königs in Empfang und kommt zur Werft von Deptford! Die *Seraph* wird euch gen Süden zu Ruhm und Ehre tragen …»

«Wohl eher zum Grab!», schrie eine raue Stimme mit typisch Londoner Färbung. Brummende Zustimmung erhob sich.

«Verdammte *Seraph*!», schrie ein anderer. «Ich nehm lieber die nächste Barge, die von Erith Reach ablegt!»

«Genau, da kriegt man sein Geld wenigstens noch in diesem Jahrhundert!» Auch diese Rufe fanden lautstarke Zustimmung.

«Quinton?», rief wieder ein anderer – es klang heiserer, gebildeter, und eine Sekunde lang glaubte ich, diese Stimme schon einmal gehört zu haben. «Noch einer von den verfluchten adeligen Kapitänen des Königs, ein Günstling seiner papistischen Freunde und angemalten Huren! Allesamt Stutzer! Lieber segle ich unterm Leibhaftigen!»

«Der hat ja sogar sein erstes Schiff verloren, die *Protector*, glaube ich. Und Gott weiß, was er letztes Jahr mit der *Jupiter* angestellt hat – es heißt, sie sei von Wind und Wasser ganz zuschanden und nur flüchtig repariert worden, bis sie hierher nach Woolwich kam: Mein Bruder arbeitet dort in der Werft …»

Das feindselige Gemurmel schwoll rasch an. Ich war hin und her gerissen. Mein Herz gebot mir, mutig weiterzureiten und einem meiner Offiziere, nein, mehr: meiner guten Freunde, beizustehen. Mein Verstand gab mir jedoch einen anderen Rat. So, wie ich aussah, würde ich hier inmitten dieser feindlich gesinnten Menge nichts bewirken können. Wahrscheinlich würde ich die Situation nur verschlimmern, denn irgendwie hatte ich so meine Zweifel, dass der Auftritt Matthew Quintons auf dieser Bühne hier von dieser überaus kritischen Zuhörerschar mit großem Applaus begrüßt werden würde. Schlimmer noch, dadurch könnte unser Plan, zu einem späteren Zeitpunkt weitere Männer, nämlich Bessergestellte (oder Verzweifeltere), hier an diesem Ufer der Themse anzuwerben, in Gefahr geraten. Und eins wusste ich ohnehin: Christopher Farrell war gut imstande, sich selbst durchzuschlagen.

Nachdem ich diesen Entschluss gefasst hatte, wendete ich mein Pferd in eine kleine Straße zur Linken. Sie war hier ungepflastert, und ich bahnte mir meinen Weg bis zu der Rückseite einer bescheidenen Schänke. Dort stieg ich ab, band mein Pferd fest und ging auf die Hintertür zu, wo ich auf eine unglaublich dicke und energische Frau stieß, die gerade herauskam.

«Mein Gott!», rief sie aus, «der Captain! John … hol sofort deinen Bruder her …»

Ich hob die Hände, um Mistress Farrell, Kits Mutter, zu

beschwichtigen. Ihre laute Stimme verriet den Akzent ihrer Heimat Lancashire. Obwohl sie nicht besonders klug war, konnte sie sich doch hier an der Küste gut durchsetzen und hatte auch sofort begriffen, wonach mir der Sinn stand. Sie führte mich ins Innere, in einen kleinen Nebenraum, weit weg von den Fenstern zur Straße und den anderen Gästen, deren feucht-fröhliche Gedächtnisfeier zu Ehren der jungfräulichen Königin Elisabeth bereits weit fortgeschritten war. John Farrell, einer der zahlreichen älteren Brüder meines Freundes, stellte einen Krug mit Ale aus Hull vor mich, gab ein Grunzen von sich und nickte finster. Das war vermutlich freundlich gemeint, so, wie es bei den älteren Farrell-Brüdern Usus war. John hatte die Intelligenz seiner Mutter geerbt, doch selbst dieses bescheidene Erbe war noch geschmälert worden, seit im Jahr 52 eine Kugel aus der Muskete eines Holländers während der Schlacht am Nördlichen Vorland oberhalb von Dover seinen Schädel streifte.

Ich wartete vielleicht eine Stunde, bis Kit seinen ungleichen Kampf mit den zögerlichen Seeleuten am Ufer von Wapping beendet hatte und wieder in die familieneigene Schänke zurückkehrte.

«Captain Quinton!», rief er, als er endlich hereinkam. «Ich hatte nicht gedacht, dass Ihr auf mich warten würdet!»

Wir schüttelten einander herzlich die Hand und stießen auf unser Wiedersehen und die Fahrt der *Seraph* an. «Viel Erfolg!», sagte ich, «obwohl Ihr, wie ich höre, keinen großen Erfolg habt, Männer für unsere Sache zu gewinnen?»

Kit Farrell zuckte die Achseln. «Es ist schon schwer genug, einen Mann unter den besten Bedingungen nach Gambia zu locken, Sir. Und jetzt steht der Winter vor der Tür, es sind schon so viele Männer auf See oder suchen eine schöne Fahrt im Frühling, wenn wir noch lange in Afrika unterwegs sind … Und ehrlich gesagt, Captain, an einem Feiertag Männer rekrutieren zu wollen war ausgemachter Blödsinn. Meine Mutter hatte mich heute Morgen eh schon für verrückt erklärt. Aber ich dachte mir, ich müsse was tun, und den Queen Elizabeth-Tag einfach zu vertrödeln sieht einem Kit Farrell nicht ähnlich.» Das war Kit, wie er leibte und lebte. Wohl nie zuvor hatte ich einen derart praktisch veranlagten Menschen getroffen, der jede Stunde nutzte, so gut es ging. Natürlich hing dies damit zusammen, dass die Farrells Puritaner waren und er von frühester Jugend an die Predigten abtrünniger Prediger eingebläut bekommen hatte, von denen es hier auf dieser Seite der Themse nur so wimmelte, wo alle sich gegenseitig darin zu übertreffen versuchten, just diese scheinbar gottverlorene Ödnis voller Betrunkener, Huren und Faustkämpfe in ein Paradies zu verwandeln.

«Ich glaube, Euer erster Instinkt war richtig, Bootsmann Farrell», sagte ich. «Morgen werden wir weiter besprechen, was hinsichtlich der *Seraph* zu tun ist. Heute sollten wir uns wohl dem allgemeinen Treiben anschließen. Was ich von unserer großen Gloriana gehört habe, hätte sie es nicht anders von uns erwartet.» Ich hob meinen Krug, und wir stießen auf das unsterbliche Andenken von Elisabeth der Großen, Königin von England, an.

Wir hatten noch nicht allzu viel getrunken – lediglich einen Toast auf unsere Väter hatten wir ausgebracht und waren noch nicht so tief gesunken, dem Papst, den Franzosen, Holländern, Spaniern und allen Fremden Tod und Verdammnis zu wünschen (wie es in den größeren Stuben in der Schänke bereits der Fall war) – und sprachen gerade über unsere jüngsten Reisen, ich über die im Mittelmeer an Bord der *Wessex*, Kit über die in die Karibik an Bord der *Caroline Merchant*. Die Sonne war bereits untergegangen, denn die Wintersonnwende war nicht weit, und Mistress Farrell hatte John beauftragt, uns noch ein paar Kerzen und Meerkohle für das Feuer zu bringen. Der Lärm im *Geschlachteten Lamm* wurde immer lauter, denn die Verbrennung des Papstes stand bevor, allmählich drängten sich Menschen an den Fenstern und in den Gassen, um die Prozession zu sehen. Die Kakophonie aus schrillen Trompeten und Trommeln kündigte ihr Herannahen an. Unzählige Lieder erklangen, alle wild durcheinander und alle falsch intoniert. Auf einmal glaubte ich, trotz des Radaus den Schrei eines Kindes herausgehört zu haben: «Die Werft! Feuer in Deptford!»

Kit und ich rannten vor das *Geschlachtete Lamm*, aber es war so gut wie unmöglich, sich einen Weg zu bahnen. Beide Straßenseiten waren dichtgesäumt mit zahllosen lachenden und betrunkenen Zuschauern. Zwischen ihnen schob sich eine breite Menschenmenge triumphierend nach Osten, sie sangen und riefen laut im Vorüberziehen. Vorne an der Spitze schwebte auf einer Bahre das Objekt ihres Spotts: eine Figur, gekleidet in Albe und Messgewand, auf dem Kopf eine goldbemalte hölzerne Nachbildung der päpstlichen Tiara. Ich hätte nichts dagegen gehabt, das Bildnis Seiner Heiligkeit in Flammen aufgehen zu sehen, hatte ich doch erst im Vorjahr einen Verbündeten des leibhaftigen Papstes Alexanders VII. besiegt, aber ich hatte dringendere Angelegenheiten zu regeln.

Kit und ich schoben uns durch die Menge, doch es dauerte eine halbe Ewigkeit, bis wir die Prozession selbst erreicht hatten, und noch einmal länger, sich einen Weg quer durch die torkelnden und tanzenden Zecher auf die andere Seite des Flusses zu bahnen. Dort waren weniger Leute versammelt, und es fiel uns nicht schwer, zwischen den Schultern der Huren und Kinder, die dort standen, durchzuschlüpfen. Dann ging es durch eine kleine Straße bis zum nächsten Ufer – und plötzlich tauchten die Häuser am Ufer von Rotherhithe in rötlichem Flammenschein auf. Der Feuerherd – er musste in einer Meile Entfernung oder mehr in südlicher oder östlicher Richtung liegen – war wegen der Krümmung des Flusses nicht auszumachen. Kit und ich wussten jedoch beide, dass hinter Cuckolds Haven im Osten von Rotherhithe nichts mehr kam; nichts, bis man zur Königlichen Werft in Deptford gelangte.

«Um diese Uhrzeit finden wir keine Fähre!», schrie ich Kit zu, «selbst wenn sich die Fährleute nicht allesamt den Bauch mit Ale füllen!»

«Aye, Sir!», erwiderte er, «und die Prozession wird die Straße runter nach Shadwell und Poplar blockieren, ansonsten hätten wir zur Isle of Dogs hinunterreiten und dort vielleicht ein Boot nehmen können. Wir sollten es auf eigene Faust hier am Ufer versuchen, Captain, obwohl es windstill ist und wir die Gezeiten nicht auf unserer Seite haben!»

Wir rannten hinab zum Flussufer, wo Kit eines der kleineren Boote aus dem Schlick zog. Ohne sich um die Rechte des abwesenden Eigentümers zu scheren, begann er, es den schlammigen Abhang hinab zur Themse zu schieben. Ich sprang ihm bei, der Bruder eines Earls benutzte seine Schulter wie der niedrigste Handwerker und fiel zum Dank prompt mit dem Gesicht in den Schlamm. Zum Lachen blieb keine Zeit. Wir schoben erneut an, und es gelang uns, das Boot zu Wasser zu lassen. Es war eine bitterkalte Nacht, an den Ufern glitzerte schon der Reif auf dem Dollbord und den Planken des Bootes. Gerade hatte der Gezeitenwechsel stattgefunden, sodass wir, als wir nun zu den Rudern griffen, bereits wussten, dass wir gegen die Strömung würden ankämpfen müssen. Und so war es auch. Schon für eine normale Mannschaft wäre es anstrengend gewesen, doch Kit und ich passten zudem schlecht zusammen: Er war zum Ruderer geboren, wohingegen ich in diesen Dingen die personifizierte Landratte war und bei jedem Ruderschlag täppisch das Wasser aufspritzen ließ. Kit saß backbords, ich steuerbords, und dank meiner Ungeschicklichkeit und der starken Gegenströmung gerieten wir oft gefährlich nahe ans Ufer auf der Seite von Surrey. Dies wäre bereits auf einem leeren Fluss ein Problem gewesen, doch vermutlich war die Themse nie leer gewesen, seit sie erstmals ihren Weg ins Meer fand. Der schmale Kanal war voller Schiffe und Bargen, die dort vor Anker lagen, und als nun die Flut hereinströmte, schwammen immer mehr auf dem Wasser und bildeten mit ihren Tauen eine Folge von netzähnlichen Hindernissen. Unzählige Male stießen meine Ruder gegen Bojen oder verwickelten sich in den Tauen. Doch wir ruderten weiter, es ging um den Lebensunterhalt, das Einkommen, den Ruhm – um alles. Vor Kälte kribbelten meine Hände und mein Gesicht, in meinen Schultern und Armen brannte der Schmerz, und doch ruderte ich weiter, wie einer von O'Dwyers Galeerensklaven, von einer imaginären Peitsche angetrieben. An der Biegung des Flusses bei Limehouse warf ich einen Blick zurück und sah hinter unserem Bug die Flammen der Werft in Deptford züngeln. Ich war erleichtert, als ich sah, dass sie sich auf die Westseite der Werft zu beschränken schienen (die große Lagerhalle stand nicht in Flammen, und ich sah die Umrisse eines großen Schiffs auf dem Trockendock, das nicht betroffen zu sein schien). Dann aber fiel mir ein, dass unsere *Seraph* ja auf der

Westseite der Werft lag, auf dieser Seite des Schleusendocks, und …

«Ein schlimmes Feuer», rief Kit, der ebenfalls einen Blick über seine Schulter geworfen hatte. «Verhüte Gott, dass es sich weiter ausbreitet. Wenn all das Holz, der Teer und das Pech Feuer fangen, könnte die ganze Werft in Flammen aufgehen. Und damit auch jedes Schiff!»

Genau in dem Augenblick schlugen hinter uns Flammen hoch, direkt in meinem Blickfeld. Ich hörte Rufe und Gesang und sah, wie winzige Silhouetten um die Flammen eines großen Freudenfeuers tanzten. Die Prozession hatte ihren Endpunkt erreicht, unten am Ufer von Poplar, und nun wurde der Papst verbrannt. Alles war wieder in Ordnung im trunkenen protestantischen England.

Wir ruderten weiter, obwohl alle meine Sehnen laut protestierten. Endlich erreichten wir Greenwich Reach und steuerten auf das Kai der Werft zu.

Erst als wir ans Ufer kletterten, konnten wir erkennen, wie weit das Feuer schon vorgedrungen war. Ein Großteil der westlichen Seite des Schleusendocks brannte, und die Flammen verzehrten bereits eine Fregatte vierter Klasse, die am Kai lag. Gerechtigkeitshalber sei gesagt, dass einige Männer eine Kette gebildet hatten und eilends Eimer mit Wasser weiterreichten. Die meisten Männer waren jedoch eindeutig damit beschäftigt, das Feuer an der Quelle zu drosseln, um so den Rest der Werft zu retten – was auch vollkommen richtig war. Fast niemand schien sich darum zu kümmern, auch die drei Schiffe an der westlichen Mauer des Docks zu retten; das äußerste war meines, die *Seraph*.

Kit stieß mich an und deutete auf einen Mann, den wir beide kannten: Cox, den Werftaufseher von Deptford, der zugleich für die Sicherheit der Schiffe in der Werft verantwortlich war.

Cox kratzte sich am Kopf. «Da können wir nich' viel tun, Captain Quinton. Die *Harlingen* ist bereits hinüber, Gott hab sie selig, und dabei haben wir versucht, sie loszubinden. Wir können keine Männer entbehren, um die *Antelope* zu retten, bevor die Flammen Eure *Seraph* verzehren.»

«Grundgütiger Gott!», rief ich, wir müssen Männer hinrudern lassen, damit sie die *Seraph* und die *Antelope* losmachen, anstatt hier rumzustehen und alles aufzugeben!»

«Wir haben keine Männer übrig, Sir. Wir müssen die Werft retten.»

Er hatte nicht unrecht, denn die drei Schiffe – noch dazu ziemlich entbehrliche Schiffe (die *Harlingen* war eine Kriegsbeute und hatte einmal den Holländern gehört, und die *Antelope* war ein Schiff fünfter Klasse, wie auch die *Seraph*) – standen in keinem Verhältnis zum Verlust der gesamten Werft. Dennoch hätte der Verlust der *Seraph* meine Mission um Wochen, wenn nicht Monate, zurückgeworfen, denn so lange dauerte es vermutlich, ein neues Schiff zu rüsten. Wenn es überhaupt ein neues Schiff für mich gab, denn Charles war launisch wie das englische Wetter, und bis es Weihnachten war, hatte er vielleicht schon die Sache mit dem goldenen Berg völlig vergessen. Wie lange würde es dann wohl dauern, bis Matthew Quinton einen neuen Auftrag bekam, der Geld und Ruhm versprach? Ich sah das Gesicht meines Schwagers Venner vor mir und hörte seine prophetischen Worte: *«Diese Mission wird scheitern!»*

Ein düsterer Gedanke durchzuckte mich. Sabotage? Es würde doch sicherlich nicht einmal Sir Venner wagen, die Werft in Deptford zu zerstören und den Tod vieler Männer zu riskieren?

Derartig unwürdige Verdächtigungen musste ich erst einmal beiseiteschieben.

«Captain», sagte Kit. «Ihr könnt ja schwimmen, wenn ich mich recht erinnere.» Das wusste er, weil wir vor zwei Jahren den Untergang der *Happy Restoration* vor Kinsale überlebt hatten. Es war eine äußerst rare Fähigkeit damals, und unter unserem ruhmreichen englischen Adel noch viel seltener; aber ich hatte es aus einer Notwendigkeit heraus gelernt, als ich nämlich im Jahr '52 in den Teich in Ravensden gesprungen war, um meine geliebte Zwillingsschwester Henrietta vor dem Ertrinken zu retten. (Viel hat es nicht geholfen, denn keine zwei Jahre später starb sie an Schwindsucht.) Kit deutete auf die Äxte, die nach den vergeblichen Versuchen, die *Harlingen* frei zu bekommen, verstreut am Kai herumlagen. Er sagte: «Könnt Ihr wohl auch *damit* schwimmen?»

Ich zog mein Hemd aus. «Das werden wir gleich sehen, Mister Farrell.»

Wir steckten uns beide Äxte in den Gürtel und in die Hose und stiegen an der Kaimauer ins Wasser. Ich schrie auf vor Schmerz, denn meine Glieder taten mir noch vom Rudern weh und wurden nun von der ärgsten nur denkbaren Kälte gepeinigt. Schließlich war dies eine Frostnacht in einem englischen November, und nur ein Verrückter hätte es für einen guten Einfall gehalten, ausgerechnet am Schleusendock in Deptford schwimmen zu gehen.

Ich hielt Kurs auf die *Seraph*, Kit schwamm ein Stückchen vor mir. Mein Herz raste. Die Kälte brannte in allen Gliedern. Die Axt war schwer und drohte, mich unter Wasser zu ziehen. Doch Jugend und Verzweiflung sind ein starkes Gegengewicht zu der Aussicht, gleich erfrieren und ertrinken zu müssen, und ehrlich gesagt, war es nur eine kurze Strecke zu schwimmen. Ich bekam ein Seil zu fassen und hievte mich aus dem Wasser, kletterte an der Backbordseite der *Seraph* hoch und krabbelte an Deck. Kit war bereits dort, wir drehten uns beide um und mussten feststellen, dass das Feuer bereits von der *Harlingen* auf die *Antelope* übergesprungen war. Die Reling backbord und das Hauptdeck standen in Flammen. Ich betete inständig, dass keines der beiden Schiffe Schießpulver geladen hatte, das übereifrige Kanoniere bereits heimlich an Bord geschafft hatten – immer wieder ging ein Schiff auf diese Weise verloren.

Aber selbst wenn wir nicht in die Luft flogen, blieb uns nur wenig Zeit. Energisch machten Kit und ich uns daran, die Vertauungen durchzuhacken, die unser Schiff an die dem Untergang geweihte *Antelope* banden. Die Männer von Werftaufseher Cox hatten jedoch große Mühe walten lassen. Ein wahrer Dschungel aus Tauen hielt uns fest, und es waren gute, starke Seile, nicht das armselige Zeug, das Seiler oft der Marine andrehen.

Ich blickte auf und sah, wie die Flammen über das Deck der *Antelope* näher krochen. Die *Harlingen* brannte bereits lichterloh, Flammen umschlossen das Deck und einen einzelnen Behelfsmast, mit dem Schiffe in der Werft ausgestattet waren.

Uns blieb keine Zeit. Zwei Männer wären alleine niemals fähig, all die Taue zu kappen und die *Seraph* frei zu bekommen, bevor die Flammen sie erreichten. Kit schien dasselbe gedacht zu haben, denn er sah mich an und schüttelte den Kopf.

Plötzlich hörte ich einen Schlachtruf – «*Kernow bys vyken!*» –, und schon tauchte die massige Silhouette George Polzeaths auf, der sich an Bord hievte. Hinterdrein folgte Julian Carvell, der die Axt mit Gusto schwang, aber eher wie jemand, der sie als Waffe zu benutzen gewohnt war. Es folgten Ali Reis, der Maure, und weitere fünf meiner Männer.

Polzeath salutierte. «Haben Euch und Mister Farrell im Feuerschein gesehen, Captain. Der Schiffbauer hat uns verboten, uns vom Teermagazin zu entfernen, aber wir nehmen nun mal von Leuten wie ihm keine Befehle an.»

Carvell grinste – wie meistens. «Wir sind die Einzigen, die schwimmen können», sagte er mit dem gedehnten Akzent aus Virginia. «Nicht viele, aber es sollte wohl genügen.»

Bei diesen Worten machten wir uns alle über die Taue her. Backbords brannte die *Antelope* nun vollends, und die Harlingen war bereits hinüber, ein schwarzer, glühender Torso. Eine neue Bedrohung für uns, denn während sie abbrannte, trieb sie auf die Werftmauer zu und zog die *Antelope* zu sich her. Ich spürte bereits, dass die Taue sich wieder spannten, während ich in blindem Eifer auf sie einhieb; schon sehr bald würde die *Antelope* uns zu sich hinüberziehen, hinein in die Flammen.

Ich spürte bereits die Hitze der *Antelope*. Schweiß rann mir über den nackten Torso, mir brannte die Stirn. Wir hatten Schräglage, die sich mit jeder Minute verschlimmerte – es wurde immer schwieriger, aufrecht stehen zu bleiben …

Mein Tau zerriss und enthauptete mich beinahe, als mir das eine Ende ins Gesicht schnellte. Fast gleichzeitig durchtrennten auch Kit und einige der anderen ihr Tau, andere wiederum rissen von selbst. Die Balance hatte sich plötzlich zu unseren Gunsten verändert, und ich wurde zu Boden geschleudert, als sich die *Seraph* aufrichtete. Wir hatten die Verbindung zur *Antelope* getrennt.

Dennoch waren wir ihr weiterhin schicksalhaft verbunden: Ein Trockendock ist zum Schutz gegen die Flut mit

Toren versiegelt und hat keine Strömung. Die Tore zu öffnen hätte zu lange gedauert, und außerdem drang das Wasser ja aufs Land zu. Wir mussten Abstand zwischen der *Antelope* und uns schaffen, doch wie?

«Trewartha, Reis, Polzeath – hierher zu mir!», schrie Kit. «Carvell und die anderen, öffnet die mittlere Luke!»

Bei diesen Worten rannten Kit und die drei zuerst Erwähnten unter Deck, während Carvell und die anderen hastig die große Luke in der Mitte des Hauptdecks öffneten. Innerhalb von ein, zwei Minuten schob sich vor den Augen der Wartenden ein großer hölzerner Mast nach oben durch die Öffnung, der Größe nach zu urteilen, vermutlich die Vormarsstenge. Ein weiterer folgte kurz darauf, ein wenig kleiner, wahrscheinlich eine Rah für den Besanmast. Zum Glück hatten wir bereits das meiste Material und Einzelteile an Bord, so auch diese Rahen.

Kit und die drei Männer kamen zurück an Deck, und ich begriff, was er bezweckte. Wir teilten uns in zwei Gruppen, jede packte eine Rah und hievte sie auf die Reling backbords. Ich schloss mich der Gruppe mit dem Besanmast an, für Standesunterschiede war keine Zeit. Mit unseren behelfsmäßigen Pfählen stießen wir von dem flammenden Rumpf der *Antelope* ab. Zoll um Zoll wuchs der Abstand zu der höllischen Feuersbrunst. Unser Bootskörper und unsere Gesichter waren versengt. Entfernten wir uns jedoch weit genug?

Mit Erleichterung sah ich vier Boote von der Mitte der Werft her auf uns zukommen. Endlich kam uns Werftaufseher Cox zu Hilfe. Wir fingen die Taue auf, die uns zugeworfen wurden, die Boote nahmen die dahintreibende *Seraph* ins Schlepptau und geleiteten sie sicher auf die Ostseite der Werft zu einem Ankerplatz neben der alten *Merho-*

nour. Hinter uns sah ich, wie die Männer des Werftaufsehers die letzten Reste des Feuers auf der Werft selbst erstickten. Die *Antelope* brannte lichterloh, ihre Aufbauten waren alle verschwunden, und dahinter erkannte man gerade noch den schwarzen Bug der *Harlingen*, der beinahe bis zur Wasserlinie herabgebrannt war.

Doch wir hatten die *Seraph* gerettet.

Erst später, als ich wieder in trockenen Kleidern steckte und Suppe und Wein im Haus des Werftaufsehers zu mir nahm, kam mir zu Bewusstsein, was wir wirklich gerettet hatten. Meinen Arbeitsplatz und meinen Lohn, das sicherlich. Ein gutes neues Schiff des Königs, auch das war richtig. Doch wir hatten auch die verrückte Suche nach dem fragwürdigen Berg aus Gold gerettet und somit sichergestellt, dass ich während der nächsten Monate mein Leben in der Gegenwart des Abtrünnigen O'Dwyer verbringen durfte. In jener Nacht fragte ich mich wie in zahllosen Nächten seitdem, ob es nicht besser gewesen wäre, wenn ich den gedämpften Schrei «Feuer!», den jenes Kind in Wapping ausgestoßen hatte, nicht gehört oder einfach zugelassen hätte, dass die *Seraph* in Flammen aufging.

NEUNTES KAPITEL

Eine der anhaltenden Folgen von Doktor Tristram Quintons unerwartetem und (aus der Sicht meiner Mutter) völlig unerwünschtem Auftritt bei der Verlobungsfeier der baldigen Gräfin Louise war ein zögerliches Hausverbot, das der Earl selbst auszusprechen genötigt gewesen war. Dies geschah natürlich nicht auf Charles' eigenes Betreiben, er agierte lediglich als Sprachrohr seiner Mutter und seiner Braut. Mein geliebter Bruder war vielleicht der tapferste Mann, den ich je kennengelernt habe, aber leider erstreckte sich seine Tapferkeit nur auf das männliche Geschlecht. Was Frauen betraf, so gab er sich rascher geschlagen als der alte de la Palice, als dieser mit seinen Soldaten in Guinegate aufmarschierte. Ich schämte mich für dieses Vorgehen, denn mit welchem Recht verwehrten meine Mutter und mein

Bruder meinem Onkel den Zutritt zu den Gräbern seines eigenen Vaters und Bruders? Allerdings hätte ich mir gar keine Sorgen machen müssen, denn Tristram blieb sich selber treu, und die Vorschrift war für ihn von Anfang an nichts als ein wertloses Stück Papier. Plötzlich häuften sich die Erscheinungen des sechsten Earls von Ravensden, auf diese Weise zollte mein Onkel dem achten und neunten Träger dieses Titels seinen Respekt. Tagsüber zeigte sich der Master von Mauleverer College mit Vorliebe als Bettler verkleidet an der Küchentür, was Barcocks Frau immer zu einem unterdrückten Freudenschrei veranlasste (ihre puritanische Strenge hatte sie nie gegen den Charme ihres Master Tris immun machen können). Dennoch bereitete die Verordnung uns gegenüber, dass wir Countess Louise aufrecht gegenübertreten mussten, gewisse Schwierigkeiten. Wir konnten uns nicht persönlich in der Abtei treffen, und Francis Gales Pfarrhaus lag dann doch zu sehr in der Nähe von Ravensden und damit zugleich im Blickfeld der Adleraugen meiner Mutter. Mauleverer, wo Tristram Quinton beinahe wie ein Feudalherrscher regierte, war für häufigere Besuche zu weit entfernt, und da die wundersamerweise gerettete *Seraph* nun den letzten Schliff bekam, war ich ohnehin häufiger in der Werft als sonstwo anzutreffen. So kam es, dass an einem bitterkalten Tag Anfang Dezember Cornelia, Francis Gale und ich in einem von einem zögerlichen Phineas Musk gesteuerten Kahn durch die dünne Eiskruste einer der letzten natürlich belassenen Marschen stakten.

Nach etwa einer Viertelstunde tauchte unser Ziel im eisigen Nebel auf, der die eisgrau überzogenen Rohrkolben zu beiden Seiten unseres Gefährts einhüllte. Dieses kleine, sehr alte Bauwerk, das Gehöft von Skelthorn, an das sich verfallene Bögen und Säulen lehnten, war einst ein Dominikanerkloster gewesen und hatte sich seit seinem Entstehen als Refektorium des Klosters so gut wie nicht verändert. Nach dessen Auflösung fiel die verrottende Abtei in die Hände von Earl Harry, meinem Vorfahren, und sein Enkel, Earl Matthew, hatte sie wiederum als wichtigstes Erbteil an seinen jüngeren Sohn vermacht. Sie verschaffte Tris ein geringes, aber nützliches Einkommen; wichtiger aber war für ihn, dass er dort sowohl den Blicken meiner Mutter als auch denjenigen der missbilligenden Kollegen vom College entzogen war; vielleicht als Kompensation für seine altmodische und unangemessen papistische Einstellung zum Zölibat war es dem Master nämlich gestattet, recht großzügig über Wohnraum zu verfügen. Hier in Skelthorn konnte mein Onkel seinen Leidenschaften frönen – sowohl der für Frauen (zumindest solchen, die sich von einem so seltsamen Mann wie ihm an einen derart abgelegenen Ort locken ließen) und jener für das, was er als die Erforschung allen menschlichen Wissens bezeichnete, physischer und metaphysischer Art, was aber die meisten Zeitgenossen kruderweise unter dem Begriff Alchemie subsumierten.

Als der Kahn näher kam, konnten wir das schwache Licht von Kerzen hinter dicken Glasfenstern sehen und eine dünne Rauchfahne, die aus dem Kamin durch den tiefhängenden eisigen Nebel drang. Tris' Verwalter, ein schweigsamer, gebückter Mann namens Drewett, kam ans Ufer und begrüßte uns mit ernster Miene. Er führte uns in den Hauptraum von Skelthorn, das ehemalige Gewölbe des Refektoriums. Wir kannten den Raum, aber ich fragte mich immer, wie Fremde reagierten, wenn sie ihn zum ersten Mal sahen. Damit meine ich gar nicht sosehr das Durcheinander aus Büchern und Krügen auf jeder verfügbaren Oberfläche, auch nicht den Geruch nach Schwefel, der das Hauptingredienz der Experimente meines Onkels zu sein schien. Nein, ich meine die Tatsache, dass die gesamte gegenüberliegende Wand von Schädeln eingenommen wurde. Regalbrett um Regalbrett voller Schädel. Während des Chaos der Bürgerkriege hatte Tris offensichtlich das ganze mittelalterliches Beinhaus einer Kirche irgendwo in der Wildnis von Derbyshire «freigelegt». Was für einen irdischen oder vielmehr unirdischen Zweck sie auf dieser abgelegenen Insel in den Marschen erfüllen konnten, das wussten nur der liebe Herrgott und Doktor Tristram Quinton.

Der Master von Mauleverer grüßte uns mit gewohnter Herzlichkeit und ließ eine leicht chaotische Bewirtung folgen: Drewett brachte Krüge mit gutem Malaga, Claret und Ale herbei, außerdem harte Kuchen unbestimmbaren Alters und einige Schalen Kaffee, obwohl mir nicht ganz klar war, wie diese neueste Londoner Mode ihren Weg in die Einöde Skelthorns gefunden hatte.

Francis, Cornelia und ich ließen uns auf wackeligen Hockern nieder, während Tris in seinen breiten geschnitzten Sessel sank, der an den Thron eines orientalischen Herrschers erinnerte; ohne Zweifel hatte er sich den in Englands blutiger Epoche angeeignet. Drewett verschwand, während Musk so weit wie möglich von der Schädelwand entfernt Stellung bezog.

Wir begannen unsere Unterhaltung. Ich musste erneut die Geschichte von dem Feuer in Deptford erzählen, obwohl sie Cornelia, Musk und Francis bereits bestens bekannt war. Doch Tris war noch nie ein guter Zuhörer gewesen und zappelte die ganze Zeit herum. Außerdem waren wir ja hier, um ein ganz anderes Thema zu besprechen – das mein Onkel dann auch auf ganz seltsamem Wege anschnitt.

«Ein Master in Oxford zu sein», setzte Tris umständlich an, «bringt viele Vorteile mit sich. Status und Prestige natürlich. Einen gutsortierten Weinkeller.» Er nahm einen Schluck Claret. «Doch der größte Vorteil ist vielleicht, dass der Master einen stets zunehmenden Corpus von Studenten um sich scharen kann, die aus allen Landesteilen und aus den unterschiedlichsten Verhältnissen stammen. Will nun der Master eines Colleges sich dieser Beziehungen bedienen, nun, so steht ihm ein ganzes Netz an Agenten zur Verfügung, das dem des guten alten Thurloe in nichts nachsteht.» Kein Wunder, da kannte Tris sich aus, dachte ich; hartnäckig hielt sich das nie bestätigte Gerücht, er habe John Thurloe, Cromwells General und Meisterspion, in wichtiger, wenn auch uneindeutiger Mission gedient. Diese Gerüchte standen in interessantem Widerspruch zu der Tatsache, dass es Thurloes bemerkenswert effizienter Organisation nie gelungen war, einen der meistgesuchten Königstreuen dingfest zu machen – meinen Bruder, Charles Quinton, den 10. Earl von Ravensden. «Und so ist es auch im vorliegenden Fall», fuhr Tristram fort, «unsere Lady Louise de Vaux ist erstaunlich geschickt darin, ihre Spuren zu verwischen, wenn auch vielleicht nicht geschickt genug. Obwohl …»

«Obwohl, Tristram», unterbrach ihn Cornelia, «obwohl das, was du und Francis über sie herausfinden konntet, kaum mehr als ein Eimer voller Pisse ist?»

Tris senkte das Haupt. «Vielleicht, Cornelia. Vielleicht auch nicht. Es stimmt: Einstweilen haben wir nicht genügend Beweise, um sie vor ein Gericht zu bringen. Aber ich glaube, dass wir nun endlich wissen, auf welche Fragen wir eine Antwort suchen, bevor wir etwas gegen Lady de Vaux unternehmen können.»

Mir war nicht wohl bei alldem, denn im Gegensatz zu den anderen im Raum klangen mir noch die Worte meines Königs im Ohr: *Habt Vertrauen*. Ich sagte: «Dann erläutere uns den Fall, Onkel. Doch vergiss nicht: Ich bestimme, welche Schritte wir unternehmen. Als Erbe geht mich die Geschichte ja mehr an als euch alle. Und ich werde nicht dulden, dass der Name unserer Familie dadurch in den Augen des Königs und aller Leute in Verruf gerät oder gar zum Gespött wird. Habt ihr mich verstanden?»

Tris nickte, denn der jüngere Bruder eines toten Earls hatte dem jüngeren Bruder des lebenden Folge zu leisten. Francis Gale nickte ernst, und sogar Cornelia, die Lady Louise de Vaux den Kragen schon allein wegen der Wahl ihres Kleides umgedreht hätte, verhielt sich wenigstens diesmal wie eine gehorsame Gattin.

Nachdem wir uns auf dieses Vorgehen geeinigt hatten, begann Tris mit seinen Erläuterungen. «*Imprimis*, ihre erste Ehe mit Sir Bernard de Vaux im Jahr 43. Dieser Sir Bernard war ein überzeugter Cavalier, der seinen Sitz in Billringham hatte. Ein abgelegener, gottverdammter Ort, wie mir der junge Stipendiat aus Bourne mitteilte, der dort Nachforschungen für mich anstellte.»

«So ist es», sagte Cornelia überraschender- und rätselhafterweise. Es klang, als hätte sie im Traum gesprochen, sie starrte weiterhin aus dem Fenster auf das Wasser und den Nebel dort draußen, als würde sie uns gar nicht zuhören. Ich sah sie an und fragte mich, woher sie wohl dieses seltsame Dorf in dem öden Landstrich namens Lincolnshire kennen mochte. Meine Verwirrung war so groß, dass ich den Augenblick verpasste, in dem ich die entscheidende Frage hätte stellen sollen – *Woher weißt du das?* –, doch dann war es natürlich zu spät.

Tris zuckte nur mit den Achseln (denn im Unterschied zu mir war er dank seines Alters die Seltsamkeiten der Frauen gewöhnt) und fuhr, fast ohne zu zögern, fort: «Das Jahr 43 war vielleicht das blutigste des gesamten Bürgerkriegs, und das galt ganz besonders für Lincolnshire. Beide Seiten kamen in jenem Jahr hier vorbei, immer wieder, quälten den Landstrich und einander mit dem Schwert. An die Geschichten erinnere ich mich nur zu gut – an die Schlacht bei Winceby zum Beispiel, wo unser Lord Protector selig sich erstmals auszeichnete, vor allem, indem er einige Nachzügler der Cavaliers an einem Ort namens ‹Slash Hallow› niedermachte. Inmitten dieses mörderischen Aufruhrs findet Sir Bernard de Vaux, ein lebenslanger Junggeselle, plötzlich eine Braut, noch dazu ein junges Mädchen von sechzehn oder siebzehn Jahren.» Tris machte eine Pause und nahm einen besonders tiefen Zug aus seinem Weinglas, selbst für einen Katholiken. «Seltsam nur, dass es kein Zeugnis für diese Heirat gibt. Im Kirchenbuch findet sich kein Eintrag, denn die Seite, auf der dieses Jahr verzeichnet ist, wurde herausgerissen. Was schade ist, denn der Vikar von Billringham war äußerst gewissenhaft, wenn es darum ging, die Verwandtschaft einer Braut aufzulisten.»

«Natürlich hätte eine Abschrift des Verzeichnisses am Ende des Jahres an den Bischof geschickt werden sollen», sagte Gale. «Ich habe dem Archiv einen Besuch abgestattet …» Das war keine Überraschung, denn zum einen gehörte Gale ja der Diözese Lincoln an, zum anderen war diese so riesig, dass der erzbischöfliche Palast im nahe gelegenen Buckden stand, auf halbem Weg zwischen der Themse (zuweilen deren südliche Grenze) und der Humber (ihrer nördlichen Grenze) – ein Gebiet, das größer war als so manche Nation. «Ich habe dem Archiv einen Besuch abgestattet, und die Abschrift aus dem Kirchenbuch von Billringham fehlt ebenfalls. Nach meiner Rückkehr aus dem Erzbischöflichen Palast habe ich mit Mistress Cornelia lange über diesen seltsamen Zufall diskutiert …»

Cornelia nickte unbestimmt, sie schien nach wie vor stärker an dem Nebel vor den Fenstern interessiert zu sein. Ohne es zu wollen, sah ich mich in die Rolle des Fürsprechers von Lady Louise gedrängt. «Hört doch, Francis – das lag am Krieg, an nichts anderem! Bedenkt doch nur, welche Zerstörungen es überall gab, wie heftig die Roundheads gegen die Kirche und ihre Bischöfe wüteten …»

Gale schüttelte heftig den Kopf. «Normalerweise würde ich Euch recht geben, Matthew. Erinnert Euch daran, dass ich mehr von diesem Krieg gesehen habe als Ihr – auch zahllose Kirchen, die die Roundheads dem Erdboden gleich gemacht hatten.» Beschämt von dieser völlig berechtigten Zurechtweisung des Älteren, senkte ich den Blick. «Doch hier handelt es sich um die Diözese Lincoln», fuhr Francis fort, «und die stand Beschlüssen des Königs und von Erzbischof Laud immer feindlich gegenüber. Das Parlament hatte gar keinen Grund, die Kathedrale zu plündern oder die Arbeit des Bischofs zunichte zu machen, und tat es auch nicht. Die Abschriften wurden in der gesamten Diözese ganz ordentlich angefertigt, sogar in den 50er Jahren. Es sind alle da, Jahr für Jahr, selbst die schwer zu entziffernden, unzureichenden Aufzeichnungen des alten Jermy für Ravensden finden sich, die mir genauer anzusehen ich vorgegeben hatte, als ich dort war. Nur Billringham fehlt.»

Selbst Cornelia, die ihre Aufmerksamkeit endlich uns zuwandte, musste zugeben, dass dies nicht besonders stichhaltig war. «Nicht einmal euer englisches Recht würde diese Lady als Mörderhure verurteilen, nur weil zwei Blatt

Papier während eurer Bürgerkriege verlorengingen», sagte sie gereizt.

Tris lächelte. «Schon richtig, Cornelia. Aber ein englisches Gericht sollte sich sehr wohl für den Tod von Sir Bernard de Vaux interessieren, der auf einer ganz normalen Landstraße im Winter des Jahres 47 erstochen wurde. Gleich darauf verschwand seine trauernde, kaum zwanzig Jahre alte Witwe.»

Musk stieß einen Pfiff aus, aber ich blieb skeptisch. «Der Winter 47», sagte ich. «An den kann sogar ich mich noch erinnern. Gab es da nicht eine Hungersnot? Wurde die Armee des Parlaments nicht zum größten Teil aufgelöst? Irrten nicht überall verzweifelte Männer durchs Land, auf der Suche nach etwas Essbarem?»

«Was für ein frühreifes, aufmerksames Kind von sieben Jahren du doch warst», sagte Tris, dem ich es zu verdanken hatte, dass dem tatsächlich so war.

«Ist es da nicht denkbar», sagte ich, «dass Sir Bernard von solchen Männern überfallen und erstochen wurde, wegen seiner Börse?»

«Ja, natürlich, Mann», fauchte Cornelia. «Aber ebenso gut kann es auch sein, dass eine baldige Witwe Männer anheuert, die ihren reichen Herrn Gemahl auf diese Weise unter die Erde bringen!»

«So reich scheint er gar nicht gewesen zu sein», sagte Francis. «Sir Bernard musste bitter dafür büßen, sich für die falsche Seite entschieden zu haben. Strafen, hohe Zinsen, die Beschlagnahmung seiner Ländereien – die ganze Palette des göttlichen Parlamentarier-Zorns gegen einen, der als ‹Übelgesinnter›, wie sie so elegant diejenigen nannten, die den König liebten, bekannt war. Ja, es stimmt, Lady de Vaux war die einzige Erbin des Vermögens, und sie versuchte schlussendlich zu verkaufen, was davon übrig war. Aber es hätte ihr sehr wenig eingebracht – vielleicht ein- oder zweihundert.»

Ich dachte angestrengt nach. «Also nicht die dreißigtausend, die sie jetzt besitzt?», sagte ich.

«… die sie jetzt *angeblich* besitzt», sagte Tris. «Meine Schwägerin, deine Mutter, scheint von dieser wunderbaren Ziffer wie besessen, aber ich habe den Eindruck, sie entbehrt jeglicher Grundlage. Was Geld betrifft, war deine Mutter schon immer eine Katastrophe, Matt – und sie besitzt auch noch die Frechheit, meinen Vater der Verschwendung zu bezichtigen!» Tristram Quinton seufzte. «Francis und ich werden da noch Erkundigungen einziehen – wenn der Erbe von Ravensden es gestattet, versteht sich.» Er warf einen taktvollen Blick in meine Richtung, den ich mit einem Nicken quittierte, welches man als Zustimmung hätte werten können. «Was uns zu dem delikaten Thema ihrer zweiten Ehe bringt. Francis?»

Francis Gale nahm ein weiteres Papier vom Tisch und fasste zusammen: «Fast zehn Jahre lang war Lady de Vaux von der Bildfläche verschwunden. Es gibt keine Berichte über sie. Weder war sie mit dem Hof ins Exil gegangen, noch scheint sie in England gewesen zu sein. Die Berichte der Geheimpolizei, die Mister Thorloes Agenten beibrachten, schweigen sich vollkommen über sie aus …» – Tris, der hier der mutmaßliche Informant war, blieb ungerührt – «… bis sie plötzlich im Jahr 56 wiederauftaucht, als neue Frau von Generalmajor Uriel Gulliver.»

«Gulliver?», stieß ich ungläubig hervor. «Der berühmte Gulliver?»

«Ganz recht, Matt», sagte Tris. «Genau dieser. Der Mann, der im Namen des Lord Protector einen Großteil des Themsetals beherrschte. Cromwells rechte Hand, wie manche sagen. Der Mann, der mit größter Wahrscheinlichkeit Cromwells Nachfolger gewesen wäre, sagen wieder andere. Jener Gulliver jedenfalls, der Weihnachten abschaffte und die meisten Schänken zwischen Oxford und Richmond schließen ließ!»

«Da hat Lady Louise ja einen ziemlich klugen Seitenwechsel vollzogen», sagte ich.

«Wohl eher einen großartigen Bettenwechsel!», warf Cornelia höhnisch ein. «Sie sprang von einem tapferen Cavalier zu einem niederträchtigen Rebellen, um ihre eigenen niedrigen Ziele voranzutreiben. Dabei wusste ihr General von ihrer vorherigen Ehe und hatte nichts einzuwenden. Wer wollte das glauben?»

«Ja, so scheint es», sagte Francis. «Die Berichte von damals legen großen Wert auf ihren Titel. Sie scheint ihn auch nie abgelegt zu haben. Wahrscheinlich fand man sie am Hofe des Lord Protector irgendwie drollig.» Mit zusammengekniffenen Augen blickte er im schwindenden Licht wieder auf das Blatt in seinen Händen. «Wie die meisten von Cromwells Generälen ging Gulliver aus den jüngsten Kriegswirren als Sieger hervor; der Sohn einer Wäscherin, der zum Schluss ein großes Stück von Wiltshire zugesprochen bekam, was er vor allem der Enteignung ehrbarer Cavaliers und seinem großzügigen Gönner, dem Lord Protector, verdankte. Gut möglich, dass er tatsächlich dreißigtausend wert war.»

«Zumindest vor vier, fünf Jahren», sagte Tris. «Aber wie wir alle wissen, konnte sich der Lord Protector nicht halten, und seine Generalmajore auch nicht. Die Rückübertragung der Besitztümer des jetzigen Königs führte zum Ruin der vielen Männer, die von dem vorigen Regime abhängig waren. Und damit kommen wir zum nächsten seltsamen Punkt in der Laufbahn unserer künftigen Gräfin. Es scheint nämlich so, dass gegen den ehemaligen Generalmajor Uriel Gulliver ein Haftbefehl ausgesprochen, aber nicht zugestellt wurde, und zwar just an dem Tag, an dem er starb. Schlaganfall, wie der Coroner feststellte.»

«Der Schlaganfall kam seiner Witwe ganz gelegen, nehme ich mal an», sagte Musk von der anderen Ecke des Raums her und kratzte sich dabei.

«In der Tat!», rief Tris. «In den letzten Jahren haben wir Engländer die Fähigkeit, uns selbst neu zu erfinden, immer wieder unter Beweis gestellt. Die überzeugtesten Roundheads erklären sich auf einmal zu wahren und aufrichtigen Cavaliers oder finden sich plötzlich im Kerker wieder. Ansonsten verwesen ihre Überreste auf Pfählen, wie die unseres unbeweinten Lord Protectors …» Er grinste, und ein grinsender Tristram Quinton erinnerte immer stark an die Darstellung des Satans auf alten Holzschnitten. «Nun, sogar für einen Mann wie mich – dessen Zugehörigkeit sich gar nicht so leicht bestimmen ließ – war es möglich, der angesehene Master eines Colleges an der allerköniglichsten Universität dieses Inselreichs zu werden. Aber selbst mein Talent zur Neuerfindung verblasst wohl neben dem von Lady Louise.»

Cornelia goss sich ein großes Glas Claret ein, schüttete es in einem Schluck hinunter und goss sich in einer einzigen Bewegung gleich ein weiteres ein. «So heimtückisch wie Salome», grummelte sie.

«Ich fürchte, wir haben noch nicht einmal ihren ersten Schleier gelüftet», sagte Gale. «Gott allein weiß, welche Schrecknisse sich unter dem siebten befinden!»

«Hier können uns vielleicht meine jüngsten Nachforschungen Aufschluss geben.» Gale beugte sich vor – die Information war also auch ihm neu. «Wir hatten da diesen äußerst vielversprechenden jungen Mann, der im letzten

Sommer in Mauleverer seinen Abschluss gemacht hatte. Jetzt ist er Hilfsgeistlicher in Wiltshire, nicht weit von den Besitzungen der Witwe Gulliver alias Lady Louise entfernt, der künftigen Gräfin von Ravensden. Überdies stammt er aus der Gegend und ist ein entfernter Verwandter der Frau eines der Gutsverwalter des Gulliver'schen Besitzes.» Tris machte eine Pause; oft hatte ich mir schon gedacht, dass er einen guten Schauspieler abgegeben hätte, weil er seine Kunstpausen so geschickt platzierte. «Der wahre Wert der Ländereien wird heftig diskutiert, teilte er mir mit. Die Pachterträge seien durch den Krieg und General Gullivers Misswirtschaft vernichtet worden, heißt es, und man redet viel von großen Hypotheken, die auf dem Besitz liegen. Nun gibt es derartiges Gerede in jeder Schänke im gesamten Königreich, vor allem unter Bauern, die auf die Felder des großen Grundbesitzes gleich neben den ihren schielen. Dennoch ist es interessant, und ich werde dieser Frage nachgehen, während ihr, Matt und Francis – und natürlich Musk –, monatelang auf hoher See nach Ruhm und Ehre strebt.» Tris gab Musk ein Zeichen, eine weitere Laterne anzuzünden; dieser Tag, der nie einer gewesen war, erstarb unter einem grauen nebligen Leichentuch. Die Laterne bewirkte nicht viel, und der Raum blieb, wie er war: dunkel, kalt und rauchig. «Doch mein Gewährsmann hat auch etwas höchst Interessantes herausgefunden», fuhr Tris fort. «Einige der Leute von Gullivers Ländereien berichten, dass in dem Sommer, in dem Cromwell starb, eine arme alte Frau ans Tor kam und um Einlass bat. Anscheinend gab es einen lauten Wortwechsel zwischen dem alten Weib und Lady Louise de Vaux, wonach das Weib auf die Straße geworfen und ihr bei Todesandrohung der Zugang verboten wurde.» Der Master von Mauleverer lächelte. «Nun hört gut zu, meine Freunde: Die alte Frau hat anscheinend behauptet, ihre Mutter zu sein.

«Ihre Mutter!?», rief ich aus. «Eine arme alte Frau? Die dann so behandelt wird?»

«Mein Gott, man muss sie finden!», ereiferte sich Francis Gale. «Womöglich ist sie der Schlüssel zu allem!»

Nur Cornelia schien seltsam unbeeindruckt und ungewöhnlich schweigsam. Sie nahm noch einen Schluck Wein, sah mich an, sah Francis an und dann Tristram, der sichtlich sehr mit sich selbst zufrieden war.

Schließlich schüttelte sie ganz langsam den Kopf und sagte: «Oh, ihr törichten, törichten Männer!»

«Cornelia?», setzte ich an. Vielleicht war sie wieder krank.

«Oh, Tristram», sagte sie. «Lieber Onkel Tristram mit deinem blinden Vertrauen in dein Netzwerk unerfahrener junger Männer. Glaubst du wirklich, ein Grünspan aus Oxford wüsste, wie man in Erfahrung bringt, was uns hier wirklich interessiert?» (Das sagte eine Frau, die damals erst kurz vor ihrem vierundzwanzigsten Geburtstag stand!) «Wir haben es hier mit Frauen zu tun», fuhr sie fort, «und bei allem Respekt für euch – nur eine Frau kann die Geheimnisse einer anderen Frau enthüllen.»

Tris wirkte verlegen. «Vielleicht hast du recht, Cornelia …», sagte er, «aber ich verstehe nicht …»

«Ich bin nach Billringham geritten», erklärte sie. «Nachdem Francis mir erzählt hatte, wonach du und er suchten und was ihr bereits in den Kirchenbüchern entdeckt hattet. Die ganze Gegend dort ist voller Holländer. Die vor langer Zeit ins Land kamen, um Handel zu treiben oder um Blumen für eure hohen Herrn zu züchten oder um eure Marschen trockenzulegen. Ich ritt dorthin und machte bald eine alte Frau ausfindig, die ursprünglich aus Breda stammte. Sie schickte mich zu einer anderen Frau und diese wieder zu einer anderen, der Witwe eines Deichbauern aus Delft. Viele Jahre lang hatte sie in dem Dorf als Hebamme gearbeitet. Ach, diese Freude auf ihrem Gesicht, als sie sich mit mir in ihrer Muttersprache unterhalten konnte! Kurz darauf hatte ich die Information, die dein junger Schwärmer nicht erhielt.»

«Späher, nicht Schwärmer», sagte Tris und kehrte damit die Überlegenheit des Oxforder Gelehrten hervor. «Und was für eine Information war das?»

«Im Winter des Jahres 47», sagte Cornelia triumphierend, «ein paar Tage, bevor Sir Bernard de Vaux auf der Landstraße in Stücke gerissen wurde, schenkte seine kindliche Braut ihrer beider Kind das Leben. Einer Tochter.»

Während wir Übrigen die Luft anhielten, trank meine Frau in aller Ruhe einen Schluck Claret.

«Was aber geschah in jenen zehn fehlenden Jahren im Leben unserer künftigen Gräfin? Zog sie womöglich das Kind auf? Suchen wir also mit allen Mitteln nach dem alten Weib, das aber vielleicht schon tot ist oder schwachsinnig. Wer weiß, vielleicht ist es auch gar nicht ihre Mutter, sondern eine verrückte Bettlerin, die zu Recht hinausgeworfen wurde. Aber wäre ein Gespräch mit dieser Zeugin nicht die beste Gelegenheit, um die Wahrheit über Lady Louise de Vaux oder das Schicksal der Tochter zu erfahren, die sie sechzehn Jahre lang so erfolgreich verborgen hat?»

Als ich mich endlich wieder gefangen hatte, grinste ich Mistress Cornelia Quinton unverschämt an, als würde sie mir in ganz neuem Licht erscheinen. *Das*, so dachte ich, *ist der Grund, weshalb ich dich geheiratet habe.*

◊◊◊◊◊◊

Einige Tage nach dem seltsamen Zwischenspiel in Skelthorn stand ich auf dem Achterdeck der *Seraph* und sah aufmerksam zu, wie wir uns Zentimeter um Zentimeter auf die offenen Tore des Schleusendocks von Deptford zu schoben. Natürlich hatten wir kein Segel gehisst, zwei von Werftmeister Coxens Booten schleppten uns, außerdem waren wir zu beiden Seiten des Ufers mit Seilen befestigt, die uns auf Kurs hielten. Es war wieder ein bitterkalter, aber trockener Tag, und bis auf zwei waren zum ersten Mal alle Offiziere der *Seraph* gemeinsam an Bord des Schiffes, dazu der Großteil unserer Besatzung. Die beiden Ausnahmen waren zwei der drei nicht ständigen Offiziere, die im Unterschied zu den ständigen Offizieren nicht mit der Aufsicht des Schiffes betraut waren: zum einen Francis Gale, der seine letzte heilige Kommunion in Ravensden abhielt (denn nicht einmal Captain Matthew Quinton bedurfte geistlichen Beistands, um sein Schiff sicher aus der Werft geleitet zu bekommen), und Martin Humphrey, der Arzt, ein junger Londoner, der in ein, zwei Tagen an Bord kommen würde. Drei der Offiziere waren unter Deck und gingen ihren jeweiligen Aufgaben nach. Ludovic Harrington, der Purser, war ein alter Cavalier, der zu dem Sohn des Märtyrerhelden James, Earl von Ravensden, mit einer Art Verehrung aufsah. Noch wichtiger waren seine Kompetenz und Ehrlichkeit, eine Seltenheit unter Pursern und eine höchst willkommene Veränderung gegenüber früher: Peverell, der Purser der *Jupiter*, war eine der widerwärtigsten Kreaturen gewesen, denen ich je begegnet war. Bradbury, der Koch, war ein versehrter Matrose, wie es bei Schiffsköchen meist der Fall war. Seine Mahlzeiten waren immer schrecklich verkocht. Nur ich, der ich mit der Kochkunst von Barcocks Frau in Ravensden Abbey groß geworden war (die Fleisch nur dann für genießbar hielt, wenn es verkohlt war), konnte Bradburys Essen mit einem Ansatz von Genuss verzehren. Dann war da Tom Shish, der Schiffszimmermann, der vielleicht mit dem Schiffsbaumeister von Deptford verwandt war, vielleicht aber auch nicht. Dieser Shish schien mir ein junger, aufgeschlossener Mann zu sein, der in seinem Beruf vorankommen wollte, um eines Tages ein wahrhaft großartiges Schiff zu bauen und selbst die *Sovereign* auszustechen. Er hatte mir bereits berichtet, dass die Kettenpumpen für ein neues Schiff in recht schlechtem Zustand seien. Natürlich war ich damals nicht ein derartiger Grünschnabel, dass ich nicht gewusst hätte, dass ein Schiff Pumpen braucht, um Wasser abzuschöpfen, mit dem es sonst volllaufen würde (denn selbst Schiffe, die so gut wie möglich kalfatert wurden, sind nie absolut dicht), aber mein Wissen, wie Kettenpumpen im Einzelnen funktionierten, war nicht notwendigerweise meine größte Kompetenz. Doch im selben Augenblick, in dem er mir das Problem vortrug, brachte Shish auch gleich die Lösung bei – hätte ich das doch von jedem meiner Untergebenen sagen können! Er sagte, er werde sich gleich ins große Lager begeben und einen Satz zusätzlicher s-förmiger Kettenglieder für den Mechanismus besorgen. Ich nickte zustimmend, so wie ein freundlicher, aber völlig ahnungsloser Chinese, stellte dabei aber zugleich fest, wie viele Meilen ich noch zurücklegen musste, um ein erfahrener Seebär zu werden.

Ich blickte hinunter auf die relativ wenigen Männer, die da gerade zugange waren, mit den Bugsiertauen oder den Enden unserer Bootsleine hantierten. Schon bald würden wir sozusagen die Böcke von den Schafen trennen müssen, sprich: diese Mannschaft in fähige und weniger fähige Seeleute einteilen. Dies war eines der Geheimnisse der Seefahrt, an denen ich bislang noch nicht teilgehabt hatte. Sogar mir, dem jungen Ignoranten, der ich damals war, schien dies der Gipfel der Verstiegenheit, denn die neuen allgemeinen Anweisungen des Lord Admirals an seine Kapitäne, die erst vor ein paar Monaten ausgegeben worden waren, beinhalteten die traditionelle Regel, dass Männer, sobald sie an Bord kamen, eingestuft werden sollten. Auch mit meinen zarten dreiundzwanzig Jahren und weniger Erfahrung in der Seefahrt als manch ein Fischweib fragte ich mich, wie es denn möglich war, zu beurteilen, ob ein Mann sich für das Ruder, für Lot, Mars oder Rah eignete, wie fähige Seeleute beschrieben wurden – und zwar lange, bevor das Schiff die offene See erreicht hatte! Kit Farrell machte sich mit der Glückseligkeit eines Mannes, der in sein natürliches Element zurückkehrt, auf dem Vorderdeck zu schaffen. Er sagte mir, das geübte Auge des routinierten Seemanns mache die Aufgabe so leicht wie die Unterscheidung zwischen Männern und Frauen, aber gegen einen derart oberflächlichen Vergleich verwahrte ich mich dann doch.

Ich wandte mich ratsuchend an den Mann, der etwas dichter als die vertraute bullige Silhouette von Lieutenant Castle neben mir auf dem Achterdeck stand: Valentine Negus, der Schiffsführer dieser Reise. Bislang hatte ich in meiner Laufbahn ausgesprochenes Pech mit meinen Schiffsführern gehabt: John Aldred, Schiffsführer auf meinem ersten Schiff, der *Happy Restoration*, war ein unverbesserlicher Suffkopf gewesen, dessen Überheblichkeit mindestens ebenso sehr zum Untergang des Schiffs beigetragen hatte wie die Unwissenheit seines Kapitäns. Malachi Landon, der Schiffsführer auf der *Jupiter*, war ein bösartiger und bärbeißiger Grobian gewesen, dessen Verachtung für mich nur von meinem Hass auf ihn übertroffen wurde. Der Schiffsführer der *Wessex* war ein derart unauffälliger Nichtskönner gewesen, dass mir auch heute, sechzig Jahre danach, nicht einmal sein Name einfallen will. Negus schien aus anderem Holz geschnitzt zu sein, zum Glück. Ein magerer, unauffälliger Mann aus Yorkshire, hatte er viele Handelsreisen an die Küste Afrikas und die vorgelagerten Inseln unternommen. Negus war ein nüchterner, ordentlicher und respektvoller Mensch, der sein Handwerk beherrschte und weder dem jungen adeligen Kapitän noch Lieutenant Castle gegenüber Ressentiments hegte, obwohl Letzterer ein ebenso fähiger Seemann war wie er selbst – und daher durchaus eine Bedrohung.

Ich sagte: «Nun, Mister Negus, was haltet Ihr bislang von unserer Mannschaft?»

«Ich glaube, das ist eine ganz gute Truppe, Captain», sagte er mit einer Stimme, die mich an meinen Schwager Garvey erinnerte. «Eure Männer aus Cornwall haben ja schon den Beweis erbracht, wie tüchtig sie sind, und die meisten Männer, die Mister Castle aus Bristol geholt hat, sind ordentliche Burschen, denke ich – hoffen wir nur, dass es keine allzu schlimmen Auseinandersetzungen gibt. Zwischen Bristol und Cornwall gibt's ja immer Keilerei.» Er lächelte, als freue ihn die Aussicht auf eine Schlägerei. «Nehme mal an, Bootsmann Farrell wird auf dieser Fahrt ziemlich viel mit Peitsche und Rohrstock hantieren müssen. Die Männer aus London – nun, die sind ein gemischter Haufen, wie Londoner das nun einmal sind. Ein paar Ausfälle an Land, nehme ich an. Wir werden sehen.»

«Glaubt Ihr, Ihr werdet sie alle eingestuft haben, bevor wir lossegeln, Master?»

Negus nickte. «Bevor wir die Mündung erreicht haben,

denke ich. Das reicht, um die meisten von ihnen beurteilen zu können. Ob sie sich an der Kanone bewähren, ist natürlich was ganz anderes, was, Kanonier?»

Marcus Lindman, der Kanonier der *Seraph*, drehte sich zu uns um. «*Ja*, Master. *Ja*, Captain», sagte er mit dunklem schwedischen «a». «Aber auf einer Fahrt nach Gambia hat man reichlich Gelegenheit, die Jungs an die großen Geschütze zu gewöhnen. Und ich bin ein guter Lehrmeister!»

Das dürfte die humorigste Bemerkung gewesen sein, die Marcus Lindman auf der gesamten Reise von sich gab. Der sture Lindman war ein untersetzter Mann mit einem unnatürlich großen und vollkommen kahlen Kopf, einer der vielen Schweden, die in jenen Tagen in unserer Marine dienten, so, wie viele unserer Männer in der Flotte König Karls im Sold standen. Viele der Jungchen von heute, die in unserer Marine dienen – heute, das sind die Zeiten von Georg, dem Deutschen, da der habgierige Narr George Byng der Admiralität vorsteht –, können sich nicht vorstellen, dass es je möglich war, der einen Marine in dem einen Krieg zu dienen und einer gänzlich anderen im nächsten. Sie munkeln etwas von «Staatsgeheimnissen», «Sabotage», «Spionage» und weiteren Worten mit jenem hassenswerten französischen Klang. Damals aber waren alle Länder im Westen von jenen im Osten abhängig, um ihre Marine – und übrigens auch viele sonstige Abteilungen – mit Nachschub zu versorgen. Die Holländer freundeten sich mit den Dänen an – ergo wurden wir Engländer die Freunde Schwedens, welches wiederum der natürliche Feind Dänemarks ist, und wenn einer von uns im Krieg war und der andere nicht, was lag da für einen Mann der Tat näher als ein oder zwei Sommer lang in den Dienst seiner Freunde zu treten? Lindman war ein Veteran der Seeschlacht im Öresund, eines Gemetzels zwischen den Schweden und ihren dänischen und holländischen Feinden im Jahr 1658, er kannte also sein Geschäft, so viel war sicher. Dass er nach Beendigung des letzten Kriegs im Norden nach England gekommen war, erwies sich als Segen für den Captain der *Seraph*.

Wir kamen dem offenen Tor immer näher – die ersehnte Flucht aus dem Lärm und dem Gestank der Werft in Deptford war zum Greifen nah. Cox am Kai war so nervös, als würde er die *Sovereign* höchstselbst aus der Werft manövrieren, dabei hatte er bei einer Fregatte fünfter Klasse wie der *Seraph* doch ziemlich viel Platz. Lieutenant Castle nahm den Hut ab und wedelte freudig damit zu Cox hinüber, als wir vorbeizogen. Unsere Matrosen vorne an den Bootsleinen waren bemerkenswert flink, sie nutzten diese frühe Gelegenheit, sich vor den Schiffsoffizieren zu profilieren: Ich sah Polzeath und Tremar (beide stets sehr nützlich am Ende eines Taus), Ali Reis, den Mauren, und den rothaarigen Macferran, den jungen Schotten, der sich während des Abenteuers mit der *Jupiter* mir angeschlossen hatte und der nun mächtig darauf erpicht war, schon ganz bald als fähiger Seemann zu gelten. Die anderen waren neue Gesichter aus Bristol und London; *walte Gott, dass Negus unrecht hat*, dachte ich, *und dass wir auf dieser Reise keinen Streit zwischen unseren verschiedenen englischen Stämmen bekommen.* So viel zur Macht des Gebets!

Unsere Ruder senkten sich ins Wasser der Themse. Das Holz der *Seraph* ächzte leise, als sie wieder den Wasserspiegel berührte, und ich spürte das Heben und Senken des nahen Meeres. Vom Vorderdeck aus warf mir Farrell einen Blick zu, und da bemerkte ich, dass ich grinste wie ein Kind, das ein neues Spielzeug bekommen hat.

Wir ließen uns weiterhin schleppen, es bestand keine Veranlassung, die Segel zu hissen, denn uns stand nur eine ganz kurze Fahrt bevor. Etwa hundert Meter, nachdem wir die Mündung von Deptford Creek hinter uns gelassen hatten, gab ich den Befehl zu ankern. Die *Seraph* kam beinahe im Schatten der uralten Ruinen des Greenwich Palace zum Liegen, hinter dem sich der Park bis nach Black Heath erstreckte. Wir waren ganz nahe am Ufer und somit weitab von der Mitte des Stroms mit der endlosen Prozession von Handelsschiffen, die die ehrwürdige Themse hinauf- oder hinabfuhren. Männer begannen das Schiff zu sichern, denn es würde ein paar Tage hier vor Anker liegen, bis die Barke mit Waffen unser Arsenal brachte und die Leichter der Lebensmittelhändler unsere Vorräte, beides von den Kais neben dem Tower. Dies würde durch die Verzögerungen wegen des Feuers noch ein oder zwei Tage in Anspruch nehmen – wie mir die Waffenlieferanten und Lebensmittelhändler versichert hatten. Ich hatte dazu höflich genickt, obwohl mir vollkommen klar war, was man von ihren Versprechungen halten konnte. Den Halunken war erst dann zu glauben, wenn die letzte Feldschlange auf ihrer Kartätsche stand und das letzte Fass unter Deck lagerte.

Ich ließ den Blick übers Achterdeck schweifen, dann über das Schiff hinweg, und zum ersten, wenn auch keineswegs letzten Mal empfand ich etwas Seltsames. Ich liebte meine Frau. Ich genoss mein Leben an Land, die Gesellschaft meiner Freunde. Doch in dem Augenblick, dort an Deck der *Seraph*, wusste ich, dass ich nichts mehr begehrte, als dort zu bleiben, in jener kleinen Welt aus Holz, und allen unvorhergesehenen Stürmen und Katastrophen, die da kommen mochten, ins Auge zu sehen, anstatt …

Ach ja. Anstatt *das* über mich ergehen zu lassen.

Ich drehte mich um und sagte zögerlich: «Mister Castle, passt einstweilen gut auf mein Schiff auf.» Er und Negus salutierten, indem sie den Hut zogen, und ich zog meinen ebenfalls. «Ich trete den Urlaub an, den mir Seine Majestät und Seine Königliche Hoheit gewährt haben. Denn schließlich, Gentlemen», sagte ich mit einer Leichtigkeit, die nur gespielt war, «erwartet man mich bei einer Hochzeitsfeier.»

ZEHNTES KAPITEL

Mein letzter Morgen in Ravensden.

Der letzte für viele Monate jedenfalls; vielleicht auch der allerletzte überhaupt, falls ich den Fieberkrankheiten Gambias oder dem Wahnsinn der Suche zum Opfer fiel. Meine Seekiste war fertig gepackt und bereit, nach Ravensden House verbracht zu werden, wie auch Cornelia und ich selbst. Bis zur Hochzeit waren es nur noch drei Tage, und danach würde ich mich umgehend an Bord meines Schiffs in Greenwich Reach begeben. Von hier würde unsere Reise beginnen, sobald Wind und Gezeiten uns günstig gesinnt waren. Cornelia schlief noch. Also blieb noch Zeit für eine letzte Pflicht.

Ich begab mich hinaus in den verfallenen Chor der Abteikirche, in dem sich die Gräber der Quintons befanden. Es war ein weiterer kalter Morgen mit strengem Frost und einem Nebel, der sich über das gesamte Tal breitete wie ein Leichentuch. Ich hatte vor, den Gräbern meines Vaters, Großvaters und den weiteren Vorfahren, die hier ruhten, meinen Respekt zu erweisen, doch ein anderer war mir dort bereits zuvorgekommen. Vor dem nüchternen Steinsarkophag unseres Vaters stand in stummer Ehrerbietung mein edler Bruder Charles.

Als ich näher kam, wandte er sich halb zu mir um. «Matt», sagte er schlicht. «Ein kalter Morgen, um bei den Toten zu wachen.»

Ich trat neben ihn und sah hinab auf das Grab unseres Vaters, das Charles (anders als ich) so selten aufsuchte. «Vielleicht sind es ja die Toten, die über uns wachen.»

«Zweifelsohne sind sie bei uns», sagte er traurig. «Ich spüre ihr Gewicht auf mir lasten. Ihrer aller Gewicht. Die Toten versklaven uns auf immer aus ihren Gräbern.» Wir blickten uns um. In einer Nische in der verfallenen Nordwand stand eindrucksvoll das steinerne Standbild eines Ritters in voller Rüstung: der erste Earl. Seine Nachfolger waren um uns herum zur letzten Ruhe gebettet, in Sarkophagen inmitten der Kirche oder in seitlichen Alkoven. An einem Ort wie diesem kam man schwerlich umhin, das Gewicht der Geschichte zu spüren und zu erkennen, welch kleinen und unwürdigen Platz man in der endlosen Geschichte dieser mächtigen, aber gefährdeten Familie einnahm. Eines Tages würde Charles hier inmitten unserer Vorfahren liegen. Und vielleicht auch ich – falls mir nicht das Schicksal einer hastigen Seebestattung zuteil wurde, bei der ich, eingehüllt in ein Segeltuch und beschwert durch eine Kanonenkugel, mein Grab in den Tiefen des Meeres fand.

Eine gute Gelegenheit, etwas zu wagen, entschied ich. Schließlich konnte die leidige Angelegenheit nicht ewig aufgeschoben werden, zumal ich im Begriff stand, mich auf See zu begeben, wo womöglich tatsächlich ebenjenes nasse Grab auf mich wartete. «Ich frage mich», hob ich an. «Ich frage mich, was sie wohl zu deiner Hochzeit gesagt hätten?»

Mein unerforschlicher Bruder verzog keine Miene, und auch sein Tonfall war ruhig. «Sie hätten Verständnis für die Erfordernisse der Pflicht, glaube ich. Manche von ihnen zumindest. Die alte Gräfin Katherine dort auf alle Fälle.»

«Unser Vater und Großvater? Hätten die Verständnis dafür gehabt?»

Ein langsames Kopfschütteln. «Weit mehr, glaube ich, als du wissen kannst, Matt.»

Oh, das geheime Wissen der Älteren! Ungeduldig sagte ich: «Ja, selbstverständlich, Mylord. Du hast sie noch gekannt, und auch die älteren Zeiten, die ich, der ich so viel jünger bin, nicht erlebt habe. Aber ich weiß genug, Bruder, um zu erkennen, wie sehr dich diese Sache belastet. Du bist nicht glücklich damit, egal, wie sehr du es zu verbergen suchst. Noch weniger glücklich bist du, seit Tris und ich dir von dieser geheimnisvollen Tochter erzählt haben, die Mylady hat. Diese Kleinigkeit hatte sie dir wohl verschwiegen, was?»

Charles wandte sich um und schritt langsam durch den Chor auf den verfallenen Hochaltar zu, wo sich das ausgesprochen pompöse Grabmal unseres Großvaters befand. «Wir haben über die Angelegenheit gesprochen», sagte er vorsichtig. «Sie hat sich erklärt. Es war ein Fehltritt in ihrer Jugend. Wenn wir alle für die Fehltritte unserer Jugend bestraft würden, Matt, wäre der Himmel nur sehr spärlich bevölkert.»

«Aber wo ist ihr Kind denn, Charles? Die Tochter von Mylady? Wo ist sie verborgen worden?»

«Nicht … direkt verborgen – es ist eine etwas heikle Sache, Matt, ich – *wir* – würden sie lieber nicht mit anderen erörtern, nicht einmal mit dir, meinem Bruder –»

Seine ausweichende Art ärgerte mich, daher ließ ich nicht locker und drang weiter in ihn. «Und die Frage ihres Vermögens, Charles? Ihres so beträchtlichen Vermögens, das womöglich doch nicht ganz so beträchtlich ist?»

«In dieser Angelegenheit gibt es Zusicherungen», erwiderte der Earl steif. Es war ihm anzusehen, wie unwohl er sich fühlte.

Wir standen nun vor dem Grab Matthew Quintons, des achten Earl of Ravensden, noch im Tod so überwältigend, wie er es offenkundig zu Lebzeiten gewesen war. Dass Earl Charles von seiner Vermählung nicht abzubringen war, lag auf der Hand; also war ein anderes Vorgehen ratsam. Zu meiner Überraschung aber kam mir mein Bruder in dieser Hinsicht zuvor. Es kam so selten vor, dass er von sich aus mir gegenüber ein neues Gesprächsthema anschnitt, dass mich vor Schreck ein Schauer überlief.

«Das Haus Quinton», hob er mit gedehnter Stimme an, als würde er seine Worte sehr bedacht wählen, «ist seit langer Zeit in – sagen wir mal, gewisse Staatsgeheimnisse eingeweiht. Nur Gott allein weiß, warum unserer Linie eine solche Ehre oder ein solcher Fluch zuteil geworden ist, obwohl ich vermute, dass Earl Matthew hier daran nicht ganz unbeteiligt war. Ein unverbesserlicher Ränkeschmied. Noch am Ende seiner Tage, als alter Mann, lange nach Beginn des Bürgerkriegs, hat er munter vor sich hin intrigiert …»

Wir schauten hinab auf die imposante Steinplastik, die den alten Mann liegend und in voller Rüstung zeigte, eine Form des Grabschmucks, die schon seit vielen Jahren aus der Mode war, als Earl Matthew sie für seine letzte Ruhestätte in Auftrag gab. «Diese Geheimnisse», sagte ich. «Handelt es sich dabei bloß um jene, in die unsere Mutter eingeweiht war? Jene, die sie mit Glenrannoch und der Königinmutter teilte?»

Charles lächelte schwach. «Schön wär's», sagte er. «Auf uns liegt eine Bürde, Matt. Eine mächtige Bürde, die auf unserer Familie lastet. Eine Bürde, die auf *mir* lastet. Und diese Bürde möchte ich dir ersparen. Eines Tages, das steht außer Frage, wirst du die Wahrheiten erfahren müssen, die wir so lange verborgen haben.» Der Earl sah mir direkt in die Augen; was selten genug vorkam. «Aber heute ist dazu nicht der Tag, Bruder. Du hast genug eigene Sorgen, mit deiner Reise und ihren vielfältigen Gefahren. Diese Bürde wird dir noch früh genug auferlegt.»

Sosehr mich dies auch erboste und verbitterte, wusste ich doch nur zu gut, dass es nichts bringen würde, wenn ich jetzt die Beherrschung verlor und darauf bestand, dass mir hier und jetzt, im kalten Gemäuer der Abteikirche, diese ungeheuren Geheimnisse enthüllt wurden. Aber vielleicht gab es etwas, was ich tun konnte, etwas, das meinen Bruder von meiner Entschlossenheit überzeugen und mir zugleich in der Sache, zumindest vorläufig, Seelenfrieden verschaffen würde. «Schwörst du auf ein Grab meiner Wahl, dass du mir eines Tages alles erzählen wirst?»

Er schien kurz überrumpelt, reagierte aber dann rasch und entschieden, wie es seiner Art entsprach. «Auf jedes Grab, das du bestimmst.»

Ich sah mich um; an Kandidaten mangelte es nicht. Doch trotz der Macht, die von den Gräbern unseres Vaters und Großvaters ausging, kam im Grunde nur ein Grab in Frage. Ich ging mit Charles zu der kleinen, armseligen

Grabtafel in den Überresten des südlichen Querschiffs hinüber, und wir sahen hinab auf die Inschrift.

Dieses kleine Grabmal wurde zum Andenken an seine liebe und tugendhafte Schwester Henrietta Quinton, die am 29sten Tag des Dezembers im Jahre 1653 verstorben ist, von ihrem sie liebenden Bruder Matthew errichtet, der betet

Dass dieser Stein sie schützet bis zum Jüngsten Tag
Bis ihren Heiland sie mit eigenen Augen sehen mag.

Selbstverständlich hatte der dreizehnjährige Matthew Quinton die Tafel nicht eigenhändig auf dem Grab seiner geliebten Zwillingsschwester platziert; die eingemeißelten Worte aber gingen ohne jede Frage auf ihn zurück.

Meine Wahl verfehlte offenbar nicht ihre Wirkung auf Charles: Er schauderte heftig, und kurz fürchtete ich, er könnte aus dem Gleichgewicht geraten, das durch seine bösen alten Verwundungen ohnehin dauerhaft gestört war. Doch er riss sich zusammen und sagte mit klarer Stimme: «Ich, Charles, der zehnte Earl of Ravensden, gelobe hiermit, dass alle Geheimnisse, in die die Familie Quinton eingeweiht war und ist, dem hier anwesenden Matthew Quinton, dem wahren und rechtmäßigen Erben von Ravensden, letzten Endes enthüllt und mitgeteilt werden.»

Nun, dem zumindest vorläufig wahren und rechtmäßigen Erben – bis Lady Louises Schoß eine weitere Frucht hervorbrachte, wenn auch sechzehn Jahre, nachdem dies das letzte Mal der Fall gewesen war.

Charles wandte sich mir zu, nahm meine Hand, legte mir seine andere Hand auf die Schulter und sagte: «Darauf also Amen.» Er sah mich an, mit einem Blick, aus dem ebenso viel Distanz wie tiefes Mitgefühl und Nähe sprachen. «Möge dich Gott auf deiner gefahrvollen Reise segnen und behüten, Matthew.»

«Und dich in deiner gefahrvollen Ehe, Charles.»

Darauf verließen wir die Kirche und kehrten zum Haus zurück; als wir dabei in die Höhe schauten, sahen wir beide unsere Mutter, die Gräfinwitwe, die aus dem Fenster ihres Gemachs zu uns herabschaute.

◇◇◇◇◇◇

Später an jenem Tag brachen Cornelia, meine Mutter und ich in der Familienkarosse nach London auf, während Charles, der sich noch um Belange auf unserem Gut zu kümmern hatte, erst tags darauf nachkommen würde. Von da an würden wir in den wenigen bis zu der Posse in St. Paul's verbleibenden Tagen alle im beengten Raum von Ravensden House zusammengepfercht sein. Schon am zweiten Abend begann dies für uns unerträglich zu werden, zumal uns noch dazu am Nachmittag die Garveys vollzählig mit einem Besuch beehrt hatten. So beschloss also Mutter, ihrer alten Freundin, der Königinmutter, einen Besuch in Somerset House abzustatten; ach, wenn man bei diesem Gespräch doch hätte Mäuschen spielen dürfen! Charles suchte das Weite, um, wie er behauptete, Parlamentsangelegenheiten nachzugehen, was jedoch einigermaßen unglaubwürdig war, weil das Parlament seit Juli nicht mehr getagt hatte; von da an ruhte der Betrieb immer für einige Monate, damit die Angehörigen bei sich daheim das Einbringen der Ernte beaufsichtigen konnten. Es verlangte ihn nicht danach, einen letzten Abend in geselliger Runde zu zechen, denn Freunde hatte er so gut wie keine, und schon gar nicht wollte er diesen Abend mit seinem Bruder verbringen. Selbst Cornelia ließ mich im Stich; ihre alte Freundin und holländische Landsmännin Aemilia, Gräfin von Ossory, war gerade in der Stadt, und die beiden brachen zu einem fröhlichen Spaziergang inmitten des Hofes zu Whitehall auf, um sich dort ungeniert all die Wüstlinge anzusehen. Bei dem kurzen Abstecher in den Palast fand ich aber zum Glück auch noch Gefährten für mich. Nämlich Beau Harris und Will Berkeley; junge Kapitäne von Adel wie ich. Nachdem wir uns bei den Damen entschuldigt hatten, strebten wir zurück über den *Strand*, weil uns der Sinn nach einem zünftigen Besäufnis in der City stand. Die beiden waren eine angenehme Gesellschaft. Beaudesert Harris entstammte einer Familie tapferer Cavaliers, war aber nicht gerade von altem Geblüt; sein Vater war ein Kaufmann gewesen, der zu König James' Zeiten zu solchem Reichtum gelangt war, dass er die Ländereien eines verarmten Adelsclans aufkaufen und dabei zugleich den Titel eines Barons erwerben konnte. Harris, eine fröhliche und respektlose Seele, hatte vor zwei Jahren an der irischen Küste die *Falcon* befehligt, als ich dort in meiner ersten, verhängnisvollen Mission diente, und in jener Zeit waren wir gute Freunde geworden. Will Berkeley war aus ganz anderem Holz geschnitzt. Zum einen war er ein ernsthafter Mensch und – anders als Beau, der derlei Dinge für unter seiner Würde erachtete – fest entschlossen, das Seefahrerhandwerk zu lernen. Zugleich gab es in der Geschichte Englands nur wenige Namen, die älter oder berüchtigter waren als der Name Berkeley; immerhin wurde in dem alten Schloss gleichen Namens König Edward II. durch das rektale Einführen einer glühenden Eisenstange ins Jenseits befördert – eine innovative Methode, wenn es darum ging, keine sichtbarere Todeswunde zu hinterlassen und dadurch Verdacht zu erregen. Wills Vater war Schatzmeister des Königlichen Haushalts, und sein Bruder Charles, damals der Viscount Fitzharding of Berehaven, stand beim König hoch im Kurs. Diese Beziehungen hatten ihm bereits das Kommando über zwei der besten und größten viertklassigen Fregatten eingetragen, und er war erst kürzlich mit der *Bonaventure* von der Magellanstraße zurückgekehrt, mit der Aussicht auf einen neuen Auftrag, der ihm durch den König und den Herzog von York schon fest zugesichert war. Mit seiner langen Nase und dem spitzen Kinn sah Will aus wie der typische Jurist, und je mehr wir uns auf unserer Zechpartie der Chancery Lane näherten, desto deutlicher schien diese Ähnlichkeit hervorzutreten.

Unsere Unterhaltung wurde zusehends zotiger, und wir waren inzwischen in jenem Stadium des Abends angelangt, wo Wetten abgeschlossen und Trinkspiele durchgeführt werden. Die Mitre Tavern an der Fleet Street eignete sich gut für derlei Lustbarkeiten, und wir betraten den Schankraum in bester Laune – die augenblicklich verpuffte. Denn dort, mitten in dem größten Schankraum, stand kein Geringerer als Colonel Brian Doyle O'Dwyer, anscheinend unbewaffnet, umringt von einer Gruppe übler, mit Messern und Knüppeln bewaffneter Gestalten, die offenbar nichts Gutes im Schilde führten. Ihr Anführer war mir im Übrigen nicht unbekannt. Er hatte eine große Narbe im Gesicht.

Nun werden manche das als einen äußerst merkwürdigen Zufall abtun. Andere wiederum werden gewiss vermuten, dass mir mein Gedächtnis hier einen gewaltigen Streich spielt und meine Senilität somit endgültig erwiesen ist. Was Letzteres betrifft, so möge Gott darüber richten; Gott und mein gerade sechsundzwanzigjähriger Anwalt, der in Oxford und am Middle Temple studiert hat und den ich erst kürzlich im Hinblick auf gewisse Hypotheken nach Strich und Faden übertölpelt habe. Was Ersteres betrifft, darf man nicht vergessen, dass London damals, vor über sechzig Jahren, vor dem Großen Feuer, ein viel kleinerer Ort war als heute. Und obwohl in der Stadt kein Mangel an Kneipen und Kaschemmen aller Art bestand, gab es doch nur relativ wenige, die für Herren von Stand in Frage kamen (oder für jene, die sich, und sei es auf noch so lächerliche, absurde Weise, einen solchen Stand anmaßten, wie im Fall meines «Freundes» O'Dwyer). Was unser Eintreffen just im Augenblick eines mörderischen Angriffs auf ihn durch den Mann, der mich selbst erst unlängst überfallen hatte, angeht: Nun, nach einem langen, bewegten Leben vermag ich mit einigem Fug und Recht zu bestätigen, dass solche Dinge vorkommen und den womöglich besten Beweis für das Wirken Gottes (oder auch seines in Ungnade gefallenen Erzengels Luzifer) auf Erden liefern. Noch heute denke ich mit Schaudern an die nicht unbeträchtliche Verlegenheit und um ein Haar katastrophalen Folgen für die Außenpolitik unseres Königreichs zurück, verursacht durch mein Zusammentreffen am Abort einer Schänke in Deptford, wohin mich ein heftiges körperliches Bedürfnis getrieben hatte, mit Seiner Majestät Peter dem Großen, dem mittlerweile verstorbenen Zaren aller Russen.

«Verdammt will ich sein», rief der Mann mit der Narbe, «da kommt ja auch noch Quinton. Gott im Himmel lächelt heute Abend auf uns herab, Jungs. Doppelte Bezahlung für uns alle, würde ich sagen.»

«Ihr habt aber verflucht unangenehme Bekannte, Matt», tadelte Beau Harris, während er sein Schwert zog.

«Welch ein Glück für diesen Gentleman von der Army,

dass die Marine gerade des Wegs kommt», sagte Will, indem er ebenfalls sein Schwert zog.

«Dies», sagte ich, während ich meine Klinge zückte, «ist wohl kaum ein Gentleman. Darf ich vorstellen, das ist Colonel Brian Doyle O'Dwyer, der mir als Passagier auf der *Seraph* zugeteilt ist.»

«Ach, der», sagte Berkeley abfällig.

«Der Abtrünnige?», rief Beau Harris ungläubig. «Der heidnische Wendehals, der schon vor Monaten hätte hängen sollen?»

O'Dwyer deutete spöttisch lächelnd eine Verbeugung an. «Ganz, wie Ihr sagt, Gentlemen. Genau der bin ich.»

Der Mann mit der Narbe schnaubte verächtlich. «Bei Gott, man stellt sich also noch gegenseitig vor! Welch tadellose Manieren. Nun, da wir schon einmal dabei sind, Gentlemen, will ich mich ebenfalls vorstellen. Ist immer gut, den Namen des Mannes zu kennen, der einen umbringen wird, wie ich finde. Habakkuk Leech, Ihr edlen Herren; ehemals Sergeant, Hewsons Regiment, New Model Army. Meine übrigen Gefährten hier stelle ich nicht vor, weil die meisten von ihnen entweder gar nicht wissen, wie sie heißen, oder unter falschen Namen agieren.» Einige seiner Spießgesellen, immerhin acht an der Zahl, lachten beifällig.

«Also dann», sagte ich, «und was genau habt Ihr mit Colonel O'Dwyer hier im Sinn, Sergeant Leech? Dasselbe vielleicht, was Ihr bei mir auf der Straße hinter Newmarket und in Ravensden Abbey versucht habt?»

Leech verzog verächtlich das Gesicht. «Sagen wir mal, etwas sehr Ähnliches, Captain Quinton. Aber mit einer ganz anderen Zielsetzung, das versichere ich Euch. Schließlich bin ich bloß jemand, der Befehle ausführt.»

«Wessen Befehle?»

Leech grinste. «Ach, mein Auftraggeber tut hier nichts zur Sache, Captain. Aber ich mache Euch einen Vorschlag. Wir wissen doch beide, dass Ihr unseren braven Colonel hier – Omar Ibrahim, wie er sich mal nannte – nicht sonderlich leiden könnt. Wie wäre es also, wenn Ihr Euch einfach heraushaltet, damit die Jungs und ich ihn still und leise fortschaffen können – und damit sind wir quitt?» Er blickte um sich. «Denn immerhin sind wir zu neunt, Captain, lauter Männer mit Waffen, die ihr Handwerk verstehen – das wir im Krieg erlernt haben, anders als Ihr vornehmen, aber noch so jungen Gentlemen. Neun von uns gegen Euch, die Ihr nur zu dritt seid. Oder zu viert, falls Ihr den irischen Mauren hinzuzählt. Auch dann sind wir Euch immer noch zwei zu eins überlegen.»

Ich warf Harris zu meiner Linken und Berkeley zu meiner Rechten einen Blick zu, was eigentlich unnötig war; denn wir waren auch so einer Meinung. «Ehrenmänner feilschen nicht mit Strolchen wie Euch, Leech», sagte ich. «Und O'Dwyer dort mag zwar ein fluchwürdiger Abtrünniger sein, aber er steht im Dienst unseres Königs und trägt seine Uniform. Er ist ein Offizier wie wir, also ist es unsere Pflicht, ihn zu verteidigen.»

«Ein Offizier wie Ihr, dass ich nicht lache», höhnte Leech. «Wir hätten Euch verdammte Cavaliers alle einen Kopf kürzer machen sollen, als wir die Gelegenheit dazu hatten, nicht bloß den ersten Charles Stuart.»

Worauf er und sechs seiner Leute auf uns zukamen; die übrigen beiden umringten O'Dwyer, der offenbar lebend gefangen werden sollte.

«Erinnert mich daran», sagte Beauregard, «ein ganzes Regiment mitzubringen, wenn ich das nächste Mal mit Euch einen trinken gehe.»

Leechs Männer stürzten sich auf uns, je zwei auf einen, während der Sergeant selbst sich zurückhielt, vermutlich, um abzuwarten, wer von uns als erster Schwächen erkennen ließ, um diesem Unglücklichen dann den Gnadenstoß zu versetzen. Unsere Chancen standen nicht gut, das stimmte. Doch bei Kämpfen auf beengtem Raum lässt sich auch eine große Überzahl nicht immer ausspielen, und wir hatten Schwerter, mit denen wir uns unsere messerschwingenden Gegner vorläufig vom Leib halten konnten. Harris' Widersacher gingen als Erste auf ihn los, vielleicht, weil sie aus seiner Haltung und der Art, wie er sein Schwert hielt, darauf schlossen, dass er von uns der am wenigsten fähige Kämpfer war; ein Irrtum, für den der eine mit einer tiefen Schnittwunde quer über die Hand, der andere mit einem Streich über die Wange zahlte. Von dem Angriff auf Berkeley bekam ich kaum etwas mit, weil jetzt auch meine beiden Gegner mit drohend vorgestreckten Klingen auf mich zukamen. Es waren zwei große, kräftige Kerle, beide um die vierzig oder älter – fraglos Veteranen der New Model Army wie auch Leech. Genau deshalb aber, so vermutete ich, hätten sie wohl lieber mit einem Spieß oder einer Muskete gekämpft als mit einem Messer, und möglicherweise hemmte sie zusätzlich die bei Infanteristen so verbreitete, instinktive Furcht vor einem Schwert. Ich vollführte mit der Spitze meiner Klinge eine blitzschnelle Acht in der Luft, worauf sie beide zurückzuckten, nicht anders, als hätte ein Kavallerist über ihnen sein Schwert geschwungen. Während sie sich neu formierten, sah ich, wie Berkeley mit seinen beiden Gegnern rangelte, die ihm gefährlich nahe auf den Leib gerückt waren (denn tatsächlich war Will von uns dreien der schwächste Kämpfer). Es gelang ihm, sie abzuwehren, ehe sie ihn mit ihren Messern durchbohren konnten, wobei er dem einen sein Schwert in den Unterarm stieß. Während ich mich auf den nächsten Vorstoß meiner Gegner gefasst machte, fiel mein Blick auf O'Dwyer, der hinter Leech stand, reglos und untätig. Er lächelte. Herrgott, dieser elende Spitzbube dachte nicht mal daran, einen Finger zu rühren, um uns zu helfen, die wir kämpften – und, so Gott wollte, starben –, damit sein nichtswürdiges Leben gerettet wurde.

Meine beiden Gegner starteten einen weiteren Angriff, wobei sie diesmal raffinierter vorgingen. Der Kerl zu meiner Linken, auf meiner unbewaffneten Seite, stürzte als Erster auf mich los, so rasch, dass ich mein Schwert hochreißen musste, um ihn abzuwehren. Worauf der andere mit seinem Messer auf meinen Bauch zielte. Ich wich ihm mit einer flinken Drehung auf dem Absatz aus und ließ zugleich mein Schwert hinabsausen, worauf einer der beiden vor Schmerz aufheulte. Fast gleichzeitig aber hörte ich einen Schrei zu meiner Linken. Harris war verletzt, wie schwer jedoch, vermochte ich nicht abzuschätzen. Rechts von mir rangelte Harris weiter mit seinen beiden. Diesmal aber hatte Leech seinen Mann identifiziert und schlich leise heran, um zum tödlichen Stoß auszuholen.

O'Dwyer sah zu mir herüber. Er stand weiter reglos da und lächelte. Ein verstohlener Blick von ihm nach links und rechts aber verriet mir, was er vorhatte, noch ehe er es in die Tat umsetzte. Auf diesen Wink hin hieb ich mit meinem Schwert heftig auf meine beiden Angreifer ein. Dieses Manöver reichte aus, um O'Dwyers Bewacher abzulenken, die beide in meine Richtung sahen. Im selben Augenblick bückte sich der Ire zu seinem Umhang, der auf dem Tisch vor ihm lag, zog einen glänzenden Krummsäbel heraus und enthauptete mit einem Streich den Mann, der gleich neben ihm stand. Der andere hatte sich kaum umgedreht, als ihm von der gebogenen Klinge auch schon der Bauch aufgeschlitzt wurde. Im Niedersinken quollen ihm die Gedärme aus dem Leib und auf den strohbedeckten Fußboden der Schänke.

Der Anblick eines enthaupteten Leichnams, aus dem Blut auf die Gedärme seines Nachbarn herausspritzt, reicht selbst in London aus, um auch die abgebrühtesten Mörder von ihrem Tun abzulenken. Leech ließ umgehend von Will Berkeley ab, um sich diesem unvermuteten Angreifer zu stellen. Das grauenhafte Spektakel verschaffte uns drei Freunden und dem Verbündeten, der nie eines Mannes Freund sein konnte, den entscheidenden Vorteil. Trotz seiner Verwundung – am Oberschenkel, wie ich jetzt sah – focht Beau Harris wie ein Besessener; einer seiner Gegner verkalkulierte sich bei einem Stoß und wurde sogleich von Harris' Schwert durchbohrt, dessen Spitze geradezu obszön aus seinem Nacken herausragte. Der andere, der wohl spürte, dass sich das Blatt gewendet hatte, suchte sein Heil in der Flucht durch den Hinterausgang der Schänke. Dies entmutigte Will Berkeleys Angreifer, worauf er, ihre Unschlüssigkeit ausnutzend, dem einen, der ihm am nächsten stand, sein Schwert mit einem wohlgesetzten Stoß mitten durchs Herz rammte.

«Kämpft, ihr nichtsnutzigen Hurensöhne!», schrie Leech; als erfahrener Veteran wusste er jedoch nur zu gut, dass diese Schlacht für ihn kaum noch zu gewinnen war. Meine beiden Angreifer wechselten einen Blick, trafen eine Einschätzung der Lage und ergriffen die Flucht. Will Berkeley trat blitzschnell hinter Leech und schnitt ihm so den einzigen Fluchtweg ab. O'Dwyer näherte sich ihm mit gezücktem Krummsäbel. «Ach, verdammt, wenn's denn sein muss», sagte Leech, warf seine Waffen zu Boden und hob die Hände – was jedoch O'Dwyer nicht davon abhielt, mit dem Krummsäbel zu einem Schlag gegen seinen Kopf auszuholen –

Stahl klirrte auf Stahl, als meine Klinge O'Dwyers Hieb, nur wenige Zentimeter vor Leechs Kopf, abfing. Der Ire sah mich hasserfüllt an. «Er hat sich ergeben!», rief ich. «Nach allen Regeln der Kriegsführung, Colonel O'Dwyer. Den Regeln der *christlichen* Kriegsführung zumindest.»

Ich wandte mich zu Beau Harris, der sich gerade ein großes Taschentuch um den Oberschenkel band. «Alles in Ordnung, Beau?», frage ich.

«Ein ganzes Regiment, Quinton. Oder gleich zwei. Merkt Euch das. Die bringe ich auf jeden Fall mit, verdammt, wenn ich das nächste Mal mit Euch einen trinken gehe.»

Was von Will Berkeley, der Leech seine Schwertspitze gegen den Hals hielt, mit Gelächter quittiert wurde.

«Also, Sergeant Leech», sagte ich, «jetzt sind, glaube ich, ein paar Erklärungen fällig.»

«Möge der Herr Euch in die Hölle schicken, Quinton. Auf Erklärungen könnt Ihr lange warten.»

O'Dwyer schaltete sich ein. «Nun ja, Sergeant Leech, Captain Quinton hier ist ein geduldiger Mensch. Das kann ich selbst bestätigen. Brian Doyle O'Dwyer aber, Euer ergebener Diener hier; tja, ich bin, sagen wir mal, nicht ganz so geduldig. Ich sehe es also folgendermaßen, Sergeant. Ihr habt zwei Möglichkeiten. Ihr könnt dem Captain hier erzählen, was er zu erfahren begehrt, dann übergeben wir Euch dem Ratsherrn dieses Bezirks und seinen Konstablern, und Ihr kommt vor ein gutes, ehrliches englisches Gericht. Nun, wer weiß, vielleicht findet Ihr eine Jury, die dumm oder bestechlich genug ist, Euch freizusprechen, was ich aber persönlich bezweifle – selbst hier in England. Zumindest aber werdet Ihr dann zum Tod durch den Strang verurteilt, und die meisten Henker oben in Tyburn sind heutzutage, nach dem, was ich höre, ziemlich tüchtig, es wird also schnell gehen und nicht allzu schmerzhaft sein. Wohingegen ...» Er hob seinen Krummsäbel, rupfte Leech ein Haar aus und führte es gegen seine Klinge, die es entzweischnitt, noch ehe sie es berührt zu haben schien. «Erstklassige Klingen haben meine alten Freunde», sagte O'Dwyer. «So scharf, dass man damit alles Mögliche mit dem Gemächt eines anderen Mannes anstellen könnte. Falls einem, sagen wir mal, der Sinn danach stünde.»

Leech wurde leichenblass, das alte Pflichtgefühl eines Sergeants der New Model Army aber war zäh. In dem Augenblick jedoch kappte Will Berkeley mit seiner Schwertspitze das Band an dem Beutel, den Leech am Gürtel hängen hatte, und der Inhalt prasselte zu Boden. Goldmünzen. Eine Menge Goldmünzen; viele, viele Pfund wert, so viel stand fest. Wie viele Pfund genau, war auf den ersten Blick schwierig festzustellen, denn es handelte sich um allerlei fremdländische Münzen. Viele *Louis d'or* und *Écus* waren darunter, die Währung des Allerchristlichsten Königreichs Frankreich; ein unvermutet katholischer Lohn für einen einst so frommen Anhänger des Commonwealth. Auch *Maravedís* und *Escudos* aus Spanien waren dabei, was weniger überraschend war, da alle Geldmärkte in Europa mit spanischem Gold überflutet wurden, um die unvorstellbar hohen Schulden dieses Königreichs zu tilgen. Aber auch einige weniger vertraute Münzen waren dabei. Ich hob eine auf, musterte sie von beiden Seiten und reichte sie dann an

Will Berkeley weiter, der eine Augenbraue in die Höhe zog und dann nickte.

«Malta», sagte ich. «Das Gold der Ritter. Also, Sergeant Leech, erklärt mir das – wie kommt ein Veteran der New Model Army, gewiss ein alter Puritaner obendrein, dazu, diesem erwiesenen Papisten Gaspard de Montnoir zu dienen? Und wieso bitte hat Montnoir Euch und mir Colonel O'Dwyer auf den Hals gehetzt?»

Leech blieb eine ganze Weile stumm, als würde er über meine Fragen und die Alternativen, vor die O'Dwyer ihn gestellt hatte, reiflich nachdenken. Vielleicht erwog er ja, sich dumm zu stellen und zu behaupten, noch nie von einem Montnoir gehört zu haben; nur dass O'Dwyers Krummsäbel sich sehr, sehr dicht vor seinem Unterleib befand. Schließlich sackten seine Schultern nach unten, und damit war der Kampf entschieden. «Es sind schwere Zeiten. Seit Euer Hundsfott von einem König die New Model Army aufgelöst hat, müssen wir uns anderweitig um Lohn und Brot bemühen. Und Papisten verfügen nun mal über beträchtlich mehr Gold als Anhänger des wahren, reformierten Glaubens. Was Euch betrifft, Captain Quinton» – ein höhnischer Blick in meine Richtung –, «nun, um Euch ging es eigentlich nur ganz am Rande. Euch sollte bloß ein Schreck eingejagt oder, wenn's hochkam, eine gehörige Abreibung verpasst werden. Der Franzose, Montnoir – nun ja, er hat mir erzählt, Ihr hättet ihn auf irgendeine Weise beleidigt.» Ich dachte an das Treffen auf dem Deck der *Wessex* zurück, an meine diebische Freude darüber, dem arroganten Ritter einen Dämpfer verpasst zu haben. Doch ich hatte den Kerl wohl unterschätzt. Offensichtlich war der Seigneur de Montnoir ein nachtragender Mensch, der für jede noch so geringfügige Kränkung auf

Rache sann. «Und was den Abtrünnigen hier angeht», fuhr Leech fort, wurde jedoch rüde unterbrochen –

«Ich sollte nach Frankreich geschafft werden oder nach Malta oder sonst wohin, wo sich der brave Seigneur gerade aufhalten mag», sagte O'Dwyer. «Montnoir will mich lebend. Und zwar schon geraume Zeit, seit er erstmals von einem Korsarenkapitän aus Oran gehört hat, der zu wissen behauptet, wo der goldene Berg zu finden ist.» Hier nickte Leech. «Deswegen, Quinton, war er auf der Jagd nach mir, als Ihr meine Galeere gekapert habt. Und mittlerweile wird Montnoir noch einmal so entschlossen sein, den Berg mit meiner Hilfe zu finden», fuhr O'Dwyer fort. «Es war sein sehnlichster Wunsch, Cotoner im Amt des Großmeisters zu folgen, und wenn er den goldenen Berg fände, so glaubte er, würde ihm dies das nötige Ansehen verschaffen, um seinen Wunsch zu verwirklichen – wie auch mehr als genug Gold, um die Hände jener zu füllen, denen die Wahl des Großmeisters anvertraut ist, die seiner Ordensbrüder nämlich. Aber ach, Cotoner ist letzten Monat plötzlich und unerwartet verstorben, wodurch Montnoirs Plan durchkreuzt wurde, ehe er sich ausreichend profilieren konnte, und der Bruder des Meisters ist stattdessen zum Nachfolger gewählt worden. Der edle Seigneur wird also vermutlich eifriger denn je danach trachten, den Berg zu finden, ehe der jüngere Cotoner seinerseits das Zeitliche segnet.» Er blickte Leech an. «Fünf Anläufe, Sergeant. Fünf Anläufe habt Ihr unternommen, um meiner habhaft zu werden, einer stümperhafter als der andere, wie ich auch dem König dargelegt habe. Montnoir, will mir scheinen, hätte sein Geld besser anlegen können. Vielleicht sollte ich Euch ja in seinem Namen ein Malteserkreuz ins Gemächt schlitzen.»

Fünf Anläufe? Wie ich auch dem König dargelegt habe?

Natürlich; denn welch unschätzbaren Dienst hatte Montnoir Brian O'Dwyer damit erwiesen! Falls noch Zweifel an der Glaubwürdigkeit des Iren und seiner Geschichte bestanden (und weiß Gott, Matt Quinton hatte mehr als genug davon!), wie konnten diese dann besser entkräftet werden als durch fünf fehlgeschlagene Versuche, ihn zu entführen? Ja, Gaspard de Montnoir und Habakkuk Leech hatten O'Dwyer die Arbeit abgenommen, ungleich wirkungsvoller, als es der Kerl selbst je vermocht hätte.

In dem Moment trafen die Konstabler ein; wahrscheinlich hatten sie schon einige Zeit draußen gewartet und gehorcht, um ganz sicherzugehen, dass der Tumult in der Schänke sich auch wirklich gelegt hatte. Begleitet wurden sie von dem Vorsteher jenes Bezirks, einer kleinwüchsigen, dabei aber kugelrunden, unfassbar feisten Kreatur, die uns großspurig verkündete, dass wir alle verhaftet wären. Der Abtrünnige, das musste man ihm lassen, gab ihm als Erster Paroli.

«Verhaftet, sagt Ihr? Das glaube ich kaum, Vorsteher. Denn seht Ihr, vor Euch steht Euer sehr ergebener Diener, Lieutenant-Colonel Brian Doyle O'Dwyer von Seiner Majestät irischer Armee, der in Kürze auf ausdrückliches Geheiß des Königs zu einer höchst geheimen und bedeutsamen Mission in See stechen wird. Und zwar auf dem Schiff, das von dem großgewachsenen jungen Gentleman da drüben befehligt wird. Captain Matthew Quinton von Seiner Majestät Königlicher Marine. Ist Euch der Name Quinton ein Begriff, Vorsteher? Er ist der Bruder des Earl of Ravensden. Eines der engsten Freunde des Königs.»

Es widerstrebte mir zwar, doch ich spann O'Dwyers Faden fort, denn ich hatte wahrlich keine Lust, auf Betreiben einer eilfertigen kleinen Beamtenseele im Kerker zu landen. «So ist es, Gentleman. Und gestattet freundlicherweise, dass ich Euch Beaudesert Harris und William Berkeley vorstelle, beide ebenfalls Kapitäne der Königlichen Marine. Captain Berkeley hier ist der Bruder des Viscount Fitzharding. Auch er ein sehr enger Freund des Königs.»

«Ihr seht also», schloss Beau sich meinen Ausführungen an, «solltet Ihr uns verhaften, würde dies wahrscheinlich Seiner Majestät größtes Missfallen erregen, mit den entsprechenden Folgen für Euch und Eure Konstabler hier.»

Die Konstabler wechselten einen Blick und sahen dann den Vorsteher an. Sie waren sich offenbar einig, und damit war der Fall in unserem Sinne entschieden.

Etwas später, nachdem Habakkuk Leech fortgeschafft worden war, in die freundliche Obhut des Gefängnisses in Newgate nämlich, verabschiedeten wir Übrigen uns vor der Mitre Tavern: Beau, um sich seine Wunde von seiner Mätresse versorgen zu lassen, einer Miss Grainger (nach Beaus Auskunft «sittsam wie eine Nonne, bis ich sie dann erst mal im Bett habe»); Will und ich, um zum Palast zurückzukehren; O'Dwyer, um Gott weiß wohin zu reiten.

Der Ire schwang sich in den Sattel und blickte mich an. «Also dann, Captain Quinton. Bis zu den Downs, Sir, wenn ich zu Euch an Bord der vorzüglichen *Seraph* komme. In der Zwischenzeit werdet Ihr zweifellos noch eine Menge zu erledigen haben.»

Es ärgerte mich sehr, von diesem unangenehmen Menschen daran erinnert zu werden; was mich jedoch bei meiner Antwort geritten hat, ist mir bis heute ein Rätsel. «Nicht viel, Sir», erwiderte ich, «bis auf die Vermählung meines Bruders mit einer mordgierigen Hure.»

O'Dwyer, der eben sein Pferd zügelte, nickte mitfühlend. «Ach ja, Hochzeiten. Ich habe Seeschlachten erlebt, die weniger unerfreulich waren als die meisten Hochzeiten, an denen ich in meinem Leben teilgenommen habe. Mögen Gott und Allah Euch dafür Kraft schenken, Captain Quinton.»

ELFTES KAPITEL

Zur Vermählung seines Bruders sollte ein Mann sich mit Freude im Herzen und einem frohen Lächeln auf dem Gesicht aufmachen. Mir jedoch war am Tag der Hochzeit meines edlen Bruders Charles Quinton, des zehnten Earl of Ravensden, schwer ums Herz, und meine Miene war finster. Dabei war es ein klarer, sonniger Morgen, als der Earl und ich zu Pferde von Ravensden House aufbrachen. Wir beide waren aufs feinste herausgeputzt, in dunkelblauen Uniformröcken mit silbernen Knöpfen, scharlachroten Kniehosen und Strümpfen sowie Handschuhen aus Seide. Vor unserem Aufbruch, als wir uns eben fertig ankleideten, hatte Charles lapidar bemerkt, wir sähen aus wie zwei etwas anrüchige französische Schwertkämpfer; sein einziger Versuch, den Tag durch etwas Humor aufzulockern. In diesem Aufputz also ritten wir den Strand und die Fleet Street entlang, querten auf der Fleet Bridge die übel riechende Kloake namens Fleet River, ritten dann den Ludgate Hill hinauf, durch das aus rotem Backstein gemauerte Lud Gate selbst und weiter unserem Ziel zu, der St. Paul's Cathedral, deren mächtig aufragender Turm die Stadt darunter beherrschte. Wir kamen nur langsam voran, denn auf der Straße drängten sich die Leute; zum einen jenes sonderbare Gesindel, das bei Festlichkeiten hochgestellter Personen stets als Gaffer zur Stelle ist und in frenetischen Jubel ausbricht, wenn die Erlauchten selbst vorüberreiten, zum anderen die viel zahlreichere Schar von Straßenhändlern, Krämern und so weiter, denen es vor allem ein Dorn im Auge war, dass ihr ordinäres Gewerbe durch unser Auftauchen gestört wurde. Musk, der uns in einem altertümlichen Wappenrock mit dem Wappen der Quintons voranritt, verteilte manch herzhaften Tritt an dreiste Strolche, die uns unflätig beschimpften. Ansonsten waren wir unbegleitet: Ich habe schon an Hochzeiten teilgenommen, bei denen der Bräutigam mit einem Geleit von vierzig Freunden oder mehr, die unterwegs ausgelassen scherzten und lachten, zur Kirche geritten ist, aber Charles lag wenig an derlei ostentativer Zurschaustellung (davon abgesehen hätte er es auf kaum vier Freunde gebracht). Schließlich kamen wir an der Westseite der Kathedrale an und saßen ab. Beim ersten Schritt über das Kopfsteinpflaster zuckte ich vor Schmerz zusammen, denn ich trug nagelneue Schuhe, auf denen Cornelia mit Nachdruck bestanden hatte. Hier erwarteten uns viele unserer Pächter und Bediensteten – hauptsächlich Barcocks –, die herbeigeeilt waren, um Blumen zu streuen, wenn die Braut die Stufen zur Kathedrale emporstieg. Alle strahlten vor Freude, und ich fragte mich, warum mir als Einzigem zumute war wie bei einer Beerdigung. (Vielleicht war ich auch gar nicht der Einzige; doch Earl Charles' Gesicht zeigte wie immer keine Regung.) Wir betraten die Kathedrale durch Inigo Jones' großartigen neuen Säulenvorbau am Westportal, im römischen Stil gehalten und aus frischem, hellem Stein, der sich stark vom düsteren, dunklen Grau des restlichen alten Bauwerks abhob. Ich blickte an den klassischen Säulen empor und rätselte, wie um alles in der Welt der Architekt darauf verfallen konnte, so weit von der himmelstürmenden Gotik der alten Baumeister abzuweichen. Gewiss, Architekten sind allesamt Blender und Betrüger, doch im Lauf der Zeit gelangt man oft zu einer anderen Sicht der Dinge. Heute würde ich Jones' kurzlebigen Säulenvorbau mit Freuden gegen die Monstrosität eintauschen, die der Welt von diesem Hochstapler Wren aufgezwungen wurde, dessen Vorstellung vom Bau einer Kathedrale darin bestanden hat, eine riesengroße weibliche Brust auf den Ludgate Hill zu klotzen, zum nimmer endenden Spott der Nachwelt. Damals aber dachte ich nur an den Schrecken, der sich nun gleich im Inneren vollziehen würde.

Wir traten durch das Westportal in das langgezogene, hohe Mittelschiff, das seit urewigen Zeiten als Paul's Walk bezeichnet wurde. Obwohl alle Pfeiler mit Rosmarin und Myrte geschmückt waren, roch es in der Kirche noch immer schwach nach Pferdemist. Sie war als Stall zweckentfremdet worden, von Cromwells Kavallerie, die außerdem die Fenster eingeschlagen und die Grabmäler verunstaltet hatte, und die alte Pracht des Innenraums war noch längst nicht vollständig wiederhergestellt (ein Ziel, das in dem Zeitraum bis zur erneuten Zerstörung des Bauwerks auch nicht mehr erreicht werden sollte). Vor uns, hinter der beschädigten Kirchenschranke, konnten wir einen Chor hören, der den siebenundsechzigsten Psalm sang. Links und rechts von uns standen die weniger hochgestellten Hochzeitsgäste versammelt: Pächter und Nachbarn aus Ravensden, neugierige Angehörige des Hofes, nicht wenige Gläubiger, die darauf hofften, Schuldscheine einlösen zu können. Viele trugen Brautbänder am Arm und Handschuhe an den Händen, die von unserer Mutter scheinbar wahllos verteilt worden waren. Eigentlich hätte ich leutselig in die Runde blicken sollen, um mal diesem zuzulächeln, mal jenem zuzuwinken; so viel Unbefangenheit haben selbst zum Tode Verurteilte auf dem Weg zum Galgen schon aufgebracht, aber mir war das unmöglich. Und meinem Bruder neben mir ging es nicht viel anders. Charles fand es stets unangenehm, im Mittelpunkt der Aufmerksamkeit zu stehen, und er schritt so zielstrebig, wie es seine alten Wunden zuließen, voran, den Blick scheinbar starr auf den Hochaltar weit vor uns geheftet. Ich dagegen spähte unterwegs zu den Seiten und nach oben in die Höhe, um einige Sehenswürdigkeiten des Bauwerks in Augenschein zu nehmen; eine gute Möglichkeit allemal, den Blicken all jener auszuweichen, die mich anstarrten. Heute bin ich heilfroh, so gehandelt zu haben. Es sollte mein letzter Besuch in der Kathedrale vor ihrer Zerstörung sein, und dennoch ist mir die Erinnerung an die alte St. Paul's Cathedral so gegenwärtig, als wäre ich eben erst von der Abendandacht dort zurückgekehrt. Es dürften nicht mehr viele Menschen leben, die sich noch an dieses mächtige Bauwerk erinnern, und wenn ich erst fort bin, schon bald vielleicht, wird sich die letzte lebendige Erinnerung daran verflüchtigen wie Tautropfen am Morgen.

Wir kamen an dem einst so prachtvollen Beauchamp-Grabmal vorbei, zu unserer Rechten, das betrüblicherweise von jenen zertrümmert worden war, die sich «die Frommen» nannten; dieser Mann, Sir John de Beauchamp, war zu Zeiten König Edwards III. Admiral von England gewesen, und ich grüßte ihn mit einem leichten Kopfnicken, von einem Seemann des Königs zum anderen. Ein Stück dahinter befand sich das schlichte Grabmal Sir Philip Sidneys, des berühmten Kriegshelden und Dichters aus der Zeit Königin Elizabeths. Mein Großvater, der für Dichter nichts übrig hatte, kannte Sidney und verabscheute ihn und pochte darauf, dass ein Dichter, der beim Anführen einer sinnlosen Kavallerieattacke auf Seiten der schändlichen Niederländer zu Tode gekommen war, kein Recht darauf hatte, als Nationalheld verehrt zu werden; armer Großvater, dessen eigener dichterisch veranlagter Sohn ein sehr ähnliches Ende finden und dem aufgrund dessen eine sehr ähnliche Verehrung zuteil werden sollte! Weiter vorne, auf der linken Seite, am Eingang zum nördlichen Gang des Chors, befand sich das Grabmal König Æthelreds, der den historischen Beinamen «der Unfertige» erhalten hatte. Ich rief mir die Inschrift des Grabmals ins Gedächtnis, von der mein Vater mir als Kind oft erzählt und die mich so sehr in Bann geschlagen hatte. Und ich schauderte, weil darin von einer Verschwörung gegen den älteren Bruder jenes Königs die Rede war, angeführt von seiner «ruchlosen Mutter», deren Sünde nur durch eine grässliche Bestrafung gesühnt werden konnte. *Wiederholt sich die Geschichte wahrhaftig?*, sinnierte ich, während ich weiter durch das Mittelschiff schritt.

So langten wir beim Kreuzgang an, und beim Anblick der außergewöhnlich langgestreckten und anmutigen Querschiffe, die zu beiden Seiten abzweigten, verschlug es mir fast den Atem vor Erhabenheit. Eine weitere Freude dieser Art sollte mir an jenem Tag nicht beschieden sein, denn als wir die Stufen emporgestiegen und durch den feinverzierten steinernen Durchgang in den Chor getreten waren, konnte ich meine engsten Angehörigen vor dem Altar warten sehen, herumgedrängt um meine eigene ruchlose Mutter wie die Prätorianergarde eines altrömischen Imperators. Überall im Raum, an jeder nur denkbaren Stelle, waren Rosmarin, Myrte und Stechpalmenbeeren befestigt, deren Duft endlich stark genug war, den letzten noch schwach wahrnehmbaren Geruch nach Pferdemist zu überlagern. Licht strömte durch die gewaltige Fensterrosette in der Ostwand, über der schlimm beschädigten Altarschranke. Leider war im einfallenden Licht umso deutlicher zu erkennen, wo die ursprünglichen bemalten Kirchenfenster eingeschlagen oder, weiter oben, von den Musketenkugeln roher Bilderstürmer zerschossen worden waren. Insgesamt war es also ein sehr passender Schauplatz für das nun gleich stattfindende Ereignis; denn ganz wie das Bauwerk hier würde auch diese Ehe von ebenso viel Glanz wie Elend gekennzeichnet sein.

Wir beide traten vor den Hochaltar und wandten uns dann unserer Familie zu. Mutter, angetan mit einer wahrhaft aufsehenerregenden scharlachroten Jacke, die vierzig Jahre zuvor möglicherweise einmal eine halbe Saison lang in Mode gewesen war, strahlte heitere Gelassenheit aus. Cornelia – absolut bezaubernd in einem prächtigen neuen, eigens zu diesem Anlass gefertigten Kleid aus schwarzem Seidentaft – war sichtlich hin- und hergerissen zwischen ihrem Stolz, sich so glänzend präsentieren zu können, und ihrer Sorge über das, was sich hier jetzt gleich vollziehen würde. Elizabeth trug demonstrativ dasselbe Kleid wie schon damals bei unserer Hochzeit in Veere; Sir Venner dagegen hatte sich zur Feier des Tages einen sichtlich nicht ganz billigen grünen Gehrock im französischen Stil zugelegt. Tristram, der nur unter Murren auf seinen Magistertalar verzichtet hatte, schaute finster drein und wich dem Blick meiner Mutter aus. Jene unserer entfernteren Verwandten, die eingeladen worden und solvent – oder zurechnungsfähig – genug waren, um nach London zu reisen, lächelten Charles und mich einfältig-beglückt an, schließlich hatten die armen Unschuldslämmer keinen Grund zu der Annahme, dass es sich bei dieser Hochzeit um etwas anderes handelte als um einen willkommenen Anlass zum fröhlichen Feiern und sich hemmungslos Betrinken, wie es bei sämtlichen Hochzeiten guter Brauch ist, seit Christus damals zu Kanaan Wasser in Wein verwandelte.

So standen wir herum und warteten. Endlich ließen die Trompeter eine Fanfare erklingen, und der Chor stimmte eine großartige Hymne des alten Tallis an. Ich drehte mich um und sah Lady Louise durch das große Portal ins Mittelschiff schreiten, in einem Kleid aus schimmerndem Silbermoiré und mit einem Kopfputz, der über und über mit Gold durchwirkt war. In den Händen hielt sie einen Strauß Schneeglöckchen, so sittsam und keusch wie eine Unschuld vom Lande. Sie wurde von einem eigenartigen kleinen Gefolge begleitet; ihre nicht mehr ganz junge Kammerzofe, eine gewisse Mistress Dempsey, wirkte bereits reichlich benebelt (wie ich noch feststellen sollte, ihr Normalzustand nicht nur an Hochzeitstagen), und hinter dieser alten Säuferin folgte ein Grüppchen kleiner Pagen, darunter auch, auf Drängen ihrer Großmutter hin, der junge Venner Garvey und sein Bruder Oliver, aber kein einziges kleines Mädchen. In diesem Moment, das weiß ich von fast allen Hochzeiten, an denen ich teilgenommen habe, hätten eigentlich aller Augen in der Kirche allein auf der Braut ruhen sollen. Dies aber war eine der vielen Merkwürdigkeiten bei der

Hochzeit des zehnten Earl of Ravensden, denn die Augen aller anwesenden Männer und Frauen waren hin- und hergerissen zwischen der Braut und dem hochgewachsenen Mann im schlichten grauen Gehrock, der an ihrer Seite ging und als ihr Brautführer fungierte. Dass der König von England an der Vermählung eines Untertans teilnahm, kam selten genug vor, doch dass er bei der Zeremonie eine so herausragende Rolle übernahm, war doppelt ungewöhnlich. Charles Stuart kostete die Gelegenheit gehörig aus, wie es seinem Naturell entsprach, nickte lebhaft nach allen Seiten, strahlte über das ganze Gesicht und machte einen geradezu überglücklichen Eindruck. So gelangten er und die Dame schließlich zum Altar, wo Louise de Vaux mit meinem Bruder einen mehr als vieldeutigen Blick wechselte. Nun endlich konnte die Posse beginnen.

Barwick, der kränkelnde alte Domdekan von St. Paul's, hob zu der ebenso ermüdenden wie unvermeidlichen Litanei an. «Liebe Gemeinde, wir sind hier versammelt im Angesicht Gottes und im Angesicht dieser Gemeinde, um diesen Mann und diese Frau im heiligen Bunde der Ehe zu vereinen, welcher ein ehrenwerter Bund ist …» *Ein ehrenwerter Bund? Herr im Himmel, was sollte an dieser Posse auch nur annähernd ehrenwert sein?* Danach bekam ich von Barwicks Worten nur noch vereinzelte Satzfetzen mit, so sehr war ich mit meinen eigenen trüben Gedanken beschäftigt. «… soll nicht voreilig, leichtfertig oder aus niederen Beweggründen eingegangen werden, zur Befriedigung der fleischlichen Gelüste und Begierden des Menschen, wie bei wilden Tieren, denen es an Verstand fehlt …» *Als hätte das hier auch nur das Geringste mit den fleischlichen Gelüsten meines Bruders zu tun, so, wie sie nun einmal gelagert waren!* «… unter gebührender Beachtung der Zwecke, zu denen die Ehe dereinst bestimmet ward. Zunächst einmal wird sie geschlossen, um Kinder hervorzubringen …» *Ja, und wer mochte damit ernsthaft rechnen, wenn man berücksichtigte, wie gering die Aussichten meines bedauernswerten Bruders waren, jemals Vater zu werden? Ganz im Gegensatz zu unserem Monarchen hier, der scheinbar bloß den Rock einer Frau zu streifen brauchte, damit sie neun Monate später niederkam.*

Links neben dem Hochaltar, hinter dem König, erhob sich – geschmückt mit Helm, Schild und Lanze des Toten – das prächtige Grabmal John of Gaunts, des Herzogs von Lancaster, jenes Sohnes Edwards III., dessen eigene zahlreiche Nachkommenschaft und heimtückischen politischen Ränkespiele so viel dazu beigetragen hatten, unser Land in den Rosenkrieg zu verwickeln. Ich sah unseren herrlichen König Charles an und fragte mich, und das nicht zum ersten Mal, ob er wohl ebenjene Eigenschaften von seinem Vorfahren geerbt hatte und ob sie wohl das gleiche Ergebnis zeitigen würden.

Versunken in meine fieberhaften Gedanken, hätte ich um ein Haar jenen köstlichsten und dabei auch schrecklichsten Moment jeder Hochzeitszeremonie verpasst. «Falls ein hier Anwesender triftige Gründe vorzubringen hat, warum diese beiden nicht rechtmäßig den Bund der Ehe eingehen können, so möge er jetzt sprechen oder hinfort für alle Zeit schweigen!»

Die Kathedrale, der größte geschlossene Innenraum in ganz London, wirkte auf einmal sehr klein und sehr still. Ich spürte Cornelias Gegenwart neben mir, wusste nur zu gut, dass sie vollauf dazu imstande (und gewillt) war, der Gemeinde einen zwei- oder dreistündigen Vortrag über all die vielen Gründe zu halten, die dagegen sprachen, dass Charles Quinton und Louise de Vaux den Bund der Ehe schlossen, aber ich hatte sie auf die Heiligkeit unseres eigenen Ehegelübdes schwören lassen, dass sie, wie widerwillig auch immer, den Mund halten würde. Stattdessen spähte ich verstohlen zu Tristram hinüber. Er öffnete den Mund, doch im selben Moment huschte sein Blick von meiner neben ihm stehenden Mutter (deren Miene schon abschreckend genug war) hinüber zum König, der bei Louise de Vaux stand. Worauf auch ich zu unserem Monarchen blickte und sah, dass sein Gesicht jetzt zu einer kalten, bösartigen Maske des Verbots erstarrt war. Seine Augen und die meines Onkels schienen einen Kampf auszutragen, wer von ihnen der Willensstärkere war, ein Wettstreit, bei dem der Sieger allerdings von vornherein feststand. Tris hob eine Hand vor den Mund, hüstelte, und damit war der Moment verstrichen.

Der Domdekan nickte zufrieden und fuhr dann mit den Worten der Trauformel fort. «Willst du», fragte er meinen Bruder, «diese Frau zu deinem dir angetrauten Eheweib nehmen und dein Leben mit ihr nach Gottes Gebot im heiligen Stand der Ehe teilen? Willst du sie lieben und ehren, in guten wie in schlechten Zeiten; willst du geloben, ihr für alle Zeit treu zu sein, bis dass der Tod euch scheidet?»

Charles wirkte seltsam abwesend. Fast unhörbar sagte er: «Ja.»

Barwick wandte sich zu Lady Louise. «Willst du diesen Mann zu deinem dir angetrauten Ehemann nehmen und dein Leben mit ihm nach Gottes Gebot im heiligen Stand der Ehe teilen? Willst du ihm gehorchen und dienen, ihn lieben und ehren, in guten wie in schlechten Zeiten; willst du geloben, ihm für alle Zeit treu zu sein, bis dass der Tod euch scheidet?»

«Ich will», sagte Louise de Vaux, scheinbar mit aller geziemenden Aufrichtigkeit und Demut. Ich fragte mich, ob sie bei den beiden früheren Gelegenheiten, als sie dasselbe Gelübde abgelegt hatte, wohl ebenso aufrichtig und demütig gewesen war.

«Wer», fragte Barwick, «übergibt die Braut dem Bräutigam, damit sie ihm angetraut werden kann?»

Charles Stuart lächelte breit und drückte dem Dekan die Hand der Lady Louise förmlich in die Hand. Dieser wiederum ergriff die Hand meines Bruders und legte sie in die ihre. Worauf es mit der endlosen Wechselrede beim eigentlichen Ehegelübde weiterging: Charles und Louise gelobten, einander zu lieben und zu ehren, in guten wie in schlechten Zeiten, in Reichtum wie in Armut, in Krankheit wie in Gesundheit, bis dass der Tod uns scheide, und so weiter und so fort. Dann kam mein großer Moment. Barwick bat mit einem Wink um den Ring, und obwohl jeder Instinkt meines Körpers mir zuschrie, das verfluchte Ding durch eines der Löcher in der Fensterrosette zu schleudern, brachte ich ihn zum Vorschein und legte ihn meinem Bruder schicksalsergeben in die Hand. Der Earl wiederum steckte ihn der Lady an den rechten Ringfinger: «Mit diesem Ring nehme ich dich zur Frau, mit meinem Leib will ich dir dienen, und all meine weltlichen Güter seien auch dein: im Namen des Vaters, des Sohnes und des Heiligen Geistes, amen.» Barwick sprach das Segensgebet, legte sodann die rechten Hände von Braut und Bräutigam ineinander und verkündete mit volltönender Stimme: «Was Gott zusammengefügt hat, das soll der Mensch nicht scheiden!» Und dann der letzte Dolchstoß in mein Herz: «Da nunmehr Charles und Louise sich im heiligen Stande der Ehe zusammengeschlossen haben, und dies vor Gott und dieser Gemeinde bezeugt ist, und darauf einander ewige Treue gelobt und selbiges bekräftigt haben, indem sie zwei Ringe getauscht und einander die Hand zum Bund gereicht haben, erkläre ich sie hiermit zu Mann und Frau. Im Namen des Vaters, des Sohnes und des Heiligen Geistes, amen.»

Erkläre ich sie hiermit zu Mann und Frau. Im selben Augenblick spähte Louise Quinton, Gräfin von Ravensden, zu mir herüber und lächelte.

Die Würfel waren gefallen.

◇◇◇◇◇◇

Ravensden House war zu klein, um die vielköpfige Schar der Hochzeitsgäste zu beherbergen, und davon abgesehen auch viel zu bescheiden (und unsicher), um den Gesalbten Gottes auf Erden zu empfangen. Glücklicherweise befand sich die Halle der Worshipful Company of Thatchers, der Dachdeckergilde also, ganz in der Nähe und war, dank Phineas Musks großem Verhandlungsgeschick und der Verheißung königlicher Gunst, auch für das Hochzeitsbankett des Earl und der Gräfin von Ravensden verfügbar. Mein Bruder und seine Braut legten den Weg von St. Paul's zu der ansehnlichen Halle zu Fuß zurück. Ihnen voraus zogen Fiedler und Sackpfeifer, und hinter ihnen folgte die gesamte Gemeinde – davon nicht wenige bereits ziemlich angeheitert, da sie wohl schon vor ihrem Gang in die Kathedrale tüchtig gebechert hatten. Cornelia und ich legten den Weg mit den Garveys in ihrer Kutsche zurück, wenn auch nicht gerade in gelöster Stimmung. Drei von uns waren im Hinblick auf unsere neue Gräfin untröstlich (falls Sir Venner eigene Ansichten über die Angelegenheit hatte, behielt er sie jedenfalls für sich) und folglich nicht zu den fröhlichen Flachsereien aufgelegt, die in Familien bei Hochzeiten sonst eigentlich üblich sind. Cornelia und Lizzie machten zwar ein paar boshafte Bemerkungen über die modischen Fehltritte der einen oder anderen Dame in der Kirche, waren aber erkennbar nur mit halbem Herzen bei der Sache. Venner Garvey und ich hatten uns nichts zu sagen; was meinem Schwager durch den Kopf gehen mochte, war so unerforschlich wie immer, aber mir für meinen Teil wollte schlicht nichts einfallen, was ich zu einem Mann sagen sollte, den ich halb im Verdacht hatte, die Zerstörung der Werft in Deptford und damit meines Schiffes in Auftrag gegeben zu haben.

Die Fahrt währte glücklicherweise nur kurz, doch als wir die Halle der Dachdeckergilde betraten, flüsterte Cornelia mir zu: «Ich fühle mich, als wäre ich in der Hölle. Und natürlich steht uns noch Schlimmeres bevor. Wenn dieses niederträchtige Luder dann das Ehegeleit erhält, diese –»

Gottlob ging ihre Tirade in dem infernalischen Lärm unter, der uns in der Halle empfing. Die Fiedler und Sackpfeifer waren anscheinend in Streit geraten und wetteiferten nun offenbar darum, wer von ihnen am lautesten und misstönendsten spielen konnte. Da viele der Gäste schon so betrunken waren, gewann die bei Hochzeiten übliche derbzotige Stimmung zunehmend die Oberhand. Eine Brautjungfer wurde grob eines ihrer Strumpfbänder beraubt, das sodann zwischen einigen der rüpelhafteren jungen Männer hin und her geworfen wurde. Beunruhigend viele junge Frauen waren bereits erheblich offenherziger gekleidet als noch vorhin in der Kathedrale. Selbst meine Mutter, die auf einem großen Eichenholzsessel inmitten des fröhlichen Treibens thronte, war befremdlich guter Dinge und von untypischer Leutseligkeit gegenüber jedermann. Phineas Musk trank ungeheure Mengen Bier – frei nach seinem

Motto: «Wozu taugen Hochzeiten, wenn nicht als günstige Gelegenheit, für eine Woche im Voraus zu essen und zu trinken? – und war in ein Gespräch ausgerechnet mit der sternhagelvollen Mistress Dempsey vertieft. Was mich womöglich nicht hätte erstaunen sollen, da Musk bei der Wahl seiner Bettgenossinnen auch sonst nie sonderlich anspruchsvoll war. Beim Erscheinen des Königs trat ein Augenblick relativer Nüchternheit ein. Er teilte die Menge wie Moses das Rote Meer, die Männer verbeugten sich tief vor ihm, die Frauen knicksten noch tiefer, um dem kundigen Auge des Königs so tiefe Einblicke wie nur möglich in ihr Dekolleté zu gewähren. Charles Stuart selbst war ein eher maßvoller Mensch, doch er schien seine Umgebung zum denkbar maßlosesten Verhalten anzuregen – ermunterte sie sogar aktiv dazu –, und so setzte denn nach dieser kurzen Unterbrechung, um der Majestät die gebührende Ehrerbietung zu erweisen, der lärmende Trubel umgehend von neuem ein.

Inmitten der Menge standen unser Earl und unsere Gräfin und nahmen die Glückwünsche ihrer Gäste entgegen. Während wir das widerliche Treiben beobachteten, trat Tris an unsere Seite. «Damit wäre die abscheuliche Tat also vollbracht», sagte er. «Ein Jammer, dass wir das nicht verhindern konnten.»

«Vielleicht stirbt sie ja im Kindbett», erwiderte Cornelia kalt, «und das Kind gleich mit ihr.»

«Sollte es so weit kommen, habe ich meine Zweifel, ob dem Hause Quinton so viel Glück beschieden sein wird», sagte Tris. «Was mich aber fasziniert und abstößt zugleich, ist der Weg zu diesem ‹so weit›. Die Vorstellung, wie Charles seinen ehelichen Pflichten nachkommt ...»

Cornelia und ich nickten einmütig, denn dieser Gedanke

war uns auch schon gekommen – sehr, sehr oft sogar schon, offen gesagt. Doch würde dies nur eine weitere Seltsamkeit von vielen bei dieser seltsamen Hochzeit sein. Zu den vielen launigen englischen Hochzeitsbräuchen jener Zeit gehörte auch das Ehegeleit: Braut und Bräutigam wurden von der gesamten Hochzeitsgesellschaft in ihr Gemach geleitet, bekamen Becher mit angewärmtem Sherry gereicht, wurden ihrer Strümpfe und Strumpfbänder entkleidet, mit denen das frischvermählte Paar sodann fröhlich beworfen wurde, dies alles begleitet von großer Heiterkeit und anzüglichen Ratschlägen. Obwohl Cornelia und ich ja in Veere geheiratet hatten, nahmen an unserer Hochzeit genug englische Exilanten teil, um eine recht passable Imitation des Brauches auf die Beine zu stellen; tatsächlich dauerte es ziemlich lange, bis wir den letzten Hochzeitsgast aus unserer Kammer geworfen hatten (und zwar Harcourt, der maulte, er sei in seinem Leben noch nie in den Genuss gekommen, den eigentlichen Vollzug mitzuerleben). Heutzutage natürlich, in diesen kleinlichen und prüden Zeiten unter unseren Hannover'schen Herren, reißt es zunehmend ein, dass Braut und Bräutigam sich nach Ende des Hochzeitsbanketts ganz allein in ihr Gemach verdrücken – als wäre ihre Hochzeitsnacht eine *Privatangelegenheit*! So weit ist das gute alte England heruntergekommen. Damals im Jahre dreiundsechzig aber war solche Unsitte noch völlig unbekannt. Folglich hatte es für einige Unruhe gesorgt, als bekannt gegeben wurde, dass Charles und seine Dame im kleinsten Kreis zu Bett geleitet würden, und zwar, man höre und staune, in einem Gemach im Palast zu Whitehall. Dies, so wurde verlautbart, geschehe aus rein praktischen Gründen: weil es physikalisch unmöglich sei, die gesamte Hochzeitsgesellschaft im Schlafgemach des Earl in Ravensden

House zu versammeln, ohne den Einsturz des gesamten Gebäudes zu riskieren, eine Gefahr, die, wie ich nur zu gut wusste, nicht ganz aus der Luft gegriffen war. Insgeheim freilich vermutete ich, dass auch das Bedürfnis meines Bruders nach Einsamkeit und die tiefe Verlegenheit, in die ihn eine so derbe, zotige Zeremonie wie das Ehegeleit gestürzt hätte, einiges zu dieser Entscheidung beigetragen haben mochten, die dort in der Halle der Dachdeckergilde zu einigem Murren führte. Wie wenig ich damals doch wusste.

Der König kam zu uns herüber. Tris und ich verbeugten uns, Cornelia knickste. Charles Stuart war glänzender Laune; er liebte Hochzeiten, nicht zuletzt, weil dabei stets ein reichliches Aufgebot holder junger Weiblichkeit an einem Ort versammelt war, wobei paradoxerweise natürlich er das Ehegelübde großzügiger auslegte als womöglich jeder andere Zeitgenosse. Die arme Königin Katherine, von der an einem solchen Tag (selbstredend) keine Spur zu sehen war.

«Matt. Mistress Quinton. Doktor Quinton», sagte der König fröhlich. «Ein ganz vortrefflicher Tag heute, findet Ihr nicht auch?»

«Ganz, wie Eure Majestät sagen», entgegnete Tristram. «Eure erlauchte Gegenwart beschert uns Sonnenstrahlen mitten im kalten Winter, die das Haus Quinton huldvoll wärmen.» In jenem Zeitalter der Heuchler und Aufschneider vermochte Tristram mit den Besten dieser Zunft mühelos mitzuhalten.

«Ganz recht, ganz recht», sagte der Beste dieser Zunft, als würde er diese Lobhudelei für bare Münze nehmen; aber der König war es ja schließlich gewohnt, von früh bis spät Schmeicheleien der unterwürfigsten Art zu hören. «Bezaubernd sieht die Braut aus, nicht wahr? Ganz bezaubernd, fürwahr. Und, Matt, was höre ich – die *Seraph* ist nun bald so weit, auszulaufen?»

Ein Gespräch, bei dem es gleichzeitig um Frauen und Schiffe ging; das entsprach dem Geschmack Charles' des Zweiten voll und ganz.

«In etwa einer Woche hoffentlich, Sire. Als ich sie verlassen habe, warteten wir nur noch auf unsere Kanonen und die restlichen Lieferungen der Lebensmittelhändler.»

«Ausgezeichnet, ausgezeichnet. Ihr wisst ja, wie viel mir diese Reise bedeutet, Matt.» Er wandte sich Cornelia zu. «Und, Mistress Quinton – wir sind uns selbstverständlich bewusst, was für eine bittere Prüfung die vielen Monate der Abwesenheit Eures Gatten in königlichen Diensten für Euch sein werden. Ihr müsst an den Hof kommen. Eure Gegenwart wird ihm zur Zierde gereichen, und wir finden sicherlich Mittel und Wege, Euch die Zeit zu vertreiben.»

Mir verging umgehend das Lächeln, denn womit König Charles Frauen am liebsten die Zeit vertrieb, wusste ich nur zu gut. Als unser Monarch sich abwandte und zu einem Grüppchen eifrig tuschelnder junger Frauen ganz in der Nähe weiterging, versetzte Cornelia mir einen Tritt gegen den Knöchel. «Mein lieber Gatte!», schalt sie mich, zu Tristrams Belustigung. «Kennst du mich so wenig, dass du glaubst, ich würde bei nächstbester Gelegenheit mit irgendwem ins Bett springen – noch dazu mit dem König? Lieber Gott, eher würde ich ja noch mit Musk das Bett teilen! Außerdem werden Tristram und ich in den nächsten Monaten alle Hände voll zu tun haben.» Sie setzte ein listiges Lächeln auf.

◇◇◇◇◇◇

Gut eine Stunde später stand ich in dem kleinen Hof, der an die Halle der Dachdeckergilde grenzte, und atmete in tiefen Zügen die kalte Winterluft ein. Das war mir ein Bedürfnis, denn drinnen im Saal war es zunehmend stickig. Der große Innenraum füllte sich immer mehr mit dem Rauch von Kohlefeuern und dem Qualm etlicher Tabakspfeifen, während die Festgesellschaft immer ausgelassener lärmte. Betrunkene junge Männer meines Alters taten, was sie auf Hochzeiten eben zu tun pflegten, sie erbrachen sich auf den Fußboden oder lotsten ebenso volltrunkene junge Frauen in dunkle Ecken. Tristram hatte mich im Stich gelassen, da er befand, dass dies eine günstige Gelegenheit sei, sich mit meiner Mutter auszusöhnen; so weit dies eben möglich war, nach zwanzig oder mehr Jahren der bitteren Entfremdung. Nach ihm hatte auch Cornelia mich verlassen und sich mit Elizabeth zusammen entfernt, wie Frauen es mitunter tun. Mir stand nicht der Sinn nach einem Gespräch mit Venner Garvey, einem meiner dümmlichen Verwandten, oder sonst einem der übrigen, zunehmend sturzbetrunkenen Hochzeitsgäste. Also suchte ich die Einsamkeit und ein wenig frische Luft, ehe ich mich widerwillig ins Getümmel zurückbegab.

«Matthew.»

Ich wandte mich um. «Mylady.»

Louise, die Gräfin von Ravensden, stand vor mir. «Nicht ‹Mylady›, Schwager. Von jetzt an nennt mich doch bitte Louise.»

«Louise.» Bei dem Wort wäre ich fast erstickt. Aber ich hatte mich rasch wieder im Griff. «Schwägerin. Es wundert mich, dass Ihr Euch von Eurem Hochzeitsfest entfernt.»

Sie lächelte. Es war kein unangenehmes Lächeln, ehrlich gesagt. «Ach, Matthew, dieses wunderliche Phänomen habe ich schon bei mancher Hochzeit beobachtet – es beunruhigt niemanden, wenn die Braut mal eine Zeit lang verschwindet.» Auch ihre Stimme klang angenehm und wohltuend bescheiden. «Es wird dann immer angenommen, dass sie etwas an ihrem Kleid oder ihrem Kopfputz richtet oder sich in irgendeiner verschwiegenen Ecke mit ein paar anderen Gästen unterhält. Und wie Euch selbst vermutlich auch gerade durch den Kopf geht, habe ich schon genug Hochzeiten erlebt, um mir in der Sache ein Urteil erlauben zu können.» Keine Frage, sie war eine Schönheit; nicht nur rein körperlich, auch geistig. Bei ihrem Anblick in diesem zauberhaften Hochzeitskleid war mühelos nachzuvollziehen, warum sie Männer so mühelos in ihren Bann schlug. Dann aber erinnerte ich mich daran, dass auch Claudius einst von Messalina in den Bann geschlagen und versklavt worden war, und rief mir in Erinnerung, wie diese Ehe geendet hatte.

Sie kam näher. «Ich weiß, dass das für Euch nicht leicht ist, Matthew», sagte sie. «Falls – wenn – Charles und ich ein Kind bekommen –»

«Ich werde auf meiner Reise darum beten, dass Euer Ehebund Früchte tragen möge», hörte ich mich sagen, und es klang sogar glaubhaft. Aber was die Kunst der Verstellung betraf, hatte ich ja so hervorragende Lehrmeister wie Tristram Quinton und Charles Stuart, von denen ich manches lernen konnte (und tatsächlich sollte ich diese Ausbildung bald mit *summa cum laude* abschließen). *Ja, Früchte*, dachte ich bitter; *eine faulige, verdorbene Pflaume vielleicht.*

«So, wie ich jeden Tag beten werde, dass Eure Reise von Unheil verschont bleiben möge», sagte sie mit unverändert freundlicher Miene. «Diese Ehe dient einzig dem Wohl der Familie Quinton, Matthew, und dieses Ziel verfolgen wir doch sicherlich beide?» *Tun wir das, Mylady? Wahrhaftig?* «Wisst Ihr, wir sollten Freunde sein. Charles und ich, wir wünschen uns beide, dass Ihr dem Sohn, der uns hoffentlich beschieden sein wird – dem künftigen Earl –, ein Vorbild und Lehrer sein werdet. Ein tapferer Kapitän des Königs, fürwahr! Was könnte es für ein besseres Vorbild geben? Wir sind sogar gesonnen, ihm Euren Namen zu geben, den Ihr mit Eurem edlen Großvater teilt. Welch großes Vermächtnis für einen künftigen Earl of Ravensden!» Ich war bestürzt, sowohl über die Gewissheit dieses erschreckend umgänglichen Luders, dass sie und mein Bruder einen Sohn hervorbringen würden, wie auch über ihre Unterstellung, dass es zwischen uns Freundschaft geben könnte. Zugleich aber schmeichelte mir der Gedanke, dass mein Name weitergegeben werden könnte – aha, so also zischelte das Schlänglein. «Mit das Schönste an einer Heirat», fuhr Gräfin Louise fort, «ist ja, dass wir nicht nur einen Gatten oder eine Gattin gewinnen, sondern auch eine ganze Familie. Das Leben einer Witwe ist in so vieler Hinsicht trostlos und leer. Umso mehr freue ich mich jetzt darauf, gute Freundschaft mit Euch, Eurer Schwester Elizabeth und ihrem Venner – und natürlich auch mit Eurer lieben Cornelia – zu schließen.»

Wie Cornelia auf dieses Ansinnen reagiert hätte, wäre es in ihrer Gegenwart geäußert worden, konnte ich mir lebhaft vorstellen; vermutlich wäre dabei einiges an Geschirr zu Bruch gegangen. Vielleicht aber hatte mir die einstige Lady de Vaux gerade unfreiwillig die Möglichkeit eröffnet, unsere Sache weiter voranzubringen. «Wie Ihr schon sagtet, liebe Schwägerin, mitunter haben wir Glück mit den Familien, die wir durch Heirat hinzugewinnen. Ich danke Gott jeden Tag für Cornelias Sippe, die van der Eides, und für

Elizabeths Venner.» *Besser gesagt, ich danke Gott dafür, dass all die unsäglich stumpfen van der Eides schön weit wegwohnen, am anderen Ufer des Kanals, und dass Venner Garvey so garstig von Gallensteinen geplagt wird.* «Cornelia und ich freuen uns natürlich schon darauf, Eure Angehörigen kennenzulernen. Vor allem Eure Tochter.»

An ihrem verwünschten Lächeln änderte sich nichts, doch mir war, als würde es im Hof mit einem Mal merklich frostiger. «Ach, das ist unwahrscheinlich, lieber Schwager. Madeleine war immer ein frommes Kind, der Kirche sehr zugetan. Der römischen Kirche, dem Glauben ihres Vaters, meines viel zu beklagenden Sir Bernard.» Die Dame senkte den Blick. «Um Schwierigkeiten mit meinem zweiten Gatten zu vermeiden, dessen religiöse Ansichten, sagen wir mal, den ihren recht entgegengesetzt waren, wurde die liebe Madeleine zu den Klarissen nach Aubigny gegeben. Als sie alt genug war, um selbst entscheiden zu können, legte sie bei ihnen ihr Gelübde ab. Es ist eine große Prüfung, zu wissen, dass man sein eigenes Kind wahrscheinlich nie wiedersehen wird», sagte die Gräfin mit einem leisen Seufzen, «aber zugleich ist es tröstlich, dass sie ihre Berufung unter so würdigen Menschen gefunden hat.»

Die Dame lächelte wieder und berührte mich am Arm. «Es hat so gutgetan, dieses Gespräch mit Euch zu führen, Matthew, mag es auch nur sehr kurz gewesen sein. Ich freue mich, dass wir Freunde sein können und dass es zwischen uns keine Missverständnisse geben wird. Wie oft schießen ungebeten Vorurteile und wilde Vermutungen ins Kraut, weil man allerlei Geschichten über jemanden hört, ehe man ihm begegnet ist; doch wenn man einander dann kennenlernt und miteinander redet, kann Freundschaft, so habe ich festgestellt, auch auf dem steinigsten Boden erblühen.»

Worauf sie sich umwandte, um wieder auf die Feier zurückzukehren. Ich stand dort, allein in dem Hof, und sah ihr nach, während sie durch die Tür in die Halle verschwand. Lächelnd nickte ich vor mich hin.

Freundschaft? Ich glaube nicht, Mylady. Aber in einer Sache habt Ihr recht. Zwischen uns wird es nie wieder ein Missverständnis geben, Lady de Vaux oder wie Ihr auch in Wirklichkeit heißen mögt.

Jetzt, wo Ihr mir die Mittel an die Hand gegeben habt, um Euch zu vernichten.

ZWÖLFTES KAPITEL

«Erith Reach soll verdammt sein», fluchte Leutnant Castle und hauchte sich wärmend in die eine Hand, als ein weiterer Graupelschauer vom Wind herangetrieben wurde, «das erinnert mich eher an eine Fahrt nach Grönland.»

Die *Seraph* war unterwegs zum Meer. Das Waffenamt und die Lebensmittellieferanten hatten, zu meinem nicht geringen Erstaunen, Wort gehalten und ihre Lastkähne am Tag der Hochzeit vom Tower aus nach Deptford geschickt, so wurde es mir jedenfalls berichtet. Die Kanonen waren an Bord gehievt worden, wobei Lindman ganz in seinem Element war. Ich kehrte von London aus am folgenden Tag zum Schiff zurück, nachdem ich von meiner Liebsten Abschied genommen hatte. Cornelia, die bei der Aussicht, viele Monate von mir getrennt zu sein, alles andere als glücklich war, hatte ihren Schmerz so weit bezwungen, dass sie gelobte, in dieser Zeit jeden Tag unermüdlich dem Kampf gegen diese hinterhältige Hyäne zu widmen, diese Hydra, und so weiter und so fort. Als sie mich dann endlich mit Küssen überschüttete und ihrer ewigen, unvergänglichen Liebe versicherte, wirkte das beinahe wie ein hastiges Postskriptum zu der Hauptangelegenheit, die sie innerlich beschäftigte, nämlich der Vernichtungsschlag gegen Gräfin Louise. Sie war über die Maßen zufrieden mit der Strategie, die sie, Tris und ich am Abend des Hochzeitstages erörtert hatten, nachdem Charles und seine Braut zu ihrem sonderbaren Ehegeleit in Whitehall aufgebrochen waren, und der Brief, der alles in Bewegung setzen würde, war bereits unterwegs zu seinem Ziel. So also hatte ich Abschied genommen und wandte meine Gedanken wieder dem Meer und natürlich dem – in mehr als einem Sinne des Wortes – fernen Ziel unserer Reise zu: dem goldenen Berg.

Der Wind, der eine arktische Kälte mit sich führte, kam von Nord. Daher begannen wir unsere Fahrt von Greenwich aus im Schlepptau, gegen die harte Brise den Blackwall Reach hinauf, und setzten erst die Segel und zogen unsere Flagge auf, als wir die Landzunge von Greenwich Marsh umrundeten und sich die Fahrt flussabwärts im Woolwich Reach fortsetzte. Die Schlammlande zu beiden Seiten der Themse waren mit Frost überkrustet, und mit fast jeder Drehung des Stundenglases setzten neue Graupelschauer ein. Wir kamen an der Werft in Woolwich vorbei, die am Uferland unterhalb der Klippe und der Kirche dahinter angelegt war. Dort schien die Arbeit, wenig überraschend, gegenwärtig zu ruhen. Vom Stapel ragte das Gerippe eines riesigen neuen Schiffs in die Höhe; gänzlich mit Frost überzogen, ähnelte es dem Skelett eines Mammuts irgendwo in den unendlichen Eiswüsten des Ostens. Kaum zu glauben, dass aus diesem rohen Rahmenwerk aus Holz eines Tages ein gewaltiges Kriegsschiff werden sollte, und doch kam es so – dies hier war die künftige *Royal Katherine*, die sich unter diesem Namen als mächtige Waffe gegen die Spanier wie auch die Niederländer bewähren sollte. Dann wurde sie, zu Ehren eines der Triumphe unseres sieggewohnten Helden (und unerträglichen Egoisten), Seiner Gnaden John Churchills, des Herzogs von Marlborough, in *Ramillies* umbenannt und schlug von da an keine einzige Schlacht mehr. Auf diese Weise suchte eine jüngere, farblosere Clique an der Staatsspitze alle Erinnerungen an König Charles' Zeiten zu tilgen, indem sie, angepasst an die Launen und Moden einer neuen Zeit, mal dieses, mal jenes umbenannte. Womöglich bin ich ihnen deshalb ein solcher Dorn im Auge; bin ich doch ein lebendes Relikt aus jener Zeit, dessen Namen sie nicht so ohne weiteres tilgen und damit dem Vergessen anheimgeben können.

Der einzige Vorteil des Wetters bestand darin, dass auf dem Fluss nur wenig Verkehr herrschte. Handelsschiffe, von jeher ängstlicher als Schiffe des Königs, hatten Unterschlupf an den verschiedenen Ankergründen gesucht, wo sie auf günstigere Witterung warteten, ehe sie ihre lange Fahrt flussaufwärts nach London fortsetzten. Ein paar drängten sich am Ufer von Galleon's Reach zusammen, ungleich mehr jedoch ankerten längs Erith Reach; der Rauch, der aus den Schornsteinen der Wirtshäuser von Erith Town quoll, erzählte von zahllosen Holländern, Lübeckern, Männern aus dem Baltikum und weiß der Himmel, wem sonst noch, die es sich dort gutgehen ließen, bis Wind und Strömung wieder günstiger waren und damit auch die Pflicht wieder rief.

Zwischen Erith am südlichen und dem überaus passend benannten Cold Harbour am nördlichen Ufer vollführten wir eine Kehre von Südosten nach knapp östlich von Norden, die uns auf die Mündung des Dartford Creek und die Anfänge des Long Reach zuführte. Ich beobachtete, wie unsere Rahen und Großsegel herumschwangen, und hörte zu, während Castle dem Steuermann am Kolderstock auf dem Deck unter ihm seine Befehle zurief: «Ruder nach Steuerbord!» – «Gebt ihr mehr Steuer!» – «Ruhig halten!» Das Manöver bereitete weiter keine Schwierigkeiten; der Wind war nicht stark, und wir segelten weiter auf Steuerbordbug, aber trotzdem beneidete ich Leute wie Treninnick und Tremar nicht, während sie in der mit Frost überkrusteten Takelage herumturnten.

William Castle und Kit Farrell standen mit mir auf dem Achterdeck. Wir trugen alle dicke Mäntel; Castle und ich waren zusätzlich noch in Umhänge gehüllt, und der Leutnant, der bislang hauptsächlich in wärmeren Breiten Dienst getan hatte und schlimm unter der Kälte litt, hatte sich dazu noch einen groben Wollschal um den Hals gewickelt.

«Kennt Ihr Grönland, Mister Castle?», fragte ich.

«War einmal dort, auf Walfang», sagte er. «Das hat für mich den Ausschlag für die Levante und die spanischen Meere gegeben, ein für alle Mal.»

Kit lächelte. «Dann wird Euch die Hitze an der Küste von Gambia wohl deutlich mehr zusagen, Leutnant!» Was Castle mit lebhaftem Kopfnicken bejahte.

Wir verließen steuerbords die Mündung des Dartford Creek. Vor uns am gegenüberliegenden Ufer bezeichnete der karge und gefrorene niedrige Kamm der Purfleet Hills den Anfang des Long Reach, des langen, geraden Flussabschnitts, der nach Greenhithe hinabführte.

Castle schnupperte in den Wind. «Wir könnten längs Hope anlegen und morgen die Downs zu erreichen versuchen, auf direktem Weg über die Flats», sagte er. «Die Strömung wird günstig sein. Falls der Wind nicht stärker östlich dreht oder auffrischt, sollten wir das gut schaffen.»

«Ich werde mich mit Master Negus beraten», sagte ich, «und natürlich auch mit Mister Plummer.» Das war unser Lotse; das für die Flussschifffahrt zuständige Trinity House of Deptford Strand pochte darauf, dass die gesamte Themse, und noch manches mehr dazu, Lotsengewässer darstellte – eine Bestimmung, die besagtem Trinity House praktischerweise zu niemals versiegenden Einnahmen verhalf. Folglich mussten die Steuerung und Sicherheit eines jeden Schiffes einem Lotsen anvertraut werden, selbst dann, wenn es sich bei diesem Schiff um die *Seraph* handelte, die einen Leutnant, einen Steuermann, einen Bootsmann und vermutlich noch mindestens zwanzig Leute mehr an Bord hatte, die bessere Steuerleute waren als der blamabel unbeholfene Plummer. Aus irgendeinem Grund hatte sich der Lotse dafür entschieden, das Schiff vom Vordeck aus zu steuern – möglicherweise, weil er an diesem Standort halbwegs sicher war vor dem Gespött und Gelächter all jener, die ihm, wie er sehr wohl wusste, haushoch überlegen waren. Dass der ängstliche, unbeholfene Plummer sich für Leutnant Castles kühne Strategie, die Kentish Flats auf direktem Kurs zu durchqueren, erwärmen konnte, hielt ich für unwahrscheinlich; ich hatte die Karten für diesen frühen Abschnitt unserer Reise selbst studiert und verstand mich aufs Kartenlesen inzwischen gut genug, um zu erraten, dass unser Lotse während der Nippfluten zu jener Jahreszeit einen möglichst küstenfernen Kurs im Hauptkanal vorziehen und die Leeküste von Nordkent tunlichst meiden würde, auch um den

Preis, dass es Stunden länger dauern würde, das nördliche Vorland zu umrunden und sicher in die Downs zu gelangen. Ich verriet Castle freilich nicht, dass ich mehr als bereit war, Plummers vorsichtigem Kurs zuzustimmen, wenn auch aus ganz anderen Gründen. Denn wenn sich unser Eintreffen in den Downs verzögerte, verschaffte mir dies einige wohltuende Stunden Aufschub ohne die Gesellschaft Brian Doyle O'Dwyers, der, nach einer weiteren hochvertraulichen Besprechung mit unserem Monarchen, dem König, in Deal zu uns an Bord kommen sollte.

Wir befanden uns jetzt im Long Reach. In weiter Ferne, vor Greenhithe, ankerten einige weitere Handelsschiffe, um auf besseres Wetter zu warten. Ein Schiff ihrer Sorte aber war mutiger und segelte gegen die Ebbe an, die uns auf die ferne See zu trug; vielleicht war seine Ladung besonders dringend, oder es war von Kommissionären angemietet worden, die ihm besonders viel abverlangten.

Da tauchte Phineas Musk an Deck auf. Er fröstelte und musterte missmutig die dicken grauen Wolken. Dann kam er, wie es seine Art war, schnurstracks aufs Achterdeck spaziert, als wäre er der Lord Admiral persönlich, und postierte sich an einer Stelle, die an und für sich nur dem Kapitän vorbehalten war, an der Steuerbordreling nämlich. Es fiel immer schwer zu entscheiden, ob Musk weiterhin keine Ahnung von den Gepflogenheiten auf See hatte oder ob er sie sehr wohl kannte und mit voller Absicht gegen sie verstieß.

Er ließ den Blick über die Marschlande schweifen, die sich zu beiden Seiten der Themse erstreckten, und brummte halblaut vor sich hin: «Verfluchte Einöde. Hat sich nicht groß verändert.»

Mir fiel ein, dass manche, wie etwa die Barcocks, die Auffassung vertraten, dass Musk ursprünglich aus diesen Breiten stammte. Ich hatte ihn nie direkt auf das Thema angesprochen (Phineas Musk direkt anzusprechen, egal, auf was, war selten von Erfolg gekrönt), aber jetzt unternahm ich den Versuch. «Ihr seid hier in der Gegend aufgewachsen, nicht wahr?»

Der Gedanke, dass Musk jemals ein Säugling oder auch nur ein Kind gewesen war, hatte etwas Beunruhigendes; mir schien er immer in ausgewachsenem Zustand auf die Welt gekommen zu sein, denn seit ich ihn erstmals bewusst wahrgenommen hatte, schien er kein bisschen gealtert zu sein.

Musks Blick ruhte auf dem herannahenden Handelsschiff. «Aye, hier in der Gegend und dort in der Gegend», sagte er geistesabwesend. «Aber das ist merkwürdig.»

«Merkwürdig?», hakte ich nach.

«Hab in jungen Jahren so manches Schiff den Long Reach hinauf- und hinuntersegeln sehen», sagte Musk, womit er womöglich den tiefschürfendsten Einblick in sein früheres Leben gewährte, den er einem Quinton je anvertraut hatte. «Aber da war nie eins dabei, das keine Flagge gehisst hatte.»

Musk, dieser Inbegriff einer Landratte, hatte recht: Am Heck des herankommenden Schiffs wehte keine Flagge. Aber –: «Es braucht auch erst eine zu hissen, wenn es dichter in unserer Nähe ist, Musk. Solange es sie rechtzeitig vor uns streicht, und auch seine Toppsegel, brauchen wir es nicht zu kapern oder zu versenken, und der König ist zufrieden.»

Genau dieses Edikt wurde schließlich auch dem geistig schlichtesten Kapitän der Marine eingehämmert, sobald er sein erstes Kommando erhielt: Die der Flagge des Königs in diesen, seinen ureigenen Gewässern zustehende Ehrerweisung zu erzwingen war ebenso unabdingbar wie die Verteidigung der eigenen Ehre auf Leben und Tod.

«Aye», erwiderte Musk, «aber weshalb sollte ein Schiff sie auf diesem Gewässer überhaupt abnehmen? Nachdem sie schon die Blockhäuser unten in Gravesend und Tilbury pflichtgemäß gegrüßt haben dürften, werden sie verdammt genau wissen, dass ihnen hier jederzeit ein königliches Schiff, von Deptford oder Woolwich aus kommend, begegnen könnte, und dann müssten sie ja auch Greenwich Palace auf jeden Fall grüßen –»

William Castle, der unser Gespräch mit einigem Interesse verfolgt hatte, schaltete sich ein. «Wahrscheinlich ein fauler Friese, Holsteiner oder so. Er wird wohl eine Nacht oder zwei vor Grays oder Greenhithe angelegt haben, nachdem er die Blockhäuser gegrüßt hat, nehme ich an.»

Ich respektierte Castle, doch mein Blick fiel auch auf Kit Farrell, dessen eifriges rundes Gesicht immer so leicht zu deuten war wie ein offenes Buch. Und aus diesem Buch sprach jetzt wachsende Beunruhigung. «Wenn er sich unterwegs so viel Zeit gelassen hat, Mister Castle», wandte Kit ein, «warum kommt er dann jetzt so schnell heran, mit so vielen gehissten Segeln? Wo alle anderen Schiffe auf dem Fluss angelegt haben, um günstigere Witterung abzuwarten? Und warum diese große Eile, wenn er doch so leicht geladen hat?»

Wir alle musterten das herannahende Schiff mit neugeschärfter Aufmerksamkeit. Es handelte sich um ein großes *vlieboot*, die Sorte Schiff, die in allen Häfen Europas anzutreffen war; breit, kostensparend und (natürlich) holländisch. Und Kit hatte recht, es ragte außerdem auffallend hoch aus dem Wasser. Es konnte also nur unterwegs nach London sein, um dort eine Fracht an Bord zu nehmen – aber wenn dem so war …

Es gehörte zu William Castles großen Stärken, dass er stets bereit war, andere Sichtweisen in Betracht zu ziehen. «J-ja, Mister Farrell», fing er langsam an, «da habt Ihr nicht unrecht, denke ich. Und diese Segel sind verdammt präzise gehisst und gerefft. Fast so gut wie unsere, in der Tat. Nein, das ist kein fauler Nordländer, mitnichten.»

Erst da schrillten bei mir die Alarmglocken. Das Feuer in Deptford stand uns allen dort auf dem Achterdeck noch lebhaft vor Augen; selbstverständlich. Falls dieses Feuer infolge einer Verschwörung gelegt worden war, die das Ziel verfolgte, die *Seraph* an ihrer Reise zu hindern, würden es die Verschwörer dann wirklich bei diesem einzigen Versuch bewenden lassen? Doch ich hatte auch meine ganz eigenen Gründe, dem näher kommenden *vlieboot* zu misstrauen. Meine Offiziere mochten zwar über unendlich mehr seefahrerisches Wissen verfügen als ich, aber nicht über das sehr spezielle Wissen und die sehr spezielle Erfahrung, die ihr Kapitän ihnen voraushatte. Denn meine Offiziere hatten sich nicht erst unlängst einen Schwertkampf mit Habakkuk Leech und seiner Mörderbande geliefert. Meine Offiziere waren nicht das Ziel der Rachsucht eines wahnsinnigen Malteserritters. Meine Offiziere hatten nicht aus dem Munde eines der mächtigsten Politiker des Landes die Warnung vernommen, dass die Mission der *Seraph* mit allen Mitteln durchkreuzt würde.

So ruhig wie möglich sagte ich: «Gentlemen, wir machen uns bitte umgehend klar zum Gefecht. Ich möchte alle nötigen Männer hierhaben. Meine Empfehlungen an Mister Negus und Kanonier Lindman; ich wünsche ihre sofortige Anwesenheit auf dem Achterdeck.» Dann noch ein nachträglicher Gedanke: «Oh, und meine Empfehlungen an Mister Plummer. Richtet ihm bitte aus, dass seine Dienste vorübergehend nicht benötigt werden und dass er sich seiner Sicherheit zuliebe besser unter Deck zurückziehen sollte.»

◇◇◇◇◇◇

Wenn ich dereinst zu Grabe getragen werde, dann als wohl einziger Kapitän in den Annalen unserer glorreichen Marine, der jemals so weit flussaufwärts, zwischen den Grafschaften Kent und Essex, ja fast noch zwischen Surrey und Middlesex, den Befehl gab, alles klarzumachen zum Gefecht. Dergleichen dürfte sich auch nach meinem Ableben kaum wiederholen. Eine Schar neugieriger Kesselflickerbuben unten am Fuß des Purfleet wurde Zeuge dieses beispiellosen Geschehens, das offensichtlich auch die abgelöste Steuerbordwache, die soeben schimpfend in die bittere Kälte und einen besonders heftigen Graupelschauer an Deck hinauskam, über alle Maßen erstaunte. Gleichwohl machte sich die gesamte Besatzung unverzüglich beherzt ans Werk. Ich hörte, wie auf dem Hauptdeck unter Gepolter die Holztrennwände entfernt wurden, hörte, wie die Geschützpforten aufgeklappt wurden, vernahm das Knirschen der Lafetten auf den Decks, als unsere neue Batterie erstmals in Stellung gebracht wurde. Die *Seraph* war bereit für ihre erste Schlacht.

Das *vlieboot* kam näher, auf Steuerbordkurs, während wir Backbordkurs hielten. Unter normalen Umständen würde es uns, obwohl wir mit dem Wind segelten, selbstredend ausweichen – ein Handelsschiff sollte einem königlichen Schiff, unabhängig von Kurs oder Position, immer ausweichen – und uns im Vorbeisegeln grüßen. Doch inzwischen war ich mir so gut wie sicher, dass dieses Schiff ganz und gar nicht die Absicht hatte, uns auszuweichen. Und ich beschloss, das zu beweisen.

«Gentlemen», wandte ich mich an meine Offiziere auf dem Achterdeck, «was haltet Ihr davon, um drei Punkte nach Steuerbord zu halten?»

Negus, der sich inzwischen bei uns eingefunden hatte, empörte sich umgehend über diese ungeheuerliche Ketzerei. «Den Kurs ändern, Sir? So schimpflich handeln, wie es eines Schiffs des Königs nicht würdig ist? Und dann auch noch den Kurs nach *Steuerbord* ändern?»

«Der König und Seine Königliche Hoheit werden mir das schändliche Ausweichen wohl verzeihen, Mister Negus, wenn es uns vor einem Frontalzusammenstoß bewahrt. Und wenn Ihr auf dem Schiff da drüben wärt, was würdet Ihr von der *Seraph* am wenigsten erwarten?»

Negus und die Übrigen mussten mir zustimmen, und ganz besonders freute es mich, dass Kit Farrell mir mit einem Lächeln zunickte, denn mit meinem Vorschlag stieß ich wahrhaft an die Grenzen meiner noch jungen Seemannskunst. Meine Überlegung war wie folgt. Falls, wie ich annahm, das *vlieboot* keineswegs vorhatte, uns auszuweichen, sondern es im Gegenteil darauf anlegte, uns zu rammen, setzte man dort vermutlich darauf, dass es nur zwei Möglichkeiten gab, wie die Sache ausgehen würde: Entweder wir würden – da von einem Adligen als Kapitän zu erwarten war, dass er aus Hochmut, Dünkel oder schierer Ignoranz einem anderen Schiff nie und nimmer ausweichen würde – direkt in sie hineinpflügen; oder die weiter auf Steuerbordbug segelnde *Seraph* würde, falls sich die erfahrenen Steuerleute auf dem Achterdeck am Ende doch gegen ihren schwächlichen Kommandeur durchsetzten, zur Vermeidung eines Zusammenstoßes sicherlich auf Backbordkurs gehen, um so weiter den Vorteil des Windes zu behalten. Ich betete im Stillen, dass der Kapitän des herannahenden Schiffs kein schachspielender Machiavelli war, der meine doppelte Finte vorhersehen und damit durchkreuzen könnte.

In dem Augenblick kam Francis Gale an Deck, warf einen Blick auf das sich rasch nähernde *vlieboot* und zog eine Augenbraue in die Höhe.

Ich sagte: «Ein Gebet könnte jetzt wohl nicht schaden, Kaplan.»

Gale improvisierte mit großem Geschick, wie man es von ihm gewohnt war, aus dem Gebetbuch. «O Herr der himmlischen Heerscharen, streite für uns, auf dass wir dich lobpreisen mögen. O dulde es nicht, dass wir unter der Last unserer Sünden versinken oder unter der Gewalt des Feindes. O Herr, erhebe dich, hilf uns und erlöse uns um deines Namens willen. Amen.»

Während alle in Hörweite das «Amen» wiederholten, Musk mit einer für einen so abgebrühten alten Agnostiker ganz beachtlichen Inbrunst, sagte Gale: «Ja, in der Tat. Ein Gebet speziell für eine Lage wie diese haben die geschätzten Herren der Synode eigentlich nicht vorgesehen, Captain. Hoffen wir, dass der Herr heute in nachsichtiger Stimmung ist.»

Die beiden Schiffe schienen immer rascher aufeinander zuzuhalten. Zeit für eine letzte Geste. «Mister Lindman!», rief ich durch ein weiteres prasselndes Graupeln vom Achterdeck ins Mittschiff hinunter, wo der Kanonier grüßend seinen Hut hob. «Ein Warnschuss von der Bugkanone, wenn ich bitten darf!» Dies war schließlich die übliche Maßnahme, mit der wir auch von jedem anderen widerspenstigen Handelsschiff das Grüßen der Flagge erzwungen hätten.

Lindman leitete den Befehl an die Besatzung einer der beiden Neun-Pfund-*Minions* oben im Vorschiff weiter, und die Kanone feuerte. Der Schuss riss ein Loch in das Vorsegel des *vlieboot*s, doch es hielt weiter auf uns zu.

Musk erlaubte sich die vorsichtige Anmerkung, dass wir vielleicht jetzt unser Manöver durchführen sollten. Kit schüttelte den Kopf. Wir hielten Kurs. Alle, die Männer in der Takelage und die Männer an Deck, blickten konzentriert nach vorne auf das *vlieboot*.

Dann, wie von einem unsichtbaren Hebel bewegt, nickten Kit, Castle und Negus genau gleichzeitig.

«Ruder drei Punkte nach Steuerbord!», rief ich.

Jetzt würden wir sehen, ob das Vertrauen, das der König von England in die seglerischen Qualitäten der *Seraph* setzte, gerechtfertigt war –

Bei Gott, das war es! Als der Kolderstock in die befohlene Richtung bewegt wurde, schwang unser Bug fast umgehend nach Steuerbord – verglichen damit waren die *Happy Restoration,* die *Jupiter* und die *Wessex* die reinsten Ackergäule gewesen –

Und im selben Moment erwies sich auch die Einschätzung meiner Wenigkeit als richtig. Denn auch das *vlieboot* hatte sein Manöver durchgeführt – und zwar schon, ehe ich meinen Befehl zum Umsteuern gegeben hatte. Da sein Schiff langsamer und breiter war und sein Ruder schwerfälliger als das unsere, musste der unsichtbare Kapitän, nachdem er den Zug vorauskalkuliert hatte, den wir seiner Einschätzung nach durchführen mussten, seinen Befehl einige Zeit vor mir geben. So zog also auch das *vlieboot* nach Steuerbord; doch statt uns zu rammen und dabei unermesslichen Schaden zuzufügen, fuhr es harmlos backbords an uns vorbei, nur wenige Fuß von unserer eigenen Backbordseite entfernt.

«Ich will dich erheben, mein Gott, du König», murmelte Francis Gale, «und deinen Namen loben immer und ewiglich.» Er blickte mich lächelnd an. «Mich dünkt, auch der Rest von Psalm 145 eignet sich hervorragend für den nächsten Schiffsgottesdienst, Captain.»

Jetzt hatte sich das Blatt gewendet. Denn wir waren ein Kriegsschiff mit vierzehn parat gemachten, tödlichen Geschützen auf unserer Backbordseite. Und unser Gegner war bloß ein *vlieboot.*

«Kanoniere!», rief ich. «Alles bereit machen zum Feuern!» Nun noch kurz abwarten, bis der Rumpf der anderen auf der richtigen Höhe neben uns war, damit unsere Breitseite ein gutes Ziel hatte, und – *«Feuer frei!».*

Unsere Mannschaft war noch grün und ungeübt, und unser Feuer erfolgte alles andere als gleichzeitig, doch es war immer noch besser als die erste Breitseite meines Lebens, die ich damals auf der alten *Jupiter* angeordnet hatte. Wir waren den anderen so nahe, dass wir das Einschlagen der Kugeln in ihrem Rumpf hören konnten; es klang wie Hagel, der gegen ein Fenster prasselt. Viele waren wohl mitten hindurchgegangen, denn die Bordwände eines *vlieboots* sind ungleich weniger stark armiert als die eines Kriegsschiffs, doch das war unmöglich zu erkennen, solange sich der Pulverdampf unserer Kanonen noch nicht verzogen hatte – und da der Wind von Norden kam, war der Rauch nach hinten auf unser Deck geweht worden, wo er uns die Sicht und den Atem raubte. Als er sich endlich verzogen hatte und wir uns den beißenden Qualm aus der Kehle gehustet hatten, sahen wir, dass das schwerbeschädigte *vlieboot*, das Schlagseite nach Backbord hatte, seine eigene Drehung nach Steuerbord fortsetzte, wobei es dem Wind und der Küste von Essex immer näher kam.

Castle salutierte förmlich. «Captain», sagte er. «Sollen wir beidrehen, Sir, dieses verfluchte Schiff entern und seine mörderische Besatzung verhaften?»

Genau so hätten wir normalerweise vorgehen müssen; doch selbst mit einem so wendigen Schiff wie der *Seraph* würde es viel Zeit kosten, beizudrehen und dann wieder gegen Wind und Gezeiten anzukämpfen, zumal bei dieser rauen Witterung. Dann könnten wir kaum diese günstige Ebbe ausnutzen, um noch bis Hope zu kommen. Und außerdem –

«Es wird auf Grund laufen», prophezeite Kit Farrell. «Ausgeschlossen, dass wir es noch rechtzeitig erreichen.»

Wir hielten also Kurs. Wir Offiziere eilten gemeinsam zur Reling am Heck und beobachteten, wie das *vlieboot* im Uferschlamm nach Essex hin auf Grund lief. Das kleine Boot, das an seinem Heck vertäut war, wurde eingeholt, und sechs Mann kletterten hinunter und stiegen hinein. Sechs Mann; so winzig also war die Besatzung, die versucht hatte, der *Seraph* unermesslichen Schaden zuzufügen.

Aber in wessen Auftrag? Im Geiste sah ich dieselben Gesichter vor mir … Leech, Garvey, Montnoir. Wer auch immer dahinterstecken mochte, ihm musste schon sehr viel daran liegen, unsere Reise zu verhindern, und er musste ziemlich vermögend sein – denn es dürfte einiges an Gold gekostet haben, ein *vlieboot* für einen solchen Zweck zu beschaffen und einer Besatzung so viel Geld zu zahlen, dass sie bereit war, ihr Leben und ihre Freiheit auf diese Weise aufs Spiel zu setzen. Die Beantwortung dieser Frage musste notgedrungen warten, denn die *Seraph* segelte majestätisch weiter mit der Ebbe flussabwärts und näherte sich schon der Flussbiegung bei Greenhithe. Dahinter erwartete uns noch Hope, der letzte Gruß an Gravesend und Tilbury, die Nore und am Schluss endlich das offene Meer. Ab dort fing die Reise der *Seraph* erst wahrhaft an.

◇◇◇◇◇◇

Vor einigen Jahren hat mein einstiger Freund Dick Steele im *Spectator* über einen alten Kesselflicker geschrieben, der allen Ernstes behauptete, im Jahr siebenundsechzig als kleiner Bube mit eigenen Augen gesehen zu haben, wie die niederländische Flotte auf der Themse bis nach Long Reach vorgedrungen war, wo sie von einem einzigen Schiff des Königs todesmutig zurückgeschlagen wurde. Die Müßiggänger und Maulhelden, die eine natürliche Schwäche für derlei zweifelhafte Publikationen haben, gossen Hohn und Spott über diese Aussage, die doch der historischen Überlieferung so eklatant zuwiderläuft. Ich freilich konnte mir, als ich meine Ausgabe beiseitelegte und dem Kesselflicker im Stillen für seine nur geringfügig fehlerhafte Erinnerung verzieh, ein kleines Schmunzeln nicht verkneifen.

DRITTER TEIL

HMS *Seraph*, Schiff Seiner Königlichen Majestät

Auf See und im Gambia-Fluss
Dezember 1663 bis April 1664

DREIZEHNTES KAPITEL

Die *Seraph* und Holmes' *Jersey* hatten die Downs zwar vor achtunddreißig Tagen hinter sich gelassen, befanden sich aber erst seit einer Woche südwestlich des Lizard, der Halbinsel am äußersten Südwestzipfel Englands. Dass es so unsäglich lange gedauert hatte, von einem Ende des Ärmelkanals zum anderen zu gelangen, war dem miserablen, für einen englischen Winter wahrhaft typischen Wetter geschuldet: ein scheußlicher Sturm, danach dichter Nebel, dem ein noch scheußlicherer Sturm folgte, und dann das Ganze wieder von vorn. Wir drehten wiederholt bei, holten unsere Topp- und Rahsegel ein; was bei einem Kriegsschiff nicht immer zwingend notwendig gewesen wäre, aber wir wurden von der *Prospect of Blakeney* begleitet, einem Handelsschiff, auf dem sich die Soldaten für die Expedition befanden, und mussten auf ihre geringeren seglerischen Möglichkeiten Rücksicht nehmen. Den Weihnachtstag verbrachte die kleine Flotte vor Anker und durchnässt bis auf die Haut in der St. Helen's Bay vor der Isle of Wight, wo wir zumindest auf einen Anflug von Festtagsfreude hofften. Doch vergeblich. Sicher, wir gaben uns Mühe, den guten alten Traditionen der Marine entsprechend: Um vier Uhr früh drehten die Trompeter ihre Runde auf dem Schiff und spielten einen Gruß vor den Kajüten der Offiziere, obwohl sie bei fast jeder Note übers Deck und gegen die Schotten geschleudert wurden; Francis Gale predigte über Sacharja, Kapitel neun, Vers neun, aber notgedrungen unter Deck und mehr schlecht als recht von zwei Seeleuten gestützt, während er aus der Heiligen Schrift vorlas; und wir verspeisten Bradburys Weihnachtsschmaus, bestehend aus verkohltem Rindfleisch, Plumpudding und Mince Pies, wobei ein jeder sein Fleisch so hastig wie möglich zersäbelte, während sein Tischnachbar seinen Trinkkelch festhielt, um ihm diese Gefälligkeit dann umgekehrt ebenfalls zu erweisen. Als ich am Nachmittag jenes Weihnachtstags auf dem Achterdeck stand und durch den peitschenden Regen zur Küste der Insel hinübersah, die sich wie verrückt hob und senkte, sehnte ich mich danach, stattdessen jetzt mit Cornelia vor dem großen Kaminfeuer in der Bibliothek von Ravensden zu sitzen. Wieder einmal grübelte ich darüber nach, welcher Wahnsinn mich geritten hatte, das Angebot meines Königs – den sicheren Posten in der Kavallerie – abzulehnen. Als Kavallerist Seiner Majestät wäre man warm und trocken in einer Kaserne untergebracht. Als Kavallerist Seiner Majestät würde man nicht zu einem gottverlassenen Land segeln, um einen Berg aus Gold zu suchen, den es gar nicht gab. Als Kavallerist Seiner Majestät würde man –

Auf allen Seereisen gibt es diese Augenblicke, wo es so scheint, als würde sich das Wetter niemals ändern und als würde man nie wieder trocken werden. Aber das Wetter, darauf ist Verlass, ändert sich immer und damit auch die eigene Stimmung. Und so kam es, dass die *Seraph* an einem Tag im Januar, an dem England vermutlich unter einer dicken Decke aus Schnee und Frost bibberte, bei wirklich herrlichem Wetter fast alle Segel gesetzt hatte: Die Sonne schien und funkelte auf den Wellen, und von Nord-West-Nord wehte ein mäßiger, lauer Wind.

Leider aber hat nicht nur das Wetter Einfluss auf die Stimmung, in der man sich befindet. In dem Moment kam Brian Doyle O'Dwyer an Deck, und obschon das Meer ruhig blieb und die Sonne weiter vom Himmel strahlte, hatte ich auf einmal das Gefühl, unter eine dunkle Gewitterwolke zu geraten.

«Einen wunderschönen guten Morgen, Captain Quinton!», rief er viel zu aufgekratzt. «Ich hoffe, Ihr habt gut geschlafen?»

«Allerdings, Sir.» Was eine recht freie Übersetzung meiner tatsächlichen Gedanken war: *Nein, habe ich nicht, du elender Lump, teils deines unsäglichen Geschnarches wegen, teils deiner körperlichen Nähe wegen, nur wenige Meter von mir entfernt.* Um einen Colonel und einen königlichen Kapitän auf einem so kleinen Schiff beide ihrem Rang gemäß unterzubringen, gab es nur eine Lösung: In meiner Kajüte, die einzig und allein mir hätte zustehen sollen, musste in der Mitte eine Trennwand errichtet und dem Iren die Backbordhälfte überlassen werden. Was ich mir aber letzten Endes selbst zuzuschreiben hatte. O'Dwyer hatte angeboten, auf der *Prospect of Blakeney* zu reisen, zusammen mit den Soldaten, die zwar nominell ihm unterstanden, ansonsten aber von einem Hauptmann namens Morgan Facey befehligt wurden. Dieser Captain Facey war ein grauhaariger, graugesichtiger alter Cavalier, der sich unter dem Earl of Brentford in der Schlacht bei Cheriton ausgezeichnet hatte. Bei unserer ersten gemeinsamen Mahlzeit in den Downs erfuhr ich, dass er, genau wie ich, in der königstreuen Armee gedient hatte, die im Jahr achtundfünfzig zusammen mit den Spaniern am Strand von Dünkirchen stand. Er war an der linken Flanke gewesen, näher am Befehlsposten Condés und Don Juans und mit Turennes Franzosen als Gegnern, während ich, kaum achtzehn damals, rechts gekämpft hatte, mehr zum Meer hin und damit gegen Cromwells Ironsides. Aber auch so sorgte diese gemeinsame Erfahrung – und gemeinsame Erinnerung an jene so schmähliche Niederlage – dafür, dass wir einander auf Anhieb verstanden und vertrauten. Facey ließ bald durchblicken, dass er für unseren Kollegen und Vorgesetzten O'Dwyer sogar noch weniger übrig hatte als ich, und zwar aus gutem Grund: Facey hatte zwanzig Jahre lang für die Sache des Königs gestritten und gedarbt, was ihm gerade einmal den Rang eines Captains und diesen mehr als dürftigen Auftrag eingebracht hatte, nur, um feststellen zu müssen, dass ein lebenslanger Verräter an seinem Vaterland und seinem Glauben sozusagen aus dem Stand in den Rang eines Colonels (mit entsprechendem Sold) befördert und so dazu befugt wurde, ihn herumzukommandieren. Im Stillen merkte ich mir Morgan Facey als potenziell nützlichen Verbündeten vor, bei allem, was da kommen mochte. Freilich schlug ich O'Dwyers Angebot, an Bord der *Prospect* zu reisen, nicht etwa aus dem uneigennützigen Beweggrund aus, Facey seine Gesellschaft zu ersparen; letzten Endes erschien es mir einfach zweckmäßiger, einen so hinterhältigen Schurken immer in meiner Blickweite zu haben.

Diese Entscheidung aber zog eine Reihe unseliger Folgen nach sich, von denen die Aufteilung meiner Kajüte wohl noch die harmloseste war. Die gemeinsamen Mahlzeiten der Offiziere an Bord eines königlichen Schiffes sollten eigentlich in fröhlicher Stimmung verlaufen, getragen vom Geist der Kameradschaft auf hoher See. Sie sollten Männern Gelegenheit bieten, frei zu reden, sich an der Gesellschaft der anderen zu erfreuen und Trinksprüche auf Ehefrauen, Freunde oder den König auszubringen. Sie sollten kein Anlass sein, vor dem einem jedes Mal graut. Doch genau so war es bei jeder einzelnen Mahlzeit, die wir Offiziere der *Seraph* auf unserer Reise einnahmen. Es war, als hätte ein Kreis guter Freunde noch einen letzten Gast eingeladen, den keiner von ihnen kannte, und dann auf einmal festgestellt, dass es sich um den Antichristen persönlich handelte.

Der verwünschte O'Dwyer überging das natürlich komplett, oder tat wenigstens so, als würde er nichts bemerken. Er redete. Und redete. Und redete in einem fort. Er hatte Ansichten zu jedem Thema unter der Sonne, die er freigiebig zum Besten gab, kannte sich einfach mit allem aus, seinem prahlerischen Gerede nach zumindest. Mister Shish erteilte er Ratschläge, wie er die Mängel an seinen Kettenpumpen beheben könnte. Bei Lindman schwadronierte er kennerhaft über die jeweiligen Vorteile von Sakern und *Minion*s und bei Negus über die Gezeiten in der Straße von Gibraltar. Am liebsten aber redete er mit Francis Gale; und Francis, der nun einmal nicht aus seiner Haut konnte, gab sich zumindest den Anschein, als würde ihn das Geschwafel des Kerls interessieren. Sie unterhielten sich über Glaubensdinge und das heilige Buch des Propheten, von dessen Geboten O'Dwyer sich aber offenbar ebenso leichten Herzens gelöst hatte wie von seiner Identität als Omar Ibrahim, der Gier nach zu urteilen, mit der er die alkoholischen Getränke, ob Wein, Sherry oder Punsch, hinunterkippte, die man ihm vorsetzte. Sie redeten über die vielen tausend weißen Sklaven, die in Algier und an anderen Orten in den Barbareskenstaaten als Geiseln gehalten wurden, und über die jämmerlichen, halbherzigen Angebote von Seiten der europäischen Staaten, darunter auch Englands, sie gegen Lösegeld loszukaufen. So ging es in einem fort, Tag für Tag.

Mit der Zeit aber dankte ich Gott dafür, dass Francis sich so selbstlos opferte, um O'Dwyer bei Laune zu halten. Bedeutete dies doch immerhin, dass der Abtrünnige beim Essen nur sehr wenig mit mir sprach; und ebenso wenig mit Leutnant Castle. Aber wir beide waren auch als einzige Offiziere der *Seraph* an Bord der *Wessex* gewesen und hatten so O'Dwyers Bekanntschaft gemacht, ehe er sich in den verwandelte, der er heute war. Wir hatten ihn als Mauren erlebt, waren Zeugen seiner Demütigung geworden. So sehr er auch bemüht sein mochte, Shish, Negus und die anderen mit seinem anbiedernden Geschwätz für sich einzunehmen, dürfte er doch im Grunde seines Herzens gewusst haben, dass diejenigen, die die Demaskierung Omar Ibrahims miterlebt hatten, nicht so leicht auf ihn hereinfallen würden. Und vielleicht mied O'Dwyer mich ja auch deshalb, weil ich, im Gegensatz zu den meisten anderen, wusste, dass er wie ein Fuchs gejagt wurde. Von Montnoir nämlich, der seiner Beute so unerbittlich auf den Fersen war wie einst der mythische Aktäon.

An jenem Morgen jedoch machte O'Dwyer einen ganz unbekümmerten Eindruck, als würde er weder an Montnoir und den goldenen Berg noch an die offene Ablehnung denken, die ihm auf der *Seraph* von allen Seiten entgegenschlug. Er blickte interessiert auf dem Schiff umher; wir kamen ausgezeichnet voran, schafften, dem Logbuch nach, täglich zwischen vierzig und fünfzig Seemeilen, trafen aber dessen ungeachtet jetzt Vorbereitungen, auch noch den Gennakerbaum vorne am Bug aufzuziehen. Männer wuselten geschäftig auf dem Vorderdeck herum, sicherten Taue und Blöcke – Flaschenzüge hießen sie offenbar – an Leinen, die zwischen Fockmast und Bugspriet gespannt waren, um in Kürze das Hochhieven des kleinen Masts ganz vorne am Schiff zu ermöglichen. Noch vor nicht allzu langer Zeit waren solche Aktivitäten für mich ein Buch mit sieben Siegeln, doch langsam begriff ich immer besser, warum *dieser* Takel an *jenem* Punkt befestigt wurde, wo er der Belastung standhalten konnte, wenn *diese* Männer daran zogen.

O'Dwyer sah eine Weile zu und drehte sich dann zu mir um. «So viel komplizierter als eine Galeere, Captain! So viele bewegliche Teile. So viel mehr, was schiefgehen kann. Und natürlich bei einer Flaute gänzlich nutzlos.»

«Tja, Colonel», drehte ich den Spieß kurzerhand um, «wenn Euch Eure Galeeren so sehr fehlen, wer weiß, ob Ihr über kurz oder lang nicht danach trachtet, wieder eine zu befehligen. Oder sind die Barbaresken-Herrscher etwa nicht so nachsichtig wie unser König?»

Der Ire lachte. «Ah, Captain, warum sollte ich zu meinen früheren Brotherren zurückkehren wollen, wo König Charles doch so viel großzügiger zu mir gewesen ist? Ein Colonel in seinen Diensten zu sein gefällt mir recht gut, glaube ich. Und die Kajüte eines Kapitäns auf einem Schiff wie diesem ist ungleich komfortabler als auf einer Galeere. Selbst eine halbe Kajüte», setzte er spitzbübisch hinzu.

William Castle erlöste mich, indem er Meldung machte, dass wir jetzt so weit waren, den Gennakerbaum aufzuziehen. Ich nickte zustimmend, war mir aber gleichwohl bewusst, dass ich bei derlei Vorgängen an Bord im Grunde noch immer nicht mitreden konnte. Castle ging nach vorne, um das Unternehmen zu beaufsichtigen, und mit O'Dwyer zusammen beobachtete ich, wie eine aus Polzeath, Macferran, Treninnick und einigen Männern aus Bristol bestehende Gruppe an dem Tau zu ziehen begann, das von der Takelung herabhing. Zwischen den Männern schien es irgendeine Unstimmigkeit zu geben – Castle trat auf sie zu, knurrte eine Warnung –, da wandte Macferran sich unvermittelt um, ging wutentbrannt auf einen der Männer aus Bristol los und traktierte ihn schimpfend mit Fausthieben. Zwei andere aus Bristol und einige Londoner mischten sich umgehend in den Tumult ein. Polzeath, Carvell und weitere Kameraden aus Cornwall schlugen auf der Stelle zurück. So etwas hatte ich schon seit Beginn unserer Reise befürchtet; unter den Männern aus London und Bristol befanden sich einige richtige Gaunertypen, Kit hatte von viel Gezänk in den Mannschaftsunterkünften berichtet, und ich hatte bereits Bestrafungen für Diebstahl und exzessive Trunkenheit verhängen müssen.

«Sonderbare Disziplin hier», merkte O'Dwyer mit vor Spott triefender Stimme an.

Aber die Disziplin war schon im Anmarsch. Und zwar in Gestalt von Kit Farrell, der mit seinem Rohrstock wahllos Schläge nach links und rechts austeilte, und zwei seiner Maate, die die Streithähne gewaltsam voneinander trennten. Die beiden Anstifter, Macferran und der Schurke aus Bristol – eine bärtige Kreatur namens Russell –, wurden von der Menge fortgezerrt und vor das Achterdeck geschleppt. Kit salutierte, erstattete mir förmlich Meldung und wünschte zu wissen, wie ich vorzugehen gedachte.

Nun, ein Fall fürs Kriegsgericht war das kaum – würde jede Prügelei auf jedem Kriegsschiff zu einer Verhandlung vor dem Kriegsgericht führen, wäre die Marine damit so ausgelastet, dass sie zu nichts anderem mehr käme. Was die Sache für mich allerdings in gewisser Weise schwieriger machte. Es war die Sorte Fall, die ganz dem Ermessen des Kapitäns anheimgestellt ist, und damit stand ich vor einem scheußlichen Dilemma. Russell hätte ich, ohne zu zögern, auspeitschen lassen; vermutlich hatte er das mehr als verdient, für ein Dutzend weiterer Vergehen, die sogar dem so peniblen, aufmerksamen Kit entgangen waren. Macferran aber gehörte zu meinem eigenen Gefolge, war einer jener Aufrechten, die damals bei der Schlacht auf Leben und Tod an Bord der *Jupiter* vor seiner heimischen Insel in Schottland heldenhaft an meiner Seite gekämpft hatten. Ich mochte Macferran, und meine Getreuen aus Cornwall hatten ihn, obwohl er nicht aus ihren Breiten stammte, brüderlich in ihre Mitte aufgenommen. Ich konnte hören, wie die Londoner und die Männer aus Bristol miteinander tuschelten: «Einer von Quintons Männern. Wartet's ab. Der bleibt ungeschoren, und Russell bekommt die Peitsche.» Die Leute aus Cornwall warfen ihnen dafür vernichtende Blicke zu, doch nicht wenigen von ihnen war vom Gesicht abzulesen, dass sie von mir eine Entscheidung in genau diesem Sinne erhofften.

Ich lehnte mich auf der Achterdeckbrüstung vor. «Solche Prügeleien dulde ich nicht!», schrie ich. «Das hier ist ein königliches Schiff, keine Kaschemme, und jeder Mann an Bord hat sich an die vom König geforderte Disziplin zu halten! *Jeder!*» Das betonte ich mit Nachdruck und warf dabei, warum auch immer, O'Dwyer einen Blick zu. «Na schön», fuhr ich fort. «Ich habe selbst gesehen, was vorgefallen ist.

An beeideten Aussagen oder den Rechtfertigungen der beiden Männer vor mir habe ich keinen Bedarf. Ihr – Russell. Fünf Hiebe. Ihr – Macferran. Ihr wart der eigentliche Anstifter. Egal, was Russell zu Euch gesagt haben mag, Ihr seid als Erster handgreiflich geworden. Ich habe es mit eigenen Augen gesehen. So wie wir alle hier. Acht Hiebe. Auf der Stelle!»

Ein bestürztes Raunen ging durch die Gruppe aus Cornwall, und auch in der übrigen Mannschaft wurde hörbar gemurrt. Kit und seine Maate führten die beiden Streithähne nach vorne zum Ankerspill. Russell wurde als Erstem das Hemd ausgezogen, dann wurde er an den Speichen des Ankerspills festgebunden. Sein vernarbter Rücken legte beredtes Zeugnis davon ab, dass er heute nicht zum ersten Mal ausgepeitscht wurde; beileibe nicht.

Pegg, der beste Maat des Bootsmannes, nahm die Peitsche in die Hand und wartete auf mein Zeichen.

Ich nickte wortlos.

Die Peitsche sauste gegen Russells Rücken und hinterließ einen dicken, blutigen Striemen. Den nächsten Hieb führte Pegg quer zum ersten aus, sodass ein Kreuz entstand. Der Schurke gab keinen Laut von sich. *Drei – vier – fünf.* Nach vollstreckter Strafe wurde Russell losgebunden und erhielt sein Hemd zurück. Er zog es sich scheinbar unbeeindruckt über und schüttelte nur unwirsch den Kopf, als Schiffsarzt Humphrey ihm seine Dienste anbot.

Jetzt war Macferran an der Reihe. Er wahrte tapfer die Fassung, als er festgebunden wurde, doch schon bei Peggs erstem Hieb ließ der junge Schotte ein mitleiderregendes Zischen vernehmen. Schon nach dem dritten Streich war sein Rücken, der die Peitsche nicht gewohnt war, blutüberströmt. Jeder menschliche Instinkt in mir forderte, dass ich der Sache jetzt sofort ein Ende setzte; doch hier, auf dieser öffentlichen Bühne, musste der junge Matt Quinton sich dem Ehrenwerten Captain Matthew Quinton beugen, und dieser hatte seine Pflicht zu tun, das stand felsenfest.

Macferran war ein tapferer Bursche – Gott, das wusste gerade ich gut genug –, aber beim Auspeitschen wird die Tapferkeit eines jeden Mannes bis zum Äußersten auf die Probe gestellt. Beim fünften Hieb brüllte er laut auf, und Kit trat vor, um ihm einen Knebel in den Mund zu schieben. Die letzten drei Hiebe trafen einen hilflos schluchzenden, blutverschmierten Körper. Als es endlich vorbei war, stürzten Carvell, Polzeath und ein paar andere vor, um Macferran zu stützen, und Schiffsarzt Humphrey trat eilig hinzu, um seine Wunden zu behandeln.

«Gut gemacht, Sir», murmelte Leutnant Castle, «das war nicht leicht für Euch, ich weiß.»

Doch ich würdigte ihn keiner Antwort; stattdessen wandte ich mich an O'Dwyer. «Jetzt findet Ihr unsere Disziplin hoffentlich nicht mehr so sonderbar, Colonel?»

Der Ire neigte bloß leicht den Kopf und lächelte. Ich begab mich, innerlich brodelnd vor Zorn, unter Deck.

Tatsächlich hatte ich in meinem ängstlichen Bestreben, unparteiisch zu wirken, sogar eine nach den Maßstäben der damaligen Zeit ausgesprochen drakonische Strafe verhängt. Männer erhielten nur selten mehr als ein halbes Dutzend Hiebe; selbst das unnachsichtigste Kriegsgericht verhängte auch bei schlimmsten Vergehen niemals mehr als ein paar Dutzend Streiche. Heute leben wir in wesentlich roheren Zeiten; neulich erst, habe ich gehört, wurde ein Mann von einem Kriegsgericht zu nicht weniger als fünfhundert Peitschenhieben verurteilt. Ich habe schon eine ganze Reihe hochdekorierter Offiziere die Auffassung vertreten hören, dass die Seeleute heutzutage ungleich widerspenstiger seien als die Heiligen, die im goldenen Zeitalter des Guten Königs Charles dienten, und dass man diesen modernen Spitzbuben die unabdingbare Disziplin auf hoher See nur durch die Verhängung immer schärferer Strafen beibringen kann. Nun, ich bin vermutlich der letzte noch lebende Zeitzeuge, der hier Vergleiche anstellen kann, und ich muss sagen, dass mir die Seeleute von heute weder besser noch schlechter vorkommen als die vor sechzig Jahren; wenn es uns also in jenen gar nicht mal so goldenen Zeiten gelungen ist, unsere Schiffe mit Erfolg zu führen und dabei mit weitaus weniger Peitschenhieben auszukommen (und, apropos, auch mit weitaus weniger Offizieren, Fähnrichen zur See und so weiter, die ausschließlich für die Vollstreckung dieser Strafen zuständig sind), was für ein Zeugnis stellt das dann diesen heutigen Zeiten und den heutigen Offizieren aus?

◇◇◇◇◇◇

«Meine Sünden wogen bisweilen schwerer als die Ge… Ger… Gerechtigkeit meiner Sache», las Kit sehr langsam und stockend vor. Ich hatte schon vor einiger Zeit eingesehen, dass ich ihm nicht einen so schwierigen Text wie das *Eikon Basilike* unseres verstorbenen Königs, Seiner Majestät Charles des Märtyrers, hätte zumuten sollen; eine einfach geschriebene Geschichte über Robin Hood hätte dem Zweck wohl besser gedient. «Und jenen, die bei mir waren», fuhr er fort, «mangelte es nicht an Anlass und Gelegenheit für Seine gerechte Zü… Züch… Züchtikung …»

«Züchtigung», berichtigte ich. «Das heißt Bestrafung.» Ein überaus heikles Thema, nicht einmal zwei Stunden nach der Auspeitschung Russells und Macferrans; ich hatte

Kit bereits nachdrücklich klargemacht, dass ich über den Vorfall nicht weiter zu reden wünschte.

«Züch-ti-gung. Was für ein verflixt seltsames Wort, Captain. Klingt fast wie Züchtigkeit, ist aber etwas ganz anderes.»

Ich lächelte. «Was ist denn Züchtigkeit, Kit», fragte ich, «wenn nicht eine Strafe?»

Und damit gingen wir hoch an Deck, denn es war Zeit für den täglichen Gottesdienst, gefolgt von der mittäglichen Positionsbestimmung. Vom Oberdeck sahen einige Männer zu mir herüber, darunter auch Freunde Macferrans, die dort mit dem Schmieren der Achsen der Geschützlafetten beschäftigt waren; aus ihren Mienen war nicht recht schlau zu werden, denn Verachtung und Respekt sind auf dem Gesicht eines Mannes nicht immer leicht auseinanderzuhalten. Francis kam aus seiner Kajüte im Zwischendeck zum Vorschein, und die Männer versammelten sich pflichtschuldig vor dem Achterdeck. Auch Russell und Macferran waren zugegen, Letzterer umringt von einer besorgten, eindrucksvollen Kohorte, bestehend aus Treninnick, Carvell, Polzeath und Tremar. Der junge Schotte verzog immer wieder kurz das Gesicht, als würde schon die Berührung des Hemdstoffs an seinem Rücken ihm Schmerzen bereiten. Francis leitete uns ohne lange Umschweife bei den Gebeten an, die zum Gebrauch auf den königlichen Schiffen vorgeschrieben waren, und wir dankten Unserem Herrn und flehten ihn auf raue Seemannsart um Beistand an, wobei die Männer aus Cornwall merklich inbrünstiger beteten als die aus Bristol, die wiederum gottesfürchtiger waren als die Londoner. Danach war es an der Zeit, sich unmittelbareren und praktischeren Geschäften zuzuwenden. Valentine Negus und seine Maate waren auf dem Achterdeck bereits dabei, den Quadranten des Steuermanns einzustellen. Ich holte ein viel kleineres und merkwürdigeres Instrument heraus, das einer kleinen goldenen Kugel ähnelte, jedoch, wenn es geöffnet wurde, in seinem Inneren eine Vielzahl Einstellräder und Messskalen zum Vorschein brachte. Es war der ganze Stolz meines Großvaters gewesen und hatte ihn auf all seinen Reisen über die Ozeane der Welt begleitet. Ich richtete das Messgerät meines Großvaters an der Sonne und am Horizont aus, las die Ziffern an der Skala ab und wiederholte den Vorgang dann zur Sicherheit noch einmal. Danach zog ich meinen *Waggoner* zurate, studierte kurz die Seekarte und verkündete schließlich mit Nachdruck: «Fünfundvierzig Grad, fünfundvierzig Minuten Nord. Kap Finisterre befindet sich fünfundsiebzig Meilen von uns im Südosten. So ungefähr jedenfalls.»

Kit Farrell und Negus, die beide ihre eigenen Messungen durchgeführt hatten, nickten zustimmend, und damit war die Mittagsposition der *Seraph* bestimmt. Dies war ein Aspekt der Seefahrerkunst, bei dem ich mich zunehmend sicherer fühlte, nachdem ich ihn im Mittelmeer an Bord der *Wessex* täglich geübt hatte. Nach ersten Anfängerschnitzern, wie etwa der nach sorgfältigen Messungen im Hafen von Messina getroffenen Feststellung, dass wir uns mehrere hundert Meilen den Amazonas hinauf befanden, hatte ich es inzwischen zu einer solchen Fertigkeit gebracht, dass meine Beobachtungen nur selten eine Minute oder zwei, wenn überhaupt, von denen der erfahrensten Steuerleute abwichen. Bei der Bestimmung des Längengrads aber war ich, nicht anders als jene erfahrenen Steuerleute, mehr oder weniger auf Schätzungen angewiesen. Holmes führte an Bord der *Jersey* ein paar Uhren mit sich, die, so behauptete ihr Erfinder stolz, den Längengrad mit größter Genauigkeit bestimmen könnten; nach einer Woche war klar, dass sie ebenso nutzlos waren wie alle anderen Geräte, die zu diesem Zweck bis dato konstruiert worden waren. Bis zum heutigen Tag schippern Seeleute über die Meere, ohne in dieser Frage Gewissheit zu haben, und können nur beten, dass ihnen kein Unheil widerfährt. Bei diesem Gedanken hebe ich das Glas auf meinen alten Freund Clow Shovell, dessen Flotte an den Scilly-Inseln zerschellte, wobei er und zweitausend Mann den Tod fanden, weil Clow steif und fest, aber letzten Endes sträflich leichtfertig auf seine Fähigkeit vertraute, den Längengrad stets korrekt zu bestimmen. Ein Unglück, wie es auch uns anderen jederzeit zustoßen kann, die wir uns auf das große, weite Meer hinauswagen.

◇◇◇◇◇◇

Zwei Tage darauf ging ich mit Musk, einem der wohl ungewöhnlichsten Stewards, die jemals im Dienst der königlichen Marine gestanden haben, und Purser Harrington Ladungsverzeichnisse durch. Es war eine unbehagliche Zusammenkunft. Weniger, weil es zwischen Musk und Harrington Unstimmigkeiten gegeben hätte. Und das, obwohl es damals auf Schiffen häufig vorkam, dass Stewards und Purser miteinander in Streit gerieten, weil ihre Befugnisse sich in hohem Maße überschnitten und der eine im Grunde die Aufgabe hatte, ein wachsames Auge auf den anderen zu haben. Ganz im Gegenteil, Musk und Harrington pflegten ein harmonisches Miteinander, nicht zuletzt, weil Harrington die gesamte Familie Quinton als Halbgötter der königstreuen Sache verehrte und diese Verehrung sich sogar noch auf den schurkenhaftesten Diener der Familie Quinton erstreckte. Die Unbehaglichkeit ergab sich aus dem Umstand, dass drei nicht eben kleine Männer, ein Tisch, diverse große Ladungsverzeichnisse, die Koje und die Seekiste eines Kapitäns sowie eine Neun-Pfünder-Halbkalverine nur mit Mühe Platz in der einen Hälfte der Heckkajüte eines Kriegsschiffs fünfter Klasse fanden. Hinzu kam die eher dürftige, behelfsmäßige Trennwand, hinter der, dessen waren wir uns peinlich bewusst, Brian Doyle O'Dwyer nur wenige Meter von uns entfernt saß oder lag und jedes unserer Worte belauschen konnte. Weshalb sogar Phineas Musk sich untypisch wortkarg gab und mustergültige Zurückhaltung übte – die wohl einzige segensreiche Auswirkung, die O'Dwyers Anwesenheit bei dieser Reise hatte.

Harrington, der über die Hintergründe meiner Abneigung gegen den sogenannten Colonel nicht so gut Bescheid wusste, hielt weniger hinter dem Berg. «Die außerordentlich langsame Fahrt durch den Kanal hat uns einiges an Proviant gekostet, Sir», sagte er. «Aber wie gesagt, das größte Kopfzerbrechen bereitet uns das faulige Wasser.»

«Betrügerische Hurensöhne», brummte Musk, denn auch seine Zurückhaltung hatte ihre Grenzen. Nicht weniger als drei große Fässer Wasser, angeblich ganz frisch vom Proviantamt in Tower Hill, hatten sich als faulig erwiesen, und was die Rechtschaffenheit der Lieferanten betraf, so teilte ich die Ansicht meines Stewards im Stillen.

«Also, Gentlemen», sagte ich, «dann bleibt uns wohl nichts anderes übrig, als in Funchal oder Teneriffa an Land zu gehen, um dem Missstand abzuhelfen?»

«Aye, Sir», bestätigte Harrington. «Wir haben noch genug Wasser und Proviant, um beide Ziele zu erreichen, aber in Funchal gibt es ein besseres Angebot an frischem Obst und Gemüse.»

Das war keine ungünstige Aussicht; englische Schiffe auf dem Weg nach Süden legten in der Regel entweder in Funchal auf Madeira oder in Teneriffa auf den Kanarischen Inseln an, wenn nicht sogar an beiden Orten, und ein Aufenthalt in einem warmen, gut versorgten Hafen könnte für die gereizte Mannschaft ebenso wie für ihre vorgesetzten Offiziere recht erholsam sein. Holmes und ich hatten bereits die Möglichkeit erörtert, einen der beiden Häfen anzulaufen, unsere Mission würde also dadurch nicht nennenswert beeinträchtigt. Was mich dabei jedoch beunruhigte, war der Gedanke, O'Dwyer eine so günstige Gelegenheit zu bieten, wieder zu seinen alten Spießgesellen überzulaufen; Funchal befand sich schließlich kaum hundert Meilen von der Korsarenrepublik von Salé entfernt, einer für den Iren wohl noch attraktiveren Tummelstätte von Piraten und Abtrünnigen als Algier selbst. O'Dwyer hatte Francis Gale bei einer unserer Mahlzeiten erzählt, dass er einige Jahre lang, während in Algier einer der dort regelmäßig ausbrechenden Aufstände wütete, von Salé aus in See gestochen war. Ich malte mir aus, wie der Abtrünnige uns hinter der Trennwand belauschte, und fragte mich, ob sein Verräterherz angesichts der Möglichkeit, die wir ihm jetzt eröffneten, wohl schneller schlug.

Die Entscheidung wurde mir durch ein Klopfen an der Kajütentür abgenommen. Ich rechnete halb damit, den Iren selbst zu sehen, der womöglich in der Absicht vorstellig wurde, sich mit hilfreichen Ratschlägen zu unseren Anlaufhäfen anzudienen. Doch es war Shish, der Zimmermann, dessen jungenhaftes Gesicht ungewöhnlich ernst wirkte. Er meldete besorgt, dass die Kettenpumpen immer stärkere Ausfallerscheinungen zeigten; und zwar schneller, als durch normale Abnutzung zu erwarten wäre. Ich bestellte Leutnant Castle zu mir, und dann gingen wir zu dritt nach unten, um uns das Problem anzusehen.

Unter dem Hauptdeck befand sich die fremdartige Welt des Schiffsraums, der Vorratsräume und, ganz unten, des Kielraums. Selten bin ich an einem so widerwärtigen Ort gewesen. Die Decke war so niedrig, dass ich mich nur stark gebeugt hindurchbewegen konnte. Es gab kaum Licht, und bei dem durchdringenden Kielraumgestank wurde mir derart schlecht, dass ich heftig schlucken musste; auf manchen besonders verdreckten Schiffen haben die übel riechenden Gase, die sich im Rumpf zusammenbrauen, schon Männer das Leben gekostet und sogar das gesamte Schiff zur Explosion gebracht, wenn man den Gerüchten glaubte. Hier, unterhalb der Wasseroberfläche, vermittelte das unablässig am Schiffsrumpf entlangrauschende Wasser einen lebhaften Eindruck von der tatsächlichen Zerbrechlichkeit unseres Fahrzeugs. Mit der genauen Funktionsweise unserer Kettenpumpen kannte ich mich nicht aus, doch welche Folgen es haben würde, wenn sie versagten, stand mir nur zu deutlich vor Augen: Der Atlantik würde heimtückisch durch unsere Planken und Spanten hereinsickern, denn das war auch durch noch so sorgsames Kalfatern nicht zu verhindern, und im Schiffsraum würde das Wasser steigen, weil es nicht mehr abgepumpt wurde. Und am Ende würde die *Seraph* schlicht und einfach untergehen.

Shish führte Castle und mich zu der Pumpe auf der Steuerbordseite; die andere, erklärte er, befand sich im selben Zustand. Der Zimmermann reichte Castle seine Lampe, um die Hände frei zu haben, und entfernte dann eine Blende, die den Schacht der Kettenpumpe teilweise verdeckte. Es war ein einfacher Mechanismus: Eine umlaufende, mit Scheiben besteckte Kette wurde von Männern oben auf dem Kanonendeck mit Hilfe von Kurbeln in Bewegung gehalten; das aufgeschöpfte Wasser lief von den Scheiben aus anschließend in eine Röhre, durch die es nach draußen abfließen konnte.

Shish deutete auf die Verbindungsglieder in der Kette. «Mehrere der Esse sind geschwächt, Sirs. Geschwächter sogar, als ich befürchtet habe, als ich in Deptford erstmals auf den Defekt hingewiesen habe. Es kommt mir vor –»

«Mehrere was bitte?», fragte ich.

«Esse, Captain. Die Verbindungsglieder. Wie ich Euch schon einmal erklärt habe.» Vor Ärger über meine Ignoranz und Vergesslichkeit verzog ich kurz das Gesicht. «Einige scheinen aus altem, weichem Metall gefertigt zu sein, das verzinkt oder auf andere Art getarnt wurde. Andere sind offenbar angesägt und dann zum Schein oberflächlich verlötet worden. Schlimmer noch, mit den Kettenspulen an beiden Pumpen ist ebenso verfahren worden, Sir, und die stellen unser schlimmstes Problem dar, mit Abstand.»

Castle beleuchtete mit der Lampe das untere Ende des Pumpenschachts, von wo Wasser auf unsere Füße zu schwappte. «Da ist die Spule, Sir», sagte er. «Ganz unten.» Ich konnte gerade noch eine Querstange erkennen, ein bisschen wie eine Pferdetrense. Um diese ratterte die Kette am unteren Ende der Vorrichtung herum, wobei die Scheiben eine nach der anderen ins Wasser eintauchten, das sie dann durch die Röhre nach oben beförderte.

«Wir haben noch Ersatz-Esse», sagte Shish, «aber ob die reichen, um alle beschädigten auszutauschen, steht in den Sternen – und wer weiß, ob die Ersatzteile nicht ähnlich präpariert worden sind? Ersatzkettenspulen haben wir allerdings keine, Sir. Das ist bei Kriegsschiffen fünfter Klasse nicht üblich.»

«Keine Ersatzspulen?» Ich war fassungslos. «Warum denn nicht, Herrgott nochmal?»

Shish zuckte mit den Schultern. «Weil die Kettenspulen niemals kaputtgehen, Sir. Sie werden ja weniger beansprucht als die Esse, schließlich macht die Kette die ganze Arbeit.»

«Kettenspulen gehen niemals kaputt», wiederholte ich, «außer anscheinend jetzt in unserem Fall.»

«Dafür kommen nur zwei Ursachen in Betracht, Sir», sagte Shish. «Am ehesten tippe ich auf diese Gauner von der Werft in Deptford – wahrscheinlich einer der Lagerverwalter, der die guten Teile an Handelsschiffe oben in Blackwall oder so verkauft hat und diesen minderwertigen Schund an die Marine verhökert –»

Castle fiel ihm ruppig ins Wort. «Kein Lagerverwalter, und wäre er noch so durchtrieben, würde wohl so weit gehen, ein königliches Schiff wissentlich mit einer angesägten Kettenspule auszurüsten, Mister Shish. Womit wir bei der zweiten Ursache wären –»

«Sabotage», ergänzte ich. «Irgendjemand hat die Pumpen mit beschädigten Essen und Spulen versehen, absichtlich und in dem Wissen, dass sie während unserer Reise vollends in die Brüche gehen würden.»

Shish und Castle nickten einmütig, denn dieser Schluss war unausweichlich. Anders als sie jedoch hatte ich bereits einen möglichen Urheber im Verdacht; hatte die Worte dieses mutmaßlichen Urhebers noch klar und deutlich im Ohr.

Diese Mission wird scheitern.

VIERZEHNTES KAPITEL

Auf mein Ersuchen hin kam Holmes von der *Jersey* zu einer Beratung mit mir und meiner heiligen Dreifaltigkeit Castle, Negus und Farrell herüber, an der ich auch Shish teilnehmen ließ, um das spezielle Problem mit den Pumpen zu schildern. Da nicht nur die *Seraph*, sondern das gesamte Geschwader für eine Reise in die Regionen südlich des siebenundzwanzigsten Breitengrads frische Süßwasser- und Weinvorräte an Bord nehmen musste, gab es keine Einwände gegen den Vorschlag, nach Funchal oder Teneriffa zu segeln; auf Teneriffa aber war wohl eher damit zu rechnen, dass es dort Eisengießereien gab, und auch in Anbetracht der herrschenden Winde würden wir auf unserer Reise weniger Zeit verlieren, wenn wir statt Madeiras diesen Zielhafen ansteuerten. Holmes und Negus waren zuversichtlich, dass sich auf Teneriffa Eisengießer, Kupferschmiede und dergleichen finden würden, die für die *Seraph* innerhalb weniger Tage, wenn nicht sogar Stunden, neue Esse und Kettenspulen anfertigen könnten, aber Shish schien da eher skeptisch. Holmes bedauerte aufrichtig, uns hier nicht aushelfen zu können, doch die *Jersey* war nun einmal ein wesentlich größeres Schiff, dessen Kettenpumpen aus anderen Bauteilen konstruiert waren als unsere. Davon abgesehen war Holmes befremdlich guter Dinge und schloss kategorisch aus, dass es sich um Sabotage handeln könnte; aber Holmes war auch die Sorte maritimer Haudegen, für die unumstößlich feststand, dass jeder einzelne Marinefunktionär an Land, vom kleinsten Lagerverwalter bis hinauf zu Mister Pepys, korrupt oder unfähig oder beides war und es vor allem darauf abgesehen hatte, dem alten Robert Holmes und seinem rechtschaffenen Verlangen, Holländer, Spanier oder wen auch immer zu massakrieren, der ihm vors Schwert geriet, Steine in den Weg zu legen. So einigten wir uns also auf Teneriffa. Einen Tag darauf wurden wir durch ein bösartiges kleines Unwetter mit heftigen Windböen von Holmes' *Jersey* getrennt. Was aber kein Grund zur Beunruhigung war, denn wir kannten ja alle die königlichen Anweisungen und wussten, dass auf Holmes Verlass sein würde. Selbst wenn wir ihn auf Teneriffa verpassten, würden wir unsere Fahrt so rasch wie möglich fortsetzen, um mit ihm bei Cabo Verde oder an der Mündung des Gambia-Flusses wieder zusammenzutreffen – denn Robert Holmes konnte es kaum erwarten, den Holländern so bald wie möglich Schaden zuzufügen.

So tauchte denn zu gegebener Zeit Santa Cruz de Tenerife vor uns auf, gelegen an der Ostküste der Insel, eine Stadt aus flachen Häusern und Türmen unterhalb eines mächtigen, grauen Bergmassivs. Zu ihrem Schutz diente eine Festung auf einer Landzunge im Süden, über der die rot-gelb-rote Flagge des sterbenden, besiegten Philipps des Vierten wehte, König von Kastilien, Aragon, Leon, Neapel, Sizilien, Jerusalem und weiß der Himmel, wie viele andere Titel er noch haben mochte, die ähnlich aus der Luft gegriffen waren wie der Anspruch meines eigenen königlichen Herrn, rechtmäßiger König von Frankreich zu sein. Viele der Männer waren an Deck, sogar die Wachen, die eigentlich frei hatten, denn ganz wie ihr Kapitän waren auch sie neugierig auf diesen Ort, an dem englische Waffen vor noch nicht allzu langer Zeit einen so glänzenden Sieg errungen hatten. Waffen in Rebellenhand zwar, aber englische Waffen nichtsdestotrotz. Denn hier hatten Robert Blake und seine Leute etwas mehr als sechs Jahre zuvor die *flota* vernichtet, Spaniens vermeintlich unbesiegbare Schatzflotte.

Ich wandte mich zu Leutnant Castle, der an jener Schlacht teilgenommen hatte, und bat ihn, sie mir zu schildern.

«Aye, Sir. Nun, ich war an Bord der *George*, dem Flaggschiff General Blakes – der *Saint George*, wie sie heute wieder heißt.» Ich lächelte. Die Puritaner hatten eine heftige Abneigung gegen alle Heiligen, sogar gegen Englands drachentötenden Schutzpatron. «Der Wind war etwas weniger südlich als jetzt – kam sogar direkt von Osten, ungelogen.» Castle schnupperte kurz, wie in der Hoffnung, in der Luft noch einen letzten Rest Pulverdampf jenes glorreichen Tages wahrnehmen zu können. «Die *flota* war in zwei Reihen vertäut, vom Kai dort unterhalb der Stadt nach Norden hinüber – die größeren Galeonen weiter außen – und bildete so eine gewaltige schwimmende Batterie gegen uns.» Man konnte sich die Szene leicht ausmalen, denn in der Bucht von Santa Cruz, ungefähr dort, wo sich die Galeonen befunden haben mussten, lag eine ganze Anzahl Schiffe vor Anker. Darunter auch die *Jersey*; Holmes war also vor uns eingetroffen, mit anderen Worten, ihm waren unterwegs keine Holländer begegnet, denen er das Leben hätte schwermachen können. «Und hinter den Galeonen, Captain», fuhr Castle fort, «befanden sich noch die ganzen Geschütze an Land – seht Ihr die Reihe von Geschützstellungen dort, vom Fort San Felipe bis hinab zum Süden der Stadt und ganz herum bis ans nördliche Ende der Bucht? Ich sage Euch, Sir, nicht wenige von uns hatten verdammte Angst, gegen so viele Kanonen anzutreten, aber Blake – nun, er war damals schon eine lebende Legende, und die meisten von uns wären für ihn mit Freuden in den Tod gegangen.»

«Ihr kanntet Blake persönlich?», fragte ich.

«Aye, Sir. Ich kannte ihn recht gut. Und ich hatte enormen Respekt vor ihm, wie die gesamte Flotte. Ein ehrlicher, schroffer Mann, sehr wortkarg, aber von einem starken Glauben beseelt. Er liebte seine Männer – kämpfte wie ein Löwe um besseren Sold und bessere Bedingungen für sie. Ein gelehrter Mann obendrein – es heißt, er hätte das Kriegshandwerk erst ergriffen, nachdem ihm eine Stelle als Tutor in Oxford verwehrt blieb.» Robert Blake und Tristram Quinton, miteinander an einer langen, ehrwürdigen Tafel scherzend; das war eine wahrhaft reizvolle Vorstellung. «Natürlich kein großer Seemann – das war keiner von Cromwells Generälen zur See. Aber was für ein Soldat! Was für ein überlegener Geist, Captain! Als er den Kapitänen seinen Plan erstmals unterbreitete, all diesen Seebären, die alles besser wussten, brüllten sie ihn nieder. Nannten ihn einen Wahnsinnigen. Sprachen einen Tag lang nicht mit ihm.» Castle, dem das Geschehen offenbar noch lebhaft vor Augen stand, gluckste vergnügt. «Aber Blake behielt die

Nerven, oh ja. Den Sabbat hielt er in Ehren – an dem Tag hätte er niemals angegriffen, nicht für alles Gold der Welt. Am Montag aber gab er Stayner den Befehl, als Erster mit einem Geschwader zwischen die beiden Reihen spanischer Galeonen vorzudringen. Weil er der Auffassung war, dass Stayner sich wohl gegen die landseitige Reihe ebenso würde behaupten können wie gegen die Geschütze an Land, während er, der General selbst, mit der Hauptflotte die andere, äußere Reihe großer Galeonen angreifen wollte.»

Ich blickte hinüber zu der näher kommenden Küste und konnte mir die Szene ohne weiteres vorstellen. «Aber», rief ich, «damit wurden doch Stayners Schiffe mit Sicherheit in ein höllisches Kreuzfeuer geschickt?»

«Ja, in der Tat. Und bei dem Ostwind wurde es für Stayner – und für uns andere ebenfalls, was das betraf – auch höllisch schwierig, sich zurückzuziehen, falls der Plan fehlschlug. Also sahen wir zu, wie sie nacheinander in die Bucht segelten, Stayners Schiffe, angeführt von seiner *Speaker*, gefolgt von der *Lyme*, der *Langport*, der *Newbury*, der *Bridgewater*, der *Winceby* –»

«Wenn das kein Geschwader so recht nach dem Herzen eines Republikaners war!», warf ich scherzhaft ein. «Hatte Stayner auch ein Schiff, das nicht nach irgendeiner Schlacht benannt war, bei der wir Königstreuen vernichtend geschlagen worden sind?»

«In der Tat, Sir. Ganz recht.» Castle schien ein wenig verlegen darüber, diese Litanei bitterer Erinnerungen mit so großer Begeisterung aufgezählt zu haben. «Jedenfalls», fuhr er fort, «dachten nicht wenige von uns, dass wir sie nie lebend wiedersehen würden. Sie segelten davon, zwischen die Reihen der Galeonen. Und dann sahen wir alle, was Blake wohl schon von Anfang an gesehen hatte. Durch die

Postierung der Galeonen entlang der Küste hatten die Spanier es ihren Geschützen an Land unmöglich gemacht, auf uns zu feuern, ohne ihre eigenen Schiffe zu treffen! Aber Blake hatte sich seinen Namen vor allem durch Belagerungen gemacht, damals im Krieg gegen die Roya – zur Zeit der Wirren in unserem Lande, Sir. Mit der Geschossbahn von Kanonen kannte er sich also sehr gut aus.» In dem Moment fiel mein Blick aufs Oberdeck, wo sich, am Fuß der Stiege zum Achterdeck, eine stetig größer werdende Schar Besatzungsmitglieder versammelt hatte; Castle hatte eine ziemlich laute Stimme, und jetzt hatte er auch ein ziemlich großes Publikum. «Jedenfalls segelte Stayner mit seinen Schiffen dahin, seelenruhig, bis ganz zum Anfang der Bucht, warf dort einfach Anker und fing an, nach beiden Seiten zu feuern, was die Rohre hergaben. Und dann waren wir dran, Captain. Blake hielt mit uns auf die äußere Reihe der großen Galeonen zu, und fürwahr, Sir, der Zorn Gottes zerschmetterte sie voller Ingrimm und ohne Gnade –» Francis Gale, der aufmerksam zuhörte, brauchte nur mahnend eine Augenbraue in die Höhe zu ziehen, und schon verschwand William Castles einstiger puritanischer Eifer wieder in den Winkel, aus dem er kurz hervorgekrochen war. «Nun, Captain, jedenfalls wurden der Admiral und Vize-Admiral der *flota* beide in die Luft gesprengt, und bis zum Nachmittag hatten wir die gesamte Flotte entweder vernichtet oder gekapert – alle sechzehn Galeonen, bei Gott!»

Francis Gale klopfte Castle auf die Schulter. «Umso bedauerlicher also, mein Freund, dass ein so gewaltiger Sieg für nichts und wieder nichts errungen wurde. Denn wenn ich mich recht entsinne, hat Captain Blake doch keine einzige Münze vom westindischen Schatz des spanischen Königs erbeutet.»

Castle ließ sich die Stichelei gutmütig gefallen; ein stolzerer Mann wäre wohl nicht so gelassen geblieben. «Aye, nun ja. Wir konnten nicht ahnen, dass die Spanier alles Gold und Silber schon lange vor unserer Ankunft an Land gebracht und vergraben hatten.» *Was vielleicht auch ganz gut so war,* überlegte ich im Stillen; *denn wenn Cromwells bankrottes Regime die Gold- und Silberschätze Westindiens in seinen Besitz gebracht hätte, wäre es womöglich nie zu einer Restauration gekommen, in Whitehall würde nach wie vor der Lord Protector Richard Cromwell herrschen, und Matthew Quinton müsste vielleicht noch immer eine dürftige Existenz in einem holländischen Dachstübchen fristen.* Die Parallele zur Mission der *Seraph* fiel mir sofort auf, denn was war ich im aktuellen Fall anderes als ein neuer, weniger begabter Blake, der im Auftrag eines verzweifelten und habgierigen englischen Machthabers einem illusorischen Traum von Gold hinterherjagte? Ich rief mir ins Gedächtnis, wie mein Großvater zu seiner Zeit auf Geheiß der großen Königin Bess mehr als einmal zwischen den westindischen Inseln umhergejagt war, auf der Suche nach vermeintlich leicht zu erbeutendem spanischen Gold, und wie sein alter Widersacher Raleigh auf Geheiß des alles andere als großen Königs James hingerichtet worden war, weil seine Suche nach El Dorado, einer sagenumwobenen Stadt aus Gold hoch oben am Amazonas, ohne Erfolg verlaufen war. Würden Könige und Lord Protectors je dazulernen, und würde es je damit ein Ende haben, dass bedauernswerte Narren auf vom Sturm gebeutelten Schiffen auf solche Irrsinnsfahrten geschickt wurden, um dabei den Tod zu finden?

Castles Stimme riss mich aus meinen Gedanken zurück in die Wirklichkeit. «Es war verdammt knifflig für uns, wieder aus der Bucht hinauszugelangen, denn nachdem wir ihnen die Galeonen aus der Schussbahn geschafft hatten, konnten die spanischen Landgeschütze natürlich nach Herzenslust auf uns feuern. Wir mussten Stayners Geschwader unter Dauerbeschuss herauspauken. Weiß der Herrgott, wie es die *Speaker* dort hinausgeschafft hat – die *Mary*, wie wir sie heute nennen. Kein einziger ihrer Masten stand noch aufrecht, so wahr Gott mein Zeuge ist.»

«Ein glänzender Sieg fürwahr», sagte ich, «daran ändern auch die verschwundenen Goldschätze nichts. Ein Jammer, dass es Blakes letzter Sieg sein sollte. Beim nächsten Krieg gegen die Holländer hätten wir ihn wahrlich gut gebrauchen können.»

Robert Blake, der größte englische Seefahrer seit Drake (obwohl mein Großvater, hätte er jetzt mit uns auf dem Achterdeck gestanden, diese Einschätzung sicherlich bestritten hätte) – dieser Blake war auf der Heimreise von Santa Cruz gestorben, als sein Schiff gerade in den Plymouth Sound einlief.

Castle zuckte bekümmert die Achseln. «Ich habe den General, glaube ich, gut genug gekannt, um sagen zu können, dass er dem König niemals gedient hätte. Dazu war er ein zu treuer Anhänger der Republik und der guten alten Sache der Gottesfürchtigen. Was jenen, die ihn aus seinem Grab holten, wohl auch nur zu bewusst war, glaube ich.» Der Leichnam Robert Blakes war, zur ewigen Schande meiner rachsüchtigeren Mitstreiter auf Seiten der Königstreuen, aus seinem Grab in der Westminster Abbey – in das er bei einem der größten Staatsbegräbnisse, die England je erlebt hatte, zur letzten Ruhe gebettet worden war – gerissen und in einem anonymen Massengrab verscharrt worden. *Sic transit gloria mundi.*

Wir segelten weiter, bis in die Bucht, und gingen ganz in der Nähe der Schwemme der Stadt vor Anker, nicht allzu weit weg von der *Jersey*. Holmes schickte seine Empfehlungen herüber und lud mich ein, mit ihm zu Mittag zu speisen; von O'Dwyer war in der Einladung ausdrücklich nicht die Rede. Das schien den Iren auch nicht weiter zu interessieren, der sagte, er hätte bereits beschlossen, mit Captain Facey an Bord der *Prospect of Blakeney* zu speisen, um danach eine Runde durch die Stadt zu drehen. Castle begab sich umgehend an Land, da er mit seinen Spanischkenntnissen am besten dazu in der Lage war, unser Anliegen bei den Eisengießern und ihren Zunftgenossen vorzutragen. So wurde ich also kurz nach der Mittagsstunde von Bootsführer Lanherne und seiner Crew zur *Jersey* hinübergerudert. Holmes war in glänzender Stimmung. Die meisten Männer werden kleinlaut und verzagt, wenn der Kampf näherrückt; Robert Holmes aber war einer von der Sorte, die bei der Aussicht, bald Kanonendonner zu hören, geradezu aufblüht. Er wetterte gegen die *hogens mogens* – unser Spottname für die hochmögenden, einflussreichen Herren der Generalstaaten –, gegen ihren verschlagenen Anführer, Großpensionär De Witt, gegen all ihre hochgejubelten Seeleute, und wollte eben zu einer Tirade über die weithin bekannte Sittenlosigkeit holländischer Frauenzimmer ausholen, als ihm verspätet einfiel, dass meine Frau ja auch aus diesem Land stammte. Holmes bat mit hochrotem Kopf um Entschuldigung, wechselte eilig das Thema und redete stattdessen über das Wetter.

Unser angenehmer Nachmittag fand ein jähes Ende, als William Castle mit schlechten Neuigkeiten eintraf: Die Eisengießer und Kupferschmiede von Santa Cruz de Tenerife hatten sich geschlossen geweigert, uns neue Kettenspulen und Esse zu schmieden. Der Grund für diesen Rückschlag war meinem Leutnant sichtlich peinlich. «Es ist allein meine Schuld, Sir», erklärte er. «Ich hätte nie an Land gehen dürfen – Shish hätte mit ihnen verhandeln sollen, mit einem der englischen Kaufleute als Dolmetscher. Aus irgendeinem Grund wussten sie anscheinend, dass ich bei der Schlacht damals zu Blakes Flotte gehört habe. Einer hat mir sogar ins Gesicht gespuckt. Sie haben einmütig geschworen, keinen Finger zu rühren, um den Ketzern zu helfen, die damals ihre *flota de Indias* vernichtet haben.»

⋄⋄⋄⋄⋄⋄

Ich kehrte in düsterster Stimmung auf die *Seraph* zurück und rief meine Offiziere zu einer Beratung zusammen. Alle waren fassungslos über die perfide Niedertracht der Eisengießer; oder, wie Francis Gale es ausdrückte: «Lieber Gott, wissen diese Leute denn nicht, dass England inzwischen wieder eine Monarchie ist? Können die ein königliches Kriegsschiff nicht von einem Rebellenschiff unterscheiden? Ich hoffe, Ihr verzeiht mir, Mister Castle?»

Der einstige Leutnant der Rebellenarmee nickte großmütig.

Diese Angelegenheit, die zunächst so unbedeutend gewirkt hatte, bereitete jetzt uns allen Kopfzerbrechen. Wir mussten am nächsten oder übernächsten Tag weitersegeln, und ohne diese Teile ging das nicht. Wie also konnten diese nichtsnutzigen Schurken von spanischen Eisengießern dazu bewegt werden, sie doch noch für uns anzufertigen? Mit Geld selbstverständlich, das wir uns, vermittels Wechseln, bei hiesigen englischen Kaufleuten vermutlich in ausreichender Menge beschaffen könnten, um ein wahres Vermögen für diese paar Werkteile aus Metall zu bezahlen; ein bestechlicher Eisengießer würde sich schon finden, der bei entsprechender Bezahlung bereit wäre, aus dem Embargo auszuscheren. Nur, welche Gewähr hatten wir, dass dieser bestochene Eisengießer nicht aus schierer Bosheit Esse und Kettenspulen anfertigte, die ebenso schadhaft waren wie die Teile, die sie ersetzen sollten? Falls wir auf Teneriffa keinen verlässlichen Ersatz auftreiben konnten, müssten wir die Teile aus England kommen lassen; und wie viele Wochen oder Monate würde es, bei dem schlechten Winterwetter im Zusammenspiel mit dem Schlendrian auf der Werft, dauern, bis sie, wenn überhaupt, bei uns eintrafen? Shish war nicht bereit, den Pumpen auch nur einen weiteren Tag auf hoher See zu vertrauen, und hatte sogar seine Zweifel daran, ob sie halten würden, wenn wir einfach nur vor Anker liegen blieben. Ich konnte wohl kaum mich und mein Land so weit herabwürdigen, dass ich die Spanier kniefällig darum bat, in ein Trockendock verholen zu dürfen (selbst wenn sie bereit wären, uns diese Unterstützung zu gewähren), andernfalls jedoch drohte durchaus die Gefahr, dass die *Seraph* einfach an ihrem Liegeplatz im Wasser versank; *und so ging, weil ein Hufnagel fehlte, das ganze Königreich verloren.* Eine innere Stimme flüsterte mir zu, dass es doch gar keine reizlose Aussicht war, notgedrungen einige Monate auf dieser Insel mit ihrem angenehmen Klima zu verbringen und auf diese Weise auch um die wahnwitzige Goldsuche in Gambia herumzukommen. Mein Ehrgefühl jedoch begehrte heftig gegen diese feigen Ausflüchte auf. Wir befanden uns auf einer vom König bestimmten Mission, und ich hatte die Pflicht, sie nach bestem Wissen und Gewissen durchzuführen. Vor allem aber wurde ich den Verdacht nicht los, dass das Einschmuggeln der defekten Teile an Bord der *Seraph* nur die Bestätigung der prophetischen Worte meines Schwagers und seiner festen Entschlossenheit sein konnte, uns daran zu hindern, jemals den Gambia-Fluss zu erreichen. Ich hatte über seine Ausführungen zu königlicher Willkürherrschaft und Herrschaft durch das Parlament eingehend nachgedacht, war dann aber zu dem Schluss gelangt, dass dieser Gefahr am besten dadurch zu begegnen war, dass ich mit O'Dwyer nach Afrika reiste und seine Geschichte dort als die faustdicke Lüge entlarvte, die sie zweifelsohne war. In dem Fall könnten Venner und ich uns beide beruhigt zurücklehnen. Sollte ich jedoch in ein paar Wochen wider Erwarten in der Wüste einen glitzernden Berg aus Gold vor mir erblicken – nun, dann müsste sich Matthew Quinton möglicherweise ernsthaft mit der Frage auseinandersetzen, ob ein derart märchenhafter Reichtum tatsächlich allein in die ehrgeizigen Hände Charles Stuarts gelegt werden sollte. Über dieses schwierige Dilemma aber wollte ich frühestens dann entscheiden, wenn es so weit war, und zwar nach eigenem freien Ermessen, ohne mir von Venner Garvey oder einer Bande aufmüpfiger spanischer Eisengießer irgendetwas diktieren zu lassen.

Da eine Lösung nicht so schnell bei der Hand schien, machte sich unter meinen Offizieren eine zunehmend gereizte Stimmung breit. Harrington, der von Buchführung weit mehr verstand als von der Kriegskunst, schlug vor, die Stadt durch eine massive Kanonade in die Knie zu zwingen, worauf Castle und Lindman aber zutreffend einwandten, dass die Spanier uns leicht mit Dutzenden, wenn nicht gar Hunderten Kanonen unter Feuer nehmen könnten; und, wie Castle noch zu bedenken gab, da es schon für den unsterblichen Blake und seine großartige Flotte kein Kinderspiel gewesen war, was sollte da eine lumpige fünftklassige Fregatte ausrichten. (Die Frage, ob die *Jersey* uns unterstützen würde, stellte sich erst gar nicht; Holmes würde unsere Chancen vermutlich ähnlich beurteilen wie Castle und Lindman, und außerdem würde er uns zuliebe wohl kaum seine Abreise verschieben, brannte er doch darauf, endlich seinen Privatfeldzug gegen die *hogens mogens* zu beginnen.) Kit, der mit den Verhältnissen in Hafenstädten wohlvertraut war, regte an, die englischen Kaufleute vor Ort um Hilfe zu bitten, in unserem Namen zu verhandeln, ein Vorschlag, der am Ende die grummelnde Zustimmung des gesamten Rates fand. Keiner von uns aber setzte großes Vertrauen in eine Maßnahme, die von der Vermittlung kleinlicher, Ausflüchte machender Kaufleute abhing.

Entsprechend finsterer Laune war ich weiterhin, als ich mich in meine halbierte Kajüte zurückzog. Musk kam herein, stellte mir wortlos eine Flasche Sherry auf den Tisch und ging wieder hinaus. Der Tag hätte also vermutlich damit ausklingen können, dass der ernüchterte (wenn auch nicht mehr nüchterne) Kapitän der *Seraph* halb betäubt auf seine Koje niedersank, aber der Herrgott in seiner ewigen Gnade sorgte für eine letzte köstliche Genugtuung, um meine Stimmung aufzuhellen. Ich hatte etwa ein halbes Glas intus, als ich mitbekam, wie O'Dwyer in seine Backbordhälfte hinter der Trennwand zurückkehrte. Dort lief er kurze Zeit unruhig auf und ab, als würde er um eine Entscheidung ringen. Dann kam er auf meine Seite hinüber, klopfte an und trat ein, ohne meine Antwort abzuwarten. Wir wechselten ein paar belanglose Worte, er erkundigte sich nach dem Zustand der Kettenpumpen (ich speiste ihn mit einer eher unverbindlichen Antwort ab), und ich fragte, wie sein eigener Ausflug an Land verlaufen sei.

«Eine durchaus angenehme Stadt, und es hat gutgetan, sich mal wieder die Beine an Land zu vertreten – so lange Seereisen bin ich, ehrlich gesagt, nicht mehr gewohnt. Und in einer Klosterkirche der Dominikaner in der Oberstadt wurde aufs schönste die Abendmesse zelebriert. Aber welch sonderbarer Zufall, Matthew», sagte O'Dwyer und zog dabei eine Augenbraue in die Höhe. «Egal, wo ich mich hinwandte, es schienen mich ständig zwei oder drei Eurer Leute zu begleiten! Fürwahr, ein misstrauischerer Mensch könnte glatt den Verdacht schöpfen, dass diese Männer den Auftrag hatten, ihn auf Schritt und Tritt zu beschatten!»

Ich gab mich ganz arglos. «In der Tat ein merkwürdiger Zufall, Colonel O'Dwyer. Aber die Anwesenheit meiner Männer wird Euch doch fraglos sehr beruhigt haben – wart Ihr doch auf diese Weise geschützt vor etwaigen Agenten Montnoirs oder auch vor den Machenschaften irgendwelcher Spitzbuben aus dem Freibeuternest Salé.»

Er lächelte, doch es war das undurchsichtige Lächeln eines Tigers. «Ja, das hat mich wirklich sehr beruhigt. Ihr habt ganz recht, Captain Quinton. Ich bin Euch zu großem Dank verpflichtet, Sir.»

Damit ging er hinaus; später aber, vor dem Einschlafen, hörte ich von nebenan ein dumpfes Pochen, ganz so, als hätte er einem Schott einen Fausthieb oder Fußtritt versetzt.

◇◇◇◇◇◇

Der nächste Morgen bescherte uns den freudigen Anblick eines Bootes, das von der neu eingetroffenen *Madras Merchant* zu uns herübergerudert kam. Sie war unterwegs von London nach Ostindien und hatte Post für uns und andere

Schiffe dabei, und nachdem die Briefe verteilt worden waren, zog ich mich umgehend in meine Kajütenhälfte zurück.

Nichts von Tristram; das war eine Enttäuschung. Doch es waren mehrere Briefe von Cornelia dabei, die ich in fiebriger Hast aufriss. Wie üblich waren sie in ihrem etwas ungelenken Englisch abgefasst. Mündlich beherrschte sie die Sprache recht gut (besonders Kraftausdrücke eignete sie sich mit erstaunlicher Leichtigkeit an), doch im Schriftlichen haperte es noch etwas. Vor allem war ihre Handschrift alles andere als leserlich. Dennoch gelang es mir, alle Buchstaben in einen sinnvollen Zusammenhang zu bringen und, wenn ich das, was sie über Freunde und den Hof zu berichten hatte, einmal außer Acht ließ, einiges von dem nachzuvollziehen, was sich seit meiner Abreise aus England zugetragen hatte. Hier zum Beispiel ein Ausschnitt aus ihrem Brief vom 6. Januar:

Die Schandhure hält sich von uns in Ravensden fern. Was ein Segen ist, obwohl deine Mutter das anders sieht. Bislang ist der Bauch von Mylady noch nicht angeschwollen, was dein Bruder anscheinend verwunderlich findet. Ich finde es eher verwunderlich, dass er glaubt, Manns genug zu sein, um das bewirken zu können. Er weilt häufiger bei Hofe denn je, zusammen mit ihr. Jeden Tag suchen wir nach Beweisen für die Verbrechen der Hyäne. Tris schreibt an seine jungen Männer überall im Land, um das alte Weib ausfindig zu machen. Aber das halte ich für verrückt. Ich warte lieber auf einen Brief von unserem Freund, der Neuigkeiten über die Tochter enthält.

In ihrem Brief vom 17. Januar stand zu lesen:

Dein Bruder und die Hure sind jetzt hier in Ravensden, weil der Hof in (unleserlich) *weilt. Sie schwingt jetzt das Zepter über uns. Falls sie dem Hause Quinton einen Erben besche-*

ren wollen, gehen sie dabei sehr merkwürdig vor – sie teilen zwar des Nachts das Schlafgemach, aber ich weiß, dass sie nicht dasselbe Bett teilen. Du weißt ja, wie dünn die Wände zum Schlafgemach des Earls sind. Ich höre alles. Die Barcocks hören alles. Doch zu hören ist nicht das Geringste. Mir scheint, selbst deine Mutter bereut mittlerweile ihr entschiedenes Eintreten für die Hochzeit mit dieser Hure, diesem ruchlosen, schändlichen Sauluder, dieser – von hier ab sorgte Cornelias Zorn gottlob dafür, dass die folgenden beiden Seiten gänzlich unleserlich waren.

Diese Neuigkeiten stimmten mich sehr besorgt – dabei hatte ich weiß Gott schon Sorgen genug der verwünschten Kettenpumpen wegen. Etwas später an jenem Tag besprach ich diese neuesten Entwicklungen mit Francis Gale und Phineas Musk. Wie Musk es fertiggebracht hat, sich mit in die halbe Kajüte zu schmuggeln und gleichberechtigt an diesem Gespräch teilzunehmen, gibt mir noch heute, all die Jahre später, Rätsel auf. Tatsache ist, es war einfach so. Wir konnten ungezwungen reden, denn mein Nachbar O'Dwyer war an Land, um sich ein weiteres Mal in Santa Cruz de Tenerife die Beine zu vertreten. Und auch dieses Mal waren Abordnungen meiner Männer zur Stelle, die immer in seiner Nähe waren und ein Auge auf sein Wohlergehen hatten.

«Kein Wunder, dass meine Frau so verbittert ist», sagte ich. «Ich will mir gar nicht ausmalen, wie es zurzeit dort zugeht – mit Gräfin Louise unter einem Dach. Mit Cornelia und meiner Mutter allein war es ja schon schlimm genug.»

«Ganz recht», sagte Francis. «Verwunderlich aber ist, meiner Ansicht nach, dass Euer Bruder bereit ist, so viel Zeit am Hof zuzubringen. So, wie ich ihn kennengelernt habe, verabscheut er diesen Ort doch sonst – den Jahrmarkt der Eitelkeiten und die großen Menschenmassen.»

«Und zwar immer schon», bestätigte Musk. «Genau wie Euer Herr Vater, Captain. Anders als *sein* Vater, natürlich.»

«Lady Louise muss wahrlich eine bezwingende Macht auf meinen Bruder ausüben», sagte ich. «Aber diese Andeutung, dass meine Mutter auf einmal Bedenken dieser Ehe wegen haben soll – mein Gott, das erscheint mir kaum glaubhaft. Eher würde sie mit dem Geist Noll Cromwells zu Abend speisen, als jemals zuzugeben, dass sie sich bei irgendetwas geirrt haben könnte.»

Musk und Francis nickten einmütig, denn auch sie kannten meine Mutter gut genug.

Ich blickte meine beiden Mitverschwörer an und fragte mich, was dabei herauskommen sollte, wenn wir über wochenlang zurückliegende Ereignisse in England sprachen, die sich gänzlich unserem Einfluss entzogen. Manchmal aber tut es einfach nur gut, seinem Herzen Luft zu machen. Francis als Mann Gottes ermunterte einen förmlich zu solcher Offenheit; Männern wie ihm hatten meine Vorfahren jahrhundertelang ihre Sünden gebeichtet, und es bedurfte schon mehr als einiger kurzer Generationen protestantischen Glaubens, um diese Grundhaltung gänzlich aus der Seele eines Engländers zu entfernen (zumal bei einem Engländer, der teilweise in der Obhut einer katholischen französischen Großmutter aufgewachsen war). Was Phineas Musk betrifft: Nun, seine Gegenwart war gänzlich anderer Natur. Doch wie so häufig war er es, der auf seine unverblümte Art zum eigentlichen Kern der Sache vordrang.

«Bumsen», sagte Musk unvermittelt. Francis und ich sahen ihn verdutzt an. «Es dreht sich alles ums Bumsen.

Sind der Earl und die Gräfin in Ravensden – wird nicht gebumst. Sind der Earl und die Gräfin dagegen in Whitehall – wird gebumst. Das deutet Euer Bruder doch an, wenn er nicht verstehen kann, warum das Luder nach ihrer gemeinsamen Zeit dort noch kein Kind erwartet. Wir müssen also herausfinden, warum sie an dem einen Ort gebumst haben und an dem anderen nicht.»

Das war eine schlichte Wahrheit, die jedoch unmöglich zu überprüfen war. Oder vielleicht doch? Wir wussten einfach nicht, was sich in Whitehall genau abgespielt hatte, und Cornelia war auch kaum dazu in der Lage, das herauszufinden. Ich dagegen, der ich so viele hundert Meilen weit weg war, paradoxerweise schon. Nachdem Musk und Francis die Kajüte verlassen hatten, setzte ich mich hin und fing an, einen Brief an Will Berkeley zu schreiben, Kapitän auf Seiner Majestät Schiff *Bristol*, in dem ich ihn um Fürsprache bei seinem Bruder, Viscount Fitzharding, und bei seinem Vater, dem Schatzmeister des Königlichen Haushalts, bat. Wenn irgendwer auf Erden um die dunklen Geheimnisse am Hofe Charles' des Zweiten wusste, dann die Angehörigen des edlen Hauses von Berkeley. Hätte ich mich doch zur Lösung meines Problems mit den Ersatzteilen für die Kettenpumpen bloß auch an Freunde und Familie wenden können …

Ein Sturm kündigt sich nicht selten mit einer winzigen Wolke am Horizont an, die immer größer und finsterer wird, je näher sie herankommt. Ganz ähnlich verhielt es sich auch mit meiner Idee. Als ich den Brief an Will fertiggeschrieben hatte, setzte ich mich in das Heckfenster und blickte hinaus auf die Bucht von Santa Cruz de Tenerife. Dort lagen spanische, holländische, schwedische und Schiffe aus Hamburg vor Anker, zwischen denen ein reges

Hin und Her kleinerer Boote herrschte, die entweder Waren brachten oder abholten. Ich beobachtete, wie eine spanische Galeone mit sechzig Kanonen an Bord in die Bucht einlief: ein majestätischer Anblick, aber getrübt durch die sehr schlechte Handhabung durch ihre Mannschaft, die wohl vorwiegend aus unwilligen Zwangsrekrutierten bestand, wie Don Alonso de Villasanchez mir bei dem Feldzug in den Dünen erklärt hatte. Oh, hätte mein Großvater dieses Schauspiel mit angesehen, er hätte wohl sofort gedacht, *was für eine leichte Beute, Freunde …*

Der Anblick der imposanten spanischen Galeone weckte Erinnerungen, und mit den Erinnerungen erwachte auch altes Wissen in mir. Ich kannte die Spanier gut; besser, als mir offen gestanden bewusst gewesen war. Vor meinem Umzug nach Veere hatte ich in den Spanischen Niederlanden gelebt. Ich hatte unter spanischer Flagge gekämpft, wenn auch bloß, weil König Philipp damals der einzige Monarch war, der unsere armselige, königstreue Partei im Exil anerkannte. Auch in Spanien selbst hatte ich kurze Zeit gelebt, als ich meinen Bruder auf einer Mission im Escorial begleitete. Die Spanier waren ein Volk, das dem Begriff der Ehre eine noch höhere Bedeutung beimaß als wir Engländer und Personen von Rang und Adel bedingungslosen Respekt zollte; jeder Bauer versuchte sich eine adlige Herkunft anzudichten, und dies nicht nur, weil man als Adliger in Spanien den Vorzug genoss, lebenslang von der Steuerpflicht befreit zu sein. Auch auf ihre Streitkräfte waren die Spanier äußerst stolz, doch sie waren auch ein abergläubisches Volk und wurden nur sehr ungern an ihre schlimmsten Niederlagen erinnert.

Aus dieser lockeren Wolke war eine Idee in mir zum mächtigen Sturm herangewachsen. Ja, diese Idee mochte aussichtslos und verzweifelt erscheinen, doch unsere Sache war schließlich auch aussichtslos und verzweifelt, und was hatten wir schon zu verlieren?

Ich lächelte vor mich hin und schickte nach Martin Lanherne und Julian Carvell.

Die beiden sehr unterschiedlichen Geschichten beruhten anfangs auf reinen Tatsachen. Die erste, die von Lanhernes Männern in den *tavernas* im südlichen Teil der Stadt in Umlauf gebracht wurde, war die Geschichte vom Ehrenwerten Matthew Quinton, Bruder eines der vornehmsten Earls von England und Kapitän des königlichen Kriegsschiffs dort unten in der Bucht, der bei der Schlacht in den Dünen in der spanischen Armee unter Don Juan de Austria gedient hatte. Diese Geschichte wurde in den nächsten Stunden von Engländern so lange von Taverne zu Taverne weitererzählt, bis aus mir am Ende des Abends ein vermeintlicher General in spanischen Diensten vom Range Spinolas geworden war, der von König Philipp persönlich zum Ehrenritter des Ordens von Calatrava geschlagen worden war.

Die zweite Geschichte, die von Carvells Leuten im nördlichen Teil der Stadt verbreitet wurde, bedurfte keiner Ausschmückungen und Übertreibungen. Es handelte sich um die ebenso schlichte wie zutreffende Feststellung, dass der junge englische Befehlshaber des Schiffs in der Bucht der leibliche Nachfahr des *diablo blanco* höchstpersönlich war. Diese Kunde sprach sich alsdann von Taverne zu Taverne herum, bis am Ende des Abends die meisten Einwohner Santa Cruz de Tenerifes davon überzeugt waren, dass die Ankunft des Geisterschiffs des legendären Earl Matthew mit der nächsten Flut bevorstand.

Beide Geschichten zusammen erzielten das gewünschte Ergebnis: Am frühen Morgen lagen uns sieben konkurrierende Angebote betreffs der Ersatzteile für unsere Kettenpumpen vor. Eisengießer überboten einander mit der Beteuerung, sie würden beim Grab ihrer Mutter schwören, dass sie in der Lage wären, die Esse und Spulen bis Sonnenuntergang zu fertigen, und zwar in einer solchen Qualität, dass diese neuen Teile bis zum Jüngsten Tage halten würden.

FÜNFZEHNTES KAPITEL

Das Geschwader stach kurze Zeit später von Santa Cruz de Tenerife aus wieder in See, wobei die *Seraph* stolz im Kreise ihrer Geleitschiffe dahinsegelte, und bei günstigem Wind nahmen wir Kurs auf Cabo Verde, wenige hundert Meilen oberhalb der Mündung des Gambia-Flusses. Die Reise verlief soweit glatt, von einem kuriosen Zwischenfall abgesehen. Eines Morgens wurde ich in aller Frühe von Musk geweckt, der völlig außer sich schien und mich aufgeregt beschwor, sofort an Deck zu kommen. Nachdem ich mir noch rasch mein Schwert umgeschnallt hatte, folgte ich ihm hinaus ins gleißend helle Sonnenlicht eines weiteren brütend heißen Tages. Männer standen in Grüppchen am Fuß der Masten herum, tuschelten miteinander und deuteten nach oben zu den Segeln – die allesamt blutrot waren.

Ich blinzelte ein paar Mal in der Hoffnung, dass dieser Anblick nur eine Sinnestäuschung war, die sich verflüchtigen würde, sobald sich meine Augen an die Hitze und das helle Licht gewöhnt hatten. Umsonst jedoch. Über Nacht hatten die Segel sich blutrot eingefärbt.

«Gerüchte von einem Fluch machen die Runde», sagte Musk. «Segel voller Blut. Manche raunen, das sei ein Vorzeichen, dass wir alle auf dieser Reise umkommen werden. Poseidon ist um sein Blutopfer gebracht worden, als wir wegen der Kettenpumpen nicht untergegangen sind, und jetzt kündigt er uns damit seine Rache an.»

Wenn ich in dieser Lage auf eins gut verzichten konnte, dann auf unheilvolle Spökenkiekereien von Phineas Musk. Was ich jetzt brauchte, waren Köpfe, die schon mehr Erfahrung auf See hatten.

Kit Farrell kam an Deck, wofür ich dem Herrgott im Stillen dankte. Er betrachtete kurz die Segel, sah dann mich an und sagte: «Also, Captain. So etwas habe ich ja noch nie gesehen.» Auch diese Feststellung war mir nicht unbedingt hilfreich, während die Männer immer aufgeregter miteinander tuschelten. Mitunter aber vergaß ich zu leicht, dass Kit auch nur ein junger Mann meines Alters war; obwohl er hundertmal mehr von der Seefahrt verstand, als ich jemals würde lernen können, war seine Erfahrung notgedrungen begrenzt. Doch er verfügte über eine ausgezeichnete Beobachtungsgabe und einen hellwachen Geist. Denn jetzt spähte er nach Backbord und setzte hinzu: «Aber ich glaube auch nicht, dass man so etwas schon mal auf den beiden anderen gesehen hat.»

Ich folgte seinem Blick und sah, dass die Segel der weitentfernten *Jersey* und *Prospect of Blakeney* dieselbe blutrote Färbung aufwiesen.

«Ich lasse Mister Castle und Mister Negus an Deck rufen», sagte ich.

Kit schüttelte den Kopf. «Sie deshalb zu wecken dürfte nicht nötig sein, Sir. Ich schlage vor, das Schiff so dicht wie möglich an den Wind zu bringen und dann wieder zurück – es also zu luven und dann wieder Lee zu machen. Durch dieses Manöver werden wir kaum den Anschluss an Captain Holmes und die *Prospect* verlieren, da wir sie mühelos wieder einholen können.»

Ich hatte noch immer große Angst davor, eigenständig Befehle zu erteilen. Zu sehr setzten mir nach wie vor die Erinnerung an mein katastrophal gescheitertes erstes Kommando auf der *Happy Restoration* zu und damit auch die irrationale Furcht, dass ein von Captain Matthew Quinton erteilter falscher Befehl abermals zur Vernichtung eines königlichen Schiffs und zum Tod von über hundert Menschen führte. Tatsächlich aber spürte ich, dass ich Gefahr lief, auf dieser Reise zu einem bloßen Statisten zu werden, statt mich selbstbewusst als Kapitän zu bewähren. Castle und Negus waren beide so erfahrene, zuverlässige Leute, dass ich mich ihren Entscheidungen nur zu gern beugte und mir dabei einredete, dass diese Beschlüsse durch einmütige Beratung unter Gleichgestellten zustande kamen, zu denen auch der Kapitän gehörte. Obendrein hatte ich darüber fast vergessen, wie sehr ich Kit Farrells Urteilsvermögen vertraute.

«Sehr wohl, Mister Farrell», sagte ich. «Ahoi, Ruder nach Luv und dann wieder nach Lee!»

Ich hörte den Bestätigungsruf des Steuermanns am Kolderstock, und gleich darauf begann die wendige *Seraph* auch schon ihre Drehung auf den Wind zu. Dichter, immer dichter, bis zu dem Punkt, an dem es kein Zurück mehr gab – die Segel begannen heftig zu schlackern und zu flattern, und dabei löste sich das «Blut» in stäubenden Wolken und ging zu einem nicht geringen Teil auf Deck und damit auf uns alle nieder, die dort versammelt standen. Musk klopfte und strich hektisch an sich herum. Ich fuhr mir mit der Hand durchs Haar und musterte dann die roten Flecken an meinen Fingern und dem Handteller. Lachend hielt ich meine Hand in die Höhe, um sie der Mannschaft zu zeigen, die jetzt völlig verwirrte Blicke wechselte. «Sand, Leute!», rief ich freudestrahlend. «Der rote Sand Afrikas!»

Der Steuermann brachte das Schiff wieder auf den ursprünglichen Kurs, und während dieses Manövers wandte ich mich zu meinem Bootsmann. «Gut gemacht, Mister Farrell!», sagte ich. «Wieder einmal hat die Vernunft den Aberglauben besiegt.»

Er zuckte bescheiden die Achseln. «Eine andere Erklärung schien es nicht zu geben, Sir. Aber wenn das Rot bei der Drehung nicht herausgeschüttelt worden wäre – tja, dann hätte ich wohl auch an einen Fluch geglaubt.»

Mein Blick fiel auf Carvell und Macferran, die am Hauptmast beisammenstanden. Die Scherereien mit den Kettenpumpen und Cornelias Neuigkeiten hatten mich in letzter Zeit so sehr in Atem gehalten, dass ich kaum noch einen Gedanken an die strenge Bestrafung des jungen Schotten verschwendet hatte. Ich mochte Macferran und hoffte sehr, dass er und meine Getreuen aus Cornwall auf dem Unterdeck mir wegen seiner Behandlung nicht grollten. Also ging ich zu den beiden hinüber, äußerte ein paar Worte in der Richtung und fügte ein wenig steif hinzu, dass ein Kapitän auf seinem Schiff nun einmal, ohne Ansehen der Person, für Disziplin sorgen müsse. Aber Carvell grinste nur.

«Wir Euch grollen, Captain?», sagte der Dunkelhäutige aus Virgina, offenbar ehrlich verwundert. «Keine Spur, Sir. Macferran könnte gar nicht glücklicher sein, stimmt's, Junge?»

Der junge Schotte lächelte scheu. «Aye, Captain», sagte er mit seinem weichen schottischen Akzent. «Na ja, zum einen hattet Ihr ja recht, Sir – ich habe angefangen, also hatte ich die Strafe verdient. Das war allen auf dem Schiff klar, mir auch. Außerdem, wenn mich einer einen rothaarigen Whiskeyschluckspecht nennt, sagt er ja weiß Gott nicht die Unwahrheit damit», meinte Macferran reumütig. «Und wenn man ausgepeitscht wird – na ja, in den Augen der anderen macht einen das erst zum Mann, so sieht's aus. Einige der Jungs aus Bristol teilen jetzt sogar ihren Tabak mit mir. Und die Mädels drüben in Santa Cruz finden es unwiderstehlich, wenn ein Kerl frische Striemen am Rücken hat, das kann ich nur bestätigen, Captain. Bekommen gar nicht genug davon, da mit den Fingern drüberzustreicheln, oh ja –»

Dass eine Bestrafung auf hoher See als Ehrenzeichen aufgefasst werden oder gar der Liebe förderlich sein könnte, war mir neu, aber Carvells vielsagendes Grinsen in Richtung seines jungen schottischen Freundes belehrte mich, dass ich da wohl noch einiges zu lernen hatte.

◇◇◇◇◇◇

Drei Tage darauf langten wir bei Cabo Verde an, einer großen, aus der gebirgigen Küste Afrikas hervorspringenden Landspitze, auf der zwei hochaufragende Hügel unmittelbar ins Auge stachen. Wie alle Landzungen bildete das Kap ein wahres Paradies für die Sturmvögel, Tölpel und Kormorane, die dort in der Luft umherkreisten und ins Wasser tauchten; zwei hohe Felsen waren von ihrem Dung sogar so schneeweiß, dass sie den Eindruck von Schiffen unter Segel machten. Wir steuerten zwischen den Hügeln und kleinen Inseln östlich des Kaps hindurch und warfen schließlich sechsundzwanzig Faden tief Anker, etwa drei Meilen von einer sandigen Bucht entfernt. Hier steigerte sich der Wind zu einem wahren Sturm, der uns davon abhielt, direkt um das Kap herum nach Gorée zu segeln, einem Eiland etwa eine Meile südlich des Kaps, das Holmes zu erkunden beabsichtigte. Es handelte sich um eine Kolonie der Holländer, die sie nach einer mir wohlbekannten Insel vor der Küste Zeelands, unweit von Veere, der Vaterstadt meiner Frau, benannt hatten. Als der Wind früh am nächsten Morgen auf Nordwest drehte, bestellte Holmes O'Dwyer, Facey und mich zu einem Kriegsrat auf die *Jersey*, um unser Vorgehen gegen die Insel zu besprechen. Kaum hatten wir uns in seiner großen Kajüte versammelt, um die Karten zu studieren, als von seinem Ausguck der Ruf erscholl, dass ein Segel in Sicht sei, das sich von Norden her, jenseits der Brecher am Kap, näherte. Wir begaben uns unverzüglich aufs Achterdeck. Holmes hob ein Fernrohr ans Auge, spähte eine ganze Weile hindurch und reichte es dann an mich weiter.

«Eure Meinung, Captain Quinton?»

«Ein Holländer, keine Frage – am Hauptmast flattert die Flagge der Vereinigten Provinzen, und in diesen Friedenszeiten hätten sie auch keinen Grund, ihre Herkunft zu verschleiern.» *Wie lange diese Friedenszeiten auch noch fortdauern mögen*, dachte ich im Stillen. «Dreihundert Tonnen etwa, schätze ich. Von den westindischen Inseln kommend wahrscheinlich. Müsste also anständig geladen haben, nehme ich an.»

«Ganz meine Meinung.» Den beiden Rotröcken bot Holmes das Fernrohr erst gar nicht an, obwohl O'Dwyer als Kapitän algerischer Galeeren vermutlich ungleich mehr Zeit auf See verbracht hatte als Holmes, der langjährige Kavallerieoffizier. «Ist es nicht unerhört», fragte Holmes, «dass ein holländisches Schiff es wagt, die Flagge des englischen Königs, hier in den Gewässern Seiner Majestät, nicht zu grüßen?»

Mit dieser einen Frage schickte Robert Holmes sich an, einen Krieg zu beginnen. Kein englischer Kapitän hätte bezweifelt, dass unseres Königs Oberherrschaft über die Meere sich im Süden bis hinab nach Kap Finisterre erstreckte und in diesen Gewässern alle nicht-englischen Schiffe ihre Flaggen und Toppsegel zu streichen hatten, zum Zeichen, dass sie die Herrschaft Seiner Majestät über diese Meere anerkannten. Aber wir befanden uns Hunderte Meilen südlich von Kap Finisterre. Holmes äußerte hier einen viel größeren, viel tödlicheren Anspruch: dass nämlich die britischen Meere und alle Ozeane der Welt ein und dasselbe waren.

Ich blieb vorsichtig. «Ich kann mich nicht entsinnen, dass wir beauftragt wurden, in diesen Gewässern den Gruß einzufordern, Captain Holmes.»

Er lächelte. «Ah, Matt, es gibt so vieles, wozu Könige ihre Soldaten nicht ausdrücklich beauftragen – und dennoch wird es getan. Gehört dies nicht zu den Hauptmerkmalen des Krieges – Colonel O'Dwyer, Captain Facey?»

Die beiden Veteranen nickten nur beredt. Diese drei Männer, die mir an Kriegserfahrung alle um Jahrzehnte voraus waren, kannten diese Lektion bereits nur zu gut; und wie gründlich habe auch ich sie seit jenem Tag verinnerlicht.

Holmes erteilte rasch seinen eigenen Offizieren ihre Befehle und wandte sich dann mir zu. Ich sollte mit der *Seraph* und der *Prospect of Blakeney* zur Mündung des Gambia weitersegeln und dort warten, bis Holmes nach vollbrachter Tat wieder zu uns stieß. Was natürlich nur sinnvoll war, doch trotzdem begann, während Lanherne und seine Leute mich zur *Seraph* zurückruderten, der Gedanke in mir zu arbeiten, dass auf diese Weise sämtliche Beute des Schiffs einzig und allein Robert Holmes und der *Jersey* zufallen würde.

Wir setzten Segel und überließen es Holmes, sich nach Norden in Bewegung zu setzen. Vom Poopdeck der *Seraph* aus hatte ich freie Sicht auf alles, was sich danach abspielte. Wir bewegten uns südostwärts mit dem Wind, befanden uns aber kaum zwei oder drei Meilen von dem Holländer und der *Jersey* entfernt, leewärts von ihr, als der Kampf begann.

«Holmes macht gerade alles zum Aufkreuzen bereit», sagte Kit Farrell, der neben mir stand.

Ich nickte. Die Segel der *Jersey* wurden gelockert; sie schwenkte auf den neuen Kurs ein und schloss unerbittlich zu dem holländischen Schiff auf. Wir sahen eine kleine Rauchwolke, und gleich darauf hallte ein einzelner Schuss zu uns herüber, Holmes' Warnung. Dann geschah länger nichts. Ich malte mir die Bestürzung an Bord des Holländers aus, die Debatte zwischen den Offizieren dort, den Streit darum, ob man Widerstand leisten sollte, die Verwünschungen, die man gegen die perfiden Engländer ausstieß. Und wie so oft bei solchen Debatten und Meinungsverschiedenheiten kam am Ende ein Kompromiss heraus. Ich sah, wie die rot-weiß-blaue Flagge der Vereinigten Provinzen vom Hauptmast eingeholt wurde. Die Toppsegel aber blieben hartnäckig gehisst, und das holländische Schiff hielt weiter Kurs.

«Ach, meine armen holländischen Freunde», brummte ich vor mich hin, «bei jedem anderen Kapitän würde das vielleicht ausreichen, aber …»

In dem Augenblick ließ Holmes seine Steuerbordbatterie losfeuern, eine Kanone nach der anderen, vom Bug hinab zum Heck. Die Holländer waren tapfere Männer – hielten dem Beschuss von mehr Kanonen stand, als vernünftig gewesen wäre –, aber sie waren auch keine Selbstmörder. Am Ende wurden die Toppsegel gestrichen und danach auch noch alle übrigen Segel, während der Holländer beidrehte; damit war der *Jersey* ihre Prise gewiss.

Eine Prise von einer Nation, mit der wir zurzeit keinen Krieg führten. Eine Prise, erbeutet durch die Aufforderung, die Flagge des britischen Königs in Gewässern zu grüßen, die Charles Stuart von Rechts wegen gar nicht zustanden. Bei dem Schiff handelte es sich um die *Brill*, wie ich bald erfuhr; sie war vierzig Tage zuvor von Holland aus mit einer für das Eiland Gorée bestimmten Ladung Sherry, Kalk und Eisen losgesegelt und wurde nun, ganz und gar unrechtmäßig, in Sichtweite ihres Zielortes gekapert.

Auf diese Weise werden Kriege vom Zaun gebrochen.

◇◇◇◇◇◇

Während Holmes seine Beute einholte und wer weiß was noch für Gräueltaten an den Holländern verübte, segelten die *Seraph* und die *Prospect of Blakeney* längs der afrikanischen Küste nach Süden, auf die Mündung des Gambia zu. Das war für uns alle *Terra incognita* – selbst Negus war nie weiter nach Süden gelangt als bis Cabo Verde –, und zusammen mit ihm, Castle und Kit verbrachte ich lange Stunden in meiner Kajüte, wo wir über den Seekarten dieser Gewässer brüteten, und oben an Deck, wo wir diese Karten mit der Wirklichkeit abglichen, die sich unseren Blicken darbot. Glücklicherweise kreuzten wir durch gute, tiefe Gewässer, frei von Gefahren durch tückische Strömungen oder Riffe und gottlob auch frei von Untiefen mit weniger als drei Faden Wasser unterm Kiel. Die auf den Karten verzeichneten «Städte», an denen wir vorbeikamen, Rufisco, Porto D'Ale, Juala und so weiter, machten auf mich eher den Eindruck primitivster, mit Palisaden umzäunter Einfriedungen voll runder Lehmhütten mit spitz zulaufenden Strohdächern. Die Küste hier, viel weniger gebirgig als am Cabo Verde, war bis weit ins Landesinnere von Palmen bestanden. Mit den in diesen Breiten ansässigen Portugiesen oder Mischlingen hatten wir nur wenig Kontakt, aber jene, die so mutig waren, sich auf Schaluppen oder ähnlichen Booten zu uns hinauszuwagen, erwiesen sich, wie nicht anders zu erwarten, als durchweg freundlich. England und Portugal waren schon seit Jahrhunderten Verbündete, doch dieses altehrwürdige Bündnis war in jüngster Zeit durch die Unterstützung, die wir den Lusitaniern bei ihrem langwierigen Unabhängigkeitskrieg gegen Spanien gewährten, noch erheblich gestärkt worden; eine Unterstützung, für die Portugal sich unter anderem dadurch bedankte, dass es unserem überaus potenten König Charles eine beklagenswert unfruchtbare Königin zur Gemahlin gab.

Nach einiger Zeit kamen wir zu einer ausgedehnten, über eine Meile langen Sandbank, dichtbevölkert von jenen fetten Vögeln, die von den Portugiesen *soldadoes* genannt werden, und durchdringend nach ihrem Dung stinkend. Wir segelten an der Sandbank entlang bis zu einem Durchbruch, der in sieben Faden tiefes Wasser führte. Vor uns dehnte sich das Mündungsdelta eines mächtigen Flusses, an die zwei oder drei Meilen breit; jenseits davon, das war deutlich zu sehen, erweiterte sich der Fluss zu einem noch gewaltigeren Strom, fünf oder sechs englische Meilen breit. Dutzende, wenn nicht Hunderte Kanus flitzten auf dem Wasser hin und her, am Ufer entlang, quer über den Strom und auf zwei Inseln zu, auf denen allem Anschein nach Salz gewonnen wurde. Leeseits der größeren Insel lagen drei kleine Handelsschiffe vor Anker, ein Holländer, ein Ameländer und ein Portugiese. Wir folgten den Segelinstruktionen, die Holmes uns gegeben hatte, der den Fluss zehn Jahre zuvor schon einmal befahren hatte, und hielten auf einen großen Baum auf der, unserer Karte nach, Landzunge von Bayone zu, am südlichen Ufer, immer ein wenig steuerbords von unserem Bug, und wendeten dann, sobald das Senkblei weniger als fünf Faden ergab. So umgingen wir das Riff, welches unsichtbar auf jener Seite des Flusslaufs lauerte, und gelangten sicher hinüber ans Nordufer. Delphine tummelten sich in unserer Bugsee, während wir den Strom durchquerten. John Treninnick johlte vom Hauptrah herunter und schnatterte aufgeregt irgendetwas auf Kornisch; anscheinend hatte er eine besondere Vorliebe für Delphinfleisch. Längs dem Ufer waren Hunderte Männer zu sehen, die dort mit Leinen, Spießen und Netzen auf Fischfang waren. An den Stränden hinter ihnen waren Fische zum Trocknen ausgelegt, und über ihnen kreisten alle möglichen Seevögel, die mal aufs Land, mal aufs Wasser hinabstießen. Wir nahmen unsere mittägliche Positionsbestimmung vor: dreizehn Grad, dreißig Minuten Nord.

Wir fierten die Toppsegel, holten die Großsegel ein und gingen in dem braunen Wasser vor einer kleinen Insel von etwa drei Morgen Fläche vor Anker, die der Karte nach Hundsinsel hieß und sehr dicht am Nordufer lag – so dicht nämlich, dass der Flusslauf zwischen Insel und Ufer seicht genug war, um ihn zu Fuß zu durchwaten. Etwas weiter weg gab es noch eine kleinere Nachbarinsel, die der Karte nach Pelikan-Insel hieß, ein Name, für den die gedrungenen Vögel mit den rosa Schnäbeln, die das flache Ufer dort in hellen Scharen bevölkerten, eine einleuchtende Erklärung lieferten; auf der Hundsinsel freilich war von den vierbeinigen Namengebern keine Spur zu entdecken. Negus gab Befehl, das Senkblei auszuwerfen, und kurz darauf wurde gemeldet, dass die Wassertiefe drei Faden betrug, darunter befand sich schlammiger, unebener Grund. Unsere Landung wurde vor allem von Captain Facey und seinen Rotröcken auf der *Prospect of Blakeney* als Wohltat empfunden; sie strömten mit einer Begeisterung an Land, als hätten sie Urlaubsscheine und dazu die Erlaubnis erhalten, alle Bierschänken und Freudenhäuser von Westminster zu stürmen. Ihre Freude mündete bald in eine kleine Form imperialer Inbesitznahme: als ich etwas später an Land ging, stellte ich fest, dass das Eiland inzwischen in «Charles Island» umbenannt worden war und die Rotröcke bereits emsig dabei waren, erste Befestigungen zu errichten. Wogegen ich schlecht Einwände erheben konnte, zumal in Anbetracht der von Holmes verfolgten Mission. Und so verlieh denn auch der befehlshabende Offizier der Expedition, wenig überraschend, seiner vollsten Genugtuung über unseren Landerwerb Ausdruck, als er am Morgen darauf (begleitet von seiner Prise, der *Brill*) bei uns eintraf. Ich teilte seine Sicht nur bedingt. Zum einen erschien es nicht gerade klug, eine Festung an einem Ort wie diesem zu errichten, wo selbst die dümmste Armee der Welt bloß Niedrigwasser abzuwarten brauchte, um dann einfach zu ihr hinüberzumarschieren. Schlimmer noch, es war einer der entsetzlichsten Orte, die ich in meinem Leben je kennengelernt habe: ein Backofen inmitten eines Flussdeltas. Eine derart unerträglich sengende Hitze war mir noch nirgendwo begegnet, nicht mal in Algier. Ich war so leichtsinnig, mir an Deck einen von Cornelias Briefen ein weiteres Mal vorzunehmen, um einige besonders unleserliche Passagen zu entziffern, indem ich sie schräg ins Sonnenlicht hielt; als ich damit fertig war, war das Siegelwachs komplett abgeschmolzen. Pendeen, der für die Reinhaltung der Decks zuständig war, döste nach seinem Frühstücksbier ohne Hemd am Leib auf dem Vorschiff ein, und ehe das Stundenglas einmal herumgedreht wurde, sah sein Oberkörper aus wie eine Backkartoffel. Humphrey, der Arzt, rettete ihm, ich weiß nicht wie genau, das Leben, Pendeens Geschrei aber sorgte noch tagelang dafür, dass wir nachts kein Auge zubekamen. Abends kam von Land her etwas Wind auf, eine Erfrischung, mit der es jedoch in der Regel ab etwa zehn Uhr vormittags vorbei war. Die darauffolgenden Stunden waren die absolute Hölle, im wahrsten Sinne des Wortes: völlige Windstille und dazu glühende, brütende Hitze. Schon bald gingen wir dazu über, uns zu dieser Tageszeit, hiesigen Gepflogenheiten folgend, unter Deck oder in den Schutz unserer neuen, auf der Insel errichteten Hütten zurückzuziehen und uns erst wieder am späten Nachmittag ins Freie hinauszuwagen, wenn der Wind vom Meer her wehte und die dumpfe, backofenartige Luft etwas auffrischte.

Bis zum dritten Tag hatten wir uns in unserem neuen Reich gut eingerichtet. Wir konnten beobachten, wie Kanus mit Einheimischen zu beiden Ufern unterwegs waren, um uns jedoch einen weiten Bogen machten. Ein Stück entfernt, am Nordufer des Gambia, waren einige Fischer zu sehen, alle mit pechschwarzer Haut, ansonsten jedoch kein weiteres Anzeichen organisierter Gesellschaft. Holmes sandte ein Boot ans Festland aus; schließlich kannte er sich in diesen Breiten aus, war als Einziger von uns (mit der fragwürdigen Ausnahme O'Dwyers) schon einmal an diesem grässlichen Ort gewesen. Am Abend, nachdem das Boot zurückgekehrt und die Hitze auf ein halbwegs erträgliches Maß zurückgegangen war, berief Holmes eine Zusammenkunft in seiner Kapitänskajüte ein. Ich begab mich zu seinem Schiff hinüber, zusammen mit O'Dwyer, William Castle, Kit Farrell, Valentine Negus (der von uns allen am weitaus schlimmsten unter der Hitze litt) und Francis Gale, der nach Betrachtung der Eingeborenen an den Flussufern zu der Überzeugung gelangt war, dass hier ein ganzer Kontinent nach dem wahren Wort Gottes lechzte, vermittelt durch die Kirche von England und ihren Abgesandten, den Pastor von Ravensden. Auch Morgan Facey, der mutmaßliche Gouverneur von Charles Island, schloss sich uns an. Beim Betreten der Kajüte waren wir alle ein wenig erschrocken, Holmes in Gesellschaft eines kleinen Hutzelgreises vorzufinden, der nur noch ein Bein hatte und sich mühsam auf Krücken aufrecht hielt. Dass dieses Geschöpf noch nicht längst verendet war, schien höchst erstaunlich; es keuchte bei jedem Atemzug, und eine tiefe Einbuchtung seitlich an seinem Kopf ließ darauf schließen, dass ihm vor langer Zeit einmal der Schädel zerschmettert worden war.

«Euer Lotse, Captain Quinton», verkündete Holmes. «Auch wenn es auf den ersten Blick nicht so scheinen mag, er kennt sich auf dem Fluss bestens aus. Nicht wahr, Jesus?»

Bei diesem Namen, den Holmes auf unsere gewohnte englische Art aussprach, stutzte ich nicht wenig. Francis

Gale war ebenfalls sichtlich erschüttert; selbst die beste theologische Ausbildung an der Universität Cambridge konnte einen offensichtlich nicht auf die Offenbarung vorbereiten, dass sich die zweite Wiederkunft Jesu in Gestalt eines verkrüppelten alten Portugiesen vollziehen würde, der sich als Lotse auf dem Gambia-Fluss verdingte.

«Jä-suss», ereiferte sich der Greis mit verblüffender Heftigkeit. «Jä-suss, Captain Holmes, wie ich Euch und Eurem Prinzen Ruprecht schon vor zehn Jahren erklärt habe.» Die zweite Wiederkunft sprach bemerkenswert gut Englisch. «Jä-suss Sebastian Belem zu Euren Diensten, Captain Quinton.»

Seit jenen Tagen als noch recht naiver junger Mann bin ich viel auf der Welt herumgekommen und wundere mich schon lange nicht mehr über Iberer und andere Südländer, die Jesus oder Maria heißen; und auch nicht, was das betrifft, über französische Männer mit dem schönen Namen Anne.

«Meinetwegen, dann eben Jä-suss», gab Holmes recht ungnädig klein bei. «Er ist gerade von einer Reise die Küste hinauf zurückgekehrt. Bevor wir mit unserer eigentlichen Besprechung beginnen, erzählt Captain Quinton doch, was Ihr auf dieser Reise in Erfahrung gebracht habt, Jä-suss.»

Der alte Portugiese ließ sich von Holmes' spöttischem Tonfall nicht aus der Ruhe bringen. «Eine holländische Fregatte ist am Cabo Verde eingetroffen. Nicht so groß wie Eure *Jersey*, aber es heißt, sie sei nur der Vorbote einer größeren Streitmacht.»

«Nun denn», sagte Holmes, «da habe ich wohl keine Zeit zu verlieren, wie es scheint.» *Ich,* nicht *wir.* «Hier also trennen sich unsere Wege, Matthew. Mit der morgigen Flut, so Gott und der Wind mir günstig gesinnt sind, segle ich los nach Cabo Verde. Nachdem ich Gorée eingenommen habe, werde ich mich die Küste hinabbewegen und unterwegs ein Schiff nach dem anderen entern und versenken.» Das Glitzern in seinen Augen sprach Bände; offenbar vermochte nichts Robert Holmes in größere Verzückung zu versetzen als die Aussicht, seinen eigenen kleinen Krieg zu führen. «Ihr werdet Eure Mission flussaufwärts fortsetzen, auf der Suche nach Colonel O'Dwyers goldenem Berg, mit Belem hier als Eurem Lotsen und Führer. Findet dieser Plan Eure Zustimmung, Captain?»

Ob ich dies bejahte oder nicht, fiel, so vermutete ich, kaum ins Gewicht. Holmes' Entschluss stand offensichtlich bereits fest, seine Befehle standen nicht im Widerspruch zu den Anweisungen des Königs, und ich durfte mir wohl kaum erlauben, meinem vorgesetzten Offizier Widerworte zu geben. «Wie es Euch beliebt, Captain Holmes.»

«Also schön», sagte Holmes. «Dann dürfte es wohl an der Zeit sein, dass Colonel O'Dwyer uns darlegt, auf welcher Route genau er den besagten Berg zu erreichen gedenkt.»

Eine Karte mit dem Verlauf des Gambia – vermutlich aus Belems Besitz – wurde auf dem Tisch vor Holmes und dem alten Lotsen ausgebreitet. Mir sank der Mut, als ich den Flussverlauf von unserem Standort aus ins Landesinnere verfolgte. Ortsnamen wurden nach und nach spärlicher, Angaben über Berge, Nebenflüsse und dergleichen zunehmend unbestimmter, bis schließlich das letzte Viertel rechts auf der Karte nahezu leer und unbeschriftet war. Wie bei Landkarten seinerzeit üblich, waren hier und da einheimische Tiere eingezeichnet, um das Ganze etwas aufzulockern. Mit den Krokodilen, Elefanten und Löwen, die links und rechts des unteren und mittleren Verlaufs des Gambia eingezeichnet waren, hatte ich zwar gerechnet, aber dass es der Zeichner für angebracht gehalten hatte, die oberen Flussregionen mit Einhörnern zu bebildern, flößte mir dann doch ein etwas mulmiges Gefühl ein.

Von der Aussicht, nun zwangsläufig mit ein paar Fakten aufwarten zu müssen, ließ O'Dwyer sich nach außen hin nicht aus der Ruhe bringen. Großspurig wie immer trat er an den Kartentisch, senkte den Blick, runzelte die Stirn und deutete dann auf eine Stelle unweit des Einhorns in der oberen rechten Ecke der Karte.

«Dort», sagte er. «Ein Fußmarsch von etwa einem Monat, würde ich sagen, nordöstlich vom Berge Tinda.»

Ich spähte auf die Karte hinab. Der Berg Tinda war fast der letzte namentliche Eintrag auf der rechten Seite, ehe die große Leere anfing, und befand sich ein ganzes Stück rechts von den ersten Einhörnern. Ich hob den Blick und schaute meine Offiziere der Reihe nach an. Castles Gesicht glich einer Maske; er war ein zu erfahrener Offizier, um sich seine Gefühle anmerken zu lassen. Kit Farrells junges, rundes Gesicht dagegen vermochte die Gefühle, die ihn im Innersten bewegten, nie zu verbergen, und ihm war anzusehen, wie aufregend er die Aussicht fand, eine Entdeckungsreise in unbekanntes, oder zumindest kaum bekanntes Territorium zu unternehmen. Negus sah einfach nur aus wie jemand, der ganz entsetzlich unter der Hitze litt. Francis Gale schien in tiefe Andacht versunken; bei ihm immer ein Anzeichen dafür, dass er gerade um einen Blitzschlag betete, der vom Himmel kommen und jemanden erschlagen möge, der seinen heftigen Widerwillen erregte. Morgan Facey schüttelte den Kopf, wenn auch nur unmerklich. Vermutlich überschlug er gerade, wie sich ein Monatsmarsch flussauf- und wieder flussabwärts unter diesen Bedingungen auf

Soldaten mit Musketen und schweren Tornistern auf dem Rücken auswirken würde. Aber ich war der Kapitän der *Seraph*, Holmes überließ mir mehr oder weniger den Befehl über diesen Abschnitt der Expedition (so, wie es der König von Anfang an beabsichtigt hatte), und ich wusste, dass dies die letzte Gelegenheit war, diesen Irrsinn schon im Keim zu ersticken. Und das Mittel dazu, so schätzte ich, stand vor mir. Auf Krücken.

Also stellte ich Belem die Frage, die mir insgeheim seit meiner ersten Begegnung mit Brian Doyle O'Dwyer in der Kapitänskajüte der *Wessex* auf den Nägeln brannte. «Heraus mit der Sprache, Belem. Ihr seid auf diesem Fluss jetzt seit – wie lange? – vierzig Jahren oder länger tätig?» Der Greis nickte. «Nun, da Ihr den Strom so gut kennt, dürftet doch gerade Ihr wissen, ob es jenseits davon, im Land hinter dem Oberlauf, tatsächlich einen großen Berg aus Gold gibt.»

Holmes grinste schief, sagte aber nichts. Ich bekam mit, wie Francis Gale und Kit Farrell einen Blick wechselten. Morgan Faceys Augen verengten sich. O'Dwyer sah den alten Mann durchdringend an. Die Spannung in der Kajüte der *Jersey* war mit Händen zu greifen.

Der Krüppel blickte in die Runde und dann auf die Karte hinab. Schließlich sagte er: «Na ja, Captain. Ich selbst bin nie über Barraconda hinausgelangt, dort.» Er zeigte auf einen Ort weit links vom Berge Tinda, ungefähr in Höhe des ersten Einhorns. «Der Handel erstreckt sich kaum je weiter als bis Pompeton, hier.» Dieser Ort lag auf halbem Weg der Strecke in unserer Richtung; auf dem sicheren Gelände voller Löwen, Elefanten und Ortsnamen. «Doch ich habe gehört, dass maurische Karawanen manchmal, aus den Ländern oben im Norden kommend, durch die Wüste in jene Gegend vorstoßen. In der Tat sind mir Araber auch schon weit flussabwärts begegnet, in Kasang und Wolley Wolley. Und es wird immer schon viel von Goldminen gemunkelt, die es weit jenseits von Barraconda geben soll. Die Eingeborenen in jenen Breiten sind sogar mit noch mehr Gold behangen als die hier in der Gegend. Das muss ja irgendwoher kommen.»

Das war nicht die Antwort, die ich mir erhofft hatte. O'Dwyer sah mich mit einem triumphierenden Grinsen an. Meine Offiziere traten verlegen von einem Fuß auf den anderen, so sehr bedauerten sie ihren Kapitän. Einzig Holmes schien über Belems erstaunliche Äußerungen kein bisschen überrascht.

«Nun denn, wenn dem so ist, wie lange, schätzt Ihr, wird es dauern, um zu dem von O'Dwyer genannten Ort zu gelangen?»

Belem sah auf die Karte hinab und deutete mit seinem knorrigen alten Zeigefinger auf unseren Standort, mitten im Mündungsdelta des Gambia, ganz links am Rand der Karte.

«Von diesem Ankerplatz nach Tindobauge, leichtes Segeln, breiter Flusslauf, also höchstens drei Tage, vermutlich eher weniger, wenn man den derzeitigen Wind berücksichtigt und jeweils die Flut ausnutzt. Von Tindobauge, hier, vorbei an der Elefanteninsel, nach Kasang, dort – zehn Tage. Hinter Kasang wird der Fluss schwieriger. Dort gibt es keine Gezeiten mehr, man segelt also gegen die Strömung. Er windet sich hierhin und dorthin – schwierige Gewässer für ein so großes Schiff, Captain, zumal jetzt in der Trockenzeit, wenn überwiegend der Wind, den die Araber *Harmattan* nennen, aus Nordosten weht. Diese oberen Regionen wären für Euch in den regnerischen Monaten leichter zu befahren, wenn der Fluss mehr Wasser führt und der Wind von Westen weht», erklärte Belem, «aber die Regenzeit setzt erst im

Mai ein, und sie bringt natürlich auch die tödlichen Fieberkrankheiten mit sich, wie Ihr bei Eurer Rückreise möglicherweise feststellen werdet. Ratsamer wäre es also wahrscheinlich, Euer Schiff in Kasang oder eher noch weiter flussabwärts zurückzulassen, dort Boote zu zimmern und die Fahrt mit ihnen fortzusetzen. Also, zwei Wochen, um Eure Boote zu bauen, dann weiter, an der Erhebung vorbei, die bei Euch Engländern Hinternberg heißt –»

Ich glaubte, mich verhört zu haben, aber das Funkeln in Holmes' Augen verriet mir, dass dem nicht so war. «Der Name kommt nicht von ungefähr, Matt», erklärte er. «Ein Berg, der wie ein riesiger Hintern geformt ist – wie zwei große Arschbacken. Auf dem Fluss ist es Sitte, dass Mannschaften ihre eigenen Hintern entblößen und ihm entgegenrecken, wenn man daran vorbeifährt.»

«Ganz recht», sagte Belem. «Von Kasang nach Barraconda – drei oder vier Wochen. Hinter Barraconda wird der Fluss noch unwegsamer – Stromschnellen, Untiefen, Strudel und dergleichen, wie mir von Leuten, die diese Gewässer schon befahren haben, berichtet wurde. Von Barraconda also bis zum Berg Tinda, wo Colonel O'Dwyer seinen Marsch beginnen will – vielleicht noch einmal drei Wochen mehr.»

Ich überschlug die fürchterliche Rechnung im Kopf. Drei Monate oder länger, um den Berg zu erreichen – falls es ihn überhaupt gab, und diesem alten Portugiesen traute ich ungefähr so weit über den Weg wie Brian Doyle O'Dwyer. Aber falls es ihn denn gab – *Herrgott, ich geriet ja schon auf ähnlich überspannte Abwege wie mein König* –, falls es ihn also gab, wie viel Zeit müssten wir dann am Berg selbst zubringen, um ihn zu vermessen und auf Karten zu erfassen, zur Vorbereitung für die Bergleute aus Wales und

Yorkshire, die der König entsenden würde, um die Sklaven zu ergänzen, die wir in diesen Breiten ankaufen würden – noch einmal drei Monate, grob geschätzt? Danach der Marsch zurück durch die Wüste und die Fahrt den Fluss hinunter, was ungefähr ebenso lange dauern würde, also weitere drei Monate (wobei die Fährnisse der Regenzeit, die Stürme und Fieberkrankheiten, noch gar nicht mit eingerechnet waren). Wie lange bräuchten wir dann noch, um uns für die Rückreise nach England zu rüsten und mit Lebensmitteln zu versorgen? Drei Monate, in etwa … und dann die Reise selbst, weitere zwei Monate … selbst bei optimistischer Schätzung konnte ich also nicht darauf hoffen, Englands Gestade und meine geliebte Cornelia vor Ablauf eines guten Jahres wiederzusehen. Gar nicht auszudenken, wie viel Unheil die Huren-Gräfin in Ravensden in diesem Zeitraum angerichtet haben mochte. Viel schlimmer noch womöglich, mir könnte in der Zeit der gesamte Krieg gegen die Holländer entgehen, den Holmes auf Biegen und Brechen herbeiführen wollte und wohl auch herbeiführen würde – all die Prisenschätze, all der Ruhm, all die Ehre, die ich mir durch eine Teilnahme an der endgültigen Vernichtung der Niederlande erwerben könnte, dieser ausgefuchsten Bande heimtückischer, habsüchtiger Käsefresser (mein liebes Weib einmal ausgenommen). Wobei all meine Berechnungen natürlich voraussetzten, dass es Captain Matthew Quinton gelang, die Gefahren des Flusses, der Stürme, des Fiebers, der Wüste und der Löwen lebend zu überstehen und nicht von einem Einhorn zu Tode gespießt zu werden.

Zum ersten Mal in meinem Leben überkam mich plötzlich größte Lust, mein Schwert zu zücken, mit der Spitze auf mein Herz zu zielen und dann fest zuzustoßen.

SECHZEHNTES KAPITEL

Doch ich schaffte es noch einmal, dem schaurig-schönen Gedanken an Selbstmord zu widerstehen. Am Morgen darauf sah ich vom Achterdeck aus zu, wie die Segel an Bord der *Jersey* und ihrer Beute, der *Brill*, gesetzt wurden. Wir entboten Holmes einen Salut aus elf Kanonen; er antwortete mit neun Schüssen; ich gab sieben zurück; er antwortete mit fünf; und schließlich endete ich mit drei Salutschüssen. Meine an Deck versammelte Mannschaft rief ein herzhaftes dreifaches Hurra, obwohl die meisten von ihnen vermutlich heftigen Neid empfanden, während die Segel der *Jersey* und der *Brill* am westlichen Horizont verschwanden. Fast alle wären sie lieber mit Holmes in See gestochen, hinaus in ein frischeres Klima und mit der Aussicht auf reiche holländische Prisen, statt diesen übel riechenden Fluss hinaufzufahren im Namen einer vollkommen irrsinnigen Suche, die allein der Habgier eines Königs wegen unternommen wurde. Wie Kit mir zutrug, führten einige der aufsässigeren Burschen aus London und Bristol ständig solche Reden, und es wurde sogar gemunkelt, dass sie planten, das Schiff in ihre Gewalt zu bringen und dann als Piraten weiterzusegeln. Hinzu kamen weitere praktische Belange, die dafür sorgten, dass ich nicht länger meinen trüben Gedanken nachhing. Bei der Besprechung am Vorabend an Bord der *Jersey* waren wir übereingekommen, dass die *Prospect of Blakeney* bei Charles Island vor Anker zurückbleiben würde, wenn die *Seraph* ihre Fahrt flussaufwärts antrat. Einige der Ersatzkanonen, die die *Jersey* mit sich führte, waren auf die *Prospect* hinübergebracht worden, sodass sie jetzt über eine Batterie von acht Geschützen verfügte – also stark genug war, um mit fast allem fertig zu werden, was ihres Weges kommen mochte, abgesehen natürlich von einem richtigen Kriegsschiff –, doch da Holmes, wie er sagte, all seine Männer für Prisenkommandos benötigen würde (der Mann verfügte über ein wahrhaft grenzenloses Selbstvertrauen), waren wir übereingekommen, dass die Mannschaft der *Prospect* ausschließlich durch Leute von der *Seraph* verstärkt werden sollte. Kit und ich gingen das Stammrollenbuch durch und stellten eine sorgfältige Mischung aus den übelsten Burschen und guten, zuverlässigen Männern zusammen (nicht ausschließlich aus meiner Kerntruppe aus Cornwall; auch London und Bristol bringen mitunter recht ordentliche Leute hervor). Zu Befehlshabern über sie bestimmten wir Grimwade, den besten der Steuermannsmaate, und Pegg, jenen Maat des Bootsmanns, der die Auspeitschung Macferrans durchgeführt hatte und auf den Kit große Stücke hielt; Pegg brachte nämlich Randalierer mühelos zur Räson, erläuterte Kit, weil er in jüngeren Jahren ein sehr erfolgreicher Ringer gewesen war. Morgan Facey teilte seine Rotröcke in ähnlicher Weise auf. Die Hälfte von ihnen sollte als Besatzung auf Charles Island zurückbleiben, wobei er darauf achtete, dass diese Gruppe überwiegend aus guten Männern bestand. Die übrigen Soldaten, dreißig an der Zahl, würden uns auf der *Seraph* begleiten und die Kojen beziehen, die bislang von den auf die *Prospect* hinübergeschickten Männern belegt worden waren.

Diese Verlegungen und der nachfolgende Transport von Lebensmitteln von Schiff zu Schiff und von Schiff an Land nahmen nahezu drei Tage in Anspruch, hauptsächlich, weil solche Arbeiten von der Mittagszeit an stundenlang schlicht nicht mehr durchgeführt werden konnten. Als schließlich so weit alles erledigt war und ich schon dachte, dass wir jetzt endlich aufbrechen könnten, kam Belem an Bord, um mir eine weitere Komplikation zu melden.

«Der König von Kombo», berichtete er, «äußert sein Missfallen darüber, dass Ihr sein Herrschaftsgebiet passiert habt, ohne ihm Eure Ehrerbietung zu erweisen. Mit anderen Worten, er erwartet von Euch die Entrichtung der Gebühren, die ihm seiner Auffassung nach von allen Schiffen zustehen, die an seinem Ufer vorüberkommen.»

Dies war eine Zumutung, der ich mich liebend gern entzogen hätte, aber hier galt es, die Ehre meines Herrn, König Charles', zu wahren und, noch wichtiger, zu bedenken, was unserer Besatzung auf Charles Island zustoßen könnte, wenn erst die wirksame Abschreckung durch unsere Geschütze nicht mehr bestand, sobald die *Seraph* sich auf den Weg flussaufwärts gemacht hatte. Demgemäß wurde also sehr früh am folgenden Morgen im Beiboot der *Seraph* eine angemessen eindrucksvolle Gesandtschaft an Land gerudert. Neben mir, der ich zur Feier des Tages einen meiner besseren Gehröcke angelegt hatte, bestand sie aus Belem, O'Dwyer und einem Dutzend Soldaten, einem Dutzend meiner Seeleute, darunter Carvell und Ali Reis, die an die Hitze in diesen Breiten gewöhnt waren, und Valentine Negus, für den das ganz und gar nicht galt. Aber indem ich ihn mitnahm, konnten wir Leutnant Castle vor Ort zurücklassen, der als Offizier genug Erfahrung und Durchsetzungsvermögen besaß, um auf dem Schiff und auf der Insel das Kommando zu führen. Außerdem sprach Negus ein wenig Portugiesisch und konnte darauf achten, dass der Lotse, dem ich seit seiner Beihilfe für O'Dwyer stark misstraute, korrekt für uns dolmetschte.

Auch so früh am Morgen schon war der Sand glühend heiß, und der rissige rote Erdboden weiter landeinwärts röstete einem geradezu die Schuhsohlen. Es ging fast kein Wind, und die Sonne brannte erbarmungslos auf uns herab. Das Dorf des Königs befand sich laut Belem etwa zehn englische Meilen von unserer Landungsstelle entfernt. Meine Sorge, dass der alte, einbeinige Lotse sich mit einer solchen Wegstrecke schwertun würde, erwies sich bald als unbegründet; der Greis bewegte sich munter und mit verblüffender Ausdauer auf seinen Krücken dahin. Die Geier, die über uns am Himmel kreisten, würden sich wohl dem Anschein nach noch einige Zeit gedulden müssen, ehe sie sich an den Gebeinen Jesus Sebastian Belems gütlich tun konnten. Negus dagegen, dem der Schweiß aus jeder Pore quoll, hatte von Anfang an Mühe, mit der Gruppe Schritt zu halten, und schnappte immer wieder japsend nach Luft. Besorgt schlug ich ihm vor, doch besser umzukehren, oder zumindest an Ort und Stelle zurückzubleiben, aber davon wollte er nichts hören; als Steuermann der *Seraph* betrachtete er es als Ehrensache, treu an der Seite seines Kapitäns zu bleiben.

Unterwegs wandte ich mich an Belem und fragte ihn, woher er so gut Englisch könne. Der verkrüppelte Lotse lächelte. «Ich bin ein sehr alter Mann, und ich bin viel herumgekommen. An der Küste Afrikas landen früher oder später Schiffe aus aller Herren Länder und bedürfen der Dienste eines Lotsen. Also spreche ich Spanisch, Französisch, Holländisch, ein wenig Deutsch und vier oder fünf Sprachen der hiesigen Eingeborenen, besonders Mandingo. Am besten aber beherrsche ich Englisch, das stimmt, und zwar aus einem einfachen Grund. In jüngeren Jahren habe ich für die englischen Kommissionäre in Lissabon und Oporto gearbeitet, Captain. Gute Männer, bloß unterziehen Engländer sich nur selten der Mühe, die Sprache anderer Völker zu lernen, sodass wir stattdessen die ihre lernen müssen.» Worauf ich leider nur zustimmend nicken konnte. «Außerdem fuhr ich oft auf ihren Schiffen mit den Weinladungen für London oder andere Häfen mit. Daher kenne ich Euer Southport, Captain, Euer Dublin und Euer Exeter. Einmal habe ich, weil mein Schiff leckgeschlagen war, einen ganzen Winter in Falmouth zugebracht.» (Eine Neuigkeit, die dafür sorgte, dass Belem bei meinen Seeleuten aus Cornwall fortan großes Ansehen genoss; ein Fockmastmann namens Thomas Kerrick war besonders verdutzt, weil sein Großvater, wie man ihm immer erzählt hatte, ein Portugiese gewesen war und weil er dem Alter nach durchaus Belems Enkel hätte sein können.)

Nach und nach verstummten alle Gespräche. Ein jeder von uns hatte genug damit zu tun, in dieser mörderischen

Hitze am Leben zu bleiben: Es kostete große Anstrengung, auch nur zu blinzeln oder Luft zu holen. Mit matten Handbewegungen versuchten wir, die Schwärme von Insekten zu verscheuchen, die uns hartnäckig umschwirrten. Vertraute Vogelarten (Reiher, Seeschwalben, vereinzelte Raubvögel, die allgegenwärtigen Geier) teilten sich die Lüfte mit diversen fremdartigen Exoten in allen erdenklichen Farben – Blau, Rot, Gelb, Grün, ein wahrer Regenbogen aus Federn. Hie und da sichteten wir mal einen Affen oder eine Antilope, daneben zahlreiche Ochsen und Kühe – die man frei umherstreifen ließ, weil die Einheimischen offenbar wenig Kenntnisse über sinnvolle Viehhaltung hatten –, doch leider war ich zu sehr damit beschäftigt, der Hitze zu widerstehen und am Leben zu bleiben, um der Tierwelt größere Aufmerksamkeit zu widmen. Nach etwa einstündigem Marsch war ich gerade in Gedanken bei Cornelia und malte mir lebhaft aus, wie angenehm es jetzt wäre, mit ihr in unserem Eishaus in Ravensden der Liebe zu frönen –, da zerriss ein markerschütternder Knall die Luft, nicht weit von meinem rechten Ohr. Vögel stoben flatternd in alle Richtungen davon, Tiere aller Art, teils sichtbar, teils dem Blick verborgen, ließen Schreie der Furcht oder der Abwehr vernehmen. Ich wusste sofort, was passiert war; hatte im Leben schon oft genug das Donnern von Musketen gehört. Wie alle übrigen Männer auch warf ich mich flach auf die heiße, festgebackene rote Erde, aus Furcht, dass wir einem Angriff ausgesetzt waren –

Wie alle übrigen Männer *bis auf einen*. Ich spähte rasch umher, stellte fest, dass nichts auf einen Angriff von außen hindeutete, und erhob mich wieder vom Boden. Gleich darauf drängte sich die gesamte Gruppe um den einen Soldaten, der aufrecht stehen geblieben war, einen jungen

Londoner namens Baynes, und nahm seine Muskete in Augenschein. Abwechselnd befühlten wir den Lauf und begutachteten den Hahn, der halb nach hinten gebogen war.

Das Gewehr war infolge der Hitze von allein losgegangen.

◇◇◇◇◇◇

Nach ungefähr vierstündigem, qualvollem Marsch, immer tiefer in das von Palmen bewaldete Hinterland, das an dieser Küste überall zu finden war, tauchte vor uns das Dorf auf, in dem der König von Kombo Hof hielt. Ein Palisadenzaun bildete eine kreisrunde Einfriedung, die etwa zwei- bis dreihundert weißgekalkte Rundhäuser beherbergte. Überall liefen Ziegen herum, in diesen Breiten anscheinend die Entsprechung zu unseren Schafen. Sie sahen kleiner und struppiger aus als unsere englischen Ziegen, doch es gab auch eine Sorte, deren glattes, schwarz schimmerndes Fell sehr ansprechend mit der Hautfarbe ihrer Besitzer harmonierte. Die Einwohner selbst schenkten uns keinerlei Beachtung, waren sie doch, wie Belem uns erklärte, daran gewöhnt, dass Weiße in ihrem Dorf auftauchten, um Tribut an ihren König zu entrichten. Die Männer dieses Mandingo-Volkes, pechschwarz und auffallend hochgewachsen, waren nur mit Lendentüchern oder, ganz vereinzelt, mit langen weißen Baumwollhemden bekleidet, die mich an die Chorhemden unserer Geistlichen erinnerten. Alle trugen eine Unzahl von Lederamuletten am Körper, Gris-Gris, wie Belem sie nannte – an Armen und Knöcheln, um den Hals baumelnd oder auch an die Stirn gebunden. Diese Talismane, erläuterte uns der Papist Belem, dienten einem ähnlichen Zweck wie die Reliquien der päpstlichen Kirche; das eine Amulett sollte gegen Überschwemmungen schützen, das andere gegen Feuersbrünste, und so weiter. Manche Männer waren mit Speeren oder Pfeil und Bogen bewaffnet, die meisten aber saßen bloß in Grüppchen am Boden beisammen und widmeten sich einem Spiel, bei dem es augenscheinlich darum ging, kleine Kiesel sehr geschwind zwischen Löchern in einem Holzbrett umherzuschieben. Die Frauen beäugten uns schon neugieriger. Einige trugen Kleinkinder auf dem Rücken. Sie waren allesamt barbusig, nur ein um die Hüften geschlungenes Baumwolltuch bedeckte ihre Blöße; bei allen war die Haut am Rücken mit Schmucknarben verziert, die in den wunderlichsten Mustern und Ornamenten angeordnet waren. Ich bedauerte im Stillen, dass meine Cornelia nicht hier war und sich das mit eigenen Augen ansehen konnte, besann mich aber dann rasch eines Besseren; am Ende wünschte sie sich noch etwas Ähnliches, wenn sie solche Hautverzierungen sah.

Der Palast des Königs – eigentlich bloß eine größere Ausführung der Hütten seiner Untertanen – stand in der Mitte des Dorfes. Durch eine bewachte Pforte gelangte man in einen Innenhof, wo zwei Männer, deren Tracht sich nicht von der der übrigen Bewohner unterschied, uns mit einer Verbeugung willkommen hießen und sodann auf die große Hütte des Königs zu geleiteten.

«Tetees», sagte der Portugiese. «Die Herolde. Sie führen uns zu Seiner Majestät.» Er deutete mit dem Kopf auf die anderen Männer, die sich in dem Hof aufhielten und die uns weit aufmerksamer musterten als die übrigen Dorfbewohner. «Braffos und Kabaschirs», murmelte Belem. «Feldherren und hohe Beamte des Königs von Kombo.»

Ganz wie an einem Hof in Europa, dachte ich, wenn man einmal von der drückenden Hitze, dem vielen unbekleideten Fleisch und der Fremdartigkeit der Umgebung absah. Die Tetees begleiteten uns bis zum Eingang der Hütte, der mit einem Vorhang verhängt war. Dieser wurde beiseitegerafft, und man bedeutete uns, einzutreten. Hier im Inneren war es gottlob etwas kühler; aber leider nur ein klein wenig.

Die große Hütte war mit Flechtmatten ausgelegt, enthielt ansonsten aber keinerlei Mobiliar. Ringsherum an der Wand saßen insgesamt sieben Frauen, die an dem Geschehen um sie herum keinerlei Anteil zu nehmen schienen; es waren, wie ich später von Belem erfuhr, die Ehefrauen des Königs. Auch verschiedene Braffos und Kabaschirs standen an der Wand verteilt. Zwei Männer musizierten auf Saiteninstrumenten, die entfernt an unsere Laute erinnerten; ein Dritter spielte auf einem erhöhten, orgelähnlichen Instrument (ein Balafon, wie Belem es nannte) mit siebzehn flachen Holzstäben, die er zum Klingen brachte, indem er mit einem weichen kleinen Ball am Ende eines Stabes dagegenschlug. Der König selbst saß in der Mitte der Hütte. Einen Thron hatte er nicht, und ich fragte mich unwillkürlich, wie er es bloß schaffte, sich auf der Matte niederzulassen oder später wieder von ihr zu erheben. Denn der König von Kombo war der dickste Mensch, den ich je gesehen habe. Dieser gewaltige Koloss trug die gleiche einfache Tracht wie seine Untertanen, ein schlichtes Hemd nämlich und Kniehosen aus Baumwolle. Als einziges Zeichen seiner Königswürde trug er eine spitze Kappe auf dem Kopf, welche entfernt an die Mitra eines Bischofs erinnerte. Neben seiner beträchtlichen Leibesfülle waren vor allem auch die Gris-Gris bemerkenswert, die er am Körper trug. Denn anders als bei seinen Untertanen bestanden die Gris-Gris des Königs überwiegend aus Gold.

Belem hatte uns zu Beginn unseres Fußmarsches über die an diesem Hof herrschende Etikette aufgeklärt, und so folgten O'Dwyer, Negus und ich seinem Beispiel. Der alte Portugiese näherte sich dem Monarchen und verneigte sich so tief, wie es seine Gebrechlichkeit nur zuließ. Wir legten uns die Hände an die Brust, was von Seiner Majestät huldvoll erwidert wurde. Dann streckte der König uns seine riesige Pranke entgegen. Wir alle traten nacheinander vor, umfassten erst den oberen, dann den unteren Teil der königlichen Hand, legten die Hand flach auf die seine und schüttelten sie zum Schluss. Nach diesem Zeremoniell endlich ließen wir uns vor der gewaltigen Gestalt Seiner Majestät, des Königs von Kombo, auf dem Boden nieder.

Im Laufe meines langen Lebens habe ich vermutlich mehr Könige kennengelernt als die meisten anderen Menschen. Ob dies ein Segen ist oder eher ein Fluch, mag dahingestellt sein; es entspricht nun einmal der Wahrheit. Selbstredend kannte ich alle Monarchen meines Vaterlands seit den Tagen Charles' des Zweiten, seligen und rätselhaften Angedenkens, bis hin zu unserem gegenwärtigen glücklosen Welfen Georg, dem wandelnden Vakuum. Ludwig XIV., dem *roi soleil*, bin ich mehr als einmal begegnet, und ich darf sagen, einen größeren König als ihn wird es nie wieder geben. Auch mit Zar Peter, der mittlerweile den Beinamen «der Große» erhalten hat, bin ich einige Male zusammengetroffen, und zwar nicht immer nur auf Scheißhäusern. Ich habe Prinzen, Großherzöge und Päpste kennengelernt; auch Sultane. Sogar Karl II., genannt der Verhexte, bin ich persönlich begegnet, jenem sabbernden, impotenten Einfaltspinsel, der auf dem Thron des spanischen Reiches gesessen und diesen dabei des Öfteren höchst unfein besudelt hat.

Ich darf also wohl von mir behaupten, dass ich weiß, wie ich mich in Gegenwart gekrönter Häupter zu benehmen habe (von dem Ausrutscher damals in dem Abort zu Deptford einmal abgesehen), und auch, wie Könige sich in Gegenwart von uns Normalsterblichen benehmen sollten.

Der König von Kombo – der zweite Monarch, dem ich nach unserem Charles Stuart leibhaftig begegnen durfte – machte derlei Etikette jedoch augenblicklich zunichte. Jedweder Eindruck von Erhabenheit wurde buchstäblich von Fett erstickt; einen solchen Koloss musste Monsieur Rabelais vor Augen gehabt haben, als er seinen Vielfraß Gargantua erschuf, und es fällt wahrhaft nicht leicht, einer solchen Verirrung der Natur die schuldige Ehrerbietung zu erweisen.

O'Dwyer, als ranghöchster anwesender Offizier, ergriff als Erster das Wort, denn als Colonel verfügte er über die erforderliche Autorität, um mit eingeborenen Häuptlingen und Potentaten wie diesem hier zu verhandeln. Nur zu diesem Zweck schließlich war der nichtswürdige Abtrünnige in seinen völlig unverdienten Rang erhoben worden – so zumindest hatte es der Earl of Clarendon, Lordkanzler von England, meinem Bruder erklärt. Der Ire heischte wortreich um Vergebung dafür, dass wir Seiner Majestät noch nicht eher unsere Aufwartung gemacht hatten, verlieh aber zugleich, indem er auf die Beutel voller Geld und die Flaschen mit Branntwein deutete, die wir mitgebracht hatten, der Hoffnung Ausdruck, dass diese Gaben Entschädigung genug für unsere unverzeihliche Respektlosigkeit waren. Wie auch immer ich sonst zu O'Dwyer stand, eins war nicht zu bestreiten: Er trug diese zuckersüße Rede weit souveräner und glaubhafter vor, als es Matthew Quinton je vermocht hätte. Die bislang so grimmige Miene des Königs hellte sich merklich auf.

Der König sprach, wie zu erwarten, kein Englisch, dafür aber das stark vereinfachte Portugiesisch, das an der Küste als Verkehrssprache diente, wobei ihm Belem als Dolmetscher diente. Er dankte uns für die Tributgaben, verlieh seiner unvergänglichen Wertschätzung für den König von England Ausdruck, konzentrierte sich dann aber ausschließlich auf O'Dwyer. «Ich habe schon viele Engländer gesehen, Colonel», ließ er Belem übersetzen, «aber noch nie zuvor einen, der so mühelos als Araber durchgehen könnte.»

«Nun ja, Eure Majestät», sagte ich mit spitzbübischem Lächeln, «Colonel O'Dwyer hier hat viele Jahre lang als Maure gelebt. Und er ist schon einmal hier in diesen Breiten gewesen – oder zumindest irgendwo jenseits des Oberlaufs dieses Flusses.»

Worauf O'Dwyer mir einen Blick zuwarf, der nur von Außenstehenden, die ihn nicht besser kannten, als Zeichen freundlicher Zustimmung aufgefasst werden konnte. Der König jedenfalls war merklich erfreut über diese Neuigkeit und gab Anweisung, uns eine Erfrischung zu reichen. Diener eilten mit Flaschen und Bechern herbei und gossen uns eine helle, fast durchsichtige Flüssigkeit ein.

«Palmwein», flüsterte Belem. «Hoffen wir, dass er frisch ist, denn schon nach einem halben Tag wird er schrecklich sauer. Aber ein sehr gesundes Getränk – reinigt die Nieren und sorgt dafür, dass man viel pinkeln muss.»

Wir hoben unsere Becher auf das Wohl des Königs, er erwiderte die Geste, und dann tranken wir. Erleichtert stellte ich fest, dass der bittersüße Palmwein für meinen englischen Gaumen durchaus genießbar war; tatsächlich schmeckte er ein wenig wie junger, eben erst nach England eingeführter Weißwein. Zu dem Getränk wurden uns Schalen voller Reis, das Grundnahrungsmittel jener Breiten, und das gebratene Fleisch eines Vogels gereicht, das vom Geschmack her ein wenig an Fasan erinnerte. Insgesamt nahm die Angelegenheit einen überaus zufriedenstellenden Verlauf, und als wir unser Mahl beendet hatten, bat O'Dwyer den König in aller Höflichkeit um Erlaubnis, auf unser Schiff zurückkehren und den Fluss durch sein Reich bis hinauf zum Oberlauf befahren zu dürfen.

Der massige König zuckte die Achseln, was sich bei ihm in einem leisen Wabbeln seiner Fleischmassen ausdrückte. Er hob an zu reden, und Belem übersetzte. «Ach, meine Freunde. Natürlich möchte ich meinem weitentfernten Amtsgenossen, König Charles, gern behilflich sein. Aber es ist schwierig. Ich bekam den Rat –» Er ließ ein gewisses Unbehagen erkennen, suchte offenbar nach den passenden Worten. Ich wechselte einen Blick mit O'Dwyer, der ebenso verblüfft schien wie ich. «Mir ist geraten worden, Euch einzuladen, um Euch hier festzuhalten», sagte der König, «und Euch nicht zu erlauben, weiter den Fluss hinaufzufahren. Ein nachdrücklicher Ratschlag des anderen Gesandten, der uns aufgesucht hat.»

Ehe ich diese schockierende und höchst unwillkommene Kunde ganz verdaut hatte, hob der König die Hand. Eine der Wachen zog den Vorhang am Eingang beiseite und gab jemandem draußen Zeichen. Der König von Kombo fuhr fort: «Es ist so schwierig, zwischen den Verdiensten verschiedener Länder und den Argumenten, die ihre Gesandten vorbringen, gerecht abzuwägen. So verhält es sich bei Euch, die Ihr Euren mächtigen König Charles vertretet – und dem Gesandten hier, der den überaus glorreichen König Ludwig vertritt.»

Der Name «Ludwig» war auch ohne Belems Übersetzung auf Anhieb zu verstehen. Der französische Gesandte trat in die königliche Hütte, und bei seinem Anblick durchfuhr mich ein heftiger Schock von der Art, wie man ihn sonst höchstens beim Tod eines geliebten Menschen oder bei einer schweren Verwundung empfindet.

Der französische Gesandte war kein anderer als Seigneur de Montnoir.

◇◇◇◇◇◇

Montnoir war in derselben Aufmachung wie damals bei unserer ersten Begegnung auf der *Wessex*. Der schwarze Umhang eines Malteserritters mit dem großen silbernen Stern umhüllte ihn wie ein Leichentuch. Auch heute wieder schien ihm die brütende Hitze nicht das Geringste auszumachen. Sein hageres Gesicht zeigte denselben ungerührten, maskenhaften Ausdruck.

Ganz benommen, wie in einem Traum, blickte ich zu ihm hoch, während er sich vor dem König verneigte.

«Eure Majestät sind zu gnädig», parlierte Montnoir in bemerkenswert flüssigem Portugiesisch, das Belem uns übersetzte. «Es ist mir ein Vergnügen, meine Bekanntschaft mit Captain Quinton erneuern zu können.» Sein Kopfnicken in meine Richtung brachte nichts dergleichen zum Ausdruck. «Und diesen anderen Herrn hier möchte ich schon seit langer Zeit kennenlernen. Er ist unter vielen Namen bekannt, aber jetzt und hier sollte ich ihn wohl als Colonel Brian Doyle O'Dwyer begrüßen.»

O'Dwyer lächelte und deutete eine Verneigung an. Falls ihm das Erscheinen des Menschen, der ihn ins Verhör nehmen – und am Ende womöglich hinrichten – wollte, Angst einjagte, überspielte er es jedenfalls glänzend.

Das eben noch so wohlwollende Gesicht des Königs von

Kombo zeigte jetzt einen harten, feindseligen Ausdruck. «Der französische Gesandte hier hat mir Gold angeboten. Sogar viel Gold, unter der Bedingung, dass ich die englische Expedition den Gambia hinauf verhindere, Eure Befestigung auf der Hundsinsel in Trümmer legen lasse und ihm die Person des hier anwesenden Colonel O'Dwyer ausliefere. Habe ich das richtig wiedergegeben, Monsieur de Montnoir?»

«Ganz, wie Eure Majestät sagen», bestätigte Montnoir mit schmeichlerischer Stimme, da er sich seinem Triumph offenbar nahe fühlte.

«Und das, während die Engländer sich einfach so eine Insel in meinem Königreich aneignen und mir im Gegenzug nur schnöden Tand und die vage Verheißung der zukünftigen Freundschaft mit König Charles bieten. Nun ist mir aber von den vielen Händlern hier an der Küste zu Ohren gekommen, dass König Charles nur sehr wacklig auf seinem Thron sitzt und lediglich über wenig Geld verfügt.» Aus Ehrgefühl hätte ich jetzt Protest einlegen müssen, doch wie konnte ich gegen die schlichte Wahrheit protestieren? Und wenn sogar dieser kleine Provinzpotentat über die fatale Schwäche unserer Monarchie im Bilde war, lieber Gott, welche Chance hatte dann ich mit meinem Anliegen? Der König fuhr fort: «Wohingegen besagte Händler mir berichten, dass das Frankreich König Ludwigs mit jedem Tag mächtiger wird, wie ja auch das Gold, das Seigneur de Montnoir mitgebracht hat, anschaulich beweist, und obendrein ein Bündnis mit meinen alten Freunden, den Holländern, geschlossen hat. Und was kümmert es mich, den König von Kombo, wenn ein Weißer aus der Obhut eines anderen Weißen in die Hände eines dritten Weißen gelangt?» Hier blickte sogar der selbstbewusste O'Dwyer kurz erschrocken drein. «Also. Dies scheint der eigentliche Kern des Falls zu sein. Der König wird darüber nachdenken.»

Worauf der riesige Fleischberg seine Augen schloss und auf der Matte ein wenig in sich zusammensank, als wollte er schlafen. Ratlos standen wir Übrigen vor ihm. Die Hitze war schier unerträglich. Der Schweiß rann mir in Strömen am Körper hinab; ich wagte es nicht, den Blick zu senken, denn ich hätte schwören mögen, dass ich gerade eine Pfütze am Boden hinterließ. Negus war anzusehen, wie sehr er litt, er hatte einen hochroten Kopf. Montnoir trug sein übliches, schaurig starres Lächeln zur Schau und wirkte ganz gelassen. Schwärme von Fliegen und anderem Ungeziefer umschwirrten uns wie lästige Hofschranzen, die um eine Einladung zum Bankett buhlen. Da wir natürlich erst mit Erlaubnis Seiner Majestät wieder sprechen durften, standen wir dort wie eine Gruppe von Taubstummen.

Die Ehefrauen und Höflinge des Königs musterten uns neugierig. Einige tuschelten in ihrer Sprache miteinander und warfen uns vielsagende Blicke zu. Sicherlich wussten sie schon, wie die Entscheidung ausfallen würde. Der König hatte die Lage schließlich bereits kurz und treffend auf den Punkt gebracht. Montnoir hatte die Macht an seiner Seite; Macht und Gold, zwei Faktoren, die immer eine unwiderstehliche Kombination bilden.

Ich sah zu O'Dwyer hinüber, der sich mit seltsam abgeklärter Miene im Inneren der Hütte umsah und vielleicht auch verstohlen die Frauen des Königs begutachtete. Wäre es wirklich so schlimm, wenn dieser verschlagene Abtrünnige an Montnoir ausgeliefert würde, der seine Geschichte gewiss bald als das entlarvte, was sie war: eine faustdicke Lüge? Sofort rief ich mich für einen so unwürdigen Gedanken zur Ordnung. Wenn O'Dwyer, ungeachtet davon, was ich selbst von ihm hielt, von einem Eingeborenen an die Franzosen ausgeliefert wurde – und ich von demselben Eingeborenen für unbestimmte Zeit, vielleicht sogar für immer, in Haft genommen –, wäre dies ein ewiger Schandfleck auf der Ehre der Quintons und der Ehre Englands insgesamt. Und was sollte dann aus Cornelia werden und aus dem weiteren Geschick unseres Hauses?

Immer fieberhafter zermarterte ich mir den Kopf darüber, wie die Lage noch zu retten war. Wenn eine Nachricht an die *Seraph* geschickt werden könnte – aber wie? Falls Captain Facey mit seinen Männern hermarschieren könnte – um dann was genau auszurichten, als Trupp von gerade einmal sechzig Mann gegen die Hunderte oder Tausende Wilde, die der König von Kombo aufzubieten hatte (und wer weiß wie viele Franzosen, die Montnoir dabeihaben mochte)?

Allmählich schwand uns fast die Besinnung vor Hitze. Selbst O'Dwyer, der viele Jahre in einem ähnlichen Klima gelebt hatte, kam nicht dagegen an, dass ihm immer wieder unwillkürlich die Augen zufielen, die er dann mit einem heftigen Zusammenzucken wieder aufriss. Montnoir schien seltsamerweise als Einziger gegen die Hitze gefeit zu sein. Vielleicht könnte ich ja mein Schwert ziehen und ihn als Geisel nehmen, den König auf diese Weise zwingen, uns ziehen zu lassen –

Da regte sich Seine Majestät und verkündete: «Der König hat entschieden.» Ich erstarrte. Montnoir lächelte. Längere Zeit blieb es still. Erst nach einer Weile fuhr der König fort: «Und seine Entscheidung lautet … Er hat sich für England entschieden. Colonel – Captain –, Ihr könnt Eure Reise fortsetzen.»

Ich hatte den Eindruck, zu träumen, denn jetzt würde

ich gewiss gleich aufwachen und erfahren, dass mein wirkliches Schicksal darin bestand, für alle Zeit in diesem Höllenloch an der Fieberküste eingekerkert zu werden. Den Beweis dafür, dass wir so völlig wider Erwarten triumphiert hatten, lieferte mir erst das Gesicht des Seigneur de Montnoir. Denn nach dem Urteilsspruch des Königs hatte sich sein Lächeln zu einer Grimasse verzerrt, die einem furchterregenden Wasserspeier oben an einer Kirchenzinne alle Ehre gemacht hätte. «Ihr gebt England den Vorzug? Ihr weist mein Gold zurück, mein Recht und die Macht meines Königs?»

Der König von Kombo zuckte mit den Schultern und holte zu einer längeren Rede aus, die Belem uns übersetzte. «Von Euch abgesehen, Monsieur, scheint die Macht des Königs von Frankreich sehr weit weg. Und ich kenne Euren König nicht, und auch nicht Eure französischen Prinzen. Wohingegen ich vor zehn Jahren einmal von einem großen englischen Prinzen besucht worden bin. Ruprecht war sein Name, der Cousin von König Charles selbst. Ein gewaltiger Krieger.» Der König deutete eine Verneigung an; offenbar hielt er sich für einen ebenso großen Krieger oder war in jüngeren Jahren mal einer gewesen, ehe er der Fettsucht anheimfiel. «Prinz Ruprecht hat mir große Ehre erwiesen und großen Respekt bezeugt, und dafür respektiere und ehre auch ich den Namen des Prinzen. Er hatte einen Leutnant dabei – einen gewissen Holmes, das weiß ich noch. Ein hochgescheiter und tatkräftiger Mann. Nun ja, wenn England solche Männer besitzt wie Prinz Ruprecht und Holmes und wie die beiden Gentlemen, die jetzt vor mir stehen, dann scheint mir, dass es auf das Gold Frankreichs gut verzichten kann. Mehr noch, es sind Schiffe aus aller Herren Länder an meiner kleinen Hundsinsel vorübergesegelt, doch nur die Engländer wagen es, sie in Besitz zu nehmen und ihre Flagge darauf zu hissen. Es ist offensichtlich, dass die Engländer ein kühnes und unerschrockenes Volk sind, und mit einem solchen Volk möchte ich gern Freundschaft halten.» Der König rutschte auf seiner Matte herum und erschlug eine riesige Fliege. «Außerdem habe ich gehört, dass ebenjener Holmes vor unserer Küste kreuzt und binnen weniger Tage hier sein könnte. Ich habe diesen Mann kämpfen sehen. Eine Gruppe meiner besten Krieger hat am Flussufer gegen ihn gekämpft, und mit nur einem Dutzend Männer zusammen hat er sie alle in Stücke gehauen. Der König von Kombo fürchtet niemanden auf der Welt, aber ich möchte nicht, dass Holmes hier auftaucht, um seine Freunde zu rächen. Nein. Meine Entscheidung steht fest: für England.»

Der König hob seine fleischige Pranke, zum Zeichen, dass die Audienz beendet war, und auch einer seiner hochrangigen Beamten trat vor, um dies zu bekräftigen. O'Dwyer und ich verbeugten uns tief. Ehe wir die Hütte verließen, musterte ich noch einmal genüsslich die hassverzerrten Züge Gaspard de Montnoirs. Als wir an ihm vorbeigingen, zischte er mir auf Französisch zu: «Damit ist die Sache noch nicht zu Ende, Quinton. Ich bekomme Euren Iren schon noch. Und auch den goldenen Berg.»

Ich verneigte mich, wie es sich vor dem Gesandten des Allerchristlichsten Königs gehörte, konnte mir aber ein schadenfrohes Grinsen nicht verkneifen. Doch als ich aus der Hütte hinaus in die noch schlimmere Backofenhitze trat, die draußen im Freien herrschte, kam mir die bittere Ironie unserer Rettung erst so recht zu Bewusstsein. Meine Freiheit, vielleicht sogar mein Leben, hatte ich einzig und allein dem Ruf des alten Haudegens Robert Holmes und dem guten Eindruck zu verdanken, den Prinz Ruprecht von der Pfalz seinerzeit beim König von Kombo hinterlassen hatte. Seit fast zwanzig Jahren hatte meine Familie in Ruprecht den Mann gesehen, der schuld am Tod meines Vaters, Earl James, in der Schlacht bei Naseby gewesen war; nun aber hatte Ruprecht mir in gewisser Weise das Leben gerettet. Das sind so die Streiche, die uns von den Launen der Geschichte, oder vielleicht von Gott, gespielt werden.

SIEBZEHNTES KAPITEL

Der Marsch zurück zum Schiff war um ein Vielfaches anstrengender als der Hinweg zum Dorf. Die schlimmste Zeit, die Stunden zwischen zehn und zwölf Uhr mittags, hatten wir hinter uns, aber der Seewind wehte an jenem Tag nur ganz schwach, und die Wedel der Palmen, über denen die Geier kreisten wie eine makabre Eskorte, bewegten sich kaum. Ich hatte das Gefühl, mitten durch das Feuer der Hölle zu stapfen. Die Soldaten, die auf dem Weg zur Audienz mit dem König noch vorbildlich militärische Haltung gezeigt und Wert auf ein schmuckes Erscheinungsbild gelegt hatten, hatten sich inzwischen ihrer Uniformröcke und in manchen Fällen auch ihrer Oberhemden entledigt, dem Beispiel meiner Seeleute folgend, die von vornherein nicht mit einer Uniform belastet waren. Selbst Ali Reis und Carvell schien es nicht gutzugehen. Alle paar Minuten hielten wir an, um gierig ein paar Schluck Wasser aus unseren Lederschläuchen zu trinken. O'Dwyer erzählte mir von seiner angeblichen Reise durch die große Wüste, die ihn zu dem goldenen Berg geführt hatte, und noch von anderen Reisen, die er durch die Wüstengebiete südlich von Algier unternommen hatte. Dort, so behauptete er, war es sogar noch heißer als hier, und dann legte er dar, wie man sogar in diesem Meer aus Sand Wasser finden könne, aber ich hörte ihm kaum zu. Meine Sorge galt vor allem Negus, der mit jeder Minute röter anlief; geradezu so, als würde er vor meinen Augen bei lebendigem Leib gebraten. Ich kam zu dem Schluss, dass es sinnvoller sein könnte, eine Rast einzulegen und erst am Abend weiterzumarschieren. Als ich Captain Facey diesen Vorschlag unterbreitete, gab er zu bedenken, dass wir nach Einbruch der Dunkelheit eher Gefahr liefen, in einen Hinterhalt Montnoirs und seiner Leute, über deren Anzahl wir nichts wussten, zu geraten; obendrein war zu befürchten, dass es in der Gegend Löwen und noch andere gefährliche Raubtiere gab, die nur bei Nacht aktiv waren (was Belem mit einem Nicken bestätigte). Also marschierten wir weiter.

Wir waren fast am Flussufer angelangt – Charles Island und die Masten der *Seraph* bereits in Sichtweite –, als Negus sich unvermittelt auf den Boden plumpsen ließ, den Mund weit aufriss und dann einfach tot zur Seite kippte. Es blieb mir überlassen, ein Gebet für ihn zu sprechen, doch mehr als «Im Namen des Vaters, des Sohnes und des Heiligen Geistes, amen» wollte mir nicht einfallen. Ich schickte einen Mann zum Schiff los, und er kehrte mit ausgeruhten Leuten zurück, die eher dazu in der Lage waren, den toten Steuermann zu tragen, als unsere von dem Marsch völlig erschöpfte Truppe. Endlich am Flussufer angekommen, warfen wir kurzerhand unsere Waffen in den Sand und stürzten uns in die Fluten. Gemessen an dem, was wir von England her gewohnt waren, war das Wasser unangenehm warm – geradezu brühwarm, verglichen mit meinem unfreiwilligen Bad im Hafenbecken von Deptford –, doch nach unserem Marsch durch die Gluthitze fühlte es sich erfrischend kühl an. Kurze Zeit später, im wohltuenden Halbdunkel meiner Kajüte, leerte ich gierig zwei große Humpen Dünnbier hintereinander und atmete dann tief durch.

«Es war wohl heiß, ja?», fragte Musk. Ich muss ihn wohl so böse angesehen habe, dass sich der alte Schurke eilig aus der Kajüte zurückzog.

Nach Negus' Tod benötigte die *Seraph* einen neuen Steuermann. Im Stillen war ich ganz froh, dass Holmes jetzt nicht hier war; vermutlich hätte er seinen höheren Rang dazu genutzt, mir eine seiner Kreaturen aufs Auge zu drücken. So jedenfalls erhob niemand irgendwelche Einwände, als ich Kit Farrell zu mir rief und ihn zu Negus' Nachfolger ernannte. Mag sein, dass Grimwade, der dienstälteste Steuermannsmaat, sich dadurch übergangen fühlte, aber wie ich erfuhr, war es ihm ganz recht, im Mündungsdelta an Bord der *Prospect of Blakeney* bleiben zu dürfen, weil er sich dadurch erheblich bessere Aussichten ausrechnete, England lebend wiederzusehen. Auch gegen die Beförderung Martin Lanhernes zum Bootsmann, dem zuvor von Kit bekleideten Posten, hatte niemand etwas einzuwenden. Zwar rechnete ich damit, dass manche der Männer aus Bristol deswegen murren würden, aber diesen ewigen Nörglern wäre vermutlich nicht mal Franz von Assisi als Vorgesetzter recht gewesen. Als ich ihm Pfeife und Rohrstock aushändigte, die Insignien seines neuen Amtes, war Lanherne buchstäblich sprachlos – zum ersten und, wie sich zeigen sollte, letzten Mal in all den Jahren, die ich ihn kannte.

Noch am Abend desselben Tages nahmen wir die Beisetzung des verstorbenen Steuermanns der *Seraph* vor; einen Leichnam bei diesen Temperaturen länger unbestattet zu lassen kam schlicht nicht in Frage, und davon abgesehen war Negus auch kein Mensch gewesen, um den die Besatzung jetzt über die Maßen trauerte. Einige schlugen vor, ihn auf Charles Island zu beerdigen, aber meine Schiffsoffiziere waren einhellig der Meinung, dass ein alter Seemann wie Negus ein Anrecht auf das uralte Bestattungsritual hatte, das toten Matrosen nun einmal zustand. Bei Sonnenuntergang hoben wir also seinen in eine Hängematte eingehüllten Leichnam auf die Steuerbordreling; an Kopf und Füßen waren Kanonenkugeln befestigt. Francis Gale, in vollem Ornat, hielt eine kurze Trauerpredigt, und als er geendet hatte, feuerten einige von Faceys Rotröcken eine Ehrensalve ab. O'Dwyer, Facey, Castle und ich hoben unsere Schwerter, um ihm einen letzten Salut zu entbieten. Dann wurde der Leichnam über die Reling gekippt und versank in den dunklen Fluten des Gambia. Lindman feuerte einen gedämpften Trauersalut ab, der die Krieger des Königs von Kombo, die meiner Vermutung nach vom Ufer aus herüberspähten, stark beeindruckt haben dürfte. Vielleicht beeindruckte er ja auch den Seigneur de Montnoir, falls er sich noch in der Nähe aufhielt.

Während sich die Trauergemeinde auflöste, wandte sich Francis zu mir und sagte: «Ihr wisst, welches Gerede jetzt auf dem Unterdeck die Runde machen wird. Eine Beisetzung, noch ehe wir unsere Fahrt flussaufwärts angetreten haben – ein schlechtes Omen.»

Ich zuckte mit den Schultern. «So sind sie eben, unsere Seeleute, Francis.»

«Schon richtig», sagte er. «Aber wenn man dazu noch die Rückkehr Eures Freundes Montnoir berücksichtigt, könnte sogar ich langsam daran glauben.»

◇◇◇◇◇◇

Tags darauf war es dann so weit: Nachdem überall an Deck der *Seraph* Sonnensegel gespannt worden waren, segelten wir am Nachmittag los. Damit folgten wir Belems Empfehlung, der uns erklärt hatte, wie der Gambia am besten zu befahren war: Vom späten Nachmittag bis in die Nacht hinein sollten wir die Seebrise und die kühlere Witterung dazu nutzen, so weit wie möglich vorwärtszukommen, weil der untere Flusslauf noch frei von den Felsen, Untiefen und versunkenen Baumstämmen war, die das Segeln bei Nacht weiter flussaufwärts unmöglich machten. Danach sollten wir die Fahrt im Morgengrauen, unter Ausnutzung des kühlen *Harmattan*, bis gegen zehn Uhr fortsetzen und dann schließlich Anker werfen und schlafen, bis sich die schlimmste Tageshitze gegen drei oder vier Uhr nachmittags gelegt hatte. Und obwohl wir dadurch die Flut verpassten, die stets um die heißeste Tageszeit einsetzte, hielten wir uns an diesen Ablauf. Teilweise gaben wir auch das sonst unveränderliche System der alle vier Stunden wechselnden Bordwache auf, das in der englischen Marine seit ewigen Zeiten üblich ist. Diejenigen, die tagsüber, wenn wir vor Anker lagen, Wache halten mussten, wurden per Los bestimmt, wobei sich die Offiziere ebenso an der Ziehung beteiligten wie die Mannschaft. In den Mannschaftsunterkünften wurde viel darüber debattiert, wer bei dieser Regelung nun am besten abschnitt. Die Mittagsmänner, wie man sie schon bald nannte, wurden als Faulpelze geschmäht, weil sie nicht des Nachts auf den Masten herumklettern oder an den Tauen arbeiten mussten; dabei waren die anderen insgeheim heilfroh, sich nicht der schrecklichen Hitze aussetzen zu müssen, die tagsüber herrschte.

Der erste Teil unserer Reise war recht kurz, denn der Karte nach befand sich das erste der ernst zu nehmenden Hindernisse, die uns auf dem Fluss erwarteten, nicht einmal zehn Meilen von unserem Ankerplatz entfernt. Wir schwangen hinter dem Kap hervor, das Charles Island beschirmte, kreuzten in den Hauptstrom und konnten schon bald in der Ferne die Anlage erkennen, die Sir William Penn bei der Besprechung im Marineamt so stark beschäftigt hatte.

«Nun, Captain», sagte Belem, «da liegt sie, direkt vor uns. San Andreas, wie sie bei uns Portugiesen heißt. Oder auch Jakobsinsel, wie sie von den derzeitigen Inhabern genannt wird.»

Im Gegensatz zu unserem Charles Island befand sich die Festungsinsel San Andreas eher mittig im Gambia-Fluss. Die nördliche Fahrrinne war schmaler als die südliche, aber immer noch gut eine Meile breit, und auch ein weit größeres Schiff als die *Seraph*, versicherte Belem, konnte sie mit Leichtigkeit passieren. Am Nordufer, gegenüber der Festung, befand sich eine kleine Hafenstadt, die nach Auskunft Belems Jilifri hieß. Die Insel selbst war klein, weniger als eine Meile lang und breit, und ragte nur wenige Fuß aus dem Wasser empor. An ihrem Ufer und im seichten Wasser davor wateten Reiher, Eisvögel und auch Ibisse, die heiligen Vögel der Ägypter, umher. Die Festung nahm fast die gesamte Fläche der Insel ein, schien mir aus der Entfernung jedoch eine schwächliche Angelegenheit, kaum mehr als ein Geviert aus gedrungenen Umfassungsmauern mit einer rudimentären Bastei in jeder Ecke. In späteren Jahren sollte ich natürlich noch viele der gewaltigen Festungen in Augenschein nehmen, die Marschall Vauban in Frankreich und Flandern hatte errichten lassen, und auch die blassen Abklatsche, die von seinem Schüler de Gomme in Plymouth, Portsmouth, Tilbury und so weiter errichtet wurden, lernte ich später gut kennen. Doch auch schon damals, als junger Mann, hatte ich bereits die eindrucksvollen Verteidigungsanlagen von Dünkirchen und Breda sowie etliche andere großartige Festungen Europas gesehen. Die niedrigen Sandsteinwälle auf der Jakobsinsel betrachtete ich deshalb mit einer gewissen Geringschätzung; sogar mit meiner eher winzigen Truppe wäre die Eroberung dieser Festung gewiss ein Kinderspiel, und warum sollte Holmes denn den ganzen Ruhm für sich einheimsen? Doch als wir mit der abendlichen Seebrise näher herangesegelt waren, sah ich, dass die Festung vielleicht doch nicht ganz so harmlos war, wie ich anfangs gedacht hatte. Auf den Festungswällen zählte ich zwischen dreißig und vierzig Kanonen, und zwar beileibe keine kleinen Kaliber; einige davon waren auf jeden Fall größer als die Geschütze, die wir auf der *Seraph* aufzubieten hatten.

Ich überlegte, ob ich Befehl geben sollte, alles klarzumachen zum Gefecht. Immerhin wehte über der Festung die holländische Flagge, und es stellte sich die Frage, ob die Kunde von der widerrechtlichen Kaperung der *Brill* durch Holmes bereits an diesen fernen Außenposten der Vereinigten Provinzen vorgedrungen war und wie die Festungsbesatzung auf unser Auftauchen reagieren mochte. Zudem wussten wir nicht, was Holmes inzwischen in Gorée angerichtet haben mochte; was, wenn die Festung darüber bereits unterrichtet war?

Durch mein Fernrohr behielt ich die Festungswälle aufmerksam im Auge, doch es deutete nichts darauf hin, dass man dort vorhatte, uns einen kriegerischen Empfang zu bereiten. Ein paar Wachen drehten einsam auf dem Wehrgang ihre Runden und wären mutmaßlich viel lieber unten in der Festung gewesen, wo anscheinend gerade, dem aufsteigenden Rauch nach zu urteilen, das Abendessen für die Besatzung vorbereitet wurde. Alle paar Minuten tauchte ein Offizier auf und richtete sein eigenes Fernrohr auf uns. Gut möglich, dass ihm gerade ähnliche Gedanken durch den Kopf gingen wie mir: *Falls Ihr nicht den Kampf eröffnet, mein Freund, werden auch wir friedlich bleiben.*

Als wir neben dem Südufer der Festungsinsel angelangt waren, drehten wir bei, und ich gab Befehl, Anker zu werfen. Ein einstündiger Höflichkeitsbesuch bei der Festungsbesatzung, entschied ich, könnte nicht schaden, und damit wir nicht mit leeren Händen kamen, stellte Purser Harrington eilig einige Flaschen Madeira, Bier aus Hull sowie etwas Pökelfleisch zusammen. Julian Carvell, der nach Lanhernes Beförderung zum Bootsmann nunmehr den Posten des Bootsführers bekleidete, wählte eine fähige Beibootbesatzung aus, und dann wurde ich feierlich an Land gerudert. O'Dwyer zog es vor, an Bord zu bleiben (gelobt sei der Herr, denn seine Gnade ist überströmend und währet ewig), Morgan Facey aber ließ es sich nicht nehmen, mich zu begleiten; weil ein Soldat, wie er mir unterwegs im Boot erklärte, sich niemals eine Gelegenheit entgehen lassen sollte, eine Stellung auszukundschaften, die er eines Tages vielleicht mal angreifen müsste.

Ein verlebt aussehender alter Wachposten nahm uns mit

einem Schwall ordinärem Gossenholländisch in Empfang und führte uns hinauf in die Festung. Mein erster Eindruck bestätigte sich: Hinter den wenig eindrucksvollen Festungswällen befand sich ein unebener Exerzierplatz. Die meisten der niedrigen Bauten aus Holz und Stroh standen unterhalb des östlichen Festungswalls; so waren sie ein wenig vor der Morgenhitze geschützt und kamen nachmittags und abends in den Genuss des vom Meer her wehenden Westwindes.

Ein gedrungener, kräftiger Mann von etwa fünfzig Jahren, bekleidet mit einem derben Hemd, einem breitkrempigen Hut im spanischen Stil und angetan mit einem Wehrgehänge, kam aus einem der Gebäude.

«Otto Stiel, meine Herren», stellte er sich in gutem Englisch vor und zog seinen Hut, «ehemals Hauptmann und Gouverneur dieser Festung im Dienste jenes allervorzüglichsten und mächtigen Fürsten, Herzog Jakob von Kurland. Heute in derselben Funktion für die Holländische Westindien-Kompanie tätig.»

Hauptmann Stiels Wortwahl ließ wenig Zweifel daran, wem seine wahre Loyalität auch heute noch galt. Am Vortag erst hatte Belem mich belehrt, dass nach wie vor Zweifel daran bestanden, ob die Abtretung der Insel durch Kurland an die Vereinigten Provinzen je ordnungsgemäß rechtlich besiegelt worden war, zum Teil, weil Herzog Jakob sich nur äußerst ungern zu der Einsicht durchgerungen hatte, dass seine kleine Provinz an der Westküste des Baltikums vielleicht doch nicht ganz dazu geeignet war, gleich anderen Nationen Europas ein mächtiges Kolonialreich in Afrika und in der Karibik zu errichten.

Nachdem ich Facey und mich vorgestellt hatte, lud Stiel uns in seine Unterkunft ein. Wie gesagt, eigentlich hatte ich mir vorgestellt, dass wir uns nach einem Stündchen unverbindlichen Geplauders wieder verabschieden würden, um abends planmäßig weiterzusegeln. Wie hätte ich ahnen sollen, dass ich letzten Endes erst bei Sonnenaufgang wieder zur *Seraph* hinübergerudert würde, begleitet vom infernalisch lärmenden Morgenkonzert der Vögel am Fluss, bei dem mir fast der Schädel platzte. Dass meine Bootsmannschaft mich, der ich mich kaum noch auf den Beinen halten konnte, höchst unsanft an Deck meines eigenen Schiffs hieven müsste, wo Brian Doyle O'Dwyer meinen Zustand halb verwundert, halb tadelnd zur Kenntnis nahm, während William Castle und Kit Farrell mich regelrecht angeekelt musterten. Schuld daran, das redete ich mir jedenfalls ein, war nicht nur meine eigene klägliche Willensschwäche. Bis zu jenem Tag hatte ich Morgan Facey immer für ein Musterbild an Besonnenheit und Umsicht gehalten, für einen grundsoliden Mann, der immerhin Veteran der königstreuen Armee war. Doch wie so oft gab ein einziger Satz den Ausschlag.

«Ihr sprecht unsere Sprache wirklich gut, Sir», lobte Facey unseren Gastgeber, während wir Geschenke austauschten.

«Freut mich sehr, das nach all den Jahren von einem Engländer zu hören», sagte Stiel. «Ich habe manch schöne Erinnerung an Euren Bürgerkrieg, an dem ich als Soldat in Sir Ralph Hoptons Armee teilgenommen habe, die im Westen kämpfte.»

Das genügte vollauf. Im Nu standen der Madeira und das Bier aus Hull auf dem Tisch, und Stiel steuerte einige Flaschen eines unvorstellbar scharf brennenden Getränks aus seiner Heimat bei. Ausländische Söldner waren auf beiden Seiten des Bürgerkrieges keine Seltenheit gewesen – wie sonst etwa sollte man Prinz Ruprecht von der Pfalz nennen, das wohl berühmteste Beispiel? –, aber hier an diesem trostlosen Ende der bekannten Welt auf einen Mann zu stoßen, der in der edelmütigsten und zugleich erfolgreichsten Armee des Königs gefochten hatte, war doch wohl Anlass genug, mit einem Glas oder zwei darauf anzustoßen, oder etwa nicht? Und als unserem Gastgeber aufging, dass ich der Sohn des Earl of Ravensden war, um den Stiel seinerzeit, als er von seinem Tod bei Naseby erfuhr, bittere Tränen vergossen hatte – nun, auch darauf mussten wir doch wohl anstoßen. Stiel machte uns darauf aufmerksam, dass sein Herzog Jakob ein Patensohn unseres lange verstorbenen Königs James seligen Angedenkens war, eine Querverbindung, auf die wir natürlich ebenfalls anstoßen mussten. Als Facey und Stiel dann auch noch feststellten, dass sie nicht nur an diversen Schlachten gemeinsam teilgenommen, sondern sogar drei oder vier gemeinsame Freunde hatten, brachen endgültig alle Dämme, und unser Schicksal war besiegelt.

Erst als ich tags darauf am späten Nachmittag wieder zu mir kam, eben noch rechtzeitig, um den Befehl zum Ankerlichten zu geben, damit wir den eigentlich schon für den Vorabend vorgesehenen Flussabschnitt in Angriff nehmen konnten, fiel mir wieder ein, dass sich unter den Geschenken, die der freigiebige Stiel Facey und mir bei unserem reichlich bezechten Aufbruch in die Arme gedrückt hatte, auch ein Packen Briefe für unser Schiff befand, abgegeben von einem Handelsschiff aus Bristol, das einige Tage zuvor in Jilifri eine Ladung Wachs, Tierhäute und Sklaven an Bord genommen hatte. Leider befand sich nur ein Brief darunter, der an Captain Quinton, derzeit auf dem königlichen Schiff *Seraph* unterwegs auf dem Flusse Gambo in Afrika, adressiert war. Wobei dies allerdings nicht die tatsächliche Beschriftung auf dem Brief war; beschriftet war er nämlich auf Französisch und verschlossen mit einem bombastischen Wachssiegel, das ich nur zu gut kannte.

◇◇◇◇◇◇

In größter Hast und Ungeduld riss ich Rogers Brief auf, während ich mich im Stillen dafür verwünschte, einen ganzen Tag verschlafen zu haben.

Mein teuerster, edelster Freund und tapferer Krieger!, lautete die Anrede, und in diesem blumigen Stil ging es noch eine Weile weiter. Nach allerlei Weitschweifigkeiten jedoch las ich endlich einen scheinbar beiläufig hingeworfenen, mich aber zutiefst schockierenden Satz: *Ach, mein Freund, wie sehr ich Euch beneide – Ihr erkundet geheimnisumwobene Gefilde, fahrt den berühmten Fluss Gambo hinauf, um den legendären Berg aus Gold zu finden –*

Lieber Gott! Dann hatte mein Schwager Venner also doch recht gehabt. Wenn Roger über unsere Mission im Bilde war, dann vermutlich auch der gesamte Hof des Allerchristlichsten Königs. Und wenn dieser von zahllosen notorischen Schwätzern bevölkerte Hof davon wusste, dann wusste die gesamte Welt davon. Nach dem ersten Schreck über diese Erkenntnis beruhigte ich mich aber bald wieder. Ob die Welt nun darüber Bescheid wusste oder nicht: Tief in meinem Herzen stand für mich seit langem fest, dass es keinen Berg aus Gold gab, und wenn es keinen derartigen Berg gab, bedurfte es auch keiner Geheimhaltung. Doch ich betete darum, dass Rogers Brief ein anderes, womöglich viel dunkleres Geheimnis aufklärte, die Frage beantwortete, zu der ich mir von ihm schon so lange Aufschluss ersehnte.

Wenden wir uns nun der Angelegenheit der vermeintlichen

Tochter der Gräfin Louise zu, Matthew. Ich beschloss, mich persönlich nach Aubigny zu begeben, denn meiner Erfahrung nach sind Mutter Oberinnen meist ungemein selbstherrliche Damen und neigen dazu, bloße Botenjungen schroff abzuweisen, während sie Edelleuten gegenüber weit mehr Umsicht walten lassen. So verhielt es sich auch bei der Mutter Oberin der Klarissen, einer Cousine Eures Lord Bristol und überaus eindrucksvollen Dame obendrein. Aubigny ist fast so etwas wie ein Außenposten Eures Vaterlandes, Matthew – die Schlösser dort gehören dem Cousin Eures Königs, Lord Richmond –, und das Kloster beherbergt die Blüte Eurer englischen Jungfrauen. Eine Jungfrau mit Namen Madeleine de Vaux befindet sich aber leider nicht darunter und hat sich auch nie dort befunden. Dass dieses Mädchen dort unter einem falschen Namen logiert, ist ebenfalls ausgeschlossen. Zu diesem Schluss kam ich nach eingehender und, wenn ich so sagen darf, erschöpfender Befragung der Schwestern, von denen nicht wenige mehr als begierig waren, mir in jeder erdenklichen Weise entgegenzukommen. In dem Bewusstsein, lieber Freund, dass es nicht in Eurem Sinne gewesen wäre, es mit dieser Enttäuschung bewenden zu lassen, unterzog ich mich auf dem Weg zurück in meine Heimat der Mühe (und anstrengend war es, das darf ich Euch versichern), die englischen Klöster der Benediktinerinnen, Augustinerinnen und Blauen Nonnen in Paris und auch der Benediktinerinnen in Pontoise aufzusuchen. Bei allen übrigen englischen Nonnenklöstern in Frankreich und Flandern konnte ich leider nur brieflich in Eurem Sinne Auskunft einholen, was meiner Gesundheit indes eher zuträglich gewesen sein dürfte. All meine Bemühungen, ob nun auf direktem oder indirektem Wege, münden in ein und dieselbe Gewissheit: In keinem der englischen Klöster gibt oder gab es je eine Madeleine de Vaux. Eure Schwägerin, die Gräfin, ist offenbar eine Lügnerin, Matthew, aber das, nehme ich an, dürfte uns beiden ja schon lange klar gewesen sein.

Eure liebe Cornelia und ich haben in der Sache bereits korrespondiert, wie sie Euch gewiss noch brieflich selbst mitteilen wird. Wir beide sind der Auffassung, dass wir jetzt, mit Hilfe Eures hochgeschätzten Onkels, des gelehrten Doktor Quinton, weitere Nachforschungen anstellen sollten, und wenn Ihr diese Zeilen lest, dürfte dieser Plan bereits weit gediehen sein.

Ich verbleibe, mein teurer Waffenbruder, als Euer sehr ergebener, treuer, dankbarer, Euch herzlich zugetaner Freund

d'Andelys.

Ich ließ den Brief sinken, trat ans Heckfenster der Kajüte – oder vielmehr an die Steuerbordhälfte dieses Fensters – und schaute hinaus auf die sich entfernende Inselfestung und den leuchtend roten Sonnenuntergang, der sich dahinter gerade abspielte. Ein Schwarm fremdartiger großer Vögel zog vorüber, quer über das Antlitz der Sonne. In meinem Herzen tobte ein heftiger Widerstreit: zwischen der Pflicht meiner Familie und der Pflicht meinem König gegenüber. Was mochten Roger, Tris und Cornelia in Erfahrung gebracht haben, seit dieser Brief aus Frankreich abgeschickt worden war? Gehörte ich jetzt nicht nach England, um sie bei ihrem Kreuzzug gegen die Huren-Gräfin nach Kräften zu unterstützen?

Dann war da noch jene Frage, die mir wohl am quälendsten auf der Seele lastete. Was, wenn das Luder inzwischen ein Kind erwartete? Und zum Schluss noch die älteste Frage von allen, die mich verfolgte, so lange ich denken konnte, mir nachts Albträume und bei Tag schlimme Sorgen bereitete: Was, wenn mein Bruder nicht mehr am Leben war –

weil es ihn womöglich überanstrengt hatte, die Hure besteigen zu müssen? Was, wenn ich in diesem Moment, während vor mir gerade die Sonne über dem Gambia unterging, bereits der Earl von Ravensden war?

Ich hörte, wie O'Dwyer, dieser Schweinehund, nebenan in seine Hälfte der Kajüte kam, und schob diese törichten Gedanken rasch beiseite. In Sachen Gräfin Louise konnte ich ohnehin nichts unternehmen. Selbst wenn ich das Schiff jetzt auf der Stelle wenden ließ und Befehl gab, alle Segel zu setzen, um nach England zurückzukehren, würde es viele Wochen dauern, ehe ich wieder zu Hause war – wo mich, da ich meinen Auftrag missachtet und meine Mission eigenmächtig abgebrochen hätte, eine Verhandlung vor dem Kriegsgericht erwartete, die nur in Schimpf und Schande enden konnte.

Nein. Die Würfel waren gefallen. Das Schicksal Matthew Quintons war unwiderruflich mit Brian Doyle O'Dwyer und der Suche nach dem goldenen Berg verknüpft, ganz gleich, wie die Sache auch ausgehen mochte.

ACHTZEHNTES KAPITEL

Früh am nächsten Morgen stand ich unter dem Sonnensegel auf dem Achterdeck der *Seraph* und staunte über den Anblick, der sich mir ringsherum bot. Meilenweit dehnte sich der mächtige blau-bräunliche Strom links und rechts von uns, und obwohl wir nur die Rahsegel gesetzt hatten, hätten wir, selbst bei Niedrigwasser, gut auch noch die Toppsegel aufziehen können. Wir loteten die Wassertiefe alle zwei Stundenglasumdrehungen aus, aber jedes Mal hatten wir mindestens fünf Faden Wasser unterm Kiel. Ein undurchdringliches Gewirr von Bäumen, die direkt aus dem Salzwasser des Stroms emporragten, säumte die Ufer: Mangroven, wie Belem erklärte. Alle paar Meilen waren Lichtungen in dieses Dickicht geschlagen und Landeplätze angelegt worden, in den meisten Fällen mit nur notdürftigen Anlegestegen versehen. Vor allem am Südufer aber befanden sich auch größere kaiähnliche Anlagen, die für europäische Schiffe geeignet waren. Wir sichteten eine Reihe portugiesischer und holländischer Schiffe, die, so sagte Belem, mehrheitlich Salzladungen an Bord nehmen würden, um sie in die höheren Flussregionen zu transportieren, wo Salz ein rares und begehrtes Gut war. Ansonsten jedoch wurde der Handel hier in der Gegend hauptsächlich von den eingeborenen Mandingos in ihren Kanus betrieben. Bei dem dichten Gewimmel dieser Boote auf dem Strom fühlte ich mich sogleich an die Themse erinnert, denn ganz wie ihre Vettern im Norden flitzten die Kanus kreuz und quer durcheinander, waren mal von einem Ufer zum anderen, mal flussauf- oder flussabwärts unterwegs, ohne dabei je miteinander zusammenzustoßen. Auch so früh am Morgen schon und trotz des Sonnensegels war es auf dem Achterdeck drückend heiß und schwül, und wir alle, Belem, Castle, Kit Farrell und ich, waren schweißüberströmt. Belems Empfehlung folgend, hatten wir uns inzwischen mit behelfsmäßigen Fächern ausgerüstet, um uns Kühlung zu verschaffen und die allgegenwärtigen Insekten vom Leib zu halten, vor allem die Moskitos und Fliegen, durch deren Biss die Schlafkrankheit übertragen wurde.

Musk, der jetzt an Deck kam, schimpfte auf seine unverwechselbare Art vor sich hin. «Ich werde mich nie wieder über einen englischen Winter beklagen», brummte er. «Dann schon lieber eisige Kälte, sage ich. Diese Hitze ist unnatürlich. Der Atem Satans, möchte ich meinen. Hätte Gott Phineas Musk dazu ausersehen, in einem solchen Klima zu leben, hätte er doch dafür gesorgt, dass ich an einem Ort zur Welt gekommen wäre –»

Er stockte und deutete auf etwas im Wasser, das wie ein rotbrauner Felsen aussah, wenige Meter steuerbords von uns. *«Beim lieben Herrn Jesus und allen Engeln, was in drei Teufels Namen ist das denn?»* Kaum hatte er dies ausgesprochen, tauchte der Fels auch schon etwas weiter aus den Fluten auf, und zwei große Augen erwiderten gelassen den Blick der Offiziere, die vom Achterdeck der *Seraph* nach unten schauten.

Belem lächelte. «Darf ich vorstellen, Gentlemen, ein Nilpferd», sagte er. «Hippopotamus, wie es in der Antike genannt wurde.»

So bekam ich zum ersten Mal in meinem Leben dieses massige Ungetüm zu Gesicht, deutlich größer als ein Ochse und so ehrfurchtgebietend, dass die alten Ägypter es als Gottheit verehrten. Ich erinnerte mich, in den Werken Plinius des Älteren darüber gelesen zu haben, aber es jetzt mit eigenen Augen zu erblicken, nur wenige Meter von mir entfernt! Tristram wäre ganz in seinem Element gewesen, und ich nahm mir vor, ihm bald zu schreiben, um ihm dieses gewaltige Nilpferd sowie die anderen Naturwunder in diesen Breiten eingehend zu schildern. Nicht nur für ihn, auch für mich wäre das eine willkommene Ablenkung von der leidigen Louise de Vaux und dem verwünschten goldenen Berg.

Musk begegnete dem Nilpferd offensichtlich eher mit Misstrauen als mit Neugierde. «Sieht bösartig aus, das Vieh», sagte er. «Besteht Gefahr, dass es uns angreift?»

«Da sind noch mehr.» Kit deutete auf einige weitere ‹Felsen› ganz in der Nähe und auf eine Gruppe Nilpferde, die im Uferschlamm lagerten. «Falls sie es darauf abgesehen hätten, uns anzugreifen, Mister Musk, hätten wir ihnen wohl zahlenmäßig nichts entgegenzusetzen.»

«Hin und wieder bringen sie mal ein Kanu zum Kentern oder greifen Leute an Land an», schaltete sich Belem ein, «aber Schiffe unserer Größe haben eigentlich nichts zu befürchten. Nilpferde können sehr jähzornig sein, doch tagsüber, wenn sie hauptsächlich damit beschäftigt sind, Abkühlung in der Hitze zu suchen, verhalten sie sich zumeist recht träge.»

«Kahlköpfig, jähzornig und träge», sagte ich mit einem Augenzwinkern. «Wahrhaftig, Musk, besteht da nicht eine auffallende Ähnlichkeit zu Euch?»

Wir lachten schallend, und Musk war großmütig genug, es nicht weiter krummzunehmen; mehr noch, bis zum Abend war er sogar dazu übergegangen, das Nilpferd als seinen lieben Anverwandten zu bezeichnen.

Etwas weiter flussaufwärts ließ Belem uns dichter am Südufer segeln, weil die Fahrrinne dort seiner Auskunft nach einige Meilen lang tiefer war als im übrigen Fluss. So kamen wir recht dicht an einer Anlegestelle vorbei, an der ein holländisches *vlieboot* vor Anker lag. Schwarze Männer, einer an den anderen gekettet, schoben sich in einer langen Reihe zum Kai hinab, beaufsichtigt von anderen Schwarzen und einem Grüppchen weißer Männer.

«Sklaven», sagte Belem; aber das hatte ich auch so bereits erraten.

Ich fragte ihn, in welchem Umfang hier in der Gegend mit Sklaven gehandelt wurde.

«Das nimmt von Jahr zu Jahr zu», erwiderte er. «Erreicht hier am Fluss zwar längst nicht die Ausmaße wie unten an der Goldküste, bleibt auch hinter dem Elfenbeinhandel noch zurück, ist aber trotzdem ein bedeutendes Geschäft. Drüben auf Barbados und den anderen karibischen Inseln, habe ich gehört, ist man aber mit den Männern aus dieser Gegend nicht zufrieden, weil sie zu faul seien. Wundert mich nicht, ehrlich gesagt. Trotzdem ist der Sklavenhandel vor allem für die Könige am Südufer, die Herrscher von Kombo, Kiang und so weiter, eine reich sprudelnde Einnahmequelle. Sie befehden sich fortwährend mit ihren Nachbarn, also besteht nie Mangel an Kriegsgefangenen, die sie als Sklaven verkaufen können, zusammen mit Verbrechern aus ihrem eigenen Volk. Mehr Verbrecher mitunter, als überhaupt Verbrechen begangen werden, je nachdem, wie viele hungrige Mäuler es zu stopfen gilt, so wurde es mir jedenfalls erklärt.»

Wir beobachteten, wie die aneinandergeketteten Männer zum Kai hinabgeführt wurden, wo sie ein Boot erwartete, auf dem sie zu dem *vlieboot* hinübergeschafft würden, das etwa eine halbe Meile vom Ufer entfernt vor Anker lag. Ein Mann stolperte, vielleicht war er auch von der Hitze geschwächt, und riss im Fallen die Männer vor und hinter sich mit zu Boden; alle drei wurden mit der Peitsche geschlagen, bis sie sich wieder auf die Beine gerappelt hatten.

Dabei waren diese Jahre um 1660 herum noch harmlos, wenn man sie mit dem grenzenlos niederträchtigen Treiben heutiger Zeiten vergleicht; welche Ausmaße der Sklavenhandel einmal annehmen würde, hätte ich mir damals nie vorzustellen vermocht. Was ich dort miterlebte, waren bloß die ersten Anfänge. Zu meiner Schande muss ich leider bekennen, dass Holmes und ich an der Ausweitung dieses Übels nicht ganz unschuldig waren; eines der erklärten Ziele der Company of Royal Adventurers, der wir ja nun einmal dienten, bestand darin, den Holländern den Sklavenhandel in Afrika zu entreißen und zu einer profitablen Einnahmequelle für England fortzuentwickeln. Meine eigene Meinung zu dem Thema aber stand seit jenem Tag dort auf dem Gambia für alle Zeit unverrückbar fest. Vor einigen Jahren erst, das ist mir unvergesslich, war ich bei einem Empfang im Kensington Palace, bei dem ein unangenehmer Viscount aus Nordengland höchst spitzfindig der Sklaverei das Wort redete: Immerhin, so näselte er, hätten die Römer ja Sklaven gehalten, und die Römer seien weitaus kultivierter gewesen als wir, *ergo* müsse man Sklaverei zwingend als Merkmal einer hochstehenden Kultur betrachten. Ah ja, erwiderte ich, sprecht Ihr von denselben Römern, die Unseren Herrn Jesus Christus ans Kreuz geschlagen und seine Anhänger den Löwen zum Fraß vorgeworfen haben? Besagter Viscount, das sei nicht verschwiegen, war darob so konsterniert, dass er hastig den Rückzug antrat, um Beistand bei seinem Lustknaben zu suchen.

◊◊◊◊◊◊

Am nächsten Tag näherten wir uns einer Stadt am Südufer, die nach Auskunft Belems Taukorovalle hieß. Der Fluss verjüngte sich jetzt ein wenig, und das sumpfige Nordufer war gänzlich hinter undurchdringlichem Mangrovengewucher verschwunden. Am Ufer gegenüber suchten nicht nur Nilpferde, sondern auch Herden von Elefanten Abkühlung im Schlamm. Taukorovalle selbst war ein schäbiges Nest, das kaum die Bezeichnung Stadt verdiente, bestehend aus den gleichen Hütten, die wir im Dorf des Königs von Kombo gesehen hatten. Belem aber klärte uns auf, dass es sich um einen Umschlagplatz für alle nur denkbaren Waren handelte, und in der Tat konnten wir uns hier per Tauschhandel mit Ziegen und Hühnern, Milch, Butter und Orangen eindecken, wobei Salz uns als wichtigstes Tauschgut diente. Auch Fässer voll Palmwein ließen wir laden und hiesiges Bier, das *dullo* hieß, wie Belem erklärte (und mit unserem guten, starken englischen Gerstensaft leider nicht zu vergleichen war). Purser Harrington und Steward Musk waren hocherfreut über diese Aufstockung unserer Vorräte, wohingegen sich unser ungewöhnlichster Einkauf leider als Reinfall erwies: Francis Gale und ich wollten aus Neugier mal Elefantenfleisch probieren, das zwar auf dem Markt recht leicht zu erwerben war, anschließend aber durch Bradburys Kochkünste wie gewohnt fast zu Kohle verbrannt wurde. Als Tristram mich also Monate später fragte, ob ich tatsächlich diese große Köstlichkeit genossen hätte, konnte ich nur mit einem ehrlichen «ja und nein» antworten.

In Taukorovalle residierte ein weiterer lokaler König, dem wir pflichtschuldig unsere Aufwartung machten (und die fälligen «Zollgebühren» entrichteten, wie Schmiergelder hier beschönigend genannt wurden). Heimlich plagte mich die Sorge, dass Montnoir diesen Ort vor uns erreicht und den hiesigen Potentaten mit mehr Erfolg für seine Zwecke eingespannt haben könnte als den König von Kombo, doch diese Sorge erwies sich als unbegründet. Ein Stück stromaufwärts lag ein Schiff vor Anker; kein *vlieboot*, sondern ein breiteres Schiff älterer Bauart mit hochaufragendem Heck. Es wirkte in diesem Gewässer merkwürdig fehl am Platz und war mit einer mir unbekannten Flagge versehen: blau, mit einem weißen Kreuz auf dunkelrotem Feld im linken oberen Eck. Wir grüßten das Schiff, und der Mann, der zu uns an Bord kam, erwies sich als Landsmann von Hauptmann Stiel. Leider sprach er kein Englisch, auf Holländisch aber, das wir beide halbwegs beherrschten, war eine Verständigung möglich. Er stellte sich als Valdis Vestermans vor, oberster Offizier auf der *Krokodil*, die ursprünglich den Auftrag hatte, im Namen des Herzogs von Kurland weiter oben am Fluss, in Kasang, einen Handelsposten zu errichten. Außer Vestermans befanden sich nur noch elf Mann an Bord, ein Viertel der ursprünglichen Besatzung; alle anderen, darunter auch der Steuermann, waren während der letzten Regenzeit dem Fieber zum Opfer gefallen. Bei einem Unwetter war das Schiff in der Nähe auf Grund gelaufen, und obwohl es der verbliebenen Rumpfbesatzung gelungen war, es wieder flottzumachen, standen sie nun vor der erheblichen Schwierigkeit, zunächst die entstandenen Schäden zu beheben, um wieder flussabwärts segeln zu können. Dort hofften sie dann (in Vestermans' Stimme aber schwang nur geringe Zuversicht mit) genug Männer für eine Mannschaft anzuheuern, mit der sie die Rückreise in ihre baltische Heimat bewältigen konnten. Vestermans war ein alter Seemann und daher erfahren genug, dem Kapitän eines englischen Kriegsschiffs erst gar nicht die Frage zu stellen, ob er seine Reise unterbrechen und ihm ein paar Dutzend Leute zur Verfügung stellen könnte, um seiner Restmannschaft bei der Instandsetzung der *Krokodil* zu helfen. So wünschte ich ihm denn zum Abschied alles Gute, und er ging wieder von Bord.

Hinter Taukorovalle beschrieb der Fluss eine leichte Biegung nach Nordosten, auf Tindobauge zu, die nächste bedeutendere Stadt. Der Fluss verjüngte sich jetzt immer mehr, woraus ich die Einschätzung ableitete, dass uns die wattartigen Flächen am Ufer zunehmend Schwierigkeiten beim Segeln bereiten würden, zumindest nachts. Außerdem, darauf wies Belem hin, war weiter flussaufwärts mit Hindernissen wie Felsen und Bäumen im Wasser zu rechnen, woraus Castle, Kit Farrell und ich denselben Schluss ableiteten. Doch es kam auch zu immer längeren Flauten – wir näherten uns dem Übergang von der Trocken- zur Regenzeit –, und da sich die Wirkung der Flut zunehmend abschwächte, je mehr wir uns vom Meer entfernten, erwies sich die Strömung, gegen die wir ansegelten, als immer stärkerer Gegner. Da den Männern also bald die Knochenarbeit bevorstand, das Schiff per Ruderboot im Schlepptau vorwärtszubefördern, ordnete ich an, dass sie sich mittags zwei Stundenglasumdrehungen länger als sonst ausruhen sollten. Diese kostbaren Stunden verbrachte ich ausgestreckt auf meiner Koje, fand der unerträglichen Hitze wegen aber keinen Schlaf und betete inständig, dass ich keinem Moskito zum Opfer fiel. Ringsum herrschte Stille, bis auf das unablässige Singen und Zwitschern der Vögel, hin und wieder das Schreien eines Pavians oder sonstiger Tiere und die Geräusche der Männer, die trotz der Hitze auf dem Oberdeck angelten und regelmäßig ihre Schnüre auswarfen und wieder einholten.

Dann vernahm ich O'Dwyers Stimme hinter der Trennwand.

«Nun, Captain – habt Ihr Euch schon überlegt, was Ihr mit den Reichtümern anstellen wollt, die Euch bei dieser Expedition zufallen?»

Ich seufzte. Nach einem Gespräch stand mir nicht der Sinn, und schon gar nicht mit diesem ruchlosen Abtrünnigen; ich wollte nur eins, nämlich schlafen.

«Nein, Colonel», sagte ich abweisend. «Darüber habe ich noch nicht nachgedacht.» *Weil wir keine Reichtümer erbeuten werden.*

«So, so … das würde ich aber an Eurer Stelle tun. Der goldene Berg ist … nun ja, er könnte so manches sein, für viele Leute. Für Euch aber, Captain, könnte er sich als sehr lukrativ erweisen. Fürwahr, als überaus lukrativ.»

Ich war müde, mir war heiß, und so ließ ich mich dazu hinreißen, die Ansicht zu äußern, die ich schon seit meiner ersten Begegnung mit dem Iren an Bord der *Wessex* hegte. «Es gibt keinen solchen Berg, O'Dwyer. Das ist nur eine Lüge, die Ihr ersonnen habt, um Euren Hals zu retten. Möge Gott England verzeihen, dass es einen König hat, der sich so leicht von Leuten wie Euch hinters Licht führen lässt.»

Der Abtrünnige gluckste belustigt. «Ach, mein armer Captain, Ihr seht noch immer nur das Naheliegendste. Aber warum hat unser Freund Montnoir dann kreuz und quer durchs Mittelmeer Jagd auf mich gemacht und taucht jetzt sogar hier noch auf?» Kurzes Schweigen. «Wie mir scheint, wurdet Ihr für Eure Bemühungen zudem bislang nur dürftig entlohnt. Ich habe gesehen, wie Ihr die Lebensmittel auf Teneriffa und in Taukorovalle aus eigener Tasche bezahlt habt, und der König wird Euch bestimmt erst lange nach Ende dieser Reise entschädigen. Läuft das nicht immer so?» Ich blieb stumm. Wollte mir nicht gestatten, O'Dwyer recht zu geben, obwohl er mit seiner Bemerkung natürlich voll ins Schwarze traf. So lief es tatsächlich immer; als Kapitän in der Marine Charles' des Zweiten musste man auf Reisen ins Ausland alle Auslagen aus eigener Tasche vorstrecken und konnte dann nur darauf hoffen, dass einem der Fehlbetrag bei der nachträglichen Vergütung, wenn sie denn endlich erfolgte, vollständig erstattet wurde, denn es kam häufig vor, dass übereifrige Beamte Quittungen über Auslagen unter durchsichtigsten Vorwänden nicht anerkennen wollten.

«Ich habe mir also Folgendes überlegt, Captain», fuhr der Abtrünnige fort. «Mal angenommen, ich gehe in einer der Städte weiter flussaufwärts an Land – in Mangegar etwa, oder in Kasang – und nehme Kontakt zu einigen der arabischen Händler und Kommissionäre auf, die bis in jene Breiten kommen. Nun ja, mit dieser Sorte Männer kenne ich mich nämlich aus, versteht Ihr. Es wäre ein Leichtes, einen Vorschuss auf Euren Anteil an dem Berg zu arrangieren.» *Gütiger Himmel.* «Aber sie legen viel Wert auf Diskretion, die Araber. Sie könnten sich also, glaube ich, abgeschreckt fühlen beim Anblick zu vieler Eurer rauen Seeleute …»

Verdammter Schurke! Er dachte also tatsächlich, dass ich so ohne weiteres zu bestechen war wie ein käuflicher Söldner! Und gegen diese Bestechung sollte ich ihn wohl laufen lassen, damit er wieder zu seinen Berberfreunden zurückkonnte.

Ein ehrloser Mensch hätte natürlich folgende Überlegung anstellen können: Wenn es keinen goldenen Berg gab, was schadete es dann, wenn der Ire einfach spurlos verschwand? Nichts; denn nichts anderes würde man als ehrloser Mensch von einem anderen, ebenso ehrlosen Menschen erwarten. Wer würde je die Wahrheit erfahren? Niemand; denn England war weit, weit weg. Was aber sprang dabei heraus? Ein ansehnliches Säckel Gold, von dem der Lordschatzmeister und der Lord Admiral nie etwas zu erfahren brauchten. Gold, bar auf die Hand, und nicht bloß die schwache Hoffnung darauf, meine monatlich auflaufenden Ausgaben von acht Pfund und acht Shilling irgendwann einmal, Monate nach meiner Rückkehr, zurückerstattet zu bekommen. Gold, das einem ehrlosen Menschen bei dem Unterfangen, ein ebenso ehrloses Weibsbild zu Fall zu bringen, sehr zustatten kommen könnte.

Ein Glück also, dass Matthew Quinton eben kein ehrloser Mensch war.

Ich lag da und schwieg beharrlich. Nach längerer Zeit hörte ich ein leises «Captain?» von O'Dwyer, wenig später gefolgt von einem geflüsterten: «Quinton?» Das war sein letzter Versuch. Kurz darauf hörte ich, wie hinter der Trennwand das unerträgliche Geschnarche des Kerls einsetzte. Vermutlich war er zu dem Schluss gelangt, dass ich ebenfalls eingeschlafen war und von seinem hinterlistigen Bestechungsversuch womöglich gar nichts oder nur die Hälfte mitbekommen hatte.

Aber weit gefehlt. Leise erhob ich mich von meiner Koje, klappte meine Seekiste auf und nahm das versiegelte Dokument heraus, das mir der König auf Newmarket Heath persönlich ausgehändigt hatte.

Geheime Zusatz-Instruktionen, auszuführen durch Captain Matthew Quinton, stand darauf geschrieben. Gemäß striktem königlichen Befehl war es bislang nicht geöffnet worden; und sollte auch nur unter sehr spezifischen Voraussetzungen geöffnet werden. Was für Voraussetzungen genau, war mir vom König noch rasch diskret ins Ohr geflüstert worden, ehe Pepys und ich an jenem Spätsommertag im jetzt so fernen Newmarket aus der königlichen Gegenwart entlassen wurden.

Nach kurzer Überlegung traf ich meinen Entschluss und löste das Wachssiegel mit einem Finger. Dann faltete ich das Dokument auseinander, sehr leise und behutsam, damit O'Dwyer nichts davon mitbekam.

Ich überflog den Text. Und lächelte.

NEUNZEHNTES KAPITEL

Hinter Tindobauge, der nächsten größeren Stadt, die wir flussaufwärts passierten, verjüngte sich der Fluss zu einer Breite von weniger als einer Meile. Den größten Teil des Tages und auch nachts waren wir mühsam per Schlepptau unterwegs, sodass wir kaum noch einem Kriegsschiff ähnelten. Die Männer in unseren beiden Booten, die die *Seraph* an dicken Seilen vorwärtszogen, ruderten aus Leibeskräften, was selbst nachts, wenn es etwas kühler wurde, so anstrengend und schweißtreibend war, dass ich die Bootsbesatzungen bei jeder Stundenglasdrehung auswechseln ließ. Da es an Bord ansonsten nichts zu tun gab, vertrieben sich die übrigen Männer die Zeit, bis sie mit Rudern an der Reihe waren, mit Schlafen an Deck (wo es zwar kühler war als in den Unterkünften unter Deck, die Moskitoplage dafür aber umso schlimmer) oder damit, von der Reling aus zu angeln. Wir gewöhnten uns rasch an die immer gleichen, eintönigen Geräusche: das Plätschern der Ruder im Wasser, das regelmäßige Auswerfen des Senkbleis, gefolgt von der mit lauter Stimme verkündeten Lotung, das unaufhörliche Summen und Sirren der Insekten, das gelegentliche Trompeten eines Elefanten oder auch Brüllen eines Löwen. Am Himmel über uns zogen große Störche dahin, und kleine, farbenfrohe Papageien schwirrten durch die Lüfte; auch die unvermeidlichen Geier kreisten über uns, in geduldiger Erwartung gleichsam.

Und all die Schinderei nur, um der Schimäre am Ende des Flusses nachzujagen, dem wahnhaften goldenen Berg. *Könnte der alte Bosch heute zum Leben wiedererweckt werden*, sinnierte ich, *bräuchte er nach seinem Narrenschiff nicht länger Ausschau zu halten*.

So quälten wir uns weiter. Die wendige *Seraph*, die bei günstigem Wind und unter vollen Segeln bis zu zehn Meilen in der Stunde zurücklegen konnte, schaffte jetzt mit viel Glück gerade einmal fünf am Tag.

Schlimmer noch, es grassierten zunehmend Krankheiten. Nach Negus hatten wir erst einen der besseren Männer aus Bristol und dann auch einen von Faceys Soldaten im Fluss bestatten müssen. Humphrey, der Schiffsarzt, hatte vier weitere Mann in Behandlung, von denen zwei ihn allein am letzten Tag aufgesucht hatten. In drei Fällen vermutete er Sumpffieber, Malaria also, während der vierte, ein munterer junger Bursche aus Marsh Bay namens Penhallow, unter einer grauenhaften Form von Roter Ruhr litt. Ihm das Patentrezept eines jeden Arztes zu verschreiben, nämlich den Aderlass, schien zwecklos; ein Jammer, denn Lanherne meinte, dass er das Zeug zu einem wirklich guten Seemann gehabt hatte. Penhallow wurde also als hoffnungsloser Fall abgeschrieben und auf eine Pritsche im Laderaum unter Deck gebettet, um dort seinem Ende entgegenzusiechen.

Eines Morgens in aller Frühe, als eben erst der Tag anbrach, tauchte vor uns die Insel auf, die auf Belems Karte als Elefanteninsel verzeichnet war. Die Fahrrinnen links und rechts davon waren erstaunlich tief, nämlich zwanzig Faden Wasser und mehr. Prinz Ruprecht und Holmes hatten die Insel anscheinend als möglichen Standort einer Festung in Betracht gezogen, waren aber bald davon abgekommen; und in der Tat war diese Insel für militärische Zwecke denkbar ungeeignet. Im Grunde bestand sie nur aus einem hohen Mangrovendickicht mit einem Umfang von etwa drei Meilen. Die Männer, die ich auf einem Boot aussandte, um sie näher zu erkunden, meldeten bei ihrer Rückkehr, dass der Boden aus weichem, lehmartigem Matsch bestände und stellenweise über einen Fuß tief unter Wasser stehe, das vom Fluss herüberschwappte.

Nachdem meine Wissbegier hinsichtlich der Insel damit gestillt war, begab ich mich unter Deck, um dem sterbenden Penhallow beizustehen. Bis heute weiß ich nicht genau, was mich dazu veranlasste. Vermutlich plagten mich Schuldgefühle, weil dieser gute, ehrliche Bursche, der mir so treu gedient hatte, jetzt meinetwegen auf dieser irrwitzigen Fahrt ins Ungewisse sterben musste, und weil mir klar war, wie schwer sein Verlust seine alte, verwitwete Mutter treffen würde. Kit Farrell und Musk zeigten wenig Verständnis dafür, dass ich so viel Anteil am Siechtum eines einfachen kleinen Matrosen nahm, aber ich fand nun einmal, dass der junge Penhallow es verdient hatte, dass ihm sein Kapitän in seinen letzten Stunden Gesellschaft leistete. Also stieg ich hinab unter Deck, in den dunklen Frachtraum selbst. Dort war es zwar wohltuend kühl, aber der typische Kielraumgestank war, bedingt durch das Klima, noch durchdringender als sonst. Die Pritsche, auf der Penhallow lag, stand verborgen hinter ein paar großen Vorratsfässern. Von dem jungen Mann, dessen Haut fahlgrau und von Schweiß überperlt war, wurde ich überhaupt nicht wahrgenommen. Ich setzte mich neben ihn und fing an, still zu beten, während sein Atem immer flacher und unregelmäßiger ging.

Ich weiß nicht, wie lange ich dort so saß – vielleicht eine Stundenglasumdrehung lang, vielleicht auch zwei. Denn beim Beten gerieten meine Gedanken schon bald auf Abwege, und ich grübelte über meine eigenen drängenden Sorgen nach, über O'Dwyer, Montnoir, Lady Louise. Irgendwann hob ich den Blick und stellte fest, dass Penhallow nicht mehr atmete; nicht einmal den Moment seines Todes hatte ich bemerkt, so tief war ich in Gedanken versunken.

Ich wollte aufstehen, hielt aber dann inne und horchte mit angehaltenem Atem. Kein Zweifel: Außer mir befand sich noch jemand im Frachtraum. Hinter den Fässern hörte ich ein Geräusch, als würde ein Balken aus dem Deck gestemmt. Eilig stand ich auf und trat hinter den Fässern hervor.

Im Halbdunkel des niedrigen Frachtraums, in dem nur eine einzige Laterne ihr spärliches Licht verbreitete, muss ich auf den Mann, der dort mit einem Brecheisen in der Hand über dem aufgestemmten Loch im Boden stand, wie ein Gespenst gewirkt haben. Er starrte mich erst verdutzt an, dann aber schlug seine Verblüffung in blankes Entsetzen um.

«Captain –»

«Mister Shish?»

Der Zimmermann der *Seraph* stand reglos da und sah mich starr vor Schreck an. Zunächst hatte ich bei seinem Anblick noch angenommen, dass er irgendeiner Routinearbeit nachging, die in seinen Aufgabenbereich fiel; dass der Zimmermann unter Deck mal eine Bohle aus dem Boden entfernte, kam sicherlich vor. Sein bestürzter Gesichtsausdruck jedoch und die Art, wie er das Brecheisen umklammert hielt, sprachen eindeutig dagegen. Und warum sollte sich der Zimmermann mit der Entfernung einer Bohle im Frachtraum abgeben? Für solche Kleinarbeiten hatte er doch schließlich seine Gehilfen.

Nur, wozu genau hatte er die Bohle entfernt? Ich hatte keine Ahnung. Ich hatte auch keine Waffe, während Shish weiter das Brecheisen in der erhobenen Hand hielt wie ein Entermesser.

«Was treibt Ihr hier, Shish?», fragte ich.

«Captain – oh, Captain – damit spricht Gott wohl sein Urteil über mich –» Das Brecheisen landete klirrend auf dem Boden, und der junge Mann brach in hemmungsloses Schluchzen aus.

Ich brauchte Hilfe, und vor allem brauchte ich jetzt guten Rat. «Ho, hallo! Ho, jemand in der Nähe?!», rief ich. Doch dass sich jemand in Hörweite befand, war wohl eher unwahrscheinlich.

Doch da trat Phineas Musk ins Licht. Warum es ausgerechnet Musk war, weiß der Himmel. Vielleicht war er gerade dabei, in seiner Eigenschaft als Steward die Lagerbestände zu prüfen; oder er war einfach nur unter Deck gekommen, um nachzusehen, was der närrische junge Erbe von Ravensden so lange dort unten trieb. «Aye, Captain?», sagte er.

«Musk, holt mir sofort Mister Castle und Mister Farrell. Aber unauffällig. Sagt ihnen nicht, warum ich sie zu sehen wünsche, und erzählt niemandem davon, was Ihr hier gesehen habt.»

«Aye, Sir. Unauffällig.»

Musk huschte davon und ließ mich mit dem Zimmermann allein zurück, der offenbar jede Selbstbeherrschung verloren hatte; er stand einfach nur da, von heftigem Schluchzen geschüttelt, und murmelte unentwegt Psalmen und puritanische Gebete vor sich hin.

Nach einer Weile kamen der Leutnant und der Steuermann der *Seraph* endlich in den Frachtraum, begleitet von Musk. Castle trat über die Lücke im Boden hinweg, wo die Bohle herausgestemmt worden war, spähte nach unten ins Dunkel und nickte dann Kit Farrell grimmig zu.

Castle blickte Shish direkt an und fragte schroff: «Und was genau hattet Ihr mit dem Kielgang vor, Mister Shish?»

Der junge Mann zitterte heftig und schüttelte den Kopf. «Der Fluss ist nicht sehr breit», schluchzte er. «Die Männer können leicht von Bord gehen und ans Ufer gelangen –»

«Ja, nachdem Ihr das Schiff versenkt habt», sagte Kit. «Der Kielgang, Sir», wandte er sich mir zu. «Die einzige Außenplanke, die vom Kielraum aus zu erreichen ist. Indem er die Bohle hier entfernt hat, hätte er sich mühelos daran zu schaffen machen können. Er hätte das Brecheisen unter eine Bodenplanke stemmen, sie hochhebeln und ein Leck verursachen können, das wir nie rechtzeitig hätten abdichten können. Das Schiff wäre untergegangen.»

«Schändlich», sagte Castle. «Zutiefst schändlich. Und die Kettenpumpen, Shish – war das auch Euer Werk?»

Der Zimmermann gab keine Antwort, schluchzte nur.

«Also Sabotage», stellte Musk grimmig fest. «Kommt mir doch sehr wie Verrat vor. Und wie mit Verrätern an Land verfahren wird, das wissen wir doch nur zu gut. Sie werden aufgehängt, bis sie fast tot sind, dann zerrt man ihnen, während sie noch leben, die dampfenden Gedärme aus dem Leib, köpft sie und hackt sie am Ende noch in vier Teile. Gute, rechtschaffene Unterhaltung nenne ich das. Aber bei der Marine, nehme ich an, verfährt man wohl anders.»

«Nicht wesentlich anders, Mister Musk», sagte Castle. «Hier dürfte der 16. Artikel des Seekriegsrechts greifen, glaube ich. ‹Alle Kapitäne, Offiziere und Seeleute, die auf treubrüchige Weise Verrat verüben … sind mit dem Tode zu bestrafen.› Kein Zweifel, Captain. Hier liegt ein Verbrechen vor, das vors Kriegsgericht gehört. Ein todeswürdiges Verbrechen, in der Tat. Mister Shish, Sir – dafür werdet Ihr hängen. Und wenn es dem König beliebt, wird auch Mister Musk hier seine Unterhaltung bekommen.»

Der junge Mann blickte so verzweifelt drein, als hätte ihm der Lord Oberrichter von England höchstpersönlich das Urteil verkündet. Wobei Castle natürlich ganz recht hatte. Ein Fall, der eindeutiger unter die Bestimmungen des 16. Artikels des Seekriegsrechts fiel, war kaum vorstellbar. Aber Shish war seinem Naturell nach kein Verräter, so viel stand fest. Auch als Agent meines Widersachers, des Malteserritters, kam er nicht in Frage. Was nur bedeuten konnte –

«Was hat er Euch angeboten, Tom?», fragte ich, so freundlich es eben ging. «Was war der Preis?»

Dem jungen Zimmermann rannen weiter ohne Unterlass die Tränen aus den Augen. «Das – das kann ich nicht sagen –»

«Eure Loyalität ist lobenswert», erwiderte ich. «Will sagen, Eure Loyalität meinem Schwager gegenüber, Sir Venner Garvey.»

Kit und William Castle starrten mich erstaunt an. Musk verdrehte nur die Augen und nickte, denn im Gegensatz zu den beiden anderen kannte er Venner ja.

Offensichtlich hatte ich richtig getippt, denn Shish versuchte erst gar nicht, es abzustreiten. Er gab sich einen Ruck und hob mit leiser, stockender Stimme zu einem Geständnis an: «Ich sollte versuchen, das Schiff irgendwie an der Weiterfahrt zu hindern, ohne das Leben der Mannschaft – und vor allem das Eure, Captain – zu gefährden, und zwar möglichst, ohne mich dabei zu verraten. Gar nicht leicht unter einen Hut zu bringen das beides, wahrhaftig nicht.»

«Ja, in der Tat», sagte ich. «Und Ihr solltet wohl, nehme ich an, nur in Aktion treten, wenn seine beiden anderen Intrigen gegen uns fehlschlugen – das Feuer in Deptford und das *vlieboot* in Long Reach?»

Shish schüttelte den Kopf. «Nur das *vlieboot*, Captain. Das Feuer in Deptford – damit hatte er nichts zu tun, das war tatsächlich ein Unglücksfall.»

Castle schnaubte abfällig, aber ich spürte, dass Shish die Wahrheit sagte. So abgebrüht, die Zerstörung der Werft in Deptford, die Vernichtung mehrerer Schiffe des Königs und vielleicht sogar den Verlust von Menschenleben zu riskieren, war Venner Garvey nicht. Wie oft hatte mein Schwager in meinem Beisein nicht schon für einen erheblichen Ausbau der Marine plädiert – aber nur unter der Bedingung, dass diese Marine von den großartigen Männern im Parlament, wie etwa ihm, kontrolliert wurde und nicht von jenen gefährlichen Anhängern autokratischer Willkürherrschaft und verkappten Papisten, Charles und James Stuart.

«Nun ja, Shish», sagte ich, «erfreulich zu hören, dass mein Schwager so um mein Wohlergehen und das aller übrigen Männer auf dem Schiff besorgt ist. Aber Ihr habt mir meine Fragen eigentlich noch nicht beantwortet. Warum habt Ihr es getan? Was war der Preis?»

«Er – er hat mich davon überzeugt, dass es für die Sache des Parlaments wäre», sagte der Zimmermann unglücklich. «Die Sache, für die mein Vater bei Edgehill gefallen ist, als ich gerade fünf war.»

Dasselbe Alter, das ich hatte, als mein Vater bei Naseby sein Leben ließ.

Meine Antwort fiel dennoch hart aus. «Ja, gewiss. Wenn es um die Erhaltung des Parlaments geht, kann Sir Venner Garvey ungemein überzeugend sein. Aber Ihr seid kein Fanatiker, Shish. Unvorstellbar, dass Ihr Euren Kopf allein für die gute alte Sache des Parlaments riskieren würdet. Was hat er Euch geboten? Wie viel ist Venner bereit, für diesen Verrat zu bezahlen?»

Der Zimmermann senkte beschämt den Blick und flüsterte: «Einhundertfünfzig Pfund. Ein Drittel habe ich schon vor unserer Abreise aus Deptford bekommen. Den Rest sollte ich nach meiner Rückkehr nach England erhalten.»

Castle stieß einen Pfiff aus, und Kit hatte die Rechnung bereits im Kopf überschlagen: «Mein Gott, Sir, das ist das Sechsfache von dem, was der Zimmermann einer fünftklassigen Fregatte im Jahr verdient!»

«Ja», erwiderte ich finster, «ein wahrer Berg aus Gold!»

«Und falls ich erwischt würde», fügte Shish hinzu, «oder bei Ausführung meiner Aufgabe ums Leben käme, sollte meine Witwe lebenslang eine Jahresrente von fünfzig Pfund erhalten – mehr als genug für sie und unseren kleinen Joseph.» Erneut brach er in Tränen aus. «Oh, Susan – liebste Susan! Was habe ich dir für eine Schande bereitet –»

Während Shish vor sich hin schluchzte, sann ich über den 16. Artikel des Seekriegsrechts nach. Er räumte dem Kapitän in einem solchen Fall keinen Ermessensspielraum ein; warum auch? Was gab es in diesem Fall noch zu deuteln: Der Mann hatte eindeutig die ruchlose Absicht verfolgt, das eigene Schiff zu zerstören. Wie viel treubrüchiger konnte ein Verrat noch ausfallen?

Und dennoch …

Ich sah Castle an; seine Ansichten hatte er bereits unzweideutig dargelegt. Ich sah Kit an: Bei allem Mitgefühl, das er Shish entgegenbringen mochte, nahm er seine Pflichten als Offizier doch zu ernst, um gegen einen Artikel des Seekriegsrechts Widerspruch zu erheben. Ich sah Musk an und wusste auch bei ihm sonderbarerweise genau, was ihm gerade durch den Kopf ging; *Liebe Mutter Gottes, der junge Master wird sich mal wieder komplett zum Narren machen*, oder etwas in der Art.

«Nun ja», sagte ich. «Sieht ganz so aus, als müsste ich mich in Widerspruch zu meinen Offizieren und zum Landrecht begeben.» Musk stöhnte, Castle klappte der Mund auf, Kit sah mich neugierig an, und Shish schluchzte weiter vor sich hin. «Gemäß den Bestimmungen des 16. Artikels ist das weitere Vorgehen klar. Die Angelegenheit ist freilich kompliziert, weil ein todeswürdiges Vergehen wie dieses natürlich vor einem Kriegsgericht gemäß den Bestimmungen des, wenn ich mich recht erinnere, 34. Artikels verhandelt werden muss, und dieser Artikel schreibt vor, dass zur Einberufung eines Kriegsgerichts ein Quorum von mindestens fünf Kapitänen erforderlich ist. Und dieses Quorum, Gentlemen, können wir erst wieder erfüllen, wenn wir mit Holmes oder einem anderen Geschwader englischer Schiffe zusammentreffen.» Castle zuckte mit den Schultern; dies zumindest entsprach der Wahrheit. Um uns her schwappte weiter das Wasser gegen den Schiffsrumpf; hier unten in diesem dunklen, übel riechenden Raum unter Wasser an ein Kriegsgericht auch nur zu denken schien in der Tat mehr als verwegen. Ich dachte an meinen Lehrmeister in solchen Dingen, Tristram Quinton, und setzte meine Vernebelungstaktik mit juristischen Spitzfindigkeiten und Wortklaubereien munter fort. «Hinzu kommt, dass der Fall durch meine engen Familienbande zum Drahtzieher der ganzen Affäre, Sir Venner Garvey, zusätzlich verkompliziert wird. Woraus folgt, dass ich aus Gründen der Befangenheit niemals über den Fall zu Gericht sitzen dürfte – aus ebenjenem Grund vermag ich in der Zwischenzeit nicht einmal ein vorläufiges Urteil über Mister Shish zu fällen. Und in einem derart gravierenden Fall kann ein Kapitän nicht einfach seine Vollmachten vorübergehend an einen Leutnant oder sonstigen Offizier seines Schiffs abtreten, das lassen unsere altehrwürdigen Gesetze und Traditionen der See nicht zu» – Castle und Kit wechselten einen verwirrten Blick, zu Recht im Übrigen, denn diese speziellen «altehrwürdigen Gesetze und Traditionen der See» waren von Captain Matthew Quinton soeben frei erfunden worden –, «und davon abgesehen», fuhr ich unbeirrt fort, «befinden wir uns mitten auf dem Gambia, Hunderte Meilen von der Küste entfernt, Gentlemen, und ich habe auf keinen Fall vor, diese gefährliche Reise durch unsichere Gewässer ohne einen sachkundigen Zimmermann an Bord fortzusetzen oder später ohne ihn die Rückreise zu bestreiten.»

Damit, das wusste ich, lief ich selbst Gefahr, mir den Unwillen eines Kriegsgerichts einzuhandeln – womöglich sogar die Todesstrafe –, doch je länger ich darüber nachsann, desto unwiderlegbarer schien mir meine letzte Aussage. Auf einen Zimmermann konnten wir nicht verzichten. Auf die sklavische Umsetzung des Rechts schon. *Und was wäre, wenn –?*

Oh ja, das würde ich ihm weiß Gott zutrauen! Ich rief mir vor Augen, wie Venner Garvey Schach spielte, was für unerwartete und rücksichtslose Opfer er zu bringen bereit war, um am Ende zu siegen. Vielleicht hatte er ja die Möglichkeit, dass sein Agent scheitern und ertappt werden könnte, von Anfang an einkalkuliert und setzte in diesem Fall darauf, dass der Kapitän und die Offiziere der *Seraph* sich strikt an die Artikel des Seekriegsrechts halten würden, bei deren Verabschiedung im Parlament Venner selbst eine bedeutende Rolle gespielt hatte – sprich, den jungen Shish hinrichten würden, wodurch der Erfolg der Mission, da kein Zimmermann mehr zur Verfügung stand, ernsthaft gefährdet war.

Diese Mission wird scheitern.

Schon möglich, Venner; doch sollte sie tatsächlich scheitern, dann jedenfalls nicht durch dein Zutun.

«Mister Castle», sagte ich, «ich übernehme hierfür die volle Verantwortung. Ich werde jetzt gleich einen Brief an den König und den Lord Admiral aufsetzen und klarstellen, dass Euch und die anderen in der Sache keine Schuld trifft, und dieser Brief wird an die beiden abgesandt, sobald dies erforderlich ist.» Dass mein Verhalten von meinem Leutnant und meinem Steuermann als Beweis meiner Unfähigkeit gewertet und, unter Berufung auf ebenjenen 16. Artikel, da ich damit treubrüchig meine Pflicht verriet, zum Anlass genommen werden könnte, mich meines Amtes zu entheben, hatte ich nämlich durchaus in Betracht gezogen; aber das traute ich ihnen nicht zu, dazu kannte ich sie zu gut. Ich fuhr fort: «In der Zwischenzeit habe ich eine Bitte an Euch. Wir fünf Männer, die wir hier versammelt stehen, wissen als Einzige, was sich in diesem Fall abgespielt hat. Ich bitte Euch also dringend, keiner Menschenseele ein Wort davon zu erzählen, zumindest so lange, bis wir wieder oben im Mündungsdelta sind. Mister Shish ist ein freier Mann und bleibt weiter Zimmermann der *Seraph*. Im Beisein Dritter werden wir mit ihm – und er mit uns – umgehen, als wäre nichts geschehen. Einverstanden?»

Kit sprach als Erster: «Sir, habt Ihr auch bedacht, was für Folgen dieses Vorgehen für Euch haben –»

«Ja, ich habe es bedacht», schnitt ich ihm mit Nachdruck das Wort ab. «Sind alle einverstanden?»

Kit nickte. Castle sagte mit einem Achselzucken: «Sofern Ihr die beiden erwähnten Briefe schreibt, ja, dann bin ich einverstanden.»

«Völlig plemplem», brummte Musk, «so wie alle Quintons, verflucht nochmal.» Das wertete ich als Zustimmung.

Zuletzt blickte ich Tom Shish an. «Nun, Master Shish», sagte ich, «Ihr bleibt frei, und Ihr bleibt am Leben. Fürs Erste zumindest. Vielleicht bekommt Ihr auf dieser Reise ja noch einmal Gelegenheit, Euch reinzuwaschen, wer weiß.»

Vor lauter Dankbarkeit brachte der junge Mann kein Wort heraus. Stattdessen brach er erneut in Tränen aus.

ZWANZIGSTES KAPITEL

Damit lagen die Elefanteninsel und der Vorfall mit Shish hinter uns, im wortwörtlichen wie auch im übertragenen Sinn. Der Zimmermann schützte ein fiebriges Unwohlsein vor, um sich für einige Zeit in seine Kajüte verziehen zu können, und dagegen hatte niemand etwas einzuwenden. William Castle begegnete mir von da an merklich kühler; uns beiden war klar, dass er mich jetzt völlig in der Hand hatte, brauchte er doch bloß unsere Übereinkunft öffentlich zu machen, um selbst Kapitän der *Seraph* zu werden und Matthew Quinton an den Galgen zu bringen (oder auch, so der König Erbarmen walten ließ, auf den Richtblock). Selbst Kit war spürbar zurückhaltender als sonst, aber durchaus mit gutem Grund. Schon einmal hatte er mir zuliebe vor einem Kriegsgericht einen Meineid geschworen, und intuitiv ahnten wir wohl beide, dass er mich, sollte ich mich erneut vor einem solchen Tribunal verantworten müssen, kein zweites Mal würde retten können. So herrschte denn unter uns Männern auf dem Achterdeck eine seltsam befangene Stimmung, während wir unsere Fahrt stromaufwärts fortsetzten.

Die Landschaft veränderte sich; zunächst unmerklich, dann immer deutlicher. An die Stelle der immer spärlicher werdenden Mangroven traten rote Felsklippen, mitunter so hoch, dass die *Seraph* sich dagegen winzig ausnahm, und karges Buschland zu beiden Seiten des Flusses. Das Wasser war jetzt nicht mehr schlammbraun, sondern grün, und der Fluss nahm einen immer gewundeneren Verlauf, der durch flache Inseln aus Schlick zusätzlich behindert wurde; selbst Belem räumte ein, dass man in diesen Breiten eigentlich nur auf gut Glück navigieren konnte, da der Flussverlauf sich von Jahreszeit zu Jahreszeit änderte. In manchen Abschnitten des Flusses, die noch breit und tief genug waren, konnten wir, in der Regel spätnachmittags, die Großsegel setzen und bis Einbruch der Dunkelheit ein Stück weit segeln; meistens aber bewegten wir uns per Schlepptau vorwärts. Hier im Landesinneren war von der kühlenden Seebrise längst nichts mehr zu spüren, und ich bedauerte meine Männer aus tiefstem Herzen, wenn ich dabei zusah, wie sie sich, immer im Stundenglasrhythmus abwechselnd, im Namen dieser sinnlosen, wahnwitzigen Sache an den Rudern abrackerten. Doch ich wusste, dass uns noch Schlimmeres bevorstand. In Kasang, unserem nächsten Anlaufhafen, würden wir die *Seraph* ganz zurücklassen müssen, in der Obhut einer Rumpfbesatzung, während wir Übrigen die Fahrt flussaufwärts in Schaluppen oder ähnlichen Booten, die wir vor Ort erst noch bauen mussten, fortsetzten. Mir graute schon bei dieser Aussicht: Als Kapitän eines Kriegsschiffs war mir unwohl bei dem Gedanken, bald auf das zuverlässige, feste Deck unter meinen Füßen, den beruhigenden Schutz unserer zweiunddreißig Kanonen und den relativen Komfort meiner halben Kajüte verzichten zu müssen. Doch es gab noch einen anderen Grund, warum mir die Vorstellung, unsere Fahrt auf kleineren Booten fortzusetzen, nicht behagte: neue «Freunde» nämlich, die in diesen höheren Flussregionen zu Hause waren. Wir begegneten weiterhin Nilpferden; dazu zahlreichen Elefanten, die wie Regimenter an den Flussufern paradierten oder sich am Rande des Wassers abkühlten; und hatten wahre Heerscharen neuer gefiederter Begleiter, darunter auffallend hübsche grau-orangegelb-schwarze Vögel, die, wie Belem behauptete, eigentlich in Ägypten beheimatet waren. Bei den besagten neuen «Freunden» handelte es sich jedoch um die immer häufiger werdenden heimtückischen Bestien, die an den Ufern links und rechts von uns lautlos ins Wasser glitten oder ebenso lautlos daraus auftauchten: Krokodile.

Wir befanden uns, Belems Schätzung nach, nur noch wenige Meilen von Kasang entfernt, als uns das erste Unheil ereilte. Es war später Abend, aber noch recht hell, und wir wechselten gerade die Besatzungen der Ruderboote aus. Das Beiboot war an die Backbordseite eingeholt worden, und seine erschöpfte Besatzung fing eben an, die Leiter an der Bordwand hochzuklettern. Ich sah vom Achterdeck aus zu, zusammen mit Kit, Castle, Belem und O'Dwyer. Da gab es auf einmal einen Stoß – die *Seraph* hatte offenbar eine Sandbank gestreift. Das Beiboot hatte weniger Glück, es rammte mitten hinein und lief knirschend mit steil in die Höhe ragendem Bug auf Grund. Diese doppelte Erschütterung von Schiff und Boot war zu viel für die beiden Männer, die sich gerade auf der Leiter befanden, einen Londoner namens Gibson und einen Mann aus Hayle namens Treharne. Bis heute stehen mir ihre Gesichter klar vor Augen. Sie stürzten von der Leiter, am Heck des Bootes vorbei, in die dunklen Fluten des Gambia.

Einen Augenblick lang blieb es vollkommen still.

Dann tauchten die beiden aus dem Wasser auf und riefen um Hilfe, um Gottes willen, Hilfe! Kit stürzte aufs Oberdeck und an die Reling, von wo er den Männern, die sich noch im Beiboot befanden, zubrüllte, sie sollten sich abstoßen und ihren Kameraden zu Hilfe kommen –

Zu spät. Ich entdeckte bereits zwei große, schuppige Umrisse im Wasser, die beängstigend schnell auf die beiden Männer zu schossen. Belem und O'Dwyer bekreuzigten sich stumm.

Treharne erwischte es als Ersten. Das Krokodil muss ihn in der Mitte durchgebissen haben, denn während der Mann aufbrüllte und das Blut nur so strömte, sah ich kurz seinen Unterleib und seine Beine an der Oberfläche treiben, bis auch sie verschlungen wurden. Gibson, der schwimmen konnte, versuchte noch, sich zu wehren, womit er aber in gewisser Weise alles nur schlimmer machte. Sein Versuch, einen Schlag zu landen, endete damit, dass ihm das Biest die rechte Hand säuberlich abbiss. Gibson brüllte auf vor Schmerz, doch schon im nächsten Moment riss ihm das Krokodil auch noch den restlichen Arm ab.

Facey hatte inzwischen einige seiner Männer an der Reling postiert, von wo sie mit ihren Musketen das Feuer auf die Bestien eröffneten. Es war eine sinnlose Geste. Ich sah, wie das zweite Untier aus dem Wasser hochschnellte, die tödlichen Kiefer weit aufgerissen. Dann verschwand Gibsons Kopf in seinem Maul, und es ließ die Kiefer zuschnappen.

Ich flüchtete hinüber an die Steuerbordreling, wo ich mich mit beiden Händen abstützte und verzweifelt nach Luft schnappte, um mich nicht übergeben zu müssen. Noch heute, über sechzig Jahre später, überläuft mich bei der Erinnerung an diesen Vorfall ein eisiger Schauer. Ich ziehe meine Decke enger um mich und trinke ein Schlückchen Portwein, um mich wieder zu beruhigen. Denn ich habe zwar Menschen im Lauf meines Lebens auf mannigfache Weise sterben sehen – habe den Tod anderer auch selbst auf mannigfache Weise herbeigeführt –, aber nie wieder ein so grausiges Ende miterleben müssen wie bei Gibson und Treharne, möge Gott ihrer Seele gnädig sein, die auf so grässliche Art von Krokodilen zerrissen und aufgefressen wurden.

◇◇◇◇◇◇

Die Stimmung an Bord war weiter sehr gedrückt, als wir am Morgen darauf endlich vor Kasang vor Anker gingen, einer weiteren Eingeborenenortschaft aus weißgekalkten Rundhütten, die jedoch diesmal nicht nur mit einem Palisadenzaun umfriedet war, sondern zusätzlich noch mit einem Graben. Der Hafen befand sich unterhalb eines roten, etwa fünfzig Meter hohen Hügels, dessen Hänge mit kleinen Bäumen bewachsen waren. Anders als die meisten «Häfen», die wir bislang passiert hatten und wo man durch Sümpfe oder matschiges Watt an Land waten musste, verfügte dieses Kasang wenigstens über einen annehmbaren breiten Sandstrand, an dem Kanus gebaut wurden. Frauen kamen in Scharen ans Wasser hinunter, um mit uns Handel zu treiben: Sie boten Reis, Eier, Obst, *cuscus* (eine Art Hirsebrei jener Breiten), Hühner und in manchen Fällen auch sich selbst feil, ein Umstand, der meiner Crew nicht entging.

Ich gewährte ihnen bereitwillig Urlaub. Nach all den Strapazen hatte sich die Mannschaft wahrlich etwas Erholung verdient, und außerdem würden die Männer nach dem grauenhaften Schicksal, das ihren Kameraden zugestoßen war, so auf andere Gedanken kommen. Zudem standen uns anstrengende Wochen bevor: Meine Mannschaft würde sich zunächst als Schiffbauer betätigen und eine kleine Flotte von Booten zimmern müssen, auf der wir unsere Fahrt flussaufwärts fortsetzen konnten. Anschließend musste noch ein Großteil der Vorräte von Bord der *Seraph* auf die Boote verladen werden, was bei dieser Witterung kein Zuckerschlecken würde. Tom Shish wurden die Leitung und Beaufsichtigung des Bootsbaus übertragen, er würde sich zum Dank für seine Begnadigung also tüchtig ins Zeug legen müssen. Die anschließende Reise würde dann, falls Belem recht behielt, schwieriger werden als alles, was wir bislang durchgestanden hatten: Denn je tiefer wir ins Land der Einhörner vordrangen, desto mehr müssten wir uns auf Stromschnellen, Strudel und weitere Fährnisse dieser Art einstellen.

Ich war gerade selbst im Begriff, an Land zu gehen, als O'Dwyer mich abfing. Seine Miene war seltsam angespannt.

«Nun, Captain», sprach er mich an, «habt Ihr Euch den Vorschlag, den ich Euch unterbreitet habe, durch den Kopf gehen lassen?»

«Ein Vorschlag, Colonel?» Ich gab mich ganz unbefangen. «Ich erinnere mich an keinen Vorschlag, Sir.»

«Ah. Nein. Bitte um Verzeihung, Captain. Ich habe mich wohl vertan.»

Danach gingen wir gemeinsam an Land, wo wir uns ohne ein Wort trennten und unserer Wege gingen; ich in

Begleitung von Francis Gale und Belem, O'Dwyer allein; aber wie üblich auf Schritt und Tritt beschattet von Abordnungen meiner zuverlässigsten Männer.

Dieses Kasang war zwar ein kleines Nest, aber offenbar ein höchst lebendiger Handelsplatz. Große Posten Baumwolle und Wachs, Elfenbein und Tierhäute in rauen Mengen harrten unter Markisen auf Abnehmer, sei es in Form eines Schiffs, das den Fluss hinaufkam, oder in Form einer von Norden oder Osten kommenden arabischen Karawane. Tatsächlich erspähte ich zwei oder drei arabische Kommissionäre, auf Anhieb zu erkennen an ihren Roben und Kopfputzen, doch sie machten wohlweislich einen großen Bogen um diesen jungen ungläubigen Kapitän. Handwerker wetteiferten miteinander, um uns die in jenen Breiten hochbegehrten Waren anzupreisen: Scheiden für Schwerter, Dolchfutterale und runde, mit Leder überzogene Schilde, die man mit einem Motiv seiner Wahl bemalen lassen konnte. Ich entschied mich, mir einen Schild mit dem Wappen derer von Ravensden zu gönnen, und mit Belem als Dolmetscher gelang es einem fröhlichen, fast nackten Wilden, nach meinen Angaben in weniger als einer Stunde ein getreuliches Abbild davon zu erschaffen. Über seine Bezahlung, eine Flasche Branntwein, schien er hocherfreut, und mir ging es mit meiner Anschaffung nicht anders, die bis heute meine Wand ziert.

Mein Landgang erfolgte nicht ohne Hintergedanken. Ich musste sicherstellen, dass wir unsere Boote ungestört bauen konnten, und dazu war es wichtig, gute Beziehungen zu den Eingeborenen vor Ort zu knüpfen. Dem hiesigen König wollte ich am folgenden Tag einen Besuch abstatten; sein «Palast», sagte Belem, befände sich etwa zwei Meilen weiter im Landesinneren. Ich hoffte inständig, dass dieser Potentat weniger eigensinnig und nachgiebiger war als der König von Kombo und dass ich bei ihm nicht erneut eine unliebsame Überraschung in Gestalt des Seigneur de Montnoir erlebte. Unterdessen beherzigte ich dieselben Verhaltensregeln, die ich auch meinen Männern eingebläut hatte: lächeln, höflich sein, kleine Gaben verteilen (zusätzliche Gebote wie «Du sollst dich nicht sinnlos besaufen und dann Streit suchen» und «Du sollst nicht Notzucht üben» hatten meine Offiziere all jenen persönlich eingeschärft, die dafür bekannt waren, in der Hinsicht gern mal über die Stränge zu schlagen). Auch die wachsende Schar schwarzer Kinder, die uns auf Schritt und Tritt folgte, ließ ich lächelnd gewähren. Francis sah in ihnen eine ideale Gelegenheit für Missionsarbeit und fing an, ihnen die Gleichnisse Unseres Herrn Jesus Christus darzulegen, in der festen Überzeugung, dass das heilige Wort Gottes die offenkundige Sprachhürde zwischen ihm und den Kindern schon irgendwie überwinden würde. Obwohl manche Kinder Francis neugierig ansahen, ungefähr so, als hätten sie ein ungewöhnliches Tier vor sich, kam es an jenem Tag in Kasang betrüblicherweise nicht dazu, dass sich die wunderbare Gabe, in fremden Zungen zu reden, in irgendeiner Form manifestiert hätte.

Da die Sonne ihrem Zenit zustrebte, war es an der Zeit, uns die nächsten zwei oder drei Stunden an ein schattiges Plätzchen zu verziehen. Belem führte uns zur Hütte eines Mischlings namens Moreno, eines Händlers, mit dem er bekannt war, und dort stärkten wir uns mit Palmwein und ein wenig Reis. Danach streckten wir uns auf den Flechtmatten aus und ließen Hitze und Trunkenheit ihren Lauf nehmen. Eine Fliege belästigte mich hartnäckig, schien aber Belem nicht weiter zu stören, der im Nu eingeschlafen war. Der Lärm außerhalb der Hütte legte sich immer mehr, während die Bewohner der Stadt sich ihrerseits aus dem Freien zurückzogen. Ich glitt in jenen sonderbaren Zustand hinüber, in dem man halb schläft, halb wach ist und dies auch noch auf unklare Weise wahrnimmt –

Der Lärm schwoll wieder an. Francis Gale schüttelte mich am Arm.

«Das sind englische Stimmen, Matt», sagte er. «Aufgebrachte englische Stimmen.»

Wir rappelten uns hoch und hasteten los in Richtung Strand. Dort hatten sich Seeleute, Soldaten und sogar Eingeborene in einem großen Kreis versammelt. Alles schrie wild durcheinander, Anfeuerungsrufe und Schmähungen hielten sich die Waage. Ich drängte mich durch die Menge, bis ich sah, was in der Kreismitte los war: Dort prügelte sich John Treninnick gerade mit dem kräftigsten der Soldaten, einem gewissen Hallett. Meine Männer feuerten Treninnick an, der solcher Ermunterung aber kaum bedurfte. Er war außer sich vor Wut, stieß wüste Beschimpfungen auf Kornisch aus und versuchte immer wieder, einen Schlag auf die Nase des viel größeren Rotrocks zu landen. Doch Hallett war kein leichter Gegner, nutzte den Vorteil seiner hünenhaften Gestalt voll aus, beschimpfte und verhöhnte seinen Kontrahenten und versuchte, Treninnicks unnatürlich kurzen Hals zu packen zu bekommen, vermutlich, um ihn zu erwürgen.

«Sofort aufhören!», brüllte ich. «So etwas dulde ich nicht!»

Womit ich in etwa so viel bewirkte wie der alte König Knut, als er der Flut Einhalt zu gebieten suchte; ich war unbewaffnet, Treninnick verstand kein Englisch, und Hallett als Soldat ließ sich von einem bloßen Kapitän offenbar nichts befehlen. Ich konnte mich kaum so weit herablassen, sie persönlich auseinanderzuzerren, und mein Bootsmann befand sich an Bord der *Seraph* – ich drehte mich um und sah, dass Lanherne vom Achterdeck aus entsetzt herüberstarrte –

Francis Gale waren solche Skrupel glücklicherweise fremd. Er trat entschlossen vor, sorgte mit einem Fausthieb in Halletts Magengrube dafür, dass dem Hünen die Luft wegblieb, und versetzte dann Treninnick einen Kinnhaken, der sich gewaschen hatte und bei dem sogar dieses sonst so zähe, kräftige Geschöpf zurücktaumelte. In dem kurzen Intervall, ehe sich die beiden Kampfhähne erneut ineinander verkeilen oder ihren vereinten Zorn gegen ihn richten konnten, riss Francis seine Hände in zeitlos beschwörender Gebärde in die Höhe und rief: «Lasset uns beten!»

Die versammelten Schaulustigen sanken kleinlaut auf die Knie hinab. Nach einem verdutzten Blick in die Runde folgten Hallett und Treninnick widerstrebend ihrem Beispiel und knieten sich ebenfalls in den Sand; mochte Treninnick die Worte auch nicht verstehen, so waren ihm die Gebärden doch wohlvertraut. Francis fing eilig an, den 55. Psalm zu rezitieren, bedächtig und mit großem Nachdruck: «Gott, sei mir gnädig nach deiner Güte und tilge meine Sünden nach deiner großen Barmherzigkeit. Wasche mich rein von meiner Missetat und reinige mich von meiner Sünde …»

Nach und nach beruhigten sich die erhitzten Gemüter, ganz, wie von Francis beabsichtigt (denn der *Miserere mei* ist ein sehr umfangreicher Psalm, zumal, wenn er in schleppendem Tonfall vorgetragen wird). So wurde aus der gerade noch so aufgepeitschten, blutrünstigen Meute langsam eine andächtig lauschende, am Ende lammfromme Gemeinde.

Genau da kam Morgan Facey angeschnauft, völlig außer Atem und mit hochrotem Kopf; er hatte das Umland der Stadt erkundet, um sich ein Bild davon zu machen, wie sie, falls etwa ein feindlicher Eingeborenenkönig oder Montnoirs Franzosen angreifen sollten, am besten zu verteidigen wäre. Ich schilderte ihm kurz, was vorgefallen war. Er schüttelte betrübt den Kopf, als würde er meine Bewertung des Vorfalls teilen: so viel also zu unserer Absicht, die Eingeborenen durch vorbildliche englische Besonnenheit und Vernunft zu beeindrucken.

Als der Psalm schließlich zu Ende war, schickten wir die Soldaten und Seeleute geschlossen aufs Schiff zurück. Sobald Martin Lanherne von der *Seraph* herbeigekommen war, um für Treninnick zu dolmetschen, wandten Facey und ich uns den beiden Missetätern zu.

«Er hat mir mein neues Dolchfutteral gestohlen», sagte Hallett. «Hatte es mir gerade erst gekauft, in der Stadt. Hab mich mittags aufs Ohr gelegt, um zu schlafen, und als ich aufwachte, war es fort.»

Nachdem ihm diese Anschuldigung übersetzt worden war, brach ein erregter Redeschwall auf Kornisch aus Treninnick hervor. «Er bestreitet es», meinte Lanherne. «Sagt, er hätte dieses Futteral noch nie im Leben gesehen. Sagt, er sei kein Dieb.»

Das erschien mir glaubhaft; ich kannte Treninnick gut. Er war ein roher Bursche, der nicht davor zurückscheute, einem anderen bei der kleinsten Provokation den Schädel einzuschlagen, aber zumindest ehrlich war er.

Facey befragte Hallett weiter: «Falls Ihr geschlafen habt und folglich gar nicht sehen konntet, dass dieser Mann das Futteral an sich genommen hat, warum habt Ihr ihn dieser Tat dann beschuldigt?»

Hallett zuckte mit den Schultern. «Weil er dabei beobachtet wurde. Vom Colonel. Der hat mich geweckt und mir alles erzählt.»

Facey und ich sahen uns bestürzt an. «Colonel O'Dwyer?», fragte ich aufgeregt. «*Er* hat Euch erzählt, dass Treninnick das Futteral an sich genommen hat?»

«Aye, Sir», bestätigte Hallett, der (wie Facey mir später erklärte) nicht besonders hell im Kopf und leicht zu beeinflussen war. Für so jemanden war an der Aussage eines so hochrangigen Offiziers wie eines Colonels natürlich nicht zu rütteln.

«Und wo», fragte ich mit wachsender Beunruhigung, «ist Colonel O'Dwyer jetzt?»

Lanherne riss erschrocken die Augen auf und lief los, um Polzeath und Tremar ausfindig zu machen, die zur Stunde die Aufgabe hatten, den Abtrünnigen zu bewachen. Kurz darauf kehrte er mit den beiden tiefbeschämten Männern zurück. Der Colonel, berichteten sie, habe mit einer einheimischen Frau angebandelt und sich mit ihr in eine Hütte zurückgezogen. Sie hatten die Hütte aufmerksam im Auge behalten, aus der er bislang anscheinend nicht wieder herausgekommen sei. Als sie jetzt aber mit Lanherne zusammen in die Hütte eingedrungen wären, fehlte von dem Colonel dort jede Spur.

Stattdessen fanden sie den leblosen Körper einer Einheimischen vor, der die Kehle durchgeschnitten worden war.

◇◇◇◇◇◇

Dass O'Dwyer sich irgendwann absetzen würde, hatten wir alle insgeheim schon lange befürchtet; jetzt aber, wo er tatsächlich verschwunden war, noch dazu unter so grausigen

Begleitumständen, senkte sich eine Art Schockzustand über das Schiff. Manche schämten sich auch; meine Getreuen aus Cornwall, die den Iren schon in Santa Cruz de Tenerife beschattet hatten, konnten dieser Aufgabe, die ihnen in aller Vertraulichkeit von ihrem Kapitän übertragen worden war, mit der Zeit sogar vergnügliche Seiten abgewinnen und betrachteten es geradezu als Ehrensache, den Abtrünnigen zuverlässig zu bewachen. Polzeath und Tremar waren besonders zerknirscht, nicht nur, weil ihnen der Ire entkommen war, sondern auch, weil sie noch dazu den Mord an einer Unschuldigen nicht verhindert hatten. Doch O'Dwyer war so raffiniert und hinterlistig vorgegangen, dass meine Leute sich nichts vorzuwerfen brauchten. Schon die Finte, einen Soldaten gegen einen Seemann aufzuwiegeln, war ein schlaues Ablenkungsmanöver – weil abzusehen war, dass die folgende Prügelei ein großes Publikum aus beiden Gruppen anziehen würde –, doch dafür auch noch Hallett und Treninnick auszuwählen war geradezu genial; weil Treninnick, der so etwas wie das Maskottchen meiner Leute aus Cornwall war, geschlossene Rückendeckung und Unterstützung erhalten würde und außerdem stark genug war, um sich mit dem hünenhaften Hallett einen längeren Kampf zu liefern. Dass Brian Doyle O'Dwyer aber auch vor dem kaltblütigen Mord an einer Unschuldigen nicht zurückschreckte, um sich zu seinen alten Freunden absetzen zu können – das überraschte selbst mich, obwohl ich dem verschlagenen Iren von Anfang an mit größtem Misstrauen begegnet war. Eine innere Stimme raunte mir zu, *sei froh, dass du ihn los bist*, und empfahl mir, mit der *Seraph* sofort umzukehren und wieder den Fluss hinabzusegeln, doch es wäre ehrlos gewesen, nicht zumindest den Versuch zu unternehmen, des Verräters habhaft zu werden; daneben kannte ich natürlich inzwischen die geheimen Zusatzinstruktionen des Königs und brannte darauf, sie in die Tat umsetzen. Und wir mussten zumindest die Suche nach O'Dwyer aufnehmen, um uns das Wohlwollen der Einheimischen zu erhalten, die naturgemäß sehr aufgebracht und feindselig reagierten, als sie von dem Mord erfuhren. Glücklicherweise gelang es Belem, sie über die Sachlage aufzuklären, sodass sich ihr Zorn alsbald einzig gegen O'Dwyer richtete und sich zahlreiche Freiwillige meldeten, die uns als Führer bei der Suche unterstützen wollten. Ich wies also Harrington und Musk an, ausreichend Proviant zur Ausrüstung mehrerer Suchtrupps aus unseren Vorräten zusammenzustellen, und rief dann meine übrigen Offiziere zu einer Beratung im Zwischendeck zusammen. Zunächst jedoch zog ich mich mit Jesus Sebastian Belem zu einem Gespräch unter vier Augen in meine Kajüte zurück. Vor allem eine Frage trieb mich um, die ich mit dem verkrüppelten alten Portugiesen unbedingt klären musste.

«Belem», fuhr ich ihn zornfunkelnd an, «Ihr habt diesen irischen Verräter bei seiner Geschichte mehr oder weniger unterstützt. Holmes und mir gegenüber habt Ihr an Bord der *Jersey* dem Hirngespinst, dass es einen goldenen Berg gibt, ausdrücklich beigepflichtet. Warum in Gottes Namen? Warum habt Ihr diesem abgefeimten Lügner bei seinem Märchen auch noch Schützenhilfe gegeben?»

Belem blickte mich erstaunt an. «Mit Verlaub, Captain», sagte er, «dass es so einen Berg gibt, habe ich nie gesagt. Sondern lediglich darauf hingewiesen, dass von Goldminen gemunkelt wird, die es jenseits von Barraconda geben soll, weil das der Wahrheit entspricht. Diese Gerüchte gibt es schon ewig, ich kenne sie, seit ich damals hierher an diesen

Fluss gekommen bin. Was aber nicht heißen muss, dass es diese Minen auch wirklich gibt. Ich habe gesagt, dass maurische Karawanen, aus Nordafrika kommend, die Wüste durchqueren und mit Gold handeln, was ebenfalls der Wahrheit entspricht.» *Dann hatte O'Dwyer also womöglich nicht mal gelogen, als er von seiner Reise durch die große Wüste erzählte.* «Nun, wer mag, der kann sich aus diesen Gerüchten und Halbwahrheiten einen Berg aus Gold zusammenfabulieren, das ist jedem selbst überlassen. Genau das, Captain, hat Euer Prinz Ruprecht anscheinend getan, seit ich ihn damals vor zehn Jahren hier in der Gegend kennengelernt habe. Ein großartiger Krieger, aber auch ein – wie nennt Ihr Engländer das noch? – ah ja, ein Romantiker. Genau. Und falls es Eurem romantisch veranlagten Prinzen gelungen ist, Euren König davon zu überzeugen, dass die Geschichten, die er hier am Fluss aufgeschnappt hat, sich nach zehn Jahren Wunschdenken in einen wirklichen Berg aus Gold verwandelt haben – und falls Euer König so töricht ist, ihm, und dazu noch diesem O'Dwyer, Glauben zu schenken –, nun ja, dann ist das allein Sache dieser hohen Herren, gebt bitte nicht Jesus Sebastian Belem die Schuld daran. Außerdem, Captain Quinton», fuhr Belem mit einem Lächeln fort, «versetzt Euch einmal in meine Lage. Ich bin ein alter Mann. Ein sehr alter Mann, und ein Krüppel noch dazu. Meinen Lebensunterhalt kann ich nur noch als Lotse auf diesem Fluss bestreiten, zu einer Arbeit an Land tauge ich nicht mehr. Nun habe ich aber festgestellt, dass Leute, die den sagenumwobenen Berg aus Gold zu finden hoffen, bereit sind, für Lotsendienste weit mehr zu zahlen als üblich. Euer Prinz Ruprecht zum Beispiel. Er hat mich wahrhaft fürstlich entlohnt. Also, Captain, erlaubt mir eine Frage.» Der alte Mann sah mich ruhig an. «Wenn

Männer hier in diese Gegend kommen, um nach einem goldenen Berg zu suchen, glaubt Ihr ernsthaft, ich würde ihnen sagen, dass es einen solchen Berg nicht gibt?»

Mein Zorn ließ nach, denn ich konnte dem alten Mann nur Wort für Wort beipflichten; und in den vielen Jahren seither habe ich immer wieder beobachten dürfen, wie sehr er den Nagel damals auf den Kopf getroffen hatte. Vor kurzem erst hat die Hälfte der englischen Bevölkerung (so schien es zumindest) ihr gesamtes Vermögen, ob groß oder klein, bei einer Fehlspekulation verloren, als sich herausstellte, dass die South Sea Company, die einen großen Teil der riesigen Staatsschulden übernommen und ihre Aktien danach, gegründet auf der Verheißung riesiger Gewinne aus dem Sklavenhandel, zu völlig überhöhten Preisen auf den Markt geworfen hatte, einzig auf Lug und Trug basierte. Ich entsinne mich, dass im Parlament sogar der Vorschlag debattiert wurde, Bankiers mit Schlangen zusammen in Säcke einzunähen und dann in der Themse zu ersäufen; möge es den feigen, kriecherischen, unfähigen Opportunisten, die das Unterhaus bevölkern, zur ewigen Schande gereichen, dass dieser vernünftige Gedanke nicht in ein entsprechendes Gesetz umgesetzt wurde.

So errichten sich die Menschen immer wieder neue Berge aus Gold, doch auf der Jagd nach diesen scheinbaren Reichtümern ergeht es ihnen nicht selten ähnlich wie Seiner verstorbenen Majestät, König Wilhelm dem Dritten: Sie stolpern über einen Maulwurfshügel und kommen dabei um.

EINUNDZWANZIGSTES KAPITEL

Annähernd alle Offiziere der *Seraph* waren im Zwischendeck versammelt und schauten auf die Karte, die Belem auf dem Tisch ausgebreitet hatte.

«Wenn er sich nach Algier durchschlagen will, hat er sich nach Norden gewandt», stellte Facey, ganz alter Soldat, ohne Umschweife fest.

Der Lotse schüttelte den Kopf. «Unmöglich für einen Einzelnen, diese gewaltige Wüste zu durchqueren – wenn er nicht gerade das Glück hat, auf eine Karawane arabischer Kaufleute zu stoßen, die auf der Rückreise nach Timbuktu oder so ist. Er dürfte sich eher nach Nordosten aufgemacht haben, weil die meisten Kaufleute entweder aus Barraconda und den Gegenden oberhalb davon kommen oder dorthin unterwegs sind. Den Süden können wir, glaube ich, ausschließen – das würde ihn von seinem Ziel wegführen, und unter den Völkern, die unterhalb des Flusses leben, wird er keine Freunde finden.»

Ich betrachtete die Karte und dachte angestrengt über Brian Doyle O'Dwyer nach, wie ich ihn bisher kennengelernt hatte, mit all seiner Verschlagenheit. *Nein*, dachte ich, *ich werde mich vor diesen Veteranen nicht lächerlich machen – das ist eine verrückte Idee –*

Und doch konnte ich meinen Gedanken nicht für mich behalten. «Ist es nicht denkbar, Gentlemen, dass O'Dwyer sich nach Nord*westen* gewandt hat? In Richtung Cabo Verde? Das ist schließlich der kürzeste Weg zum Meer.»

Castle sah mich beinahe mitleidig an, als hätte er seinen närrischen jungen Kapitän am liebsten ausgelacht. «Aye, Captain, und auch der kürzeste Weg zu Montnoir und den restlichen Franzosen, oben im Fort Saint Louis. Er wird sich kaum aus den Klauen des Löwen befreien, um sich dann dem Tiger zum Fraß vorzuwerfen.»

Ich ließ mich nicht entmutigen; irgendwie war mir, als würde ich Cornelias unsichtbare Gegenwart spüren und sie hätte niemals nachgegeben. «Schon recht», sagte ich, «aber vergesst nicht, dass er einige Jahre mit den Salé-Korsaren gesegelt ist. Salé liegt ebenfalls im Nordwesten, gar nicht so weit weg von hier, Gentlemen. Und die Salé-Korsaren kommen doch oft nach Cabo Verde und in noch südlichere Breiten – habe ich nicht recht, Belem?» Der alte Lotse nickte. «Also dann. Was, wenn O'Dwyer den Plan verfolgt, sich an der Küste des Senegal seinen alten Spießgesellen anzuschließen?»

Dieser Logik hatte keiner mehr etwas entgegenzusetzen. Wir entschieden also, insgesamt drei Suchtrupps zu bilden. Der kleinste, unter Castles Führung, würde sich nach Norden in Richtung Wüste aufmachen, sprich, der Route folgen, die den geringsten Erfolg verhieß. Facey würde mit der Hälfte seiner Rotröcke, unter Zurücklassung der übrigen Soldaten als Wachbesatzung auf der *Seraph*, nach Nordosten aufbrechen. Kit Farrell und ich schließlich würden mit einer Gruppe Seeleute nach Nordwesten losziehen, während Kanonier Lindman in unserer Abwesenheit das Kommando an Bord übernahm – auf seine Fertigkeiten konnte bei einer Menschenjagd gut verzichtet werden, Kit aber, der dazu in der Lage war, sich am Stand der Sonne und an den Sternen zu orientieren, könnte sich dabei als sehr wertvoll erweisen. Bootsmann Lanherne und Bootsführer Carvell waren sehr enttäuscht, uns nicht begleiten zu dürfen – Letzterer hätte zu gerne einmal Löwen in freier Wildbahn gesehen –, aber ich ließ sie nicht ohne Hintergedanken zurück. Falls Castle, Kit und ich von Raubtieren gefressen wurden, einem Kannibalenstamm in die Hände fielen, verdursteten oder vom Hitzschlag dahingerafft wurden wie der bedauernswerte Negus, würde die *Seraph* eine Stammbesatzung fähiger Seeoffiziere brauchen, um wieder nach England zurückkehren zu können. Ansonsten waren wir uns alle einig, dass zwei Tage Suche ausreichen würden, unsere Pflicht dem König gegenüber zu erfüllen. Nach dieser Frist würden wir umkehren, ob mit oder ohne O'Dwyer, denn damit wäre der Ehre Genüge getan. Sollte uns der Abtrünnige trotzdem entwischt sein, nun, dann war das eben Gottes Wille.

◇◇◇◇◇◇

Etwa eine Stunde darauf trennten sich die Wege der drei Suchtrupps ein Stück außerhalb von Kasang. Kit und ich brachen mit einer bunt zusammengewürfelten kleinen

Armee nach Nordwesten auf, bestehend aus einem Dutzend Männer von der *Seraph*, ausnahmslos Freiwillige: meine treuen alten Kampfgefährten Polzeath und Tremar, die unbedingt die Schuld wiedergutmachen wollten, die sie sich am Entkommen O'Dwyers nach wie vor zuschrieben; Treninnick, der sich ebenfalls eine Mitschuld gab, wenn auch ganz unsinnigerweise; Macferran, vier weitere Männer aus Cornwall, zwei Londoner und sogar zwei aus dem ungebärdigen Kontingent aus Bristol, Ayres und Brownjohn, die beide das Zeug zu recht braven Männern hatten. Auch Francis Gale und Phineas Musk ließen es sich nicht nehmen, mitzukommen, ungeachtet all meiner Einwände. Francis konnte ich sogar verstehen: Für ihn war es eine gute Gelegenheit, etwas mehr von diesem fremden Land zu sehen, ehe er sich, wie er sagte, in sein Schicksal fügen musste, das darin bestand, die nächsten Jahrzehnte vor der teilnahmslosen Gemeinde in Ravensden zu predigen. Musk, dem seine Bequemlichkeit über alles ging, hätte eigentlich vor der Aussicht zurückscheuen müssen, einige Nächte unter freiem Himmel zuzubringen, doch Phineas Musk folgte wie üblich nur seinem eigenen Kopf. Bei allem Gejammer über die Beschwernisse der Expedition wäre es für ihn gleichwohl niemals in Frage gekommen, nicht daran teilzunehmen. Geführt wurden wir von einem jungen Eingeborenen, den Belem nach portugiesischer Art Joao Paz nannte, der aber auch noch einen Namen einheimischer Herkunft hatte, Mamadou oder so ähnlich. Natürlich gab es Verständigungsprobleme, die wir jedoch, da er dank der vielen Schiffe voller Kaasköppe, die auf dem Fluss Handel trieben, ein klein wenig Holländisch verstand, letzten Endes leidlich in den Griff bekamen.

Unser Weg vom Fluss fort führte uns in eine endlose Grassavanne, hier und da von gewaltigen Bäumen durchsetzt, die mit ihren sonderbar wurzelartig in die Höhe ragenden Ästen aussahen, als würden sie auf dem Kopf stehen: Baobab wurden sie genannt, erklärte Mamadou, Affenbrotbäume. Es war inzwischen später Nachmittag, doch ein heißer Wind aus Nordosten machte uns beim Marschieren ziemlich zu schaffen. Besorgt stimmte mich auch der Gedanke an die wilden Tiere dieser Gegend, bei denen damit zu rechnen war, dass sie nach Einbruch der Dunkelheit aktiv würden. Schon nach wenigen Meilen sahen wir in der Ferne einen Löwen träge im Schatten eines Affenbrotbaumes lagern, der sich von uns aber in keiner Weise stören ließ. Fraglich war nur, ob er und seine Artgenossen auch nachts noch so teilnahmslos blieben, wenn es etwas kühler war.

«Dem ist zuzutrauen, dass er vor seiner Flucht noch ein Pferd gestohlen hat», unkte Musk. «Vier Stunden Vorsprung hat er, wenn nicht sogar fünf. Falls er auf einem Pferd unterwegs ist, könnte er uns schon dreißig oder vierzig Meilen voraus sein. Und mit jeder Minute hängt er uns weiter ab. Und wir, was machen wir? Wir bieten uns den Löwen zum Fraß an.»

Ich ging nicht auf sein Gerede ein, doch Kit Farrell, der Phineas Musk nicht so gut kannte wie ich, widersprach ihm an meiner Stelle. «Hätte er ein Pferd gestohlen, wäre das doch sicherlich bemerkt worden. Ein Weißer, der hoch zu Ross aus Kasang wegreitet – das wäre den Eingeborenen bestimmt aufgefallen, selbst wenn unsere Leute davon nichts mitbekommen hätten.»

Ich teilte Kits Zuversicht nur bedingt; schließlich hätte O'Dwyer sich leicht als Araber oder Mischling verkleiden und so unbemerkt die Stadt verlassen können.

«Ganz unrecht hat Musk trotzdem nicht», warf Francis ein. «Auch zu Fuß und trotz der Hitze dürfte O'Dwyer mittlerweile einen Vorsprung von, na, zehn Meilen haben. Immerhin ist er dieses Klima besser gewöhnt als wir. Und er ist auf der Flucht, das dürfte ihn zusätzlich antreiben.»

«Ich weiß», sagte ich. «Es würde schon an ein Wunder grenzen, ähnlich der Speisung der fünftausend, wenn wir den Abtrünnigen tatsächlich fänden. Aber die Ehre gebietet es, dass wir es wenigstens versuchen.»

«Ach, Ehre», brummte Musk missmutig. «‹Was ist Ehre? Ein Wort. Was steckt in dem Wort Ehre? Was ist diese Ehre? Luft. Eine feine Rechnung. Wer hat sie? Er, der vergangenen Mittwoch starb.› Heinrich der Vierte, erster Akt, wenn ich mich recht entsinne. Wobei ich mich für diesen überschätzten Schreiberling aus Stratford sonst überhaupt nicht erwärmen kann. Und was haben wir heute? Mittwoch. Mich dünkt, der Löwe da drüben sieht ganz so aus, als wollte er heute einen Musk vertilgen.»

«Na ja, Musk», erwiderte ich scherzhaft, «da habt Ihr vermutlich recht. Wenn ich ein Löwe wäre, der seinen Hunger stillen wollte, würde ich mich wahrscheinlich ebenfalls als Erstes auf Euch stürzen.»

Als der Abend dämmerte, legten wir eine Rast ein. Wir entzündeten ein Feuer, brieten uns ein paar Perlhühner und trafen dann unsere Vorkehrungen für die Nacht. Allein würde O'Dwyer seinen Marsch in der Dunkelheit wohl kaum fortsetzen; hier zumindest befanden wir uns im Vorteil. Wir würden uns zwei Stunden Schlaf gönnen, während drei Mann Wache hielten, dann einige Stunden weitermarschieren und vor Sonnenaufgang weitere zwei Stunden rasten, in denen die ersten Wachen sich schlafen legen konnten. Wenn wir dann mittags weitere zwei Stunden Rast einlegten und den Vorgang danach von neuem wiederholten, könnten wir achtzehn Stunden am Tag marschieren, was O'Dwyer wohl kaum schaffen konnte, und obendrein den Wachdienst gerecht unter uns allen aufteilen. Und davon waren auch die Offiziere nicht ausgenommen, denn in dieser Lage auf irgendwelche Vorrechte zu pochen war wirklich nicht angebracht. Um gleich mit gutem Beispiel voranzugehen, verkündete ich, dass Francis, Kit und ich die erste Wache übernehmen würden. Was bei den Männern auf Protest stieß, die einwandten, dass es nicht recht sei, wenn der Kapitän oder ein Geistlicher sich dazu hergab, über einfache Seeleute wie sie Wache zu halten. Aber ich ließ mich nicht umstimmen, trotz meiner Erschöpfung nach den aufreibenden Geschehnissen der letzten Zeit, angefangen mit der Entdeckung von Shishs Sabotage und dem Vorfall mit den Krokodilen.

So also stand ich mit der Muskete in der Hand Wache in der trostlosen Savanne und lauschte auf die Geräusche der Nacht: das Zirpen der Insekten, vereinzeltes, gottlob sehr fernes Löwengebrüll und auch das Trompeten von Elefanten. Es war eine klare, sternhelle Nacht, und ich versuchte, die Sterne zu benennen, deren Namen Kit mir einst beigebracht hatte. War das da der Aldebaran oder Os Baleni? Und der dort – das war doch das Horn des Widders, oder? Doch da mich beim Blick in den Nachthimmel zunehmend Schläfrigkeit überfiel, wandte ich meine Aufmerksamkeit lieber anderen Dingen zu; ich hatte wahrlich schon gegen genug Artikel des Seekriegsrechts verstoßen, da musste nicht noch ein Verstoß gegen Artikel siebenundzwanzig hinzukommen, indem ich meine Wache verschlief. Als ich mich dann später, nachdem wir unseren Marsch einige Stunden fortgesetzt hatten, vor Sonnenaufgang endlich selbst schlafen legen konnte, kam mir die Erde Afrikas vor wie das weichste Kissen, auf dem ich je geruht hatte, und nur selten zuvor war mir ein so tiefer Schlaf beschieden wie in jenen herrlichen zwei Stunden, die ich unter dem Sternenzelt verschlummerte.

Am frühen Morgen marschierten wir weiter. Im Stillen hielt ich es für ausgeschlossen, dass wir O'Dwyer, falls er überhaupt hier entlanggekommen war, noch einholen konnten: Die flache Ebene erstreckte sich viele Meilen weit in alle Richtungen, die Aussicht, hier einen einzelnen Mann zu finden, war also denkbar gering. Im Namen der Ehre jedoch, oder auch nur aus bloßer Sturheit, marschierten wir weiter. Musk unterhielt sich mit Francis Gale über den Unsinn der Prädestinationslehre, über die Unterschiede und jeweiligen Vorzüge von Portwein und Sherry und weiß der Himmel, worüber sonst noch alles. Ich redete mit Kit über die Aussichten bei einem möglichen Krieg gegen Holland und darüber, wie ein Schiff am besten durch die Untiefen an einer Leeküste zu steuern war. So stapften wir in der lastenden Hitze dahin, unbeachtet von den Vierbeinern, die um uns herum die Savanne durchstreiften, und auch ignoriert von den Vögeln, die über uns in den Lüften kreisten. Um die Mittagszeit schließlich, als die glühende Sonne eine Rast unumgänglich machte, wies Mamadou uns auf einige hohe Beerensträucher hin, in deren Schatten wir ausruhen könnten und deren Früchte obendrein essbar waren. Dort also ließen wir uns nieder; Musk übernahm mit ein paar anderen die Wache. Ehe ich mich auf der trockenen Erde zum Schlafen ausstreckte, musste ich dringend noch meine Blase leeren. Ich schlug mich also in die Büsche, und als ich auf die dahintergelegene Lichtung trat, hob ein Löwe, aufgestört durch mein plötzliches Erscheinen, kaum vier Meter vor mir den gewaltigen Kopf und blickte mir direkt in die Augen.

Ich blieb wie angewurzelt stehen und starrte die Bestie

meinerseits an, während mir das Herz wie wild in der Brust klopfte. Unverwandt sah mich das Raubtier an, das ansonsten vollkommen reglos verharrte. Auch ich rührte mich nicht; denn wie aus dunkler Ferne fiel mir ein – sei es, weil ich als Junge in den christlichen Märtyrerlegenden davon gelesen hatte, sei es, weil Onkel Tristram mir das einst bei einem Besuch der Raubtiere in der Menagerie des Towers erklärt hatte –, dass man sich bei der Begegnung mit einem Löwen nicht bewegen und sich nach Möglichkeit auch keine Angst anmerken lassen sollte.

Dieser Rat, das weiß ich seither aus eigener Erfahrung, ist nicht leicht zu befolgen, wenn man sich so unmittelbar mit *leo magnus* konfrontiert sieht. Etwas anderes aber bleibt einem nicht übrig, wenn man in einer solchen Lage am Leben bleiben will. Nie wieder in meinem Leben haben sich Momente so endlos in die Länge gezogen wie jene, die ich Auge in Auge mit dem mächtigsten aller Raubtiere verbrachte (dabei hat es in meinem Leben weiß Gott genug gefahrvolle Situationen gegeben). Ich wagte kaum zu atmen. Es war, als würde mich das Geschöpf in aller Ruhe mustern, gelassen meinen Geruch, meine Kraft und meine Willensstärke prüfen.

Dann fiel mir der Kadaver eines rehähnlichen Tiers ins Auge, wenige Meter hinter dem Löwen. Das gewaltige Raubtier war satt und hatte an einem Imbiss in Form eines Quintons keinen Bedarf. Es blinzelte, ließ das Haupt wieder auf die Pfoten sinken und schlummerte ruhig weiter.

Unendlich erleichtert trat ich langsam den Rückzug durch das Gebüsch an und kehrte zu unserem Lager zurück, wo ich Musk umgehend anbot, seine Wache zu übernehmen, er möge sich ruhig schlafen legen; denn ich wusste, dass meine Aussichten auf einen erholsamen Schlaf ungefähr so groß waren wie die Hoffnung unserer Königin, jemals ein Kind zu empfangen. Ein paar Minuten lang schlotterte ich heftig am ganzen Leib und stellte verlegen fest, dass sich die Suche nach einem verschwiegenen Ort zum Pinkeln zwischenzeitlich erübrigt hatte.

◇◇◇◇◇◇

Ein weiterer Nachmittag und Abend in der Wildnis reichten aus, um meine Entschlossenheit und Kraft an ihre Grenzen zu bringen. Mein ganzer Körper schmerzte und lechzte nach richtigem Schlaf, doch die Sonne brannte weiter gnadenlos vom Himmel. Noch immer keine Spur von Brian Doyle O'Dwyer. Und noch immer das Gebrüll wilder Tiere, mal ganz in der Nähe, mal weiter weg. Noch immer kreisten über uns die Geier – allerdings mit zunehmendem Interesse. Beim Aufwachen nach viel zu kurzem Schlaf festzustellen, dass einem zahllose Insekten über den Körper wimmelten, entpuppte sich als fast ebenso schrecklich wie die Begegnung mit dem Löwen. Schlimmer noch, die Stimmung meiner Männer wurde zunehmend gereizt; sogar die besten und treuesten von ihnen, Polzeath und Tremar, begannen zu murren und äußerten Zweifel an Sinn und Zweck unseres Unternehmens. Ich bemühte mich, meine Leute zu beruhigen, versicherte ihnen, dass wir mittags, wie mit den beiden anderen Suchtrupps vereinbart, umkehren würden, und damit schienen sie sich zufriedenzugeben. So marschierten wir also einige letzte Stunden weiter.

Es war etwa kurz vor Mittag, als wir aus einem Unterholz auf eine weitläufige Lichtung traten, in der uns ein riesiger Steinkreis erwartete, unserem Stonehenge nicht unähnlich, errichtet am Rande einer hohen Kuppe mit Blick auf das weite Land, das sich unten in der Tiefe in alle Richtungen erstreckte; seit wir Kasang verlassen hatten, war unser Weg stetig, aber nahezu unmerklich bergauf verlaufen. Dieser Kreis, erklärte mir Mamadou in seinem gebrochenen Holländisch, war einst ein heiliger Ort der alten Völker in dieser Gegend gewesen. Bei diesem Anblick wurden auch meine Burschen aus Cornwall munter und erzählten, dass es in ihrer Heimat viele ähnliche Orte gab. Staunend streiften wir eine Weile zwischen den Steinen umher und traten schließlich an den Rand der schroff abfallenden Kuppe, um die Aussicht zu genießen.

«Im Garten Eden hat es vielleicht ganz ähnlich ausgesehen», sagte Francis Gale.

Die Tierwelt da unten in der endlosen Ebene hätte in der Tat so manche Arche füllen können: Wir sahen ganze Elefantenherden, die dahinzogen, Antilopen, Leoparden und noch scharenweise andere, uns unbekannte Tiere. Menschen indes gab es dort anscheinend nicht, und schon gar keinen verfluchten abtrünnigen Iren.

Ich ließ meinen Blick ein letztes Mal über die herrliche Landschaft schweifen und wandte mich dann zu meinen Getreuen um. «Also, Männer», sagte ich, «damit hätten wir unsere Pflicht wohl erfüllt, dem König, der ermordeten Frau in Kasang und auch uns selbst gegenüber. Sollte O'Dwyer es allein über diesen Punkt hinaus geschafft haben, so soll er frei sein. Vielleicht läuft er ja noch einem hungrigen Löwen über den Weg. Oder einer Schlange, die ihm zum Verhängnis wird, falls das hier wirklich der Garten Eden sein sollte.» Die Männer lachten zustimmend. «Während wir, meine lieben Freunde, in Ehren zu unserem Schiff zurückkehren und dann die Rückreise nach England antreten können.»

«Amen, kann ich da nur sagen», bekräftigte Musk.

Und damit wandten wir uns um und traten den Rückweg an, zurück zum Fluss.

Den Rückmarsch legten wir erheblich schneller zurück als den Hinweg; kaum anderthalb Tage brauchten wir für die Strecke. Wir waren alle erschöpft und sonnenverbrannt, hatten aber solche Sehnsucht nach unserer kleinen Zuflucht aus Holz, dass wir nur zu bereitwillig auf Rastpausen und Schlaf verzichteten, um schneller vorwärtszukommen; anders als auf dem Hinweg, bei der Verfolgung eines Verräters, der längst über alle Berge war. Einen Nachteil aber hatte unsere unvermutet frühzeitige Rückkehr in der Abenddämmerung des folgenden Tages: Auf der *Seraph* war bereits die Nachtwache aufgezogen, und kein Boot erwartete uns am Strand, um uns an Bord zu bringen. In der Zeit, die es dauerte, bis das Schiff endlich auf unsere Rufe reagierte, hatte Mamadou bereits ein großes Kanu und eine Gruppe Verwandter aufgetrieben, die bereit waren, uns hinüberzurudern; und auf diese Weise kehrte ich denn an Bord zurück, um mein Kommando wieder zu übernehmen. Während wir uns dem Schiff näherten, stutzte ich über den merkwürdigen Anblick, der sich im Dämmerlicht auf dem Deck der *Seraph* bot: Zwei Araber und ein fast nackter schwarzer Sklave standen dort und erwarteten uns. Ich war erhitzt, erschöpft und konnte kaum noch einen klaren Gedanken fassen. Meine erste Vermutung war, dass Lindman und die anderen Offiziere das Schiff an die Araber verhökert hatten. Ich war also ziemlich gereizter Stimmung, als ich endlich meinen schmerzenden Körper an Deck hievte, wo Lindman mich mit einem Pfiff seiner Pfeife begrüßte. Erst mit Verspätung fiel mir auf, dass alle Männer auf dem Oberdeck der *Seraph* breit grinsten. Alle, bis auf einen.

Es gehört zu den seltsamen Phänomenen der menschlichen Wahrnehmung, dass man jemanden, den man eigentlich gut kennt, mitunter nur deshalb nicht erkennt und vollkommen übersieht, weil man nicht damit rechnet, die Person an einem bestimmten Ort oder in einer bestimmten Aufmachung anzutreffen. So verhielt es sich auch an jenem Abend an Deck der *Seraph*. Erst nach einem weiteren Augenblick erkannte ich endlich, dass der Sklave kein anderer war als Julian Carvell, mein Bootsführer, und dass es sich bei den beiden Arabern in Wahrheit um Ali Reis und Brian Doyle O'Dwyer handelte. Letzter trug Handschellen.

«Was in Gottes Namen –», stieß ich völlig entgeistert hervor.

«Das haben sich die beiden einfallen lassen, Sir», sagte Lanherne. «Carvell und Ali Reis, nur die beiden, ganz allein.»

Der Bootsmann grinste noch breiter als sonst. «Na ja, Sir, wir haben uns gedacht, versuchen wir doch mal unser Glück im Süden und schauen, ob der Colonel vielleicht doch in diese Richtung geflohen ist.» Das Wort «Colonel» spie er mit einer spöttischen Verachtung aus, die auch einem Quinton alle Ehre gemacht hätte. Besagter ehemaliger Offizier hielt den Blick gesenkt und schwieg.

«Ah, das war mehr als bloßes Glück, Captain», schaltete sich Ali Reis ein. «Falls dieser Omar Ibrahim wieder zu den Arabern zurückwill, habe ich mir gedacht, dann wird er auch wieder anfangen zu denken wie ein Araber. Und ein Araber würde in kluger Vorausberechnung niemals den Zug unternehmen, den die Ungläubigen von ihm erwarten» – er verneigte sich leicht vor mir und meinen Mit-Offizieren –, «mit allem schuldigen Respekt natürlich. Immerhin waren es wir Araber, Sirs», setzte Ali Reis lächelnd hinzu, «die das Schachspiel in Europa eingeführt haben.»

«Außerdem», sagte Carvell, «hat Ali mit einigen Männern in der Stadt gesprochen, nachdem Ihr fort wart. Während unserer Zeit auf dem Fluss hier hat er ein wenig von ihrer Sprache aufgeschnappt. Sie haben ihn an einen alten Mann verwiesen, der den Abtrünnigen mit arabischer Kleidung versorgt und dann noch gesehen hat, wie er sich vom Fluss aus in Richtung Süden entfernte.»

«Also habe ich die Karten des Lotsen studiert, Captain», sagte Ali Reis, «und daraus geschlossen, dass unser Freund hier sich nach Süden und Osten begeben wollte, um dann am Fluss entlang wieder nach oben ins Umland von Barraconda vorzustoßen, wo er vermutlich auf eine Karawane zu treffen hoffte, die auf dem Rückweg nach Timbuktu war. Da er sich in der Gegend nicht auskennt, war klar, dass er sich nie weit vom Fluss entfernen würde. Doch der Bootsmann hier hat der Falle dann den letzten Schliff verpasst.»

Carvell war ganz verlegen, was bei ihm selten vorkam. «Na ja, Captain, ich hab mir eben gedacht, dass ein arabischer Kommissionär mit seinem Sklaven hier oben am Fluss wohl weniger auffallen dürfte als zwei Seeleute in alter englischer Seemannskluft. Aber es hat noch besser geklappt, als ich vermutet hatte. Er hat uns nämlich nicht mal erkannt, Sir. Wir hatten ihn unterwegs überholt –»

«Und er kam auf uns zu», fiel Ali Reis ihm strahlend ins Wort, «und rief *As-Salamu Alaikum*!»

«Genau das hat er gerufen», lachte Carvell, «bis er dann gesehen hat, wie ein halbnackter Mandingo eine Pistole auf seine Stirn gerichtet hat.»

«Bei Gott, Gentlemen!», rief ich. «Ich kann Euch nur beide belobigen für so viel Unternehmungsgeist. Davon wird auch der König erfahren, seid ohne Sorge.» Ich schüttelte beiden, Carvell und Ali Reis, nacheinander die Hand. Dann trat ich vor O'Dwyer hin, und jetzt endlich geruhte der Abtrünnige, den Blick zu heben und mich anzusehen. «Nun, Colonel O'Dwyer», sagte ich, «oder ist Omar Ibrahim jetzt vielleicht wieder angebrachter? Ihr wolltet also zu den Korsaren zurück, ganz, wie ich immer schon vermutet hatte – wie Ihr es schon auf Teneriffa vorhattet, wenn meine Männer nicht auf Euch aufgepasst hätten –»

Auch jetzt noch meinte der Spitzbube, sich durch freche Lügen aus der Affäre ziehen zu können. «Ganz und gar nicht, Captain – ich habe mich lediglich nach ortskundigen Führern umgesehen, die uns den kürzesten Weg zu dem Berg zeigen, und nach Kommissionären, die schon mal einen Vorschuss auf die zu erwartenden Profite zahlen könnten, *so, wie wir beide das besprochen haben* –»

Ich hob die Hand. «Nein, Ire. Es reicht. Diesmal wird Euch Eure Beredsamkeit nicht vor dem Galgen bewahren. Matthew Quinton wird an Euch endlich das gerechte Urteil vollstrecken lassen, das Euch schon hätte zuteil werden sollen, als Ihr Euren Fuß zum ersten Mal an Bord der *Wessex* gesetzt habt. Und falls Ihr glaubt, meinen König noch ein weiteres Mal hinters Licht führen zu können, O'Dwyer, dann täuscht Ihr Euch mehr, als Ihr Euch überhaupt vorstellen könnt.»

Ich war damals knapp vierundzwanzig Jahre alt und den Kinderschuhen längst entwachsen; Bürgerkrieg und Exil hatten mich frühzeitig zum Mann heranreifen lassen, doch nach dem Tod meines Vaters und Großvaters und in Abwesenheit meines Bruders und meines Onkels Tris war ich schon mit fünf Jahren zum nominellen «Oberhaupt» des Haushalts von Ravensden geworden. Trotzdem konnte ich mich eines breiten Grinsens und fast kindlicher Schadenfreude nicht enthalten, während ich in rascher Folge zwei Befehle erteilte: erstens, den Verräter O'Dwyer unter Deck anzuketten; zweitens, dass die Trennwand in meiner Kajüte von den Zimmerleuten entfernt werden sollte, damit mir endlich wieder der gesamte Raum zur Verfügung stand.

ZWEIUNDZWANZIGSTES KAPITEL

Die versammelten Offiziere der *Seraph*, mit denen ich tags darauf am Vormittag Rat hielt (nach einer besonders erholsamen Nacht in meiner Koje, die ich selten zuvor als so behaglich empfunden hatte), wirkten wie ausgewechselt. Was nicht nur damit zusammenhing, dass meine Kajüte jetzt endlich wieder die gesamte Breite des Schiffes umfasste und wir alle genug Platz hatten. Es war, als wäre uns allen eine schwere Kette von den Knöcheln genommen worden; selbst Tom Shish grinste fröhlich, zum ersten Mal wieder, seit er bei seinem Sabotageversuch ertappt worden war. Es war auch eine der kürzesten und einmütigsten Beratungen dieser Art, die ich je erlebt habe. Nachdem ich einleitend festgestellt hatte, dass O'Dwyers goldener Berg nunmehr als gigantischer Betrug entlarvt sei und ich es daher als unsere Pflicht betrachtete, schnellstmöglich wieder den Fluss hinabzusegeln, um den zweiten Teil unseres Auftrags, nämlich das Bekriegen und Ausplündern der Holländer, auszuführen, strahlten alle, riefen «Aye!» und schlugen zustimmend mit der Faust auf den Tisch. Nun ja, solche Momente werden die Kapitäne der heutigen Zeit, diese engstirnigen Taugenichtse, diese mittelmäßigen Speichellecker, wohl leider nicht mehr kennen. Eine der traurigsten Veränderungen, die ich in meiner langen Zeit auf Erden habe miterleben müssen, ist der Verfall der alten Sitte, dass sich der Kapitän, als *primus inter pares*, in bedeutsamen Fragen mit seinen Offizieren berät und danach ihrer Mehrheitsentscheidung beugt. Heutzutage sind Kapitäne kleine Autokraten, die ihre Befehle erteilen, als verkündeten sie das unfehlbare Wort Gottes; Steuermänner, Kanoniere und alle übrigen Offiziere sind nur noch bessere Befehlsempfänger, ausführende Organe. Kritiker dieser Veränderung werden natürlich behaupten, dass diese Entwicklung mit den adligen Kapitänen Charles' II. ihren Anfang genommen hat – hochmütige junge Schnösel, so heißt es dann immer, die keinen Widerspruch duldeten. Nun gut, auf manche von uns traf das vielleicht zu (Beau Harris fällt mir da spontan ein), aber ich dulde nicht, dass alle Kapitäne von Adel, und damit auch ich, unterschiedslos über einen Kamm geschoren werden. Denn die Autorität eines Kapitäns, das durfte ich bei der Beratung an jenem Morgen an Bord der *Seraph* und noch bei vielen anderen ähnlichen Anlässen feststellen, wird durch nichts so sehr gefestigt wie durch die freimütige, freiwillige Zustimmung seiner Untergebenen.

So kam es, dass die *Seraph* vier Tage nach der Festnahme O'Dwyers erneut vor Taukorovalle vor Anker ging, unweit der kurländischen *Krokodil*. Das Schiff war inzwischen wieder annähernd seetüchtig, doch wie sich die winzige Mannschaft auf dem Fluss oder gar auf den Wellen des stürmischen Atlantik schlagen würde, stand in den Sternen. Ich regte an, in Kürze eine weitere Beratung abzuhalten, weil uns unser Auftrag nunmehr vor ein schwieriges Dilemma stellte: Nichts hinderte uns jetzt mehr daran, im Namen von König Charles unter der Flagge Englands die Jakobsfestung auf San Andreas anzugreifen, aber es widerstrebte mir, das Blut des braven Hauptmanns Stiel und seiner Soldaten zu vergießen. Hinzu kam, dass Captain Facey und ich die mehr als achtbare Geschützbatterie dieser Festung aus nächster Nähe gesehen hatten, und ob wir ein solches Arsenal erobern – oder auch nur unbeschadet daran vorbeisegeln – könnten, war keineswegs sicher. Ich musste also mehr über Stiels Temperament und Absichten in Erfahrung bringen und benötigte außerdem dringend Kenntnisse über Holmes und seine Aktivitäten, denn seit unserer Fahrt den Fluss hinauf hatten wir von ihm und seiner kriegerischen Mission nichts mehr vernommen.

Belem begab sich also an Land, um sich in meinem Auftrag bei den Kommissionären der Stadt umzuhören. Als er an Bord zurückkehrte und in meiner Kajüte vorstellig wurde, wo ich gerade mit Francis Gale und Phineas Musk das etwas in den Hintergrund gerückte Problem mit Lady Louise erörterte, trug der Greis eine ungewöhnlich ernste Miene zur Schau. «Es ist, wie Ihr befürchtet habt», berichtete er. «Am Fluss hat sich herumgesprochen, dass Holmes Gorée eingenommen hat. Die Festungsbesatzung auf San Andreas hat den Befehl erhalten, Euch anzugreifen, sobald Ihr wieder den Fluss hinabkommt. Wozu Euer Freund Stiel aber, wie mir erzählt wurde, nicht bereit war – er wollte sich Euch sogar ergeben, sobald Ihr bei seiner Festung auftauchtet.» Der Greis runzelte die Stirn. «Aber anscheinend ist er umgestimmt worden. Zusammen mit seiner ganzen Besatzung, und zwar durch eine stattliche Summe Gold, aufgeboten von –»

«Montnoir», sagte ich. Belem nickte. «Dann hat also das Gold, das der König von Kombo abgelehnt hat, doch noch einen Abnehmer gefunden. Damit ist Montnoir jetzt Befehlshaber der Festung und wird ihre Geschütze gegen uns einsetzen, um uns mit allen Mitteln an der Weiterfahrt zu hindern.»

«Ein Franzose, der Holländer befehligt?», rief Musk aus. «Ach nein, keine Holländer. Diese Russen, meine ich.»

«Kurländer, Musk», berichtigte ich. «Kurländer, keine Russen.»

«Ist doch dasselbe. Aber wie ist das möglich? Ich meine, seit wann sind die Holländer, oder die Russen – Kur … wie auch immer –, mit den Franzosen befreundet?»

Francis Gale lächelte. «Seit vor einem oder zwei Jahren ein Bündnis- und Beistandsvertrag zwischen König Ludwig und den hochmögenden Herren der Generalstaaten abgeschlossen wurde, Musk. Ihr und ich, wir könnten jetzt einwenden, dass ein Bündnis zwischen dem Allerchristlichsten König und einer ketzerischen protestantischen Republik sich nicht gerade nach einer Liebesheirat anhört und eines Tages sicher mit Blutvergießen enden wird. Aber so etwas, mein lieber Musk, wird von den großen Männern aller Nationen eben ‹Diplomatie› genannt.»

«Und Mylord Montnoir hat uns ja selbst genüsslich darauf hingewiesen», sagte ich, «dass er legitimierter Gesandter König Ludwigs ist. Versetzt Euch also einmal in Hauptmann Stiels Lage, Musk. Wenn Euch eine so mächtige, von höchster Stelle befugte Persönlichkeit eine stattliche Menge Gold anböte, würdet Ihr Euch wohl auch dazu überreden lassen, gegen Eure eigene Mutter zu kämpfen, oder nicht?»

«Mit der hatte ich mich oft genug in der Wolle», sagte Musk, «aber ich verstehe, was Ihr meint.»

Ich berief eine Beratung in meiner Kajüte ein. Castle und Facey, die beiden erfahrensten Männer, beurteilten die Lage ähnlich düster. Sicher, wir könnten versuchen, an der Festung vorbeizusegeln, aber ihre Batterie war einfach stärker als unsere – viel stärker sogar, wenn die Besatzung sämtliche Geschütze auf dem südlichen oder nördlichen Wall zusammenzog, je nachdem, welche Fahrrinne wir wählten. Wozu sie mehr als genug Zeit hätten, da ja Stiel und sein neuer Befehlshaber uns auf dem Fluss schon von ferne herankommen sehen würden. Wir könnten es nachts versuchen, aber der Mond schien derzeit hell, und da wir notgedrungen nur langsam und vorsichtig, unter weniger Segeln als bei Tag, vorüberfahren könnten, würden wir für die Kanoniere der Festung womöglich ein noch leichteres Ziel abgeben. Natürlich könnten wir auch versuchen, die Festung zu erobern; Facey und ich waren beide der Auffassung, dass das zu bewerkstelligen wäre, sofern wir nur nahe genug herankämen, um eine Bresche in den Festungswall zu schießen und genug Männer an Land zu bekommen. Was jedoch in Anbetracht der Batterie, mit der wir es aufzunehmen hatten, eher fraglich war. Wir erörterten die Möglichkeit, unseren Leuten an Bord der *Prospect of Blakeney* und auf Charles Island eine Nachricht zu senden. Falls sie als Verstärkung für uns flussaufwärts kämen und wir dann die Festung von beiden Seiten gleichzeitig angriffen – das klang recht vielversprechend, aber ausgerechnet Belem machte uns einen Strich durch die Rechnung. Es würde mindestens zwei Tage dauern, wandte er ein, eine Nachricht zum Flussdelta zu schicken, und für die Fahrt flussaufwärts würde die *Prospect* eher noch länger brauchen. Montnoir, das hatte der Lotse in der Stadt in Erfahrung gebracht, hatte bereits ein Dutzend oder noch mehr seiner Franzosen in der Festung, weitere saßen flussabwärts im Mündungsgebiet, und wer vermochte zu sagen, ob der Malteserritter nicht noch weitere Verstärkung angefordert hatte, vielleicht im Fort St. Louis im Senegal, die bereits auf dem Landweg im Anmarsch war? Obendrein würden wir das Mündungsdelta mehr oder weniger preisgeben, wenn wir unsere gesamten Kräfte flussaufwärts verlagerten, und dass irgendwann holländische Schiffe auftauchen würden, um Rache für Holmes' Verwüstungen zu nehmen, stand wohl so gut wie fest. Durften wir wirklich durch einen von zwei Seiten erfolgenden Angriff auf die Jakobsinsel das Risiko eingehen, später feststellen zu müssen, dass uns die Mündung des Gambia durch eine übermächtige Streitkraft versperrt war?

Wie so oft in solchen Situationen drehten wir uns schon bald im Kreis, kauten Vorschläge, die wir längst verworfen hatten, ein weiteres Mal durch. Castle und Facey gerieten in einen, wenn auch gesitteten Disput, einfach nur, weil es zwischen einem Seemann und einem Soldaten früher oder später immer zu Meinungsverschiedenheiten kommt. Irgendwann hörte ich dem Gezänk der beiden gar nicht mehr zu und schaute gedankenverloren aus den Heckfenstern. Am Ufer hinter der *Krokodil* planschte ein einzelner Elefant im Wasser. Ich dachte an Hannibal, der mit einer ganzen Armee dieser Dickhäuter die Alpen überquert hatte; bei Gott, eine so findige Idee brauchte ich jetzt auch! Ich durchforstete mein Gedächtnis nach Geschichten, die ich einst gelesen oder gehört hatte. Wie so oft mündeten meine

Grübeleien in die eine, immer wiederkehrende Frage: *Wie hätte mein Großvater in so einer Lage gehandelt?* Auf Teneriffa hatte immerhin schon sein legendärer Ruf ausgereicht, um uns aus einer verzwickten Lage zu befreien –

Ich war wieder ein Knabe von zehn oder elf Jahren und hörte zu, während Tris mir erzählte, was Earl Matthew als Befehlshaber der *Ark Ravensden* im Jahr zweiundneunzig vor den Azoren vollbracht hatte.

«Wie ich dir schon oft erzählt habe, mein junger Matt, konnte mein Vater Francis Drake nicht ausstehen. Die Welt war zu klein für sie beide. Drakes Können als Seefahrer freilich zollte er stets höchste Anerkennung. Als er sich also vor der Insel Graciosa jener mächtigen spanischen Galeone gegenübersah, rief er sich in Erinnerung, wie Drake auf seiner Weltumsegelung die Concepcion *gekapert hatte …»*

Ich blickte ruckartig auf. Dann hob ich die Hand, worauf Castle und Facey endlich verstummten. «Gentlemen», sagte ich, «ich habe Euch einen Vorschlag zu unterbreiten. Musk – Ihr richtet bitte Zimmermann Shish aus, sich umgehend hier einzufinden, um an unserer Beratung teilzunehmen.»

◇◇◇◇◇◇

Von der Festung aus dürften alle, Montnoir, Stiel und ihre Soldaten, die beiden Schiffe deutlich gesehen haben, die im ersten schwachen Morgengrauen mit dem kräftigen ablandigen Südostwind auf sie zu gesegelt kamen, inmitten der Kanus der Eingeborenen, die auf dem Fluss umherwimmelten. Da war zum einen die *Seraph*, die sich anschickte, die Insel in der breiteren der beiden Fahrrinnen, der südlichen, zu umfahren; was nur logisch war, weil sie dort mehr Raum zum Manövrieren hatte. Stolz kam sie daher, mit fest und akkurat geschoteten Segeln, ein englisches Kriegsschiff, wie es im Buche stand, und durchpflügte mit ihrer Galionsfigur, dem Löwen, die Wellen, während hinten an ihrem Heck unübersehbar die große, rote und weiße Flagge flatterte. In der nördlichen Fahrrinne, ein Stück achteraus, folgte die plumpe *Krokodil* unter ihrer kurländischen Flagge, die nun endlich, nachdem sie lange Monate im Oberlauf des Gambia gestrandet war, die Rückfahrt zum offenen Meer antrat. Die stark dezimierte Mannschaft hatte sichtlich Mühe, ihr Schiff im Griff zu behalten, das mit lockeren, mehr schlecht als recht gesetzten Segeln durch die Fahrrinne dahintorkelte.

Als Montnoirs Leute ihre Kanonen auf die so prächtig und anmutig daherkommende *Seraph* ausrichteten, empfanden sie vielleicht so etwas wie grimmiges Bedauern darüber, dass die schöne, fragile Fregatte jetzt gleich durch die Wucht ihrer Schüsse in Stücke geschmettert würde.

Ich stand mit meinen Offizieren auf dem Achterdeck meiner *Seraph* und durchlebte ein Wechselbad der Gefühle: irgendetwas zwischen Beklommenheit, Nervosität – aber auch wilder Entschlossenheit.

Die Festung eröffnete das Feuer. Zum wohl hundertsten Mal fragte ich mich, ob ich die richtige Strategie gewählt hatte. Ungefähr ebenso viele Männer, wie sich auf der *Seraph* befanden, waren beim Untergang der *Happy Restoration*, meines ersten, so unglücklich gescheiterten Schiffs, umgekommen. Würde die Geschichte sich hier etwa wiederholen? Würde Matthew Quintons kurze, ruhmlose Laufbahn als Kapitän der königlichen Marine dadurch beendet werden, dass ihn eine kurländische Kanonenkugel entzweiriss?

Die erste Salve von Montnoirs Kanonieren verfehlte ihr Ziel noch. Geschosse landeten unweit der *Seraph* in der südlichen Fahrrinne, doch die Holländer, Franzosen und Kurländer auf dem südlichen Festungswall, auf dem man bei unserem Herannahen vorsorglich fast die gesamte Batterie zusammengezogen hatte, würden sich fraglos schon bald besser eingeschossen haben. Meine Seeleute waren unruhig und flüsterten miteinander, wussten sie doch nur zu gut, dass ihr unerfahrener junger Kapitän sie einem enormen Risiko aussetzte. Unverdrossen segelte die *Seraph* weiter durch die Fahrrinne, mitten hinein in das vernichtende Feuer, das sie nun jeden Augenblick treffen würde. Ich hielt den Atem an. Der erste Schuss schlug vorne am Bug ein, ein zweiter ging durchs Focksegel hindurch. Das ermutigte die Gegner, die jetzt richtig Selbstvertrauen schöpften, aber die *Seraph* erwiderte noch immer nicht das Feuer. Immer neue, immer massivere Salven wurden von der Batterie auf dem Südwall abgefeuert, wobei der Wind Montnoirs Kanoniere dadurch begünstigte, dass er den Pulverdampf rückwärts über ihre Köpfe davontrug, sodass sie jederzeit freie Sicht auf das Schiff in der südlichen Fahrrinne hatten.

Die wie ein Betrunkener durch die nördliche Fahrrinne schlingernde *Krokodil* jedoch – die im schwachen Licht der Morgendämmerung ohnehin kaum auszumachen war – verschwand noch tiefer im dichten Rauch, der über den nur mehr spärlich armierten Nordwall hinwegwehte und dessen Besatzung ohnehin nach Süden blickte, um mitzuverfolgen, wie sich ihre Kameraden auf der dicht mit Kanonen bestückten anderen Seite schlugen. Davon abgesehen waren die meisten Männer in der Festung selbst Kurländer. Sie hatten die *Krokodil* gesehen, als sie flussaufwärts segelte. Sie kannten dieses Schiff und seine Besatzung. Es handelte sich um Landsleute, die sie an diesem Morgen, an dem es ein ganz anderes Hühnchen zu rupfen galt, unbesorgt links liegen lassen konnten.

Eine Folge von Schüssen schlug krachend in den Leib der *Seraph* ein. Nicht mehr lange, und die schöne Fregatte, die ihre Fahrt unter vollen Segeln unverdrossen fortsetzte, würde vollends zertrümmert werden –

Jetzt oder nie, Junge, rief mir eine vertraute Stimme im Kopf zu.

«Mister Castle! Mister Shish!», rief ich laut. «Zeit, dieser Posse ein Ende zu machen!»

«Aye, aye, Sir!»

Gleich darauf flitzte auf der *Krokodil* eine unerwartet vielköpfige Mannschaft die Wanten hinauf, setzte erst die Großsegel und ließ dann etliche Rahsegel hinabrauschen. Der eben noch so hilflos dahintorkelnde Kurländer sah mit einem Mal mehr als seetüchtig aus und hielt direkt auf den Festungswall am Nordufer von San Andreas zu. Mit Äxten bewaffnet, rannten die Zimmermannsgehilfen los, um die zur Tarnung an Reling und Bug angebrachte Verschanzung wegzuschlagen, und unter den eilig zertrümmerten Bohlen kam vorne die Galionsfigur eines königlichen Kriegsschiffs zum Vorschein, ein stolz und herausfordernd brüllender Löwe. Die bemalte Leinwand, mit der die Heckgalerie verhüllt war, wurde abgerissen. Zur Tarnung mit Farbe übermalte Geschützpforten schwangen auf und brachten eine ansehnliche Batterie von Halbkalverinen und Sakern zum Vorschein, deren Rohre jetzt von einer Mannschaft in Stellung gebracht wurden, die zehnmal so zahlreich war wie die Restbesatzung der *Krokodil*. Zum Schluss wurde die kurländische Fahne eingeholt und an ihrer Stelle die rote und weiße Flagge Englands gehisst.

Die *Seraph* – die richtige *Seraph* – war klar zum Gefecht.

«Mister Lindman!», rief ich.

«Sir!», erwiderte der Schwede zackig.

«Bitte alle Geschütze schussbereit machen lassen, Sir – wie besprochen!»

«Aye, aye, Captain!»

Auf das Hissen unserer wahren Flagge hin hatten auch gut zwei Dutzend Eingeborenenkanus unvermittelt ihren Kurs geändert und hielten nun direkt auf die Insel zu. Aus den Tiefen ihrer Boote brachten die fast nackten Eingeborenen Musketen und Schwerter zum Vorschein, und manche wuschen sich hastig mit Flusswasser die dunkle Paste vom Leib, mit der sie sich getarnt hatten, ehe sie sich die roten Röcke der königlichen Armee überstreiften. Captain Facey winkte vom vordersten Kanu herüber. Seine übrigen Männer strömten bereits am Hauptdeck der *Seraph* zusammen, um mit meiner Steuerbordwache zusammen den Landungstrupp zu bilden.

Ich wandte mich zu Francis Gale. «Beten wir, Francis, dass Kit und seine Mannschaft auf der *Krokodil* an unserer Stelle nicht gar zu sehr leiden müssen.»

Der Geistliche nickte und sprach aus dem Stegreif ein Gebet für unsere Freunde.

Inzwischen ging auch die Sonne auf, und ehe wir die Höhe der Festung erreichten, erhaschten wir noch einen Blick auf die falsche *Seraph*, die gerade dem eigentlich für uns bestimmten Beschuss ausgesetzt war. Bei Tageslicht traten die Mängel und Unzulänglichkeiten der listigen Tarnung, die Shish und seine Leute innerhalb weniger Stunden praktisch aus dem Nichts gezaubert hatten, allzu deutlich zutage: Das hohe Heck der *Krokodil* war abgesägt worden, um sie der *Seraph* ähnlicher zu machen, doch auch mit noch so vielen aufgemalten Geschützpforten und Kanonenrohren, mit aus Holzgerüsten und Leinwand vorgetäuschten Heckgalerien und -fenstern, abgerundet durch die besonders eindrucksvoll geratene Attrappe einer Galionsfigur, konnte sie nur für kurze Zeit und im Dämmerlicht als Kriegsschiff durchgehen.

Aber allzu lange hatte das Täuschungsmanöver ja auch nicht vorhalten müssen.

«Feuer frei!», brüllte Lindman, worauf die Kanonen auf der Backbordseite der *Seraph* eine volle Breitseite auf den nördlichen Festungswall abfeuerten.

In dem Augenblick sahen sich wohl auch Montnoir und seine Männer um, denn es kam umgehend Bewegung auf den Südwall. Kanonen wurden zurückgezogen und herumgeschwungen, um eilig auf den Nordwall hinübergeschafft zu werden, oder – weil auf die Schnelle unmöglich genug Geschütze dorthin verlagert werden konnten – in die Höhe gerichtet, um von ihrem Standort aus, mit naturgemäß erheblich verringerter Treffsicherheit, über den nördlichen Festungswall zu schießen.

Die *Seraph* feuerte erneut. Castles Einschätzung nach befanden wir uns jetzt in der richtigen Position, und so gab ich Befehl, Anker zu werfen. An unserer Steuerbordseite gingen Faceys Kanus jetzt längsseits, um den übrigen Landungstrupp an Bord zu nehmen. Dann die dritte Breitseite. Als sich der Pulverdampf verzog, sah ich, dass drei, wenn nicht sogar vier Breschen im nördlichen Festungswall klafften. Woraufhin ich eilig das Achterdeck verließ und hinunter an Bord eines der Beiboote kletterte, in dem bereits Francis Gale, Lanherne, Macferran, Ali Reis, Treninnick und Carvell saßen, zusammen mit drei oder vier Männern aus Bristol und einem halben Dutzend Soldaten. Wir ruderten um den

Bug der *Seraph* herum und hielten direkt auf den schmalen Strand unterhalb des Festungswalls zu. In der Zwischenzeit hatten die Verteidiger dort einige Männer mehr postiert, die, wenn sie nicht gerade vergeblich bemüht waren, ihre Kanonen so auszurichten, dass sie die Angreifer unter Kartätschenbeschuss nehmen konnten, sporadische Musketenschüsse abgaben. Aber auch die *Seraph* feuerte inzwischen Kartätschen ab, und die Wirkung unserer Breitseiten auf den Festungswall konnte nur als verheerend bezeichnet werden.

Sobald sich das Boot knirschend in den Sand der Insel bohrte, sprang ich ins seichte Wasser hinaus und gab den Männern mit in die Höhe gerecktem Schwert das Zeichen zum Angriff. Was aber im Grunde ganz unnötig war, denn jeder wusste auch so, was zu tun war: zum Festungswall vordringen, hindurch- oder hinübergelangen und jeden niedermachen, der sich uns in den Weg stellte. Ich rannte mit Francis Gale an meiner Seite den Strand hinauf, einem Mann also, der schon genug Belagerungen mitgemacht hatte, um mit diesem Vorgehen vertraut zu sein. Wir langten bei einer der Breschen an und stellten fest, dass sie unverteidigt war. Einige gegnerische Soldaten standen ein ganzes Stück entfernt auf dem Exerzierplatz und richteten halbherzig Spieße und Musketen auf uns, waren jedoch kaum mehr als ein versprengter Haufen, der sofort kehrtmachte und zum südlichen Festungswall hinüberflüchtete, als er Faceys Rotröcke und meine Seeleute heranstürmen sah. Gut, dachte ich – denn ein Blutvergießen unter Stiels Kurländern wollte ich nach Möglichkeit vermeiden. Montnoir und einige letzte Standhafte – wahrscheinlich seine Franzosen – versuchten noch hektisch, Kanonenläufe nach unten zu richten, um Kartätschen in den Hof zu feuern, hatten aber wohl schon eingesehen, dass ihre Sache so gut wie aussichtslos war. Nicht wenige der Kurländer ergaben sich bereits, weil sie es für sinnlos erachteten, ihr Leben für zwei Länder zu geben – Frankreich und die Niederlande –, mit denen sie eigentlich nichts verband. Die Festung selbst war nur zu dem Zweck errichtet worden, Angriffen von Eingeborenen standzuhalten, und seit der Traum vom kurländischen Kolonialreich endgültig ausgeträumt war, wurde sie nur noch lustlos und nachlässig instand gehalten. Jedes moderne Kriegsschiff, das im Schutz seiner Kanonen dicht genug herankam, hätte eine Truppe kampferprobter Männer an Land schicken und die Festung mühelos einnehmen können.

Als wir uns quer über den Exerzierplatz dem südlichen Festungswall näherten, hörten wir von jenseits der Festung Kanonendonner, gefolgt von dem unverwechselbaren Geräusch von Geschossen, die von außen in den Wall einschlugen. Kit Farrell, amtierender Kapitän der falschen *Seraph*, hatte also doch noch zumindest einige der zehn Geschütze, die ihm auf jenem Schiff zur Verfügung standen, zum Einsatz bringen können.

Das gab den letzten Ausschlag. Die Männer auf dem Südwall hoben sofort die Hände und ergaben sich, als Faceys Soldaten ihre Musketen auf sie richteten. Gaspard de Montnoir und Otto Stiel stiegen die Treppe hinunter und kamen auf mich zu, um mir nach uraltem Brauch ihre Schwerter zum Zeichen der Kapitulation auszuhändigen: Montnoir mit abgrundtief finsterer, hasserfüllter Miene, Stiel dagegen fröhlich und erleichtert grinsend.

«Das werdet Ihr noch bereuen, Captain Quinton», knurrte Montnoir. «Niemals würde ein Gentleman, ein wahrer Ehrenmann, so tief sinken, sich einen Sieg durch List und Tücke zu erschleichen.» Der Malteserritter musterte mich verächtlich.

«Ah ja, Mylord Montnoir?», entgegnete ich. «Und wie bitte sollte ein wahrer Ehrenmann seine Siege erringen? Etwa, indem er Eingeborenenhäuptlinge und Söldner aus dem Baltikum besticht, damit sie ihm die Arbeit abnehmen?»

In diesem Augenblick holten Facey und zwei seiner Leute die holländischen und kurländischen Flaggen ein, die über der Festung wehten, und hissten stattdessen den Union Jack, worauf die Männer in rauen, lautstarken Jubel ausbrachen. Das imperiale England hatte seinen neuesten Außenposten hinzugewonnen, und ich taufte die Festung mit einigem Vergnügen auf den Namen «James Fort» um: zu Ehren des Herzogs von York, Bruder und Erbe unseres Königs, aber auch zum Andenken an meinen Vater, der sein Leben in einer ungleich gewaltigeren Schlacht gelassen hatte.

Nachdem unser Sieg damit unter Dach und Fach war, blieb mir jetzt nur noch übrig, mit dem Seigneur de Montnoir und dem irischen Verräter O'Dwyer abzurechnen.

DREIUNDZWANZIGSTES KAPITEL

Es war ein angenehm kühler Abend. Die Sonne neigte sich langsam dem Horizont entgegen, fern im Westen, über dem Mündungsdelta des Gambia, wo, wie man uns versicherte, weiter der Union Jack über James Island wehte und unsere Freunde uns wohlbehalten an Bord der *Prospect of Blakeney* erwarteten. Wir würden bald zu ihnen zurückkehren, zuvor jedoch musste hier im James Fort, der stolzen neuen Festung Seiner Britannischen Majestät, noch etwas erledigt werden. In der von Stiel und seinen Leuten geräumten Stabsunterkunft hatten wir Offiziere der *Seraph* uns eine kleine Stärkung genehmigt: Es gab Buschschwein, die eine oder andere Turteltaube sowie den unvermeidlichen Palmwein, der mir allmählich immer besser mundete. Wie ratsam es ist, vor einer Hinrichtung herzhaft zu tafeln, habe ich seither noch oft feststellen dürfen; das ist der Verdauung ungleich förderlicher als der Versuch, danach noch einen Bissen herunterzubekommen.

Nach der Mahlzeit empfahlen sich die anderen und ließen Castle und mich allein zurück, da wir beide uns auf die Rollen, die wir nun bald zu spielen hatten, noch etwas aufwendiger vorbereiten mussten. Als ich mir gerade mein Schwert umschnallte, trat Castle zu mir und richtete mit gedämpfter Stimme das Wort an mich. «Sir, wegen dieser Sache mit Mister Shish und seinem todeswürdigen Verrat gegen das Schiff. Ihr habt den Brief an den König und den Herzog von York verfasst, nehme ich an? Mit der Absicht, ihn an der Mündung des Gambia loszuschicken oder sofern einer von uns Euch darum bittet?»

Dass meine Redlichkeit derart in Zweifel gezogen wurde, empörte mich. «Selbstverständlich, Mister Castle.»

«Ja, Sir. Selbstverständlich. Bitte um Verzeihung.» Er war ein guter Mann, Castle, doch jetzt tat er sich schwer, die richtigen Worte zu finden. «Na ja, Captain, es ist nämlich so – sagen wir mal – nun, ich finde bloß, nachdem er sich bei der Tarnung der beiden Schiffe so sehr ins Zeug gelegt hat, wäre es da nicht ganz angebracht, wenn dieser Brief, na ja, sagen wir mal, verlorenginge?»

Ich lächelte. «Ganz Ihrer Meinung, Mister Castle. Das wäre, wie Ihr schon sagtet, in der Tat angebracht. Ich danke Euch.»

Nachdem dies geklärt war, traten wir auf den Hof hinaus. Zum ersten Mal seit vielen Monaten sahen Castle und ich aus, wie es sich für Kapitäne im Dienst des englischen Königs eigentlich geziemte: Wir beide waren mit Brustharnisch, Uniformrock, Umhang und Hut ausstaffiert und hatten unsere Wehrgehänge samt Schwert an der Seite.

Ein auch jetzt noch am Abend unangenehm warmer Aufzug; aber die einzig angemessene Aufmachung für das, was nun bevorstand.

Und was uns bevorstand, war ein großartiges Spektakel. Immerhin befanden wir uns in der erlauchten Gegenwart eines Gesandten des Allerchristlichsten Königs, der obendrein noch Malteserritter war, und ich wollte den Seigneur de Montnoir gehörig damit beeindrucken, wie macht- und würdevoll ein solches Verfahren von den Untertanen Seiner Britannischen Majestät durchgeführt wurde.

Auch deshalb hatte Facey seine Rotröcke in tadellos geknöpften Uniformen in vier Reihen antreten lassen, in Habachtstellung und mit einheitlich geschulterten Musketen. Ihnen gegenüber, auf der anderen Seite des Exerzierplatzes, hatte Bootsmann Lanherne dieselbe Anzahl Seeleute von der *Seraph* aufgeboten, die, so uniformähnlich wie möglich gekleidet, nebeneinander in straffer Haltung dastanden, die der Habachtstellung ihrer Kollegen von der Armee recht nahe kam. Vor den Männern hatten sich die Offiziere des Schiffs in einer Reihe aufgestellt, angeführt von Master Farrell; wobei Bootsführer Carvell einen ganz besonders zufriedenen Eindruck machte.

An der dritten Seite des Hofes, vor der ehemaligen Stabsunterkunft, standen unsere Gefangenen, unauffällig bewacht von Faceys restlichen, mit Musketen bewaffneten Soldaten sowie zwei von Lindmans Leuten an mit Kartätschen geladenen Drehbassen, die auf dem Festungswall über ihnen postiert waren: Otto Stiel, der nach seiner Kapitulation womöglich fröhlichste Gefangene, den ich je gesehen habe, und der Seigneur de Montnoir, der alles andere als fröhlich wirkte.

In der Mitte des Exerzierplatzes war von Shish und seinen Leuten ein Galgen errichtet worden, eine Aufgabe, der sich der rehabilitierte Zimmermann mit Eifer gewidmet hatte; da, wie er sagte, bei der Marine zum Tode Verurteilte ja sonst eher formlos an einer Rah aufgeknüpft würden, freute er sich über die Gelegenheit, ein handwerklich solides Hinrichtungsgerüst zu zimmern. Sogar eine Falltür hatte er eingebaut, die womöglich noch raffinierter war als ähnliche Vorrichtungen in Tyburn.

Sobald Castle und ich uns an der vierten Hofseite aufgestellt hatten, wurde O'Dwyer von zweien der Rotröcke, die er vor kurzem noch nominell befehligt hatte, aus seiner Arrestzelle herbeigeführt. Noch immer trug der Abtrünnige eine unerträgliche Arroganz zur Schau, blickte in die Runde, als sei er der eigentliche Herr des Verfahrens, und lachte sogar frech, als er den Galgen sah. Francis Gale, der von den beiden Scharfrichtern flankiert in vollem Ornat auf dem Gerüst stand, las gerade mit seiner starken, klaren Stimme aus dem ersten Brief an die Thessalonicher vor: «Denn der Herr selbst wird mit befehlendem Wort, mit der Stimme des Erzengels und mit der Posaune Gottes vom Himmel herabkommen, und zuerst werden die Toten, die in Christus gestorben sind, auferstehen …»

O'Dwyer wurde vor mich geführt. Er verzog hämisch das Gesicht und rief mit lauter Stimme, damit es alle hören konnten: «Ihr könnt mich nicht hängen, Quinton! Dazu seid Ihr nicht befugt, verdammt nochmal – als bloßer Kapitän einer armseligen kleinen Fregatte! Außerdem existiert kein Gesetz, das der Marine das Recht gibt, über die Armee zu richten! Ich kann höchstens vor ein Kriegsgericht gestellt werden – ein Kriegsgericht *der Armee* –, und wo wollt Ihr das Quorum von ranghohen Offizieren auftreiben, die berechtigt wären, über mich, einen Lieutenant-Colonel, zu

Gericht zu sitzen?» Er blickte um sich, siegessicher und verächtlich. «Zwischen Euren armen kleinen Matrosen und rauen Seebären? Selbst nach Holmes' Rückkehr wärt Ihr beide noch immer nicht dazu befugt. Ich verlange einen anständigen Prozess, Quinton. Einen gerechten Prozess. Kein englisches Gesetz berechtigt Euch, als Richter, Geschworenengremium und Henker in einem über mich zu fungieren! Ich verlange, nach England zurückgebracht zu werden. Das ist mein gutes Recht, hört Ihr!»

Montnoir trat einen Schritt vor und ergriff das Wort mit einem Selbstbewusstsein, das einem besiegten Gefangenen eigentlich gar nicht zustand. «Ich weiß wenig über Euer englisches Recht, Quinton, doch aus den Mienen Eurer Männer hier schließe ich, dass dieser Ire die Wahrheit sagt.» Womit er nicht unrecht hatte; denn meine Mannschaft war, wie die meisten Engländer, so von der Auffassung durchdrungen, dass jedermann Anspruch auf einen gerechten Prozess vor zwölf rechtschaffenen, unbescholtenen Geschworenen hatte, dass sie mit einem reinen Willkürverfahren, wie es sich hier gerade anzubahnen schien, nicht einverstanden gewesen wären. «Euch bleibt also», fuhr der spitzfindige Montnoir beflissen fort, «nur eine Möglichkeit, Euch ehrenhaft aus der Affäre zu ziehen. Nämlich durch Auslieferung des Iren an mich, als rechtmäßigen Gesandten des Allerchristlichsten Königs und des Großmeisters des Malteserordens.» Montnoir fixierte mich mit seinen kalten schwarzen Augen. «Meine eigenen Leute erwarten mich ein Stück flussabwärts auf einer Schaluppe. Wir werden ihn mitnehmen. Den Beziehungen zwischen Frankreich und England entsteht kein bleibender Schaden. Euer König braucht von dieser – dieser *Posse* nicht einmal Kenntnis zu erhalten, Quinton.»

Ich gab mich unbeteiligt, was nicht ganz leicht war, da aller Augen auf mir ruhten, die meiner Mannschaft ebenso wie die der besiegten Festungsbesatzung. «Zu was sollte Euch dieser Kerl nütze sein, Mylord?», fragte ich. «Er ist ein Mörder und Lügner. Des Mordes ist er eindeutig überführt, und wir wissen auch, dass seine Geschichte erlogen ist. Es gibt keinen goldenen Berg. Keinen fabelhaften Schatz, mit dem Ihr Euch das Amt des Großmeisters und die Gunst König Ludwigs erkaufen könntet –»

Montnoir erschrak, als er vernahm, was Roger d'Andelys mir von seinen Absichten verraten hatte; wobei diese Gefühlsregung sich lediglich in einem leichten Stirnrunzeln äußerte. «Dieser Mann hat Euch nichts anzubieten, Montnoir. Es sollte Euch freuen, ihn mit einem Strick um den Hals zu sehen.»

«Vielleicht ist seine Geschichte erlogen, wie Ihr sagt. Vielleicht aber auch nicht.» Hier offenbarte sich Gaspard de Montnoirs größte Stärke und zugleich auch größte Schwäche: die sture Unwilligkeit, sich geschlagen zu geben oder auch nur einzuräumen, dass er sich in einer Angelegenheit geirrt haben könnte. Er hätte sich mit meiner Mutter zusammentun können, denn in der Hinsicht ähnelten sie einander wie ein Ei dem anderen. «Und das Töten einer Eingeborenen ist nicht weiter von Belang», fuhr Montnoir kalt fort. «Jedenfalls übergebt Ihr ihn mir jetzt bitte, Captain. Auf der Stelle. Im Gegensatz zu der Euren steht meine Autorität an diesem Ort außer Frage, und auch Euer König wird sie wohl kaum in Abrede stellen – schon gar nicht, nachdem Ihr mit Eurem Vorgehen hier leichtfertig einen möglichen Bruch zwischen unseren beiden Königreichen heraufbeschworen habt. Glaubt Ihr wirklich, dass König Charles dem Leben dieses Abtrünnigen dasselbe Gewicht beimisst wie der Aussicht, einen Krieg gegen die vereinten Streitkräfte Frankreichs und der Niederlande führen zu müssen?»

Ich blickte in die Runde. Meine Leute waren verwirrt. O'Dwyer grinste. Stiel und die Kurländer sahen ratlos drein. Montnoirs Franzosen feixten hämisch, da sie sich offenbar bereits sehr siegessicher fühlten.

Ich ließ die Stille noch ein wenig weiterwirken und wandte mich dann an Phineas Musk.

«Mister Musk», sagte ich. «Verlest bitte das Dokument, das ich Euch anvertraut habe.»

Der Steward der *Seraph* leckte sich über die Lippen, trat einige Schritte vor und holte das ehemals versiegelte Schreiben hervor, das ich in meiner halben Kajüte nach O'Dwyers dreistem Versuch, mich als Helfer für seine Flucht einzuspannen, erstmals geöffnet hatte.

«Geheime Zusatz-Instruktionen, auszuführen durch Captain Matthew Quinton», verlas er zunächst die Aufschrift und faltete das Blatt dann auseinander. *«Wir, Charles»* – Musk hielt inne, schluckte schwer, denn selbst ihn schüchterte das Bewusstsein ein, die Worte eines Königs zu verlesen, von Seiner Majestät höchstselbst zu Papier gebracht –, *«Wir, Charles, von Gottes Gnaden König von England, Schottland, Irland und Frankreich»* – bei diesem letzten Wort blickte ich zu Montnoir hinüber und grinste –, *«Oberster Oberherr der Kirche von England, Verteidiger des Glaubens, geben hiermit Unseren königlichen Willen kund, indem ich Folgendes zu wissen gebe, nämlich: dass im Falle eines manifesten Verrates an Uns und Unseren Königreichen, verübt durch den Mann namens Brian Doyle O'Dwyer, dem von Uns der Rang eines Lieutenant-Colonel in Unserer irischen Armee verliehen worden ist; und in Sonderheit, falls sich die von besagtem O'Dwyer vielbeschriene*

Existenz des goldenen Bergs als von ihm frei erfunden herausstellen sollte; werden hiermit Unserem treuen und geliebten Untertan Matthew Quinton, Kapitän Unseres Schiffes Seraph, *alle weltlichen und kirchlichen Vollmachten über jede Person und jedes Gericht innerhalb all Unserer Königreiche und Territorien übertragen, desgleichen auch Unsere eigene königliche Autorität irdischer und geistlicher Art mit allen damit verbundenen Vollmachten; und nachdem er diese Vollmachten über besagten Brian Doyle O'Dwyer ausgeübt hat, wird besagter Matthew Quinton für alle in Unserem Namen begangenen Handlungen in vollem Umfange begnadigt.*

Gegeben von Unserer eigenen Hand, am Hofe zu Newmarket, den dreiundzwanzigsten September 1663.

Charles R.»

Musk hielt dem Abtrünnigen die Unterschrift des Königs sowie den unverwechselbaren Wachsabdruck des königlichen Siegels direkt vor die Nase. Der Ire erbleichte und schien auf einmal um Jahre gealtert. Danach ging Musk mit dem Dokument zu Montnoir hinüber, der es anstarrte, als hätte er den Heiligen Gral vor sich.

«Es gibt natürlich noch eine Abschrift davon, die sich im Besitz des Kabinettsministers Seiner Majestät befindet», betonte ich und betete im Stillen, dass dies der Wahrheit entsprach. «Wie Ihr seht, Omar Ibrahim von Oran, bin ich also in diesem Moment und an diesem Ort weit mehr als nur Richter, Geschworenengremium und Henker. Ich bin der König von England und der Herrgott, alles zusammen.» Ich wandte mich zu Montnoir. «Und sogar Ihr, Mylord, dürftet wohl zustimmen, dass auch ein Gesandter Frankreichs sich einer solchen Autorität zu beugen hat.» Der Malteserritter funkelte mich hasserfüllt an, senkte aber dann doch noch voll widerstrebender Ehrfurcht leicht den Kopf.

Jetzt endlich straffte ich mich und spürte die Gegenwart meiner Vorfahren, die es als Feudalherren gewohnt waren, solche Urteile zu verhängen: Auf ihr Geheiß hin waren Gesetzlose an Gerichtseichen aufgehängt oder, im Falle meines Großvaters, Meuterer an der Rah aufgeknüpft worden.

Mit kalter Stimme sagte ich: «Omar Ibrahim – Brian Doyle O'Dwyer – wie auch immer Ihr heißen mögt, Ihr seid ein Verräter, Ihr seid ein Mörder, und Ihr seid ein toter Mann.»

Bei diesen Worten aber war mir entsetzlich flau zumute, und ich hatte große Mühe, meiner Nervosität Herr zu werden. *Wage ich das? Wage ich es tatsächlich, einen Menschen, selbst diesen Menschen, auf diese Weise in den Tod zu schicken? Vermag ein einzelnes Blatt Papier mir wirklich Gaspard de Montnoir und alle Gesetze Englands vom Hals zu halten?*

Ich nickte, und O'Dwyers Bewacher schleppten ihn auf die Stufen zu, die zum Galgen emporführten. Von seiner frechen Selbstsicherheit war nichts mehr übrig, und er zerrte wild an seinen Fesseln. Vor ihm setzte Francis seine Litanei fort, indem er zu einer Rezitation von Psalm 121 ansetzte: «Ich hebe meine Augen auf zu den Bergen. Woher kommt mir Hilfe …»

Die Soldaten führten ihren Gefangenen die Stufen hinauf, auf die von Shish und seinen Leuten so liebevoll gezimmerte Bühne, und übergaben ihn dort den Scharfrichtern, Phineas Musk und Ali Reis. Beide hatten sich mit Begeisterung für diese Aufgabe gemeldet: Ali Reis, weil er den schmählichen Verrat rächen wollte, den O'Dwyer an seinem angenommenen Volk, den Arabern, und seinem angenommenen Glauben, dem Islam, begangen hatte, Musk einfach nur deswegen, weil er schon immer den Wunsch gehegt hatte, einmal jemanden zu hängen. Als sie ihn links und rechts packten, hob ich mein Schwert, bereit, nun gleich das Zeichen zu geben, den Iren vom Leben in den Tod zu befördern; und damit in den Himmel oder in die Hölle.

Francis sprach die letzten Zeilen des Psalms: «Der Herr behüte dich vor allem Übel, er behüte deine Seele. Der Herr behüte deinen Ausgang und Eingang von nun an bis in alle Ewigkeit!» Dann fing er an, leise zu beten, und O'Dwyer hörte endlich auf, an seinen Fesseln zu zerren. Als Musk ihm die Schlinge um den Hals legte, lachte der Abtrünnige. «Oh, wie ist das schön! Für einen bildlichen Ausdruck gehängt zu werden, fürwahr!» Musk trat von ihm fort, aber ich senkte mein Schwert noch nicht. Selbst jetzt noch, da sein Ende bevorstand, war ich neugierig darauf, was der stets so redselige Ire noch zu sagen hatte; und sogar unserem verewigten Monarchen, König Charles dem Märtyrer, wurde schließlich von seinen Erzfeinden gestattet, vom Schafott aus, auf das sie ihn gebracht hatten, einige letzte Worte zu äußern. «Ja, ich habe zu viel von einem goldenen Berg geredet, das mag sein», sagte O'Dwyer. «Eine poetische Wendung, Captain, bei uns Iren nicht ungewöhnlich; eine bildliche Umschreibung, wenn Euch das lieber ist. Und dafür komme ich jetzt an den Galgen. Ich wollte mehr sein als nur Befehlshaber einer Freibeutergaleere, versteht Ihr, deshalb prahlte ich mit diesem Wissen herum, über das ich verfügte, weil ich wusste, dass viele große Männer an die Existenz eines solchen Berges glaubten und ihn gern finden wollten. Vielleicht, habe ich mir gedacht, könnte ich in den Dienst eines solchen hohen Herrn treten – und falls sich der Berg nicht finden ließ, nun, dann könnte ich ihn wohl davon überzeugen, sich an den anderen Reichtümern Afrikas schadlos zu halten. Doch ich hatte nicht bedacht, welche Macht solche Reden gewinnen, wenn sie weitergetragen werden, und welche Wirkung sie entfalten würden, als sie sich schließlich bis Malta herumgesprochen hatten.» Er seufzte. «Ich hatte nicht damit gerechnet, dass es einen Mann geben könnte, der so fanatisch und verblendet war, mich meines vermeintlichen Wissens wegen bis ans Ende der Welt zu verfolgen» – hier schien Montnoir sich auf die Lippe zu beißen, aber es kann auch sein, dass ich dieser finsteren Figur nach all den Jahren einen allzu starken Gefühlsausbruch andichte –, «oder einen König, den es so dringend nach Gold gelüstete, dass er jeden Unsinn glauben würde, den ich ihm auftischte. Meinetwegen. Die mächtigen Herren dieser Welt, ob sie nun Montnoir heißen oder König Charles, sind einzig nur an *wirklichen* Bergen aus Gold interessiert, um sich ihre Träume von Macht und Ruhm so schnell wie möglich zu erfüllen.» Montnoir blickte düster drein. «Ja, ich sterbe eines bildlichen Ausdrucks wegen, so kann es gehen.» O'Dwyer ließ seinen Blick durch die größte der Breschen schweifen, die unsere Kanonenkugeln am Morgen erst in den nördlichen Festungswall gerissen hatten, hinüber ans Flussufer bei Jilifri, wo gerade eine weitere Gruppe hilflos aneinandergeketteter Männer in einer langen Reihe auf ein Sklavenschiff zugetrieben wurde. Jetzt endlich verzog O'Dwyer höhnisch das Gesicht. «Natürlich gibt es einen Berg aus Gold, Matthew Quinton. Schaut rüber ans Ufer dort, da seht Ihr ihn.»

Darauf ließ ich mein Schwert hinabsausen, und Musk betätigte den Hebel der Falltür.

So endete das Leben Omar Ibrahims alias Brian Doyle O'Dwyers, der einst aus Baltimore im County Cork selbst in die Sklaverei verschleppt worden war.

EPILOG

Schlussteil eines Briefes von Matthew Quinton,
Kapitän auf Seiner Majestät Schiff *Seraph*,
an Mistress Cornelia Quinton, Ravensden Abbey,
Grafschaft Bedford; geschrieben auf Charles Island
im Mündungsdelta des Gambia, am zweiten Mai
des Jahres 1663.

… unsere Lebensmittelvorräte wieder aufgefüllt. Den Seigneur de Montnoir, der äußerst übler Laune war, als er sich von mir verabschiedete (aber er scheint ohnehin ein griesgrämiger Mensch zu sein), habe ich natürlich wieder freigelassen. Schließlich befinden wir uns mit Frankreich nicht im Krieg – zumindest bete ich darum, dass zwischen unseren beiden Ländern weiter Frieden herrscht, und bin mir vollauf bewusst, dass du darüber besser Bescheid wissen dürftest als ich –, und ich befürchte, dass es mich eines Tages noch reuen könnte, ihn so behandelt zu haben, denn als Feind scheint er ebenso hartnäckig wie nachtragend zu sein. Mein Abschied von Hauptmann Stiel, einer guten und liebenswerten Seele, fiel ungleich angenehmer aus; er will sich jetzt nach einem Krieg umsehen, in dem er sich mit Ehren als Soldat verdingen kann; was ihm, so glaube ich, nur geringe Schwierigkeiten bereiten dürfte, weil

ich davon überzeugt bin, dass wir bald mehr als genug Kriege für uns alle haben werden.

So sind wir endlich so weit, die Segel zu setzen, doch es wird wohl noch viele Monate dauern, bis ich an Englands Gestade und damit in deine Arme zurückkehre, meine süße Cornelia. Die Regenzeit hat eingesetzt, und ich habe neulich meinen ersten Tornado erlebt, gegen den sich auch die schlimmsten Unwetter daheim in England wie ein freundlicher Sommerregen ausnehmen – Donner, als würde die Erde selbst entzweigespalten, und Blitze, die so grell sind, dass sie das Meer bei Nacht taghell erleuchten. Kit hat mir erklärt, dass wir besser nicht versuchen sollten, von hier aus auf direktem Wege heimzusegeln, weil wir dann fast durchgehend gegen den Wind kämpfen müssten. Stattdessen schlägt er vor, bis fast hinüber an die Küste Amerikas zu segeln und dann wieder Kurs nach Nordosten zu nehmen, um so die günstige Strömung in jenen Breiten auszunutzen, und obwohl ich das als überaus lästig empfinde, muss ich mich den Gesetzen der See wohl notgedrungen beugen. Außerdem hat Holmes mir geschrieben und berichtet, ihm sei zu Ohren gekommen, dass gerade eine Expedition unter Nicholls vorbereitet wird, die das Ziel verfolgt, die Holländer ein für alle Mal aus Amerika zu vertreiben, und dabei könnte sich meine Seraph *noch als sehr nützlich erweisen. Weiter berichtet Holmes mir, dass er Anta eingenommen hat und jetzt Kurs auf Cape Coast Castle nimmt, die mächtige Festung der Holländer an der Goldküste. Falls diese Festung fällt, liebe Cornelia, und es Nicholls obendrein gelingt, Neu-Amsterdam einzunehmen, dann bedeutet das mit Sicherheit Krieg mit deinem Vaterland, und obwohl uns das beiden sehr ungelegen käme, könnte mir ein solcher Krieg den Weg zu einem wirklich bedeutenden Kommando, zu Ruhm und Ehre und zu einer reichen Ausbeute von Prisengeldern eröffnen.*

Dennoch habe ich Sehnsucht nach zu Hause, meine liebste Cornelia. Sehnsucht nach dir. Aber du wirst mir verzeihen, glaube ich, und vielleicht sogar besser verstehen als ich, wenn ich Folgendes festhalte – dass ich vor allem deshalb nach Hause zurückwill, um dich und meinen armen Bruder von der Tyrannei jener mörderischen Hure, unserer Gräfin, zu befreien. In einem erst kürzlich bei mir eingetroffenen Brief (der Abschriften früherer Briefe enthielt, die auf dem Weg hierher verlorengegangen sind, als die Schiffe, auf denen sie unterwegs waren, bei Ouessant beziehungsweise Trafalgar im Sturm versanken) berichtet mir Tristram, dass seine Nachforschungen über ihr Leben, über ihre sogenannte Mutter und ihr Kind nach all der Zeit und trotz all seiner Bemühungen noch immer nichts Stichhaltiges zutage gefördert haben; auch darüber dürftest du natürlich längst im Bilde sein, und ich bete inständig, dass euer beider Bemühungen in den Monaten, die seit der Niederschrift seines Briefes vergangen sind und noch vergehen werden, bis du diesen Brief hier in Händen hältst, von besserem Erfolg gekrönt worden sein mögen. Von Roger liegt mir bisher kein weiterer Brief vor, und ich bin ungemein gespannt, ob er Neues zu der verlorenen Tochter herausgefunden hat; wieder aber dürftest du, wenn dieser Brief dich erreicht, von ihm vermutlich längst Nachricht erhalten haben, sodass ich mir diese Zeilen im Grunde wohl hätte sparen können. Übrigens bin ich nicht der Einzige, der in dieser Angelegenheit von Unruhe geplagt wird. Francis möchte unbedingt zurück nach England, um Tristram bei seinen Nachforschungen behilflich zu sein, und bereut es, glaube ich, inzwischen, sich dieser närrischen Reise angeschlossen zu haben. Musk brummt neuerdings oft vor sich hin, er wüsste schon, wie er die Gräfin Louise zu Fall bringen könnte, und ergeht sich in dunklen Andeutungen übers «Bumsen», aber du und ich, wir kennen Musk ja beide nur zu gut.

Nein. Diese Angelegenheit muss von mir selbst bereinigt werden, Cornelia. Von Matthew Quinton: noch immer – so Gott will – Erbe von Ravensden.

Und ebenso wird es auch geschehen.